KB152589

장외인간

이외수
장편소설

장외인간

해냄

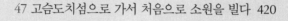

1
세상의 모든 풍경들이
낯설어 보이는 새벽

하나님, 지금 저하고 장난치시는 겁니까.

나는 혼잣소리로 중얼거렸다. 보름인데도 달이 뜨지 않다니, 이런 어처구니없는 현상을 만들어낼 수 있는 존재는 하나님밖에 없다는 생각이 들었다. 저물녘부터 봉의산(鳳儀山) 정상에 올라가 밤새도록 하늘을 쳐다보고 있었기 때문에 조금만 고개를 움직여도 목관절이 뚝꺽거리면서 노골적인 불만을 표출했다. 너만 고생했냐 싸가지 없는 목관절. 하지만 목관절만을 탓할 상황이 아니었다. 이미 모든 관절과 근육들도 인내심을 상실한 상태였다. 나는 두 팔을 벌리고 심호흡을 하기 시작했다.

새벽이 오고 있었다. 그러나 아직 도시는 잠에서 깨어나지 않고 있었다. 애국가에는 대한민국을 무궁화 삼천리 화려강산이라고 표현하고 있지만 대부분의 도시가 오염물질로 찌들어가고 있었다. 그러나 아직도 춘천은 건재한 편이었다. 새벽이 오는 시각, 심호흡을 할 때마다 냉각된 박하분말처럼 청량한 공기가 폐부 깊숙이 스며들고 있었다.

어제는 보름이었다. 나는 봉의산 중턱에 자리를 잡고 밤새도록 달이 떠오르기를 기다리고 있었다. 그러나 새벽까지 달은 떠오르지 않았다. 분명히, 지난달 보름에도 나는 이 자리에서 달이 떠오르기를 기다렸었다. 그리고 당연히, 구봉산(九峯山) 머리에 두둥실 보름달이 떠오르는 장면을 목격했었다. 멀쩡한 날씨에 멀쩡한 눈을 가진 사람이 보름날 밤에 보름달을 목격했다는 사실은 절대로 대단한 일이 아니었다. 지극히 정상적인 일이었다. 그러나,

그러나 어제는 보름인데도 달이 떠오르지 않았다. 새벽까지 기다려보았지만 달이 떠오르지 않았다. 황당했다. 나는 갑자기 달이 하늘에서 종적을 감추어버렸다, 라고 생각할 수밖에 없었다. 아무리 골을 싸매고 생각해 보아도 전혀 해명이 되지 않는 현상이었다. 지구가 신경안정제를 다량으로 복용하고 자전을 멈추어버렸을 리도 만무하고, 달이 모성(母星)인 지구에 불만을 품고 다른 행성으로 이민을 갔을 리도 만무했다. 나는 달의 행방을 생각하면서 극심한 혼란에 사로잡히고 있었다.

"이야호오."

"이야호오."

누군가 약수터 근처에서 목청껏 메아리를 부르는 소리가 들리기 시작했다.

하지만 봉의산은 도시 한복판에 자리잡고 있었다. 따라서 아무리 이야호오 소리를 반복해도 메아리가 생성될 리가 만무했

다. 게다가 아직도 어둠의 군단들이 짙은 밀도의 긴장감을 유지한 채 도시 전역에 매복해 있었다. 짐작건대 날이 새려면 두 시간은 족히 기다려야 할 것이다. 상식적으로는 절대로 이야호오를 내지를 시각이 아니다. 약수를 마시고 불치병이라도 치료된 것일까. 혼자서 신바람이 나서 견딜 수가 없다는 느낌을 준다. 바스락. 바스락. 근처 잡목덤불 속에서 작은 산짐승 한 마리가 이야호오 때문에 선잠에서 깨어나 짜증스럽게 몸을 뒤척거리는 소리가 들렸다. 졸음에 겨운 눈으로 불침번을 서고 있던 도시의 불빛들이 목청껏 내지르는 이야호오 소리에 일제히 진저리를 치면서 눈시울에 경련을 일으키고 있었다.

혹시 저 등산객은 전생에 주책없는 수탉으로 살지 않았을까.

어쩌면 수탉의 주인은 불면증을 앓고 있었을지도 모른다. 하지만 처음에는 대수롭지 않게 생각했겠지. 밤마다 숫자를 헤아리는 민간요법을 써보았을지도 모른다. 삼만 팔백 칠십 사, 삼만 팔백 칠십 오, 삼만 팔백 칠십 육, 삼만 팔백, 삼만 팔백, 삼만 팔백 몇이더라, 니미럴, 또 숫자를 까먹어버렸어. 민간요법은 돈이 들지 않는다는 장점을 가지고 있기는 하지만 신통력이 떨어진다는 단점도 가지고 있다. 수탉의 주인은 다시 숫자를 헤아리기 시작한다. 그러나 아무리 숫자를 헤아려도 잠이 오지 않는다. 상추를 많이 먹으면 잠이 잘 온다는 말도 낭설이고 콩으로 속을 가득 채운 베개를 베고 자면 잠이 잘 온다는 말도 낭설이다. 어떤 수단과 방법을 동원해도 불면증은 퇴치되지 않는다. 이 상태가 며칠만 더 지속되면 미쳐버릴지도 모른다. 그런데, 주인은 다행스럽게도 어느 날 가까스로 잠을 불러들인다. 하지만 환장할 노릇이다. 아직도 사방이 캄캄한 시각에 주책없이 수탉이 울어대기 시작한다. 꼬끼요오. 꼬끼요오. 목청을 한껏 뽑아서 고요를 찢어발긴다. 카랑카랑하기 그지없는 목청이다. 가까스로 불러들인 잠이 수탉의 울음소리에 화들짝 놀라 멀찍이 도망쳐버린다. 주인은 드디어 머리카락을 쥐어뜯으며 발작을 일으킨다. 그래도 주책없는 수탉은 울음을 그치지 않는다. 결국 주인은 이를 갈면서 밖으로 뛰쳐나가 우악스럽게 수탉의 모가지를 비틀어버린다.

그런데,

달을 생각하다가 왜 갑자기 닭을 생각하게 되었을까.

직업 때문일지도 모른다.

나는 춘천시 소양동에서 금불알(金佛捉)이라는 닭갈비집을 운영하고 있다. 금불알이라는 상호는 작고하신 아버지가 작명하셨다. 아버지는 금불알이라는 상호가 닭갈비에서 금부처를 뽑아낸다는 화두를 내포하고 있다고 설명해 주셨지만 내게는 닭이라는 동물이 지구상에서 가장 다양한 비극을 감내해야 하는 가축으로만 기억된다.

열심히 낳은 알이 차례로 깨져서 프라이가 되는 비극. 병아리가 되더라도 어린애들의 장난감으로 팔려가는 비극. 팔려가 온갖 시달림을 받다가 손독이 올라 목숨이 끊어지는 비극. 한평생 아무리 날갯짓을 해도 다른 조류들처럼 멀리까지 하늘을 날 수 없다는 비극. 특별한 잘못도 없이 주인에게 모가지가 비틀려야 한다는 비극. 죽어서도 펄펄 끓는 물에 통째로 처박혀야 한다는 비극. 끓는 물에서 나오면 어김없이 털을 모조리 뽑혀야 한다는 비극. 똥집이 뽑히고 두 다리가 뚝꺽뚝꺽 분질러져 포장마차로 가야 한다는 비극. 갈라진 뱃속에 인삼이니 찹쌀 따위를 가득 채우고 삼계탕으로 끓여져야 한다는 비극. 또는 부위별로 토막이 나서 갖은 양념을 칠갑하고 도리탕으로 둔갑해야 한다는 비극. 전신이 찢어발겨진 채 닭갈비집 불판에 지글지글 볶아져야 한다는 비극. 아무튼 닭보다 비극적인 동물은 지구상에 존재하지 않는다. 거기서 금부처를 뽑아내다니, 어떤 방법을 써야 할지 엄두가 나지 않는다. 만약 셰익스피어가 닭갈비로 유명한 춘천에서 살았다면 틀림없이 자신의 4대 비극 중에 등장하는 그 어떤 인물도 닭의 비극을 따라갈 수 없다는 사실을 깨달았을 것이다.

하지만 지금은 닭을 생각해야 할 때가 아니라 달을 생각해야 할 때다. 지난밤에는 왜 달이 뜨지 않았을까. 정말로 하늘에서 달이 사라져버린 것일까.

하지만, 달이 하늘에서 사라져버리다니 도저히 납득이 되지 않는다. 이순신 장군이 한산섬 달 밝은 밤에 수루에 홀로 앉아 긴 칼을 옆에 차고 컵라면을 끓여 먹었다는 소리를 들어보았는가. 어디 가서 우기면 거북선 알 까는 소리 하지 말라는 핀잔과 함께 미친놈 취급을 당하기 십상일 것이다. 달이 하늘에서 사라져버렸다는 소리도 마찬가지다.

달은 지구에서 가장 가까운 천체(天體)이며 주기적으로 지구의 주위를 공전(公轉)하는 유일무이의 천연위성(天然衛星)이다. 두 천체 사이에 공존하는 물리적 법칙들이 깨지지 않는 한 지난밤 내가 겪은 괴현상은 일어날 수가 없다.

어제는 보름이었으니까 당연히 보름달이 떠올랐어야 정상이다. 한산섬 달 밝은 밤에 수루에 홀로 앉아 있던 이순신 장군은 긴 칼을 옆에 차고 깊은 시름을 해야지, 아무런 타당성도 없이 컵라면을 끓여 먹고 한국인의 역사적 신념을 뒤엎어버릴 수는 없다. 마찬가지로, 어제가 보름이었으면 당연히 보름달이 떠올랐어야지, 달이 아무런 타당성도 없이 궤도를 이탈해서 지구인의 천문학적 신념을 뒤엎어버릴 수는 없다.

나는 어제 분명히 땅거미가 짙어질 무렵부터 봉의산 정상으로 올라가 최대한 시야가 확보된 자리를 차지하고, 동녘이 밝아올 무렵까지 구봉산 능선을 바라보면서, 달이 떠오르기만을 기다리고 있었다. 하늘은 비교적 청명한 편이었으며, 시야를 방해하는 어떤 장애물도 존재하지 않았다. 하지만 아무리 기다려보아도 달은 떠오르지 않았다. 하늘은 맨숭맨숭한 표정으로 시치미를 떼고 있었으며, 별들만 키득거리면서 나를 조롱하고 있었다. 결국 나는 새벽녘에 이르러서야 어떤 가설과 추론으로도 해명이 불가능한 현실에 직면해 있다는 사실을 깨닫게 되었다.

하지만 현실을 대입해서 추론해 보면 하늘에서 달이 사라져버렸다는 결론도 그리 합당치는 않다. 달은 지구에서 가장 가까운 천체이기 때문에 지구에 지대한 역학적 영향력을 미친다. 정말로 달이 하늘에서 사라져버렸다면 지구는 지금쯤 일대혼란에 사로잡혀 있어야 한다. 우선 기조력(起潮力)을 상실한 바다에는 엄청난 변화들이 속출할 것이며, 공전궤도와 자전주기가 달라진 지구 전역에 끔찍한 재앙들이 연쇄적으로 파급될 것이다.

그러나 아직 지구는 이상무. 봉의산 아래 정박해 있는 도시의 건물들은 깊은 잠에서 깨어나지 않은 상태였고, 짙푸른 빛깔로 도시를 둘러싸고 있는 호수들도 천하태평으로 사지를 내던진 채 깊은 침묵 속에 빠져 있었다. 교각을 새로 단장한 소양대교 위로 이따금 차량들이 흐린 전조등을 켠 채 느린 속도로 기어 다니는 모습들이 보였다. 달이 하늘에서 사라져버렸다는 사실을 감안하면 새벽을 맞이하고 있는 주변의 풍경들이 너무나 평온하고 건재해 보여서 나로서는 차라리 배반감이 느껴질 지경이었다.

나는 온갖 지식들을 동원해서 지난밤 내가 겪은 괴현상을 합리화시켜 보려고 노력했다. 그러나 어떠한 발상도 내 궁금증을 개운하게 해소시켜 주지는 못했다. 멀리 샘밭지대를 점령하고 있는 안개군단. 소양강 건너편에 거만한 태도로 도열해 있는 현대식 건물들. 구봉산 능선 언저리로 번지기 시작하는 새벽놀. 이슬에 젖은 채로 발목에 감겨드는 풀잎들. 발정 난 구렁이처럼 몸을 꿈틀거리면서 도시의 사타구니를 파고드는 도로들. 모든 것들이 평소처럼 정상적인 상태를 유지하고 있었다. 절대로 환각이 아니었다.

그런데 달은 어디로 사라져버렸을까. 결국 나는, 어쩌면 내가 자각하지 못하는 사이 대뇌피질이나 신경계통에 심각한 이상현상이 발생했을지도 모른다는 자가진단을 내리면서 복잡미묘한 감정으로 봉의산을 내려오는 수밖에 없었다.

"이야호오."

"이야호오."

전생에 주책없는 수탉으로 살았던 등산객은 그때까지도 끈질기게 주책없는 울음소리를 반복하고 있었다. 나는 지독한 이질감에 사로잡혀 있었다. 산길을 내려오면서 만나는 모든 풍경들과 사물들이 터무니없이 낯설어 보였다.

2

한 마리 시조새가 되어
달빛 속을 선회하던 여자가 있었다

"내 말을 못 믿겠다는 거냐."

"미안하다. 작업에 몰두하느라 무슨 말을 했는지 못 알아들었으니까 다시 한 번 말해 주라. 지난밤에 니가 어디서 무얼 했다구?"

친구는 내 말을 건성으로 듣고 있었음이 분명했다. 녀석은 어깨를 잔뜩 웅크린 채 컴퓨터 앞에 앉아 있었다. 마치 머리를 들이밀고 모니터 속으로 들어가버릴 듯한 자세였다. 얼마나 오래 컴퓨터를 켜두었는지 열을 받은 본체가 더운 입김을 뿜어내면서 끊임없이 두통 앓는 소리를 연발하고 있었다.

방바닥에는 온갖 잡동사니들이 널브러져 녀석의 게으름을 대변해 주고 있었다. 아무렇게나 나뒹굴고 있는 소주병들. 쓰러져 있는 소주잔. 말라붙은 김치조각과 닭뼈들과 나무젓가락과 꽁초들이 회합하고 있는 쟁반. 화장지 나부랭이들. 몇 권의 만화책. 빈 라면봉지들. 구겨진 담뱃갑. 신문지. 스케치북. 그리고 4B연필. 구석에 자리를 차지하고 있는 쓰레기통은 이미 내용물이 꽉 차서 아가리를 크게 벌린 모습으로 오바이트를 하고 있는 중이었다. 그 광경을 보고 있자니 머릿속이 더 혼란스러워지는 느낌이었다. 벽 쪽으로 시선을 돌렸다. 녀석이 날렵한 필치로 크로키한 여자의 나신들이 각양각색의 포즈로 모든 벽면을 장식하고 있었다.

"해거름녘부터 봉의산 정상에 올라가 새벽까지 달이 뜨기만을 기다리고 있었다니까."

"드디어 내 죽마고우 하나가 민족의 숙원인 통일을 보기도 전에 실성을 해버리고 말았구나. 봉의산 정상에 올라가 다리가 뜨기만을 기다렸다니. 도대체 무슨 소리를 하는 거냐."

친구가 내게 반문했다.

녀석은 여전히 모니터에 머리를 들이미는 자세를 고수한 채 작업에 몰두해 있었다.

나는 동문서답을 하고 있는 듯한 기분이 들었다.

"챠쉭이 고막에 곰팡이가 슬었나. 다리는 무슨 얼어죽을 놈의 다리."

"방금 니 입으로 봉의산 정상에 올라가 다리가 뜨기를 기다리고 있었다고 말했잖아."

"달 말이야 달."

"달?"

친구가 그제서야 의아한 표정으로 나를 쳐다보고 있었다.

"그래. 어제는 분명히 보름인데 새벽까지 기다려도 달이 뜨지 않았어. 정말이야."

"달이라니?"

"하늘에 뜨는 달 말이야."

"하늘에 뜨는 달?"

"챠쉭이 간밤에 야참으로 건빵을 씹었나. 군바리 쫄다구처럼 내 말에 복창만 연발하고 있네. 그러지 말고 니 영특한 닭대가리로 숙고를 해서 지난밤에 왜 달이 뜨지 않았는지 나름대로의 견해를 한번 피력해 보란 말야."

"이 쉐이야. 니가 말하는 달이 뭔지 알아야 의견을 피력하든지 말든지 할 거 아냐. 하늘에 뜨는 게 한두 가지냐. 니 말만 듣고는 곤충 종류인지 새 종류인지 비행기 종류인지 풍선 종류인지 도무지 감을 잡을 수가 없잖아."

"너 지금 나를 데리고 퀴즈 프로에 출연할 연습하고 있는 거냐."

나는 그때까지도 친구가 천연덕스러운 표정으로 농담 따먹기를 하고 있는 줄 알았다. 중학교 때부터 죽마고우로 지내온 사이였다. 이름은 김필도(金弼道), 나이는 서른 둘. 나와는 동갑내기였다. 서울에서 미대를 졸업하고 지금은 춘천에서 유일하게 프랙탈 예술을 탐구하는 무명화가로 살아가고 있었다.

"무슨 작품이냐."

"삽화다. 라면값 벌고 있는 거지."

친구의 목소리는 자조적인 느낌을 불러일으키고 있었다.

"쉬어가면서 벌면 안 되겠냐."

"출판사 사장한테 그래도 되느냐고 니가 한번 물어봐라."

"이번에도 동화냐."

"그래. 이번에도 동화다. 하지만 무슨 의도로 쓴 동화인지 도무지 감을 잡을 수가 없어. 요즘 우리나라 동화작가들은 왜 이렇게 소재가 빈곤한 거냐. 뻑하면 고색창연한 한국 전래동화 재탕하기, 아니면 동물들 똥 싸는 외국 창작동화 베껴 먹기. 창의력은 카펫에 서식하는 진드기 발톱만큼도 없는 놈들이 오뉴월 가뭄에 갈라진 논바닥처럼 가슴이 메마른 감성으로 영양가 없는 이야기를 조잡하게 반죽해서 어린애들 코 묻은 돈이나 노리고 있으니. 오호통재라. 대한민국의 장래가 암울할 수밖에 없지 않겠냐. 하지만 그놈들이 싸갈긴 배설물에 삽화로 개칠을 하고 있는 나 역시 대한민국의 장래에 전혀 도움을 주지 못할 거라는 사실만은 자명하다."

녀석은 포토샵에 들어가 며칠 전 출판사에서 의뢰했다는 동화의 삽화를 손질하고 있는 중이었다. 녀석이 서양화를 전공하다 프랙탈 예술로 전향한 것은 순전히 가정형편 때문이었다. 프랙탈 예술은 컴퓨터로만 가능한 예술로 알려져 있었다. 일단 컴퓨터만 장만하면 그 다음부터는 일절 재료비를 걱정할 필요가 없었다. 하지만 프랙탈 예술로는 생활비를 충당할 수가 없었다. 그래서 녀석은 동화의 삽화를 그리는 일로 생활비를 충당하고 있었다.

녀석의 고향은 홍천(洪川)이었다. 아직도 녀석의 부모님은 거기서 농사를 지으면서 살고 있었다. 그러나 녀석은 예술가로 성공하지 않으면 부모님 앞에 나타나지 않겠다는 결심으로 춘천에 주저앉아 프랙탈 예술에 전념하고 있었다. 두 명의 형들이 홍천 시내에서 잡화상을 경영하고 있었으므로 집안일에 대해서는 그다지 신경을 쓰지 않는 형편이었다.

녀석은 중학교 때부터 급우들 사이에서 잡학의 대가로 추앙받던 존재였다. 루브르 박물관은 죽은 지 육십 년이 지난 화가의 작품만 전시하기 때문에 그토록 유명한 피카소의 작품조차 걸려 있지 않다는 사실도 녀석이 중학교 때 가르쳐주었고, 소금의 주성분은 염화나트륨인데 그것을 사람이 먹으면 죽어버린다는 사실도 녀석이 중학교 때 가르쳐주었다. 고대 중국의 남성들은 먼 길을 떠나거나 전쟁터로 나갈 때 부정을 방지하기 위해 아내들의 음부를 실로 꿰맸다는 사실도 녀석이 중학교 때 가르쳐주었고, 베르사유 궁전에는 화장실이 없기 때문에 사람들은 입장하기 전에 미리 배설을 해두어야 한다는 사실도 녀석이 중학교 때 가르쳐주었다.

내가 봉의산을 내려와 곧장 집으로 향하지 않고 녀석을 찾아온 것은, 때마침 녀석이 봉의산 바로 밑에 있는 교동에 원룸을 얻어 생활하고 있을 뿐만 아니라, 녀석이라면 지난밤 달이 사라져버린 괴현상을 내가 납득할 수 있도록 해명해 줄 만한 지식을 간직하고 있다는 믿음 때문이었다. 그러나 녀석은 마감에 쫓기고 있었으며 괴현상에 대해 전혀 관심을 기울이지 않는 기색이 역력해 보였다.

"가난은 예술의 천적이야."

녀석이 말했다.

"가난은 예술의 천적이지만 예술은 가난의 친척이지."

내가 말했다.

녀석은 나와 대화를 나누고는 있었지만 시종일관 눈길을 모니터에 고정시킨 채 용의주도한 동작으로 마우스를 움직이고 있었다.

"지난밤 괴현상에 대해 신문에 무슨 기사라도 나지 않았을까."

"너 도대체 어디서 무슨 충격을 받았기에 아까부터 뜻 모를 소리만 자꾸 지껄이고 있는 거냐. 너 혹시 남소요라는 여자애가 행방불명된 뒤로 정신이 좀 이상해져 있는 거 아니냐."

나는 그때 순간적으로 달의 실종과 남소요(南逍遙)의 실종이 어떤 연관성을 가지고 있는지도 모른다는 생각을 했다.

소요는 작년 여름부터 내가 경영하는 닭갈비집에서 카운터로 일하고 있었다. 그녀는 춘천에 소재한 국립대학 심리학과를 3학년까지 다니다가 부모님의 이혼을 계기로 자퇴를 단행한 상태였다. 나이는 스물두 살. 단정한 용모에 활달한 성격, 낙천적이면서도 낭만적인 요소들을 간직하고 있었다. 그녀는 매달 보름을 자신의 정기휴일로 정해 달라는 조건으로 카운터를 맡았다.

알고 보니 그녀는 행글라이딩에 심취해 있었다. 매달 보름이면 구봉산으로 올라가 달빛 속에서 행글라이딩을 즐기는 습관을 가지고 있었다. 그녀가 한 마리 시조새처럼 보름달 주변을 선회하는 모습을 처음 목격했을 때의 느낌을 어떻게 표현해야 할까. 나는 심장이 멎어버릴 듯한 황홀감에 사로잡혀 이대로 죽어도 여한이 없겠다는 생각을 했다. 그때부터 나는 매달 보름만 되면 봉의산으로 올라가 그녀가 활공하는 모습을 훔쳐보면서 몇 번이나 거듭되는 오르가슴에 전율하는 습관이 생겼다.

그런데 그녀가 문자 메시지 하나를 끝으로 벌써 열흘째 종무소식이다. 핸드폰도 불통이다. 문자 메시지만으로는 도대체 무슨 영문인지 짐작할 도리가 없다.

죄송합니다특별한
일이생겨당분간뵙
지못할것같습니다
그동안의배려에깊
은감사를드립니다

그녀에게 어떤 특별한 일이 생겼을까. 그녀의 당분간은 도대체 며칠에 해당되는 것일까. 나는 아무 일도 손에 잡히지 않았다. 그녀가 퇴계동 어딘가에 전세방을 얻어 자취를 한다는 소리를 들은 적이 있었다. 그래서 혹시나 그녀를 우연히 만날 수 있을지도 모른다는 기대감 하나로 며칠 동안 퇴계동 일대를 배회한 적도 있었다. 그러나 그녀의 종적은 묘연했다. 동사무소와 복덕방을 뻔질나게 드나들면서 그녀가 살고 있다는 전세방을 수소문해 보았지만 역시 허사였다.

그녀는 달빛 중독자다. 보름이 되면 다시 그녀가 비행하는 모습을 볼 수 있을지도 모른다. 나는 보름이 되기만을 학수고대하고 있었다. 그러나 보름이 되어도 그녀는 나타나지 않았다. 어처구니없게도 달조차 떠오르지 않았다. 그녀가 종적을 감추고 연이어 달이 사라져버린 사실은 어떤 연관성을 가지고 있을까. 그저 우연의 일치일까. 그녀가 종적을 감추었다는 사실을 알고 있는 사람은 드물어도 달이 사라져버렸다는 사실을 알고 있는 사람은 많을 것이다. 지금쯤 인터넷에 들어가면 지난밤 괴현상에 대해 온갖 정보들이 난무하고 있을지도 모른다.

"궁금해서 미칠 지경이니까 미안하지만 잠깐 작업을 중단하고 인터넷 들어가서 하늘에 무슨 변고라도 생겼는지 검색이라도 한번 해봐라."

"지금 주인공이 입은 옷 색깔이 도통 마음에 들지 않아서 두개골에 균열이 생길 지경인데 곁에서 계속 깐죽거릴 거냐."

"그깟 두개골쯤 완전 분해된들 무슨 걱정이냐. 네 삶의 방식대로 인터넷 들어가서 업그레이드된 두개골로 다운받아 쓰면 되는 거지."

녀석은 프랙탈 예술을 한답시고 한동안 컴퓨터에 몰두하더니 지금은 어처구니없게도 전형적인 인터넷 폐인으로 전락해 있었다. 낮에 잠자고 밤에 활동하는 주침야활(晝寢夜活). 사시장철 라면을 주식으로 삼고 살아가는 면식수행(麵食修行). 자신의 위기에는 언제나 둔감해도 국가의 위기에는 언제나 민감한 애국지존(愛國至尊). 녀석은 이른바 인터넷 폐인들의 삼대 생활지침을 철두철미하게 고수하면서 컴퓨터와 동고동락하는 관계를 유지하고 있었다.

"지구가 거느리고 있던 유일한 위성이 사라져버렸다는 사실이 너한테는 대수롭지 않은 일이냐."

"지구가 무슨 위성을 거느리고 있었다는 거냐. 내가 보기에는 아무래도 니가 정상이 아닌 것 같다. 동산면에 가면 시설 좋은 국립정신병원이 있다더라. 삽화 다 끝내면 나하고 한번 찾아가 진단을 받아보자."

"알았다 새꺄. 방해하지 말고 꺼져 달라는 거지."

"니가 꼭두새벽에 나타나서 생뚱맞은 소리만 연발하고 있으니까 해보는 소리다."

나는 그때까지도 녀석이 내 말을 계속 묵살해 버리는 이유를 의미심장하게 받아들이지 않았다. 단지 마감에 쫓기고 있기 때문에 방해받지 않으려고 그런 태도를 보이는 것으로 착각하고 있었다. 나는 머쓱한 기분으로 그쯤에서 입을 다물고 친구의 방문을 나서는 도리밖에 없었다. 하나님, 지금 저하고 장난치시는 겁니까. 자꾸만 그 말이 목구멍을 맴돌고 있었다.

3

시인이
사물에 대한
간음의 욕구를 느끼지 못하면
시가 발기부전증에 걸린다

나는 세상에 전혀 이름이 알려지지 않은 무명시인이다.

본명은 이헌수(李㒧秀), 전주 이씨(全州 李氏) 양녕대군파(讓寧
大君派) 십칠세손(十七世孫)이다. 임금 자리를 헌 짚신짝처럼 내
던져버리고 천하를 주유(周遊)했던 조상을 가문의 유일한 자부
심으로 간직하고 있다. 춘천에 소재한 국립대학 국문과를 졸업
했고 스물일곱 살이 되던 해에 서울에서 발행되는 주요 일간지
신춘문예에 「닭울음」이라는 시(詩)가 당선됨으로써 문단에 등단
했다.

내 어릴 적 꿈은 솜사탕 장수였다. 물론 솜사탕을 팔아서 타
인들에게 어떤 대접을 받을 수 있는지 과연 처자식을 먹여 살릴
만큼 돈을 벌 수 있는지 따위에 대해서는 생각해 보지 않았다.
혀를 녹여버리는 솜사탕의 달콤함, 햇빛 좋은 날 하늘에서 뭉게

구름을 뜯어다 뭉쳐놓은 듯한 솜사탕의 모양 따위에만 매료되어 있었다.

"사내자식이 불알을 차고 이 세상에 태어났으면 최소한 불알값은 하고 살아야 하느니라."

아버지는 어릴 때부터 입버릇처럼 내게 불알값을 강조하셨다.

"어른이 되면 불알을 떼서 팔아야 하나요?"

"아니다."

"그럼 어떻게 불알값을 해요?"

"너 하나 잘 되기만 바라면서 살지 말고 남까지 잘 되기를 바라면서 살다 보면 절로 불알값을 하는 법을 터득하게 되느니라."

나는 국민학교를 졸업하기도 전에 솜사탕 장수로는 불알값을 하기가 힘들다는 사실을 알게 되었다. 대학을 졸업하고 시인이라는 이름을 얻기는 했으나 그것만으로는 역시 불알값을 하면서 살아가기가 힘들었다.

나는 서른두 살에 접어든 오늘날까지도 불알값을 하지 못하는 상태로 살고 있다. 아버지는 나 하나 잘 되기만을 바라지 말고 남까지 잘 되기를 바라면서 살다 보면 절로 불알값을 하는 법을 터득하게 된다고 말씀하셨지만 아직은 나 하나도 주체하기 힘든 상황이다. 문학적으로도 성공을 거두지 못했고 경제적으로도 성공을 거두지 못했다. 결혼 역시 엄두도 내지 못하고 있는 상황이다.

나는 지금 춘천시 소양동에서 금불알이라는 상호를 내걸고 닭갈비집을 운영하고 있다. 대학 3학년 때 어머니가 돌아가시고 이듬해 연달아 아버지가 돌아가시면서 장남이라는 이유로 어쩔 수 없이 물려받은 가업이다. 금불알이라는 상호는 아버지가 작명하셨고 양념장의 비법은 어머니가 개발하셨다. 금불알이라는 상호에는 아버지의 호방하면서도 해학적인 기질이 그대로 드러나고 양념장의 비법에는 어머니의 섬세하면서도 후덕하신 성품이 그대로 드러난다.

아버지는 상호를 통해 닭갈비에서 금부처를 뽑아낸다는 화두를 남기시기는 했지만 불교적인 성향보다는 풍류적(風流的)인 성향이 더 짙으신 분이셨다. 자주 시인묵객들과 어울려 술잔을 기울이시기를 좋아하셨다.

부모님이 돌아가신 다음에도 금불알은 손님들이 끊이지 않는 편이어서 경제적으로는 별다른 어려움을 겪지 않았다. 덕분에 나는 두 명의 동생들을 모두 대학까지 뒷바라지 할 수 있었다. 여동생 인경(李仁景)이는 작년 봄에 가평에서 제과점을 경영하는 남자와 중매결혼을 했고, 남동생 찬수(李燦秀)는 대학을 2학년까지 다니다가 육군에 입대, 무사히 복무 연한을 마치고 두 달 전에 제대를 해서 지금은 열심히 가게 일을 거들고 있다. 그리고 누나가 한 명 있다. 누나는 기독교인이 아니면 무조건 사탄으로 간주하는 광신도다. 나는 대학을 다닐 때까지 누나로부터, 사탄아 물러가라, 는 대갈일성을 한 달에 서너 번꼴로 들으면서 살았다. 누나는 현재 슬하에 두 명의 자녀를 거느리고 버섯농장을 경영하는 매형과 함께 주님을 열심히 찬양하면서 살고 있다.

닭갈비집은 대개 자정 무렵에야 문을 닫는다. 문을 닫고 나면 그때부터 나는 토막난 닭들의 비극적 종말을 서정시로 승화시키는 작업에 몰두한다. 하지만 시는 대상에 대한 정서적 간음이 우선되어야 한다. 그런 줄을 알면서도 나는 토막난 닭들에게 정서적 간음의 욕구를 전혀 느끼지 못한 상태로 시를 쓰는 날이 많았다. 그것은 결국 시를 기만하는 행위나 다름이 없었다. 그래서 내 시들은 언제나 발기부전증에 걸려 있었다.

그러나 소요가 나타나면서 내 시들은 순식간에 발기탱천한 상태로 호전되었다. 퇴락했던 감성의 뜨락에는 시어(詩語)의 수풀들이 무성하게 자라 오르고 메말랐던 의식의 강물에는 연모의 꽃잎들이 분분히 떨어져 내렸다. 보이는 모든 것들이 빛나는 사념의 편린이 되어 심장을 두근거리게 만들었고 들리는 모든 것들이 명료한 영혼의 불씨가 되어 허파를 펄럭거리게 만들었다. 나는 소요를 만나면서 만물들에게 맹렬한 간음의 욕구를 느끼기 시작했고 비로소 지독한 문학의 열병을 앓기 시작했다. 습작기 때와는 비교도 할 수 없을 정도로 지독한 열병이었다.

그런데 어느 날 갑자기 그녀가 문자 메시지 하나를 내게 보내고는 종적이 묘연해져 버렸다. 나는 그제서야 자신이 그녀의 신변에 대해 전혀 아는 바가 없다는 사실에 통탄을 금치 못했다. 신변에 대해 전혀 아는 바가 없는 상태로 어떻게 그녀에게 카운터를 맡기게 되었을까. 자신이 생각해도 어이가 없었다. 하지만 그녀가 무조건 좋았다는 말로밖에는 달리 해명할 말이 없었다.

그녀는 카운터를 맡고 나서도 평소 자신의 신변에 대한 언급을 가급적이면 회피하려는 기색이 역력했다. 그래서 소상한 것들을 물어볼 기회가 없었다. 퇴계동 어딘가에서 전세방을 얻어 혼자 자취를 하고 있으며 이혼한 부모님들이 서울에 살고 있다는 사실 정도만 알고 있을 뿐이었다. 그녀의 실종을 계기로 다시 내 시들은 발기부전증을 앓기 시작했다. 그리고 이제는 어처구니없게도 달조차 종적이 묘연해져 버렸다.

사실 그녀가 나타나기 전까지 나는 달을 까마득하게 잊어버리

고 있었다. 일반 사물에 대해서도 전혀 서정성을 느끼지 못하고
있었다. 나로서는 당연히 그녀가 달과 함께 나타났다가 달과 함
께 사라져버렸다는 확신을 떨쳐버릴 수가 없었다.

4

세상 전체가
나를
속이고 있는 것은 아닐까

나는 집으로 돌아와 대문 앞에 던져진 조간신문을 샅샅이 살펴보았다. 그러나 달에 관한 언급은 한 줄도 보이지 않았다. 내방으로 들어가 컴퓨터를 켜고 달에 관한 정보를 검색해 보았다.

이상했다. 한 달이니 두 달이니 하는 날짜 묶음으로서의 달만 즐비하게 떠오르고 지구의 위성에 해당하는 달에 관해서는 아무런 정보도 떠오르지 않았다. 이따금 달디단, 몽달귀신, 달리기, 닦달하다, 알콩달콩, 달성하다, 달팽이, 수달, 조달청장, 매달리다 등의 단어에 달이라는 글자들이 고딕체로 섞여 있기는 했지만 그것들은 내가 찾는 달과는 너무나 거리가 먼 달들이었다.

나는 영문자로 MOON을 검색해 보았다. 검색어 MOON에 대한 정보가 존재하지 않습니다, 라는 메시지가 돌출했다. 몇 번이나 확인해 보았지만 결과는 마찬가지였다.

나는 NASA 홈페이지로 들어가보았다. 그러나 NASA 홈페이지에도 달(MOON)에 관한 정보는 전무했다. 수성(Mercury)도 있고 금성(Venus)도 있고 지구(Earth)도 있고 화성(Mars)도 있고 목성(Jupiter)도 있고 토성(Saturn)도 있고 천왕성(Uranus)도 있고 해왕성(Neptune)도 있고 명왕성(Pluto)도 있는데 달(MOON)만 없었다. 무슨 음모가 도사리고 있는 것일까. 모든 검색엔진이 달에 대한 정보가 존재하지 않는다는 결과를 나타내 보이고 있었다.

"미국 사람들은 오래전부터 달을 흙덩어리로 생각했지만 한국 사람들은 오래전부터 달을 빛덩어리로 생각했어요."

"어떤 차이가 있을까."

"미국 사람들은 우주선을 타고 달에까지 직접 날아가 지표에 천박한 성조기를 꽂았고 한국 사람들은 툇마루에 앉아 막걸리를 마시면서 지표에 우아한 계수나무를 심었지요."

언젠가 소요와 나누었던 대화의 한 토막이다.

1969년 7월 16일. 미국은 인류 최초로 우주 비행사 3명을 태운 유인우주선 아폴로 11호를 달에 착륙시키고 이를 기념하기 위해 달의 지표에 성조기를 꽂았다. 아폴로 11호는 착륙선과 사령선으로 이루어졌으며, 암스트롱과 올드린이 착륙선을 타고 달에 내려앉았다. 콜린스는 사령선에 남아서 달의 위성궤도를 계속해서 돌며 달 표면 관측과 착륙선이 돌아왔을 때의 도킹 작업을 준비하고 있었다. 달의 지표에 첫발을 내디딘 암스트롱은, 이것은 한 인간의 작은 발걸음이겠지만, 전 인류를 위한 하나의 위대한 도약이다, 라는 메시지를 지구로 전송했다. 나는 그런 역사적 사실이 있었음을 선명하게 기억하고 있다. 책으로도 읽은 기억이 있고 텔레비전으로도 목격한 기억이 있다.

그러나 아무리 검색해 보아도 없었다. 그러한 역사적 사실조차도 모조리 망실되어 있었다. 내가 모르는 사이 도대체 지구에 무슨 이변이 일어났단 말인가. 나는 황급히 국어대사전을 뒤적거리기 시작했다.

그러나 없었다. 국어대사전에도 날짜의 단위개념으로 쓰이는 한 달, 두 달, 석 달은 있었지만 내가 찾는 달은 없었다. 달무리도 없었고 달맞이도 없었다. 달집도 없었고 달떡도 없었다. 심지어는 음력이니 양력이니 하는 단어들조차 누락되어 있었다.

"우리 민족이 정월대보름을 기해서 전통적으로 치르는 세시풍속이 몇 가지나 되는지 아세요?"

"고등학교 시절부터 줄곧 달에 대해 관심을 가져본 적이 없는 놈이 어떻게 그걸 알겠어."

"여든 가지가 넘어요. 정월대보름에 치르는 세시풍속만 하더라도 그 정도인데 팔월 한가위에 치르는 세시풍속까지 합친다면 백오십여 가지는 충분히 넘을 거예요. 그만큼 우리 민족이 달을 흠모했다는 증거지요."

소요는 달에 관해서라면 모르는 것이 없었다. 과학적인 견지로 보는 달에서부터 예술적인 견지로 보는 달에 이르기까지 두루 막힘이 없었다. 달과 연계된 전설, 달과 연계된 신화, 달과 연계된 음악, 달과 연계된 민속, 달과 연계된 사건, 달과 연계된 서적, 달과 연계된 생명, 달과 연계된 종교, 어떤 분야든지 물어보면 거침없이 대답해 주었다. 하지만 나는 닭갈비나 팔아먹고 살아가는 닭대가리에 불과하다. 안타깝게도 그녀에게서 들었던 수많은 이야기들은 거의 잊어버리고 말았다. 아직 확인해 보지는 않았지만 우리 민족이 정월대보름과 팔월 한가위를 기해서 전통적으로 치르던 백오십여 가지의 세시풍속들 역시 모조리 소멸되고 말았을 거라는 생각이 들었다.

나는 소요에게서 얻어들은 풍월 중에서 세시풍속과는 관계가 없었지만 달과는 직접적인 관계를 가진, 조석(潮汐)이라는 단어 하나를 떠올렸다. 그녀의 설명에 따르면, 조석은 해변에서 누구나 경험할 수 있는 밀물과 썰물로, 달과 태양의 기조력에 의해 해면(海面)이 주기적으로 오르내리는 현상을 나타내는 단어였다. 그러나 조석(朝夕)이라는 단어는 있어도 조석(潮汐)이라는 단어는 없었다. 조석(朝夕)은 아침과 저녁을 의미하는 단어로 달과는 거리가 너무 멀었다. 아무튼 국어사전에는,

초승달도 없었다.

상현달도 없었다.

하현달도 없었다.

그믐달도 없었다.

보름달도 없었다.

천체로서의 달과 연계된 단어들은 모조리 누락되어 있었다. 이번에는 백과사전을 뒤적거려보았다. 백과사전도 마찬가지였다. 어디에도 내가 찾는 달은 존재하지 않았다. 집 안에 존재하는 모든 책들을 들쑤시면서 달과 연계된 단어나 이론들을 찾아보았지만 헛일이었다.

그래도 나는 포기하지 않았다. 최소한 달을 뜻하는 월(月) 자 정도는 어딘가에 존재하지 않을까. 나는 컴퓨터의 한자 변환기능에서 달 월(月)을 포함한 단어들을 검색해 보았다. 있기는 있었다. 그러나 한자 변환기능에도 일월(一月), 이월(二月), 삼월(三月)

로 쓰이는 월(月) 자는 있어도 천체를 의미하는 월(月) 자는 없었
다. 이를테면 월간(月刊), 월급(月給), 월말(月末), 격월(隔月) 등으
로 쓰이는 단어는 있었지만 월출(月出), 월식(月蝕) 월광(月光), 망
월(望月), 반월(半月) 등으로 쓰이는 단어는 없었다. 천체로서의
월 자가 들어가는 모든 단어들이 누락되어 있었다. 도대체 무슨
변고일까. 내가 모르는 사이 전세계의 달에 관한 정보들이 깡그
리 사라져버렸다. 나는 다시 한 번 정체 모를 두려움에 휩싸이기
시작했다.

문득 과학관을 가보면 어떤 실마리가 풀릴지도 모른다는 생각
이 들었다. 후덥지근한 날씨였다. 나는 주차장으로 걸음을 옮기
다 멈칫 걸음을 멈추었다. 손님들을 실어 나르는 전용 봉고차가
있었지만 엔진에 이상이 생겨 지금은 정비소에 맡겨놓은 상태였
다. 나는 집을 뛰쳐나와 택시를 잡는 수밖에 없었다.

"과학관으로 가주세요."

물론 나는 과학관으로 가는 동안에도 택시 운전수가 달에 관
해 알고 있는가를 탐문해 보는 일을 빠뜨리지 않았다. 택시 운전
수는 마흔 중반쯤으로 보이는 남자였고 호방한 성격을 가지고
있었다.

"글쎄요, 귀동냥이라면 그야말로 택시운짱 따라올 직업이 없
겠지요. 하지만 택시운짱 십 년 만에 달이라는 물건이 하늘에 있
다는 소리는 처음 들어보는데요."

택시 운전수 역시 금시초문이라는 반응이었다. 바깥을 내다보
았다. 특별히 달라진 것은 없었다. 거리도 그대로였고 건물들도
그대로였다. 차들도 그대로였고 사람들도 그대로였다. 혼란을 겪
었거나 재앙을 겪었던 흔적은 어디에서도 찾아볼 수가 없었다.

과학관으로 들어서니 제일 먼저 외부에 설치되어 있는 천체망원경이 눈에 띄었다. 나는 허겁지겁 그리로 달려가 하늘부터 관측하기 시작했다. 그러나 대낮이었으므로 아무것도 관측되지 않았다. 별도 보이지 않았고 달도 보이지 않았다. 망원경의 방향을 이리저리 바꿀 때마다 희뿌연 허공만 스치고 지나갔다.

실내로 들어가보았다. 방학 중이었으므로 초등학생들이 많았다. 초등학생들은 각종 전시물들과 시설물들을 순례하면서, 떱때야 밀지 마라, 졸라 신기하잖냐, 나도 한번 해보자, 개쉑, 죽고 잡냐, 착시현상 아니냐, 와자지껄 떠들어대고 있었다. 나도 녀석들 틈에 섞여 모든 코스들을 순례해 보았다. 하지만 역시 달에 관계된 전시물이나 인쇄물들은 일절 눈에 띄지 않았다.

시뮬레이션으로 우주여행을 체험하는 코스로 들어갔다. 거기서 때마침 초등학생들에게 우주의 신비를 설명하고 있는 여자 하나를 만났다. 담당 직원임이 분명해 보였다. 삼십대 초반으로 보이는 나이였다. 약간 마른 체형에 지적인 분위기를 간직하고 있었다. 그녀는 아이들에게 진지한 목소리로 화성탐사에 대해 설명하고 있었다. 나는 그녀의 설명이 끝나기를 기다리고 있었다. 그녀라면 아폴로 11호가 달에 착륙했던 사실을 알고 있을지도 모른다는 생각이 들었다.

이윽고 그녀가 화성탐사에 대한 설명을 끝내고 아이들을 한 조씩 우주선에 탑승시키고 있었다. 나는 적당한 기회를 틈타 조심스럽게 그녀에게 다가갔다. 그리고 달에 관한 정보를 가급적이면 소상하게 들려주기를 간청했다. 그러나 결과는 마찬가지였다.

"달이라니요?"

그녀 역시 금시초문이라는 표정을 짓고 있었다. 나는 달에 관한 모든 기억들을 그녀에게 장황하게 늘어놓았다. 그러나 그녀는 다소 냉담한 표정으로, 지금 당신이 집필하고 있는 공상과학 소설 따위에 관심을 기울일 만큼 제가 한가해 보이시나요, 라는 반문으로 나에 대한 거부감을 강력하게 표출해 보였다. 나는 그만 말문이 막혀버리고 말았다. 얘들아, 이 여자는 아무것도 모르는 엉터리야, 기분 같아서는 모형 우주선에 타고 있는 아이들을 모두 끌어내 집으로 쫓아버리고 싶었다.

나는 집으로 돌아와 전화통을 붙잡고 중구난방으로 달을 수소문하기 시작했다. 방송국. 신문사. 천문대. 천문학 동호회. 천문학 교수. 과학잡지. 그러나 어떤 기관이나 개인, 단체에서도 이 괴이한 현상에 대해 명쾌한 해답을 제시하지는 못했다. 명쾌한 해답은커녕 달을 아는 놈조차도 없었다. 나는 종일토록 아무것도 먹지 못했지만 허기조차 느껴지지 않았다. 머릿속이 지글지글 끓고 있었다. 지글지글 끓고 있는 머릿속에 보름달 하나가 들어 있었다. 보름달은 흐물흐물 녹아서 해체되고 있었다.

모든 사람들의 기억 속에서도 달에 대한 정보가 사라져버리고 모든 사람들의 기록 속에서도 달에 대한 정보가 사라져버렸다. 그것이 종일토록 동분서주해서 내가 얻어낸 결론이었다. 정체불명의 비애감이 칼끝처럼 날카롭게 가슴을 베면서 스쳐갔다.

나는 무심코 벽에 걸려 있는 달력을 쳐다보았다. 이상했다. 달력이 판이하게 달라져 있었다. 월(月), 화(火), 수(水), 목(木), 금(金), 토(土), 일(日)이 아니었다. 인(人), 화(火), 수(水), 목(木), 금(金), 토(土), 일(日)이었다. 달[月]이 있어야 할 자리에 사람[人]이 들어가 있었다. 나는 믿을 수가 없었다. 그래서 몇 번이나 요일을 확인해 보았다. 확인해 보았지만 분명히 월요일은 없었다.

도대체 언제부터 저런 달력이 발행되었을까. 단 한 글자가 교체되어 있는데 달력 전체가 교체되어 있는 듯한 느낌이었다. 월요일(月曜日)이 아니라 인요일(人曜日)이라니. 영어로도 맨데이(MANDAY)라고 표기되어 있었다. 정말 웃기는 짜장이다, 라는 반발심이 솟구쳤다. 어떤 거대한 존재가 나를 골탕 먹일 목적으로 기묘한 왜곡현상들을 보여주고 있는지도 모른다는 생각이 들었다.

어째서 천체들을 상징하는 요일들 사이에 인간이 끼어들게 되었을까. 달력을 넘기면서 1월부터 12월까지를 확인해 보았다. 모두가 그렇게 인쇄되어 있었다. 다만 소요가 빨간 색연필로 동그랗게 표시해 놓은 매달 음력 보름만 달에 대한 증거를 대신하고 있었다. 하지만 그것은 나만이 납득할 수 있는 증거였지 타인을 납득시킬 수 있는 증거는 아니었다.

나는 세상 전체가 나를 속이고 있다는 생각이 들었다. 공포감에 가까운 외로움이 가슴 밑바닥에서 서서히 고개를 쳐들고 있었다.

어제부터 한숨도 못 잤으므로 졸음이 걷잡을 수 없이 쏟아져 내리고 있었다. 나는 그대로 방바닥에 쓰러져 졸음 속으로 빨려들기 시작했다.

5

이태백이
어떻게 죽었는지
아십니까

"니들, 낮에 나온 반달은 하얀 반달은 햇님이 쓰다 버린 쪽박 인가요, 하는 노래 들어본 적 있니?"

"없어."

"그럼, 달아 달아 밝은 달아 이 태백이 놀던 달아, 하는 노래는?"

"처음이야."

"푸른 하늘 은하수 하얀 쪽배에 계수나무 한 나무 토끼 한 마리로 시작되는 노래는 알고 있겠지. 반달이라는 노랜데."

"그런 노래도 있었어요?"

나는 찬수녀석과 제영(徐娫英)이에게 달과 관계된 노래의 첫 소절들을 불러주면서 들어본 적이 있느냐고 물어보았다. 그러나 찬수녀석도 제영이도 금시초문이라는 표정을 짓고 있었다. 가게 문을 열 시간이 임박해 오고 있었다. 밖을 내다보니 하늘 전역에

축축한 먹구름이 끼어 있었다. 나는 오늘밤에도 봉의산에 올라가 달이 떠오르기를 기다려볼 심산이었다. 그러나 날씨 때문에 포기하는 수밖에 없겠다는 생각이 들었다. 아무래도 한바탕 비가 쏟아질 것 같은 분위기였다.

"혹시 아가야 나오너라 달마중 가자, 로 시작되는 노래는 들어본 적이 있니?"

"그것도 처음 들어보는 노랜데?"

"너 혹시 내 동생을 위장해서 지구에 기생하고 있는 외계인 아니냐?"

"나는 아까부터 지구에 달이라는 위성이 있다고 주장하는 형이 더 수상해 보여."

"내 동생이라면 절대로 지금처럼 즉각적인 순발력을 동원해서 상대를 역공하는 방법을 구사하지는 못해. 녀석은 지능지수가 그다지 높은 편이 아니거든. 아무리 생각해도 너는 외계인이야. 실토해라. 도대체 어느 혹성에서 온 놈이냐. 그리고 무슨 목적으로 달에 관한 정보들을 모조리 삭제해 버렸냐."

"내가 군대에서 존나게 뺑이를 치고 있는 동안 형은 팔자 좋게 에스에프 영화만 보고 있었구만."

달에 대한 정보는 인간들의 기억 속에서도 완전히 삭제되어 버린 것 같았다. 친구인 필도녀석도 달에 대해서 금시초문이라는 표정이었고, 동생인 찬수녀석도 달에 대해서 금시초문이라는 표정이었다. 택시 운전수도 달에 대해서 금시초문이라는 표정이었고, 과학관 여직원도 달에 대해서 금시초문이라는 표정이었다. 내가 만난 모든 사람들이 달에 대해서 금시초문이라는 표정이었다. 지구에 현존하는 모든 인간들이 지구인을 가장한 외계인이고 나만 순수한 지구인이 아닐까 하는 의구심까지 생겨날 지경이었다. 물론 당치도 않은 추측이지만 외계인을 대입시키지 않고는 이 기상천외한 사태를 설명할 방도가 없었다.

"제가 생각하기에는 아까 그 노래들 선배님이 직접 지으신 거 같은데요."

카운터에 앉아 있던 제영이가 불쑥 한마디를 던졌다. 제영이는 찬수녀석의 여자친구다. 내가 졸업한 대학의 국문과 2학년에 재학 중이다. 그래서 내게 꼬박꼬박 선배라는 호칭을 쓴다. 언젠가 그녀에게 로트레아몽을 어떻게 생각하느냐고 물었을 때, 그녀는 로트레아몽이 어느 회사에서 출시한 남성용 화장품 이름이냐고 반문한 적이 있었다. 도대체 요즘 대학 국문과에서는 무엇을 가르치기에 로트레아몽도 모른단 말인가. 나는 요절한 프랑스의 천재시인 하나가 남성용 화장품으로 둔갑해 버리는 순간부터 그녀를 별로 탐탁지 않게 생각하기 시작했다.

"내가 지었다고 생각할 만한 근거라도 있나?"

"노래가 약간 촌스럽잖아요."

이 아가씨는 상대편 기분 따위를 고려해서 말하는 성품이 아니다. 노래가 약간 촌스럽기 때문에 내가 지었다고 생각한다니. 싸가지가 완전 고갈된 상태가 아니고서야 저렇게 태연자약한 표정으로 남자친구의 형에게 함부로 그런 대사를 내뱉을 수가 없다. 하지만 그녀는 전혀 부끄러움을 느끼지 못한다. 오히려 매사에 자신감이 넘친다.

그녀는 날마다 영업이 끝나면 찬수녀석 방에서 동침을 한다. 그런데 섹스를 나누면서 질러대는 교성이 건너편 내 방까지 명료하게 들린다. 건너편 내 방까지 명료하게 들리면 인접해 있는 옆집과 뒷집에도 명료하게 들릴 것이다. 그러나 그녀는 조금도 개의치 않는다. 거친 숨을 몰아쉬면서, 남이 들으면 어때서 그래, 지들은 평생 섹스도 안 하고 사나, 어쩌구 하는 소리까지 내뱉는다. 영업시간에도 기분이 내키면 찬수녀석의 목을 끌어안고 진한 키스를 퍼붓는다. 나는 그녀만 보면 지구의 종말이 머지않았다는 생각을 하게 된다.

"어솝셔어."

세 명의 손님들이 가게 안으로 들어서고 있었다. 두 명은 남자였고 한 명은 여자였다. 삼십대 중반쯤 되는 나이들이었다. 찬수녀석이 큰 소리로 인사말을 던지면서 구십 도로 허리를 숙이고 있었다. 영업을 시작하기에는 다소 이른 시각이었다. 그래서 아직 준비가 충분치 않은 상태였다. 하지만 이미 문을 밀고 들어온 손님들을 내쫓을 수는 없었다.

"아직 아줌마들이 오시지 않았는데 손님들 받아도 괜찮아?"

제영이가 또 입방정을 떨고 있었다. 찬수녀석이 눈을 부릅뜬 채 그녀에게 위협하는 시늉을 해 보였다. 준비가 충분치 않다는 것을 알면 손님들이 돌아가버리는 수가 있다는 사실을 그녀는 감안하지 않고 있었다. 내가 뭘 어쨌다고 눈을 부라리고 지랄이야, 그녀는 불만에 찬 목소리로 투덜거리면서 찬수녀석을 향해 하얗게 눈을 흘기고 있었다.

"시간이 별로 없으니까 늦어질 거 같으면 다른 데로 갈게요."

아니나 다를까 여자 손님이 핸드백을 챙기면서 의자에서 일어설 태세를 취하고 있었다.

"아닙니다. 아닙니다. 아직 시간이 일러서 아줌마들이 오시지는 않았지만 숙달된 조교, 바로 저희들이 있지 않습니까. 텔레비전을 켜셨다고 생각하시고 애국가를 사절까지만 마음속으로 불러보세요. 본방송이 나오려면 사절까지 부르셔야 하겠지만 닭갈비는 삼절까지만 부르셔도 나옵니다. 삼절이 미처 끝나기도 전에 드실 수 있도록 제가 솜씨를 한번 발휘해 보겠습니다."

찬수녀석이 불판에 기름칠을 하면서 너스레를 떨고 있었다. 일어서려던 여자 손님의 엉덩이가 자연스럽게 의자로 가라앉고 있었다. 나도 물주전자를 들고 재빨리 손님들에게로 다가갔다. 제영이는 이럴 때 동치미 국물이라도 날라다 주면 얼마나 좋으랴. 하지만 상황과는 무관하게 그녀는 손거울을 들여다보면서 눈썹을 그리는 일에만 골몰해 있었다.

"저어. 손님들 중에 혹시 이태백을 알고 계시는 분 있으십니까."

나는 물컵에 물을 따르면서 손님들에게 물어보았다.

"중국 당나라 때의 시인 말씀인가요?"

여자 손님이 이태백을 알고 있었다.

"술고래였지."

남자 손님 한 분도 이태백을 알고 있었다.

"하필이면 간판이 왜 금불알이오."

다른 남자 손님 한 분은 이태백보다는 금불알에 더 관심을 표명해 보였다. 나는 금불알이 내포하고 있는 의미를 간단하게 설명해 드렸다.

"이태백에 대해서 물어본 까닭이 무엇이오."

"어떻게 죽었는지 아시는 분이 계실까 해서요."

"어떻게 죽었는지는 모르겠는데요."

"이태백은 시 한 수에 술 한 말이라고 했으니까 아마 간암으로 죽지 않았을까."

이태백(李太白)은 누구보다 술과 달을 사랑했던 시인이었다. 부인을 네 명이나 거느렸으니까 아마 여자도 무척 사랑했을 것이다. 내 기억에 의하면 이태백은 강물 속에 빠진 달이 너무도 아름다워 보여서 그것을 건지러 들어갔다가 익사했다. 그러나 손님들은 이태백이 소문난 술고래였으니까 간암으로 죽었을지도 모른다는 추측을 하고 있었다.

"강물에 빠져 있는 달을 건지러 들어갔다가 익사했다는 소리를 들어보신 적은 없으신가요."

내가 손님들에게 물었다.

"달이 뭔데요."

여자 손님이 내게 반문했다.

"목숨하고 바꿀 정도라면 굉장히 소중한 물건이겠지."

남자 손님 하나가 달을 무슨 패물 정도로 생각하는 어투로 대답하고 있었다.

손님들 역시 달에 관한 정보가 기억 속에서 완전히 지워져버렸음이 분명해 보였다. 나는 손님들이 계속 달에 대해 물으면 어떻게 대답해야 할까를 생각하고 있었다. 그러나 손님들은 달을 물에 빠진 채로 방치해 둘 수 없는 소중한 물건 정도로 단정해버리고 더 이상 내게 궁금증을 나타내 보이지는 않았다.

"에어컨 바람은 정말 질색이야."

제영이가 찬수녀석을 향해 짜증스러운 목소리로 말했다.

"나보고 어쩌라는 거야."

찬수녀석이 퉁명스러운 목소리로 대답했다.

"그냥 에어컨 바람이 싫다는 거지."

"그럼 너 혼자 밖에 나가 열나게 부채질이나 하고 있어."

"지랄."

여름은 손님들이 현저하게 줄어드는 비수기였다. 그야말로 닭갈비를 좋아하는 손님들만 드나들었다. 모든 장사가 그렇지만 닭갈비 장사도 의외로 잔신경을 많이 써야만 현상유지가 가능하다. 에어컨으로 실내 온도를 적절하게 조절하고 마치 피서를 와서 닭갈비를 먹는 기분이 들도록 만들어주는 것도 여름철에 단골을 확보하는 방법 중의 하나다. 하지만 그녀는 언제나 초미니 반바지를 입는다. 상의도 마찬가지다. 가슴과 어깨가 그대로 드러나는 차림새다. 손님들이 닭갈비를 먹으러 오는 것이 아니라 자기 피부를 구경하러 온다고 생각하는 여자 같았다. 그런 차림새라면 맨살을 더듬는 에어컨 바람이 쾌적하게 느껴지지는 않을 것이다. 하지만 그녀는 자신의 차림새를 바꿀 생각은 없는 것 같았다.

"닭갈비 삼인분에 쐬주 한 병 그리고 공깃밥 둘 맞지요."

"맞습니다."

"잔돈 없으세요."

"없는데요."

닭갈비를 다 먹은 손님들이 카운터에서 계산을 하고 있었다.

"거스름돈이 없으니까 우수리는 깎아드릴게요."

그녀는 거스름돈이 없다는 이유로 무려 사천 원이라는 거금을 깎아주고 있었다. 손님을 잠시 기다리게 해놓고 바로 옆집 담뱃가게에 가서 잔돈을 마련해 오는 융통성조차 없었다.

"카키색 남방 입은 아저씨 너무너무 잘생기지 않았어?"

그녀는 어쩌면 거스름돈이 없어서가 아니라 카키색 남방을 입은 아저씨가 너무너무 잘생겨서 깎아주었는지도 모른다.

"잘생긴 놈 열 명만 단골로 드나들면 일 년도 못 버티고 가게 말아먹겠다."

"꼴에 남자라고 질투는."

오늘은 그녀가 카운터에 앉은 지 일주일이 되는 날이다. 하지만 그녀는 아직도 가게 분위기를 전혀 파악하지 못하고 있는 실정이다. 명색은 아르바이트생인데 행동거지는 주인이나 진배없으며 잔소리는 손님을 방불케 한다. 일 년만 더 카운터에 앉혀두면 내가 신경쇠약으로 쓰러져버릴지도 모른다. 소요가 실종되고 대신 제영이가 카운터에 앉게 된 것은 아무리 생각해도 재앙에 해당한다.

소요는 자신을 달빛 중독자로 자처하기를 좋아했다. 적어도 인간이라면 한 달에 한 번 정도는 달빛에 심신을 흠뻑 적셔주어야 감성이 녹슬지 않는다는 것이 소요의 지론이었다. 하지만 제영이라면 일 년 삼백육십오 일을 빠짐없이 달빛에 심신을 흠뻑 적신다고 하더라도 전혀 개선될 기미가 보이지 않을 것 같았다.

6

해파리떼

어민들이 해파리들의 내습으로 인한 피해를 견디지 못해 바다를 등지고 도시로 떠나는 사태가 속출하고 있다. 충남 당진군 가곡리 성구미포구는 42척의 배를 보유하고 있으며 주민 모두가 고기잡이로 생계를 이어가는 형편인데 해파리의 내습으로 출어를 못한 지가 두 달이 넘었다. 해파리의 몸무게는 마리당 200킬로그램 정도. 낭장망, 안강망, 통발을 가리지 않고 달라붙어 그물이 터지거나 무게 때문에 그물 올리기를 포기해야 하는 사태가 발생하고 있다. 해면(海面) 전체가 해파리들로 뒤덮여 있으며 육지는 파도에 밀려나와 죽은 해파리들이 제방을 이루고 있다. 주민들은 해파리들이 썩는 냄새 때문에 숨을 제대로 쉬지 못할 지경이라고 탄식한다. 지난달 주민 박재혁 씨(52)가 생계를 해결할 방도가 없어 바다를 등지고 도시로 떠난 이래 연이어 4가구가 이사를 감행했다. 그러나 관계 당국은 지금까지 아무런 대책도 강구하지 못하고 있는 실정이다. (신해일보 金逸根 기자)

　인천시 옹진군 연평도 어민들이 해파리들 때문에 막대한 피해를 입고 있다. 특정 해역에 들어가 그물을 쳐놓았으나 해파리들이 너무 많이 그물에 달라붙어 조업이 불가능한 상태. 물고기를 포획하기 위해 쳐놓은 그물에 해파리들이 달라붙게 되면 그물이 터지거나 물살의 흐름을 가로막아 급기야는 그물을 유실시킨다는 것이다. 관계당국은 아직 해파리들의 갑작스러운 출몰에 대해 원인과 대책을 밝히지 못하고 있는 입장이다. 현재 연평도에는 50여 척의 배가 있으나 해파리들의 내습을 받아 어민들이 월 3천만 원 정도의 피해를 입고 있다고 한다. 그러나 해파리들로 인한 피해를 보상해 줄 법적 근거가 없기 때문에 어민들의 근심만 날이 갈수록 깊어지고 있다. (매일통신 文學善 기자)

　최근 동북아시아 연근해에 대형 해파리떼가 출몰하면서 한·중·일 3국의 해수욕장에 초비상이 걸렸다. 해파리는 보통 우산 모양이고 바깥쪽 외산(外傘)과 아래쪽 내산(內傘)으로 이루어져 있으며 모두 젤라틴질로 형성된 중교층(中膠層)이 내장되어 있다. 해파리는 스스로 유영하는 능력이 약해 해류를 타고 이동하는 데 보통 한 마리가 1회에 1억 개 정도의 알을 낳는다. 독성이 있는 자사포(刺絲胞)를 보유하고 있으며 먹이를 잡거나 적을 방어할 때 사용한다. 세계적으로 약 200여 종이 알려져 있으나 한국에서의 연구는 매우 미흡한 상태다. 『자산어보(玆山魚譜)』에는 해타(海鮀)라 하고 속명을 해팔어(海八魚)라 하였다. 해파리는 해팔어에서 유래된 이름이다. 쏘이면 신경이 마비되거나 염증을 일으키기도 한다. 상자해파리의 경우는 맹독성 자사포를 가지고 있어서 건강한 사람이라도 쏘이면 1분 이내에 목숨을 잃는다. 아직 한국에서는 상자해파리의 피해가 보고된 사례가 없지만 일반 해파리들도 독성이 있는 자사포를 가지고 있으므로 해수욕객들의 각별한 주의가 요망된다. (월간 GUIDE 편집자)

7

내가 보기에는
세상 전체가
미쳐가고 있다

사흘째 추적추적 비가 내리고 있다. 잠이 오지 않는다. 나는 인터넷을 열고 리니지에 접속한다. 인터넷에서 내가 상용하는 닉네임은 모검수졸(毛劍守卒)이다. 터럭으로 만든 칼을 차고 변방을 지키는 졸개라는 뜻이다.

내가 리니지를 알게 된 것은 프랙탈 예술을 표방하면서 인터넷 폐인으로 살아가던 필도녀석의 선동 때문이었다.

"진정한 친구라면 사이버 공간에서도 생사고락을 같이 해야 하는 거 아니냐."

녀석은 끈질긴 설득을 거듭한 끝에 나를 리니지의 세계로 끌어들였다.

리니지 속에는 다양한 종족과 다양한 계층의 캐릭터들이 전투적이면서도 공격적인 행태들을 구사하면서 살고 있었다. 필도녀석은 날마다 나를 이리저리 끌고 다니면서 아이템을 챙겨주기도 하고 피를 보충시켜 주기도 하면서 캐릭터에 집착하도록 유도했다. 현실적으로 나는 폭력에 대한 거부감과 공포감을 가지고 있었다. 그러나 게임에 접속만 하면 호전적이면서도 폭력적인 성격으로 돌변해 버리는 특질을 나타내 보였다. 내 의식 어디에 그런 근성이 숨어 있었는지 나로서도 놀라움을 금치 못할 노릇이었다.

"타고났네 타고났어."

입문한 지 일 년을 넘기면서 나는 레벨 53인 필도녀석과 거의 동급 수준을 유지하게 되었다. 결국 나는 패배를 통한 치욕을 수없이 거치고 승리를 통한 희열을 수없이 거치면서 초기의 허접하던 캐릭터를 마침내 기사(騎士)의 반열에까지 올려놓게 되었던 것이다.

그러나 한동안 나는 리니지를 잊고 살았다. 소요가 나타나면서 리니지에 대한 열정이 식어들었고 그 대신 시에 대한 열정이 불타올랐다. 나는 틈만 있으면 리니지에 접속해서 몬스터를 사냥하고 무기를 구입하고 전리품을 수집하는 일에 골몰하던 일상들을 접어버리고 틈만 있으면 교외로 나가 자연을 음미하고 시어들을 채집하고 영혼을 세척하는 일에 골몰하기 시작했다. 소요에 의해 죽었던 낭만이 부활하고 소요에 의해 죽었던 문학이 부활했다. 나는 날마다 내가 시인이라는 사실을 자각하면서 살아갈 수가 있었다. 적어도 소요가 내 곁에 있는 동안만은 그랬다. 그러나 어느 날 소요는 미스터리 속으로 잠적해 버렸다. 아무리 수소문을 해보아도 종적이 묘연했다.

나는 신앙생활을 중단하고 다시 우범지대로 돌아가는 탕자의 기분으로 리니지라는 사이버 전장으로 들어섰다. 오래도록 잊고 살았던 지형지물과 효과음들이 잠들어 있던 내 호전성을 자극하고 있었다. 나는 마을로 가서 불필요한 매물들을 처분하고 새로운 아이템을 구입한 다음 몬스터들이 득시글거리는 필드로 진출했다. 그리고 닥치는 대로 몬스터들을 때려잡기 시작했다.

얼쑤야!

게임발이 잘 받는 날인지 몬스터를 몇 마리 때려잡지도 않았는데 값비싼 고급 아이템 하나가 툭하고 떨어져 내렸다. 횡재였다. 그런데 갑자기 을지문턱이라는 닉네임을 가진 훼방꾼 하나가 나타났다. 훼방꾼은 말 한 마디 없이 내 뒤를 쫓아다니면서 내가 공격하던 몬스터들을 자기도 공격하기 시작했다. 조잡한 방법으로 시비를 거는 것이다.

"을지문턱님. 매너를 쓰레기 소각로에다 처박아두고 오셨습니까?"

나는 다소 거친 어투로 훼방꾼을 질타했다. 그러나 훼방꾼은 아무 대꾸도 없이 서 있었다. 아무 대꾸도 없이 서 있다가 내가 몬스터를 공격하면 다시 자기도 공격하는 추태를 반복했다. 나는 조금씩 화가 치밀어 오르기 시작했다.

을지문턱은 을지문덕을 패러디한 닉네임이 분명했다.

요즘 인터넷에서는 유명인의 이름을 패러디한 닉네임이 유행하고 있었다. 생떽쥐베리를 패러디한 생떼쥐벼룩. 안델센을 패러디한 안될손. 마이클잭슨을 패러디한 많이클잭슨. 차이코프스키를 패러디한 차에코푼새끼. 강감찬장군을 패러디한 강간찬장군. 허난설헌을 패러디한 허한설흔. 세종대왕을 패러디한 새총대왕. 특히 초딩들이 유명인의 이름을 패러디한 닉네임을 즐겨 사용하는 성향이 짙었다. 나는 훼방꾼 녀석도 초딩일 거라는 심증을 굳히고 있었다. 초딩은 초등학생을 지칭하는 인터넷 용어였다.

"을지문턱님. 실례지만 연세가 어떻게 되시는지요."

나는 다소 정중한 어투로 녀석의 나이를 물었다.

"젬에나 신경쓰셈."

드디어 녀석이 말문을 열었다. 초딩들이 즐겨 쓰는 셈투 문체를 쓰고 있었다. 예상대로 초딩이 분명해 보였다. 초딩은 나이를 물어 보면 십중팔구는 필요 이상 민감한 반응을 나타내 보인다. 젬에나 신경쓰셈, 이라는 대답은 일견 아리송한 느낌을 주지만, 저는 초딩이셈, 이라는 멘트나 다름이 없다. 아직 여름방학이 끝나지 않은 상태였다. 리니지는 18금 게임이었다. 말하자면 18세 이하는 입장불가였다. 하지만 초딩들은 부모들이나 삼촌들의 신상정보를 도용해서 접속한다. 어차피 잠이 오지 않아서 시간을 죽이러 들어온 판국에 초딩이면 어떠랴.

"너 초딩이지."

"붕딱."

역시 초딩들이 즐겨 사용하는 은어였다. 병신 코딱지라는 뜻을 가지고 있었다.

"초딩이니까 반말하겠다."

"깝치지 마셈."

녀석은 반말을 수락한다는 의사를 회피하고 있었다. 요즘 초딩들은 병적으로 자존심을 고수하려는 특질을 나타내 보인다. 적어도 사이버 공간에서는 어떤 상대를 만나더라도 절대로 겸손을 드러내지 않는다. 학교에서도 가정에서도 철두철미하게 이기는 법만을 가르치기 때문에 자신도 모르는 사이 배타적이고 전투적인 성향으로 변모된다. 초딩들에게는 모든 타인이 적이다. 자존심이 꺾였다는 사실은 곧 패배자로 전락했다는 사실과 동일하다.

"모겜수졸이 무슨 뜻이셈?"

"간단하게 말하면 졸병이라는 뜻이지."

"으하하하."

"왜 웃냐."

"을지문덕이 누군지도 모르셈?"

"하지만 너는 을지문덕이 아니라 을지문턱 아니냐."

"패러디도 모르는 븅딱이셈?"

"어른을 보고 븅딱이라니. 버르장머리는 어디다 팔아먹었냐."

"장군한테 반말하는 졸병이 더 버르장머리가 없는 거 아니셈?"

"나는 정신 나간 졸병이야."

"즐."

"아저씨 지금 무지 열 받았으니까. 신경 건드리지 말고 딴 데 가서 놀아라. 만약 한 번 더 내가 찍은 몬스터를 집적거리면 그때는 니 캐릭터를 공중분해시켜 버릴 거야."

약간이라도 겁을 집어먹겠지. 나는 다시 몬스터 사냥에 몰두하기 시작했다. 그러나 오산이었다. 녀석은 아까와 마찬가지로 내가 공격하는 몬스터들을 자기도 공격하는 짓거리를 반복하고 있었다. 허접한 갑옷에 저렙(low level)의 장비들. 나는 녀석이 별볼일없을 거라고 판단했다. 그래서 몇 대 쥐어박으면 도망쳐버릴 거라고 생각했다.

"이거나 먹어라."

나는 녀석에게 무차별 폭행을 가하기 시작했다. 40의 데미지를 입혔습니다. 50의 데미지를 입혔습니다. 30의 데미지를 입혔습니다.

그러나 녀석은 피하지 않았다. 나는 녀석이 도망칠 때까지 계속 폭행을 가했다. 그런데 이상했다. 갑자기 데미지 창에 데미지가 줄어들기 시작했다. 3의 데미지를 입혔습니다. 공격이 빗나갔습니다. 4의 데미지를 입혔습니다. 2의 데미지를 입혔습니다. 공격이 빗나갔습니다. 빌어먹을. 나는 그제서야 등골이 오싹해졌다. 녀석은 어느새 자신을 값비싼 갑옷과 최고급 무기들로 무장시키고 있었다. 녀석은 이른바 고렙(high level)이었던 것이다.

"막아보셈."

이번에는 녀석이 내게 무차별 폭행을 가하기 시작했다. 100. 150. 120. 100. 나의 피가 현저하게 줄어들고 있었다. 죽으면 당연히 경험치 하락이다. 나는 체면을 불사하고 있는 힘을 다해 도망치기 시작했다. 그러나 때는 이미 늦었다. 뒤에서 녀석이 쏜 화살하나가 날아와 정확하게 내 등짝에 꽂혔다. 꺄악. 나는 외마디 비명을 지르며 초록색 필드 위로 맥없이 풀썩 쓰러져버렸다. 이어서 떠오르는 메시지. 싸울아비검을 떨어뜨리셨습니다. 얼마나 많은 고난을 거쳐 마련한 싸울아비검이었던가. 그러나 이제 싸울아비검은 녀석의 수중에 들어가 있었다.

"키키."

녀석은 뻗어 있는 내 시체 위로 조롱하듯 자신이 갈취한 싸울아비검을 놓았다 집어 들기를 반복하고 있었다. 녀석은 이른바 시체밟기 놀이로 승리를 자축하고 있었다. 수모였다. 하지만 나는 복수전을 재개하고 싶지는 않았다. 녀석은 비록 초딩이었으나 나보다 한결 막강한 장비들과 교활한 전략을 습득하고 있었다.

예전에 내가 만난 초딩들은 대부분 앵벌이 수준이었으며 나름대로 순진한 일면들을 간직하고 있었다. 그리고 한결같이 싸구려 장비들로 무장된 저렙들이었다. 그러나 오늘 만난 초딩은 지존을 넘볼 만한 수준에 도달해 있었다.

"초딩 맞냐?"

"맞아염."

"몇 학년이냐."

"오학년."

"커서 뭐가 될 거냐."

"과학자."

"어떤 과학자?"

"지구를 지키는 과학자."

"너는 공상과학 만화영화에서처럼 외계인들이 지구를 침공할 거라고 생각하냐."

"외계인들이 지구를 침공하지 않아도 지구에 살고 있는 어른들끼리 서로 전쟁을 일으켜서 지구를 박살내고 말 거예염."

을지문턱은 어른들을 별로 존경스럽지 않은 존재로 생각하고 있음이 분명했다. 아니다. 존경스럽지 않은 존재로 생각하기보다는 차라리 경멸스러운 존재로 생각하고 있다는 느낌이 더 짙었다.

"그렇다면 너는 지구를 어떻게 지킬 건데?"

"제가 발명한 최첨단 로보캅으로 어른들을 모조리 체포해서 처형해 버릴 계획이셈."

을지문턱은 살수대첩(薩水大捷)으로 후세에 그 이름을 빛낸 장군이지만 을지문턱은 실수대첩(失手大捷)으로 후세에 그 이름을 빛낼 계획을 가지고 있었다.

"좋은 어른들도 있을 텐데 모조리 체포해서 처형해 버리는 건 너무 잔인하지 않냐?"

"좋은 어른들이 어디 있으셈?"

"너를 낳아주고 길러주신 부모님은 어떻게 할 거냐."

"대를 위해서는 과감하게 소를 희생해야 한다는 원칙도 모르셈?"

녀석은 비정했다. 세상에 존재하는 모든 어른들을 제거 대상으로 설정해 놓고 있었다. 앞으로 십 년 정도만 지나면 나도 녀석이 발명한 최첨단 로보캅의 광선총 따위에 바비큐가 되어버릴지도 모른다는 생각을 했다.

"하지만 그때쯤이면 너도 어른이 되어 있지 않을까."

"걱정 마셈. 저는 짱구가 아니셈. 나이를 먹지 않는 약도 발명할 계획이셈."

물론 실현이 불가능한 계획이지만 나는 기분이 별로 좋지 않았다. 초등학교 5학년이면 부모에 대한 최소한의 연민이라도 내재해 있어야 한다. 그러나 녀석은 자신의 부모조차 제거대상으로 간주하는 비정함을 드러내고 있었다. 지금까지 녀석은 셈이나 염으로 끝나는 문체를 구사하고 있었지만 띄어쓰기나 맞춤법이 한 번도 틀린 적이 없었다. 다른 초딩들처럼 이모티콘을 남발하지도 않았다. 그러한 사실들이 내게는 오히려 녀석을 더욱 치밀하고 비정한 초딩으로 느껴지게 만들고 있었다.

"너 달이라는 위성이 지구 주위를 돌고 있다는 사실을 알고 있니?"

"구라 까지 마셈."

"그건 지구를 지키는 미래의 과학자가 쓰는 말이 아니라 못된

짓을 일삼는 깡패들이나 쓰는 말이야."

"걱정도 팔자셈."

"이놈이."

"즐."

즐이라는 단어 역시 초딩들이 즐겨 남발하는 신조어였다. 초 딩들의 채팅은 즐로 시작해서 즐로 끝난다고 해도 과언이 아닐 정도였다.

즐은 90년대 말 하이텔이나 천리안 등에서 가벼운 인사말로 사용하던 통신용어 '즐팅'에서 유래되었다. 즐팅은 '즐거운 채팅 하세요'를 줄여서 만든 인사말이다. 그러나 오늘날은 즐이라는 한 음절로 축소되어, 짜증난다, 상대하고 싶지 않다, 지랄한다, 듣 기 싫다, 꺼져라, 등의 경멸적 의미를 담고 있는 비속어로 다양하 게 쓰이고 있다. 그래서 대부분의 커뮤니티에서는 사용이 금지된 상태였다.

KIN.

즐과 동일한 용도로 쓰이는 신조어였다. 일반적으로 즐의 사용 이 금지되자 대용품으로 개발된 은어였다. KIN은 알파벳으로 표 기되기는 했지만 사실은 영어가 아니었다. KIN은 열두 시 방향으 로 돌려세우면 즐이라는 한글로 둔갑하도록 만들어진 응용문자 였다.

각종 커뮤니티에서 초딩들이 만들어내는 폐해는 실로 다양했 다. 이유없는 시비 걸기, 다짜고짜 욕설하기, 쓸데없는 그림파일 올리기, 불필요한 트래픽 유발하기, 게임 중에 무례한 행동은 다 반사고 규칙을 지키지 않아 다른 사용자들의 불쾌감을 조장하 는 일도 허다했다. 타발도 현란하고 말발도 당찬 편이어서 경험이 부족한 사람들은 상대가 초딩이라는 사실을 알아낼 재간이 없었다. 때로는 사태가 심각해져서 사이버 수사대에 고발을 하고 나서야 초딩이라는 사실을 알게 되는 경우도 있었다.

물론 영악스러운 초딩들은 자신들이 온라인에서 어떤 잘못을 저질러도 법적 처벌을 받지 않는다는 사실을 잘 알고 있었다. 초딩들의 공습에 시달려본 운영자들은 초딩반사라는 부적을 내걸어보기도 하고 초딩박멸이라는 구호를 내걸어보기도 하지만 별다른 실효를 거두지 못하고 있는 실정이었다.

"아무튼 승리를 축하한다."

"초딩한테 개박살이 났는데 쪽팔리지도 않으셈?"

"어떤 경기든지 승자가 있으면 패자도 있기 마련이란다."

"닭살."

"너는 전혀 어른을 공경할 줄 모르는 아이로구나."

"어른을 공경할 줄은 몰라도 어른을 공격할 줄은 알아염."

"이 아저씨는 너를 만나고 비로소 대한민국의 장래가 암울하다는 사실을 깨달았다."

"186이나 쳐드셈."

"반사."

나는 녀석의 말투에 그만 정나미가 떨어져서 인사도 나누지 않고 재빨리 퇴장해 버리고 말았다. 186이나 쳐드시라니. 녀석이 마지막으로 내게 던진 은어는 지독한 욕지거리였다. 186을 한자로 변환하면 一八六이 되고 그것을 종렬로 합체하면 한글로 좃이 된다. 그러니까 '186이나 쳐드셈'을 의역하면 '좃이나 먹어라'가 된다. 그러면 내가 받아친 반사란 무엇이냐. 그 욕지거리를 상대편에게 그대로 되돌려준다는 뜻으로 쓰이는 반격어다. 니 놈이나 처먹어라. 나무관세음보살.

나는 진저리를 치면서 컴퓨터를 종료시켜 버렸다. 컴퓨터를 종료시키고 나서도 녀석과 벌였던 전투장면이 자꾸만 눈앞에 어른거렸다. 초딩에게 그토록 무참하게 깨져버리다니, 믿을 수가 없었다. 녀석의 말투들은 또 얼마나 정나미가 떨어지는가. 요즘 초딩들이 영악스럽다는 사실은 익히 알고 있었지만 그토록 공격적이고 배타적인 성향으로 발전해 있을 거라고는 생각지도 못했다. 나는 인터넷 속에서 파충류로 돌연변이를 일으킨 초딩녀석 하나와 사력을 다해 싸우다가 간신히 목숨만 부지한 채 도망쳐 나온 느낌이었다.

"도대체 학교에서는 애들한테 무얼 가르치는 거야."

"요새는 교육자는 없고 교직자만 있다는 말 못 들으셨나."

사태 파악이 안 되는 사람들은 상투적으로 학교에다 모든 책임을 전가시킨다. 하지만 내가 보기에는 세상 전체가 미쳐가고 있다. 세상 전체가 미쳐가고 있을 때는 학교도 대책 없이 미쳐가고 있다는 생각을 해야 한다.

예전의 국민학생들과 지금의 초등학생들을 비교해 보면 세상이 얼마나 변했는가를 확연히 깨달을 수가 있다. 예전의 국민학생들은 담임이 회초리를 꺼내 들면 겁부터 집어먹었다. 그리고 이구동성으로, 선생님 잘못했어요, 라고 빌었다. 그러나 지금의 초등학생들은 담임이 회초리를 꺼내 들면 동시에 핸드폰을 꺼내 든다. 때리기만 하면 아동학대신고센터에 고발해 버리겠다는 의지의 표명이다.

대학생들도 마찬가지다. 예전의 대학생들과 지금의 대학생들은 질적으로 많은 차이를 보인다. 예전에는 책을 읽지 않으면 대학생 취급을 받기 힘들었다. 그러나 지금의 대학생들은 책을 읽지 않아도 대학생 대접을 받는다. 예전의 대학가에서는 서점이 호황을 누렸다. 그러나 지금의 대학가에서는 술집이 호황을 누린다.

예전에는 호스티스들이 여대생 흉내를 내면서 거리를 활보했다. 그러나 지금은 여대생들이 호스티스 흉내를 내면서 거리를 활보한다. 예전에는 국민학생들이 선호하는 대중음악이나 장난감을 대학생들은 거들떠보지도 않았다. 하지만 지금은 초등학생들이 선호하는 대중음악이나 액세서리를 대학생들이 똑같이 선호한다. 대학생들과 초등학생들이 똑같은 수준의 문화를 즐기고 있는 것이다.

한마디로 오늘날은 모든 문화가 정체성을 상실해 버렸다. 어디를 들여다보아도 뒤죽박죽이다. 양심도 죽었고 예절도 죽었다. 전통도 죽었고 기품도 죽었다. 낭만도 죽었고 예술도 죽었다. 그것들이 죽은 자리에 오늘은 추적추적 비가 내린다. 밤이 깊었다. 나는 잠이 오지 않는다.

8

강도가
칼 대신 꽃을 들고
닭갈비집에 침입하다

작년 여름이었다. 그날은 손님이 별로 없었다. 그래서 다른 날보다 일찍 영업을 끝냈다. 나는 혼자 카운터에 앉아 전표를 계산하고 있었다. 굳이 계산해 보지 않아도 매출이 현저하게 줄어들었음을 실감할 수가 있었다. 그런데 계산을 해보니 잔고와 전표가 맞아떨어지지 않았다.

도대체 어디가 잘못된 거야. 나는 계산기로 몇 번이나 검산을 해보았다. 그러나 어디서 착오가 생겼는지 쉽사리 찾아낼 수가 없었다. 결국 나는 계산기를 꺼버리고 필산으로 검산을 해본 다음에야 한 부분에서 곱셈을 잘못했다는 사실을 깨달았다. 각 테이블의 매출을 계산하면서 6×8=48을 6×8=78로 산출했던 것이다. 육팔이 칠십팔? 닭갈비 장사를 오래 하다보니까 이제는 내 대가리까지 닭대가리로 변해버렸구나. 나는 혼잣소리로 투덜거리며 맥 빠진 동작으로 카운터를 정리하고 있었다. 그때까지 실내는 적막했다. 그래서 나는 실내에 아무도 없는 줄 알고 있었다. 그런데 깜짝이야, 맞은편 탁자에 생면부지의 젊은 아가씨 하나가 앉아 있었다.

"이제야 계산을 다 끝내셨군요."

그녀는 탄식 같은 목소리로 말했다. 탄식 같은 목소리 속에는 누적된 지루함이 묻어나고 있었다. 그녀는 아까부터 나를 주시하고 있었음이 분명했다.

나는 검산 때문에 지쳐 있는 상태였다. 게다가 카운터 상단에만 불이 켜져 있었기 때문에 실내는 조도가 낮은 편이었다. 그런데도 그녀는 상큼하고 해맑은 느낌을 주고 있었다. 짤막한 머리에 하얀 티셔츠, 따지고 보면 지극히 평범한 차림새였다. 그러나 지극히 평범한 차림새 어딘가에 신비한 분위기가 감추어져 있었다. 어쩐지 그녀가 현실적인 존재 같은 느낌이 들지 않았다. 나는 그녀를 보면서 우렁각시의 전설을 떠올리고 있었다. 어디 숨어 있다가 홀연히 나타난 여자일까. 조금 있으면 그녀가, 서방님 무엇을 도와드릴까요, 라고 물어올지도 모른다는 생각까지 들었다.

"출입문을 잠근 줄 알고 있는데 도대체 어디로 들어오셨나요."

"이 속에서 나왔는데요."

그녀는 놀랍게도 샛노란 꽃 한 묶음을 쳐들어 보였다. 달맞이꽃이었다. 나는 조금 전에 우렁각시의 전설을 생각하고 있었으므로 그녀가 달맞이꽃 묶음 속에서 나왔노라고 대답하는 순간 무슨 마법에라도 걸려버린 듯한 느낌을 받았다.

"저는 아가씨를 우렁각시로 생각하고 있었는데 알고 보니 아가씨는 꽃의 요정이셨군요."

나는 국민학교를 졸업한 이래 아직 한 번도 꽃의 요정 따위가 현실 속에 존재한다고 생각해 본 적이 없었다. 꽃의 요정이라니, 말도 안 된다. 하지만 대한민국은 뻑하면 말도 안 되는 일들이 당연한 일들처럼 일어나는 나라다. 얼마나 멋진 일인가. 전직 대통령이 전 재산 29만 원이라는 구라발을 흩날리면서 골프를 치러 다니는 아, 아, 대한민국, 국가와 민족의 장래를 걱정하는 국회의원들이 의사당에서 무규칙 이종격투기 시합을 벌이는 아, 아, 우리 조국—에도 달맞이꽃 속에서 나타난 요정이 한 명쯤 존재한다면 얼마나 멋진 일인가.

"꽃의 요정으로 생각해 주시면 고맙겠지만 사실은 아직 현실적응이 잘 안 되는 스물두 살짜리 자퇴생에 불과해요. 밖으로 불빛이 희미하게 흘러나와서 혹시나 하는 마음으로 출입문을 열어 보니까 그냥 열리던데요. 실례가 되었다면 정중하게 사과 드리겠습니다."

나는 출입문을 확인해 보았다. 잠금장치가 풀려 있었다. 전표계산을 서두르다 잠근다는 생각만 하고 정작 잠그지는 않은 모양이었다. 나는 잠금장치를 확인하는 순간 그만 마법이 풀려버린 느낌이었다. 그래서 아가씨가 닭갈비를 주문하면 단호하게 거절해야겠다는, 지극히 현실적인 생각을 떠올렸다. 영업이 끝난 다음에 혼자 들어오는 여자는 혼자라고 생각지 말아야 한다. 일단 닭갈비를 제공하면 어딘가에 대기하고 있던 남자친구를 핸드폰으로 불러들이거나 수다떨기를 도락으로 생각하는 여자친구들을 불러들이는 경우가 많았다. 그녀들에게 잘못 엮이면 나는 새벽까지 카운터를 지켜야 하고 다음 날은 생활리듬이 엉망으로 헝클어져 적지 않은 고역을 치르게 된다.

"영업이 다 끝났는데요."

나는 다소 경직된 목소리로 그녀에게 말했다. 그러면서도 한편으로는 그녀를 잠시만이라도 붙잡아두고 싶다는 충동에 사로잡히고 있었다. 그만큼 그녀는 호감을 주는 인상을 가지고 있었다.

"저는 손님의 신분으로 여기 들어온 게 아닌데요."

"그럼 어떤 신분으로 들어오셨나요."

"무장강도의 신분으로 들어왔다고 말씀 드리면 믿으시겠어요?"

나는 액면 그대로 그녀의 말을 받아들이지는 않았지만 반사적으로 카운터 밑에 감추어져 있는 비상벨을 떠올리고 있었다. 설치하고 한 번도 사용해 본 적이 없었다. 고장이 났으면 어쩌지 하는 생각도 들었다. 걸인들에게 자진해서 돈을 적선해 본 기억은 있어도 불량배들에게 강제로 돈을 뜯겨본 기억은 없었다. 하지만 세상이 하도 끔찍한 양상으로 변해가는 추세였으므로 그녀를 전적으로 믿을 수는 없다는 생각이 들었다.

"날짜를 잘못 잡으셨네요. 오늘은 매상이 별로였거든요. 가을쯤에 경기가 회복되면 한 번 더 습격해 주실래요."

나는 제법 대담한 척 그녀에게 농담을 던지고 있었다. 하지만 정말로 바깥에 대기하고 있던 그녀의 동료들이 흉기를 들고 우악스럽게 출입문을 열고 들이닥치는 상황이 발생하면 과연 어떻게 대처할까, 나는 자신이 없었다. 대처는 무슨 대처, 자진해서 금고를 통째로 갖다 바치는 수밖에 없다는 생각이 들었다.

"두려우신가요?"

"천만에요. 도대체 아가씨 같은 미인이 어떤 무기를 소지하고 다니시는지가 궁금할 따름입니다. 한번 보여주실 수 있나요. 이래 뵈도 특수부대 출신입니다. 무기에 대해서라면 일가견이 있지요. 비밀 아지트에 숨어서 불법 무기를 만드는 친구가 있습니다. 녀석에게 부탁해서 성능을 업그레이드해 드릴 용의도 있습니다. 비수기라 장사도 잘 안 되는데 저와 동업하실 생각은 없으신지요."

"정말로 특수부대 출신인가요. 그럼 스카이다이빙도 해보셨겠네요."

"대한민국의 모든 군대는 특수합니다. 그래서 군대를 갔다 온 사람은 누구나 특수부대 출신이지요. 못 믿으시겠지만 스카이다이빙을 못 해본 특수부대 출신도 많습니다."

물론 나는 특수부대 출신이 아니다. 비밀 아지트에 숨어서 불법무기를 만드는 친구가 있다는 것도 새빨간 거짓말이다. 한편으로는 그녀를 빨리 내보내야겠다는 생각을 하면서도 한편으로는 그녀를 잠시만이라도 붙잡아두고 싶어하는 마음이 그런 거짓말을 만들어내고 있는 것이다.

"제가 소지하고 있는 무기는요."

여기서 그녀는 잠시 말을 중단했다. 그리고 이토록 중대한 비밀을 함부로 발설하자니 자기도 심장이 떨린다는 표정으로 다소 과장되게 심호흡을 한 번 해 보였다. 잘 발육된 그녀의 앞가슴이 천천히 부풀어 올랐다가 같은 속도로 천천히 가라앉고 있었다. 나는 그 순간 여자의 앞가슴이 심호흡을 할 때 가장 아름답다는 사실을 깨달았다.

"제가 소지하고 있는 무기는요, 달빛 에너지를 분사하는 무기죠."

그녀는 아까 쳐들어 보였던 달맞이꽃 묶음을 천천히 들어올린 다음 똑바로 내 심장을 겨누었다. 흐린 조명 아래서도 달맞이꽃은 현기증을 느낄 정도로 눈부셔 보였다.

"정말 매력적인 최신형 무기로군요. 외견상으로는 성능을 업그레이드할 필요가 없겠다는 생각입니다. 혹시 그 무기로 다른 가게를 털어보신 경험이 있으신가요?"

"여기가 처음이죠."

"여기를 첫 목표물로 정하신 이유가 궁금하군요."

"이 집 주인이 시인이라는 소문을 들은 적이 있어요. 닭울음이라는 데뷔작품도 읽어보았죠. 신선했어요. 하지만 다른 작품들은 어디다 발표하셨는지 몰라서 아직 읽어보지 못했어요."

"아가씨도 시를 쓰시나요."

"아니요. 저는 감성을 강탈하러 다니는 강도랍니다. 대학에서는 심리학을 전공했는데 집안 사정이 좋지 않아서 자퇴해 버렸지요."

그녀가 바로 남소요였다.

한학을 하셨다는 그녀의 할아버지가 장자(莊子)의 소요유(逍遙遊)에 연계해서 작명한 이름이라고 했다.

그녀는 자신이 퇴계동에 전세방을 얻어서 자취를 하고 있으며 현재는 생활비가 떨어져 일자리를 찾고 있는 중이라고 고백했다. 그녀는 자기를 종업원으로 채용할 의향이 없느냐고 내게 물었다. 매달 보름날을 자신의 정기휴일로 정해주기만 하면 보수는 적더라도 열심히 일하겠다는 것이었다. 용모도 단정하고 성격도 활달하고 교양도 있어 보였다. 손님을 한 명이라도 더 끌어들이면 끌어들였지 쫓아내지는 않을 거라는 판단이 앞섰다. 비수기였으므로 경기가 좋은 편은 아니었지만 그녀를 카운터에 앉히면 일손이 한결 덜어질 거라는 판단이 앞섰다. 그래서 그녀를 채용하기로 결심했다.

"매달 보름날에는 무슨 중대한 일이라도 있나요?"

"저는 달빛 중독자거든요. 매달 보름날 달빛으로 목욕재계를 하지 않으면 매사에 의욕을 잃어버리는 금단현상을 앓아요. 그래서 최소한 한 달에 한 번 정도는 구봉산에 올라가 활공을 해요."

"활공을 하다니요."

"보름달이 떠오르면 행글라이딩으로 달빛 속을 유영하는 거지요. 구봉산에 활공장이 있어요. 오늘이 보름이잖아요. 그래서 여기 오기 전에도 달빛으로 목욕재계를 했어요. 이 달맞이꽃도 활공장 주변에서 꺾은 거예요. 직장을 얻은 기념으로 여기다 꽂아 둘게요. 하지만 낮이 되면 꽃잎들이 오그라들어서 보기가 별로 좋지 않을 거예요. 아시다시피 달맞이꽃은 밤에만 피거든요."

그녀는 빈 소주병 하나를 찾아서는 물을 채우고 달맞이꽃을 꽂았다.

"매일 열두 시에 문을 여니까 삼십 분 전에 미리 출근하도록 하세요."

"지금부터 말씀을 낮추셨으면 하는데요."

"앞으로 친한 사이가 되면 그렇게 되겠지요."

"아무튼 저를 채용해 주셔서 감사합니다."

그리하여 그녀는 카운터를 담당하게 되었다.

그녀는 가급적이면 손님들에게 상냥하고 친절한 모습을 보이려고 노력했다. 무슨 일을 시키지 않아도 요령껏 잘 처리하는 센스도 갖추고 있었다. 거래처 사람들이나 일하는 아줌마들과도 좋은 관계를 유지하고 있었다. 손님들도 그녀를 좋아했다. 덕분에 금불알은 나날이 활기를 되찾아가고 있었다.

어느 보름날이었다. 나는 저물녘부터 봉의산에 올라가 맞은편 구봉산을 바라보고 있었다. 그녀가 활공을 하는 모습을 훔쳐보기 위해서였다.

얼마나 기다렸을까. 구봉산 머리에 보름달이 떠오르기 시작했다. 그때 어디선가 시조새 한 마리가 나타났다. 그녀였다. 모든 풍경들이 몽환 상태로 빠져들고 있었다. 그녀는 환한 보름달을 배경으로 한 마리 시조새처럼 느린 속도로 보름달 주변을 선회하고 있었다. 시간이 역류해서 나를 먼 고생대로 데려다 놓은 느낌이었다. 나는 뼈들이 모조리 녹아내리는 듯한 오르가슴을 느끼면서 달빛 속을 유영하고 있는 그녀의 모습을 오래도록 바라보고 있었다.

9

하늘에 계신
우리 아버지
이름을 거북하게 하옵시며

급히의논할일이있으
니이메시지보는즉시
아파트로오너라명령
을어기면죽음이야알
겠지샬롬.

누나가 보낸 메시지였다. 끝에 붙어 있는 샬롬은 누나가 사인
처럼 상용하는 단어였다. 평화를 뜻하는 히브리어 샬렘에서 유
래되었으며 기독교인들 사이에서는 일반적인 인사말로 쓰이는
용어라고 한다. 하지만 누나가 사용하는 샬롬은 내게 평화보다
는 일말의 공포를 야기시킨다.
  누나는 대학시절 교회에서 새벽기도를 드리다 홀연히 하나님

의 음성을 들었다고 주장한다. 믿음이 깊은 나의 딸이여. 내가 지금부터 너에게 사탄의 무리를 섬멸할 수 있는 자격과 능력을 부여하나니, 어떤 난관이 닥쳐도 두려워 말고 성령의 힘으로 굳건히 맞서 싸우라. 열심히 기도를 드리고 있는데 홀연히 하나님의 음성이 들렸다는 것이다. 그날부터 누나는 하나님이 자신을 천하무적의 여전사(女戰士)로 점지하셨다는 신념을 간직하게 되었다.

누나는 전세계 어떤 나라 어떤 민족이든지 기독교 이외의 종교를 신봉하면 사탄의 무리로 간주했다. 대학을 다닐 때는 사탄의 무리를 척결하는 하나님의 특별결사대를 조직해서 전기톱으로 장승의 모가지를 자르거나 해머로 단군상의 두개골을 박살내기 위해 전국 각지를 떠돌아다닌 적도 있었다. 당시에 나는 이따금 잔다르크와 우리 누나가 맞짱을 뜨면 누가 이길까, 하는 궁금증에 사로잡히곤 했는데 만약 하나님의 편파적인 능력이 아무에게도 작용하지 않는다면 아무래도 우리 누나의 깡다구를 잔다르크가 당해낼 재간이 없을 거라는 생각이 들었다.

누나는 부모님들이 살아계실 때도 금불알이라는 상호에 대해 수시로 노골적인 불만을 표출했다. 할렐루야 닭갈비, 샬롬 닭갈비, 예루살렘 닭갈비, 베드로 닭갈비, 좋은 이름들이 얼마든지 널려 있는데, 하필이면 금불알이람. 발음이 극도로 천박하고 불교적인 색채가 농후해서 교회를 가면 수치심 때문에 신도들 앞에서 낯을 들 수가 없다는 것이었다. 뿐만 아니라 술도 팔아서는 안 된다는 주장이었다. 누나의 지론에 의하면 술은 퇴폐를 조장하는 악마의 독액이었다. 그리고 부모님들은 사탄의 무리들에게 악마의 독액을 팔아먹는 탕자들이었다. 하지만 잡다한 누나의 불평불만과 숭고한 신앙심에 대한 부모님들의 대응법은 지극히 간단했다.

"미친년."

부모님들은 누나의 모든 불평불만과 숭고한 신앙심을 그 한 마디로 일축해 버렸다. 물론 누나는 미친년 소리를 들을 때마다 방문을 걸어 잠그고 통곡에 가까운 기도를 드렸다. 한 달 동안 식음을 전폐한 적도 있었다. 하지만 부모님들은 눈썹 한 번 까딱하지 않았다. 미친년. 오로지 그 한마디 외에는 다른 처방이 없다고 생각하는 것 같았다.

"주여. 제발 우리 누나를 평범한 신자로 변모시켜 주소서."

나는 누나의 호출을 받고 가게를 동생에게 부탁한 다음 후평동으로 봉고차를 몰았다. 급히 의논할 일이란 들어보지 않아도 뻔할 뻔자였다. 누나가 다니는 교회에 신앙심이 돈독한 아가씨가 하나 있으니 한번 만나보라는 제의가 분명했다. 하지만 나는 신앙심이 돈독하다는 이유 하나로 무조건 누나의 권유에 귀를 기울일 만큼 종교를 중시하는 인물이 아니었다. 그런데도 누나는 사흘이 멀다 않고 전화를 걸어 신앙심이 돈독한 여자를 칭송하기에 여념이 없었다. 나는 한동안 적당한 핑계를 대고 이리저리 회피하는 방법으로 대처했다. 그러나 이제는 마땅한 핑계도 생각나지 않았고 어떤 후환이 닥칠지도 모르는 상황이 되고 말았다. 나는 아파트로 들어서면서 단호함을 보여주지 않으면 언제까지 누나의 전화에 시달릴지 알 수 없을 거라는 불안감에 사로잡히고 있었다.

"누나가 세상에서 제일 한심하게 생각하는 탕자 문안드리옵니다."

"주님이 거하시는 집에 들어오면 기도부터 드리는 법이라고 내가 몇 번이나 말했었지."

"누나는 모르겠지만 나는 방 안에 들어서자마자 마음속으로 하나님께 기도를 올렸어."

"거짓말하지 마라. 나를 속일 수는 있어도 주님을 속일 수는 없어."

"성경에는 가족을 의심치 말라는 가르침이 없나 부지?"

"더러운 사탄의 입으로 거룩한 성경을 욕되게 하지 마라."

"내가 마음속으로 기도를 올렸다는 사실을 누나는 믿어주지 않아도 주님은 믿어주실 거야."

"도대체 어떤 기도를 올렸는지 한번 들어나 보자."

"항상 못난 동생들 때문에 걱정이 태산 같으신 우리 누나에게 폭포 같은 축복을 쏟아부어 달라는 기도였어."

나는 거실 소파에 앉아 무심코 담배 한 개비를 꺼내 물었다. 그야말로 무심코였다. 일순 누나의 미간이 험악하게 일그러지고 있었다. 하지만 나는 누나의 험악하게 일그러진 표정만 보면 반발심이 솟구치는 습관을 가지고 있었다. 입에 물었던 담배를 도로 집어넣고 싶지는 않았다. 고등학교 때 필도녀석과 내 방에서 담배를 피우다 누나한테 들켜 코피가 터지도록 얻어맞았던 적이 있었다. 사탄아 물러가라. 사탄아 물러가라. 누나는 계속 소리치면서 내 안면을 무차별 강타하고 있었다. 얼떨결에 누나가 휘두르는 주먹을 정통으로 얻어맞고 나는 코피를 흘리기 시작했다. 그래도 누나의 사탄박멸 의지는 멈추지 않았다. 나는 속수무책으로 무차별 폭행을 당하면서 누나가 오히려 사탄 같다는 생각을 했다. 누나가 종교를 들먹거릴 때마다 반발심이 고개를 쳐드는 습관도 그때부터 생겼다.

"아직도 그놈의 담배를 못 끊었니."

누나가 즉각적으로 핀잔을 날렸다. 애써 감정을 억누르는 목소리였다. 내가 보는 견지에서의 누나는 누군가를 설득해야 할 일이 있을 때만 감정의 억제가 가능한 여자였다. 담배를 물고 있는 내 모습을 보고도 가벼운 핀잔 정도로 끝내는 걸 보면 중대한 사안을 준비하고 있음이 분명했다. 하지만 누나는 메시지로 언급했던, 급히 의논할 일에 대해서는 아직 구체적인 언급을 회피하고 있었다.

"담배도 아마 하나님이 만드셨을 거야."

"천지만물의 조화를 위해 만드셨지 인간이 피워서 목숨을 단축시키라고 만드시지는 않았을 거다."

"그래도 하나님의 피조물임에는 분명한데 지나친 편애를 당하고 있어."

최근 몇 년간에 걸쳐 범국민적으로 금연운동이 벌어지면서 어지간한 건물에는 거의 다 금연 딱지가 붙어 있다. 담배를 피우려면 건물 밖으로 나가야 한다. 심지어는 자기 집에서도 베란다에 나가 담배를 피우는 신세로 전락한 남자들이 부지기수다. 간접흡연이 직접흡연보다 더 건강에 해롭대요. 마누라와 아이들이 합세를 해서 담배를 피우는 가장을 가차없이 베란다로 내쫓아버리는 것이다.

만약 63빌딩 31층에서 근무하는 애연가가 있다면 정문으로 내려가 담배를 피울까 옥상으로 올라가 담배를 피울까. 엘리베이터로 30층 정도를 올라가거나 내려가서 기호품을 즐겨야 한다면 그것은 일종의 고문이다. 담배 한 개비도 마음 놓고 피울 수 없는 환경에서 죽도록 일만 해야 하는 인생은 너무 처량하다. 애연가들이라면 분명히 담배를 피우다 폐암에 걸려 죽을 확률보다 담배를 끊으려고 애쓰다 스트레스가 쌓여 죽을 확률이 훨씬 높을 것이다.

왜 한국담배인삼공사는 담배를 팔아서 벌어들인 돈으로 인체에 해가 없는 담배를 만들 생각은 하지 않는 것일까. 한국담배인삼공사는 한쪽 손으로 건강에 해롭다는 담배를 팔아먹고 다른 한쪽 손으로는 건강에 이롭다는 인삼을 팔아먹는다. 담배로 해친 건강 인삼으로 되찾자는 양다리식 캐치프레이즈로 수십 년간 소비자를 우롱하고 있는 것이다. 하지만 어릴 때부터 오로지 교회만 열심히 다니던 누나가 어찌 애연가들의 배반감과 비애감을 헤아릴 수 있으랴.

나는 오늘따라 누나가 최대한 감정을 억제하고 있다는 사실을 빌미삼아 마음놓고 흡연을 즐기고 있었다. 그런데 재떨이가 없었다. 나는 주방에서 접시 하나를 가지고 나와 재떨이로 사용하는 만행도 서슴지 않았다. 물론 누나는 눈꼴이 시어서 도저히 못 봐주겠다는 표정을 짓고 있기는 했지만 끝까지 감정을 노골적으로 드러내지는 않았다.

"매형은 벌써 재작년에 담배 끊었다."

"매형은 겨우 한 번밖에 못 끊었지만 나는 무려 서른 번도 넘게 끊었어."

"너는 사탄의 유혹에서 빠져나오지 못하는 전주 이씨 양녕대군파 가문의 유일한 의지박약아야."

"끊는 쪽에서 평가하면 의지박약아겠지만 피우는 쪽에서 평가하면 의지막강아겠지."

"너도 엑스레이 한번 찍어봐라. 폐 전체가 니코틴으로 새까맣게 코팅되어 있을 거다."

"그러지 않아도 담배에 표백제를 섞어서 피우는 방법을 연구 중이야."

하지만 누나의 감정 억제력에도 한계는 있을 것이다. 계속 감정을 건드리면 기도를 하자고 손목을 잡아끌지도 모른다. 누나의 기도는 입장이 난처할 때마다 상용하는 일종의 필살기다. 유도에 비유하면 조르기에 해당하고 레슬링에 비유하면 헤드락에 해당한다. 기독교인이 아닌 사람이 걸려들 경우에는 거의 질식의 경지를 각오해야 한다. 누나는 기도의 분량과 은혜의 분량이 정비례한다고 생각한다. 하지만 내게는 삼십 분의 기도가 삼십 번의 흡연보다 해롭다. 누나가 기도를 할 때마다 나는 구제불능의 탕자가 아니면 사탄으로 전락한다. 그리고 나도 모르는 죄를 용서해 달라고 간곡히 비는 소리를 들어야 한다. 나는 기도를 할 때마다 담배를 피우고 싶은 충동을 느낀다. 매형이 재작년에 담배를 끊은 이유는 아마도 자신의 건강을 염려해서가 아니라 누나의 기도를 경계해서였을 것이다.

매형은 공수특전단 출신이다. 누나의 극성에 못 이겨 억지로 교회를 다니고 있다. 그토록 좋아하는 술도 숨어서 마셔야 한다. 과묵한 성격에 건장한 체구를 가지고 있다. 그러나 누나가 미간만 한번 찡그려도 꼼짝달싹을 못한다. 매형은 학곡리에서 버섯농사를 짓고 있는데 고전을 면치 못하고 있다는 소문이다.

하지만 누나는 매형의 버섯농사가 고전을 면치 못하는 것도 하나님의 처사라고 생각한다. 그래서 별로 걱정을 하지 않는다. 내가 담배를 끊지 못하는 것도 하나님의 처사로 돌리면 그만일 텐데 어째서 과민반응을 보이는지 나로서는 쉽사리 이해가 되지 않는다.

"나이 들어갈수록 누나의 잔소리가 듣기 싫겠지."

누나는 짐짓 내 심중을 잘 헤아리고 있다는 듯 목소리를 부드럽게 변조시켰다. 나는 누나가 신앙심이 돈독한 여자에 대한 이야기를 꺼내놓을 실마리를 찾고 있음을 직감했다.

"아니. 누나의 잔소리는 언제나 마태복음이나 마가복음처럼 길이요 진리요 생명이야."

"서른두 살이면 노총각 소리를 듣는 나이야. 하지만 그까짓 담배 하나 단칼에 끊어버리지 못하는 의지로 무슨 장가를 가겠니."

누나는 급기야 내가 장가를 못 가는 이유를 흡연 탓으로 돌리면서 조심스럽게 신앙심이 돈독한 여자 이야기를 꺼낼 기회를 엿보고 있었다. 나는 긴장하기 시작했다. 누나는 기도와 전도로 단련된 화술을 간직하고 있었다. 일단 이야기를 꺼내기만 하면 지겨울 정도로 끈질긴 설득이 전개될 가능성이 짙었다. 하지만 내 머릿속은 온통 소요에 대한 생각으로 가득 차 있었다. 다른 여자에 대한 이야기가 끼어들 틈이 없었다.

"방학인데 늘봄이 열림이가 안 보이네."

나는 조카들에게로 화제를 돌렸다.

늘봄이는 초등학교 3학년짜리 계집애였고 열림이는 초등학교 1학년짜리 사내애였다. 현관문을 열기가 바쁘게, 짬추운, 두 팔을 벌리고 달려들던 녀석들. 너무 오래도록 보지 못했다는 생각이 들었다.

"지금 이 시간에 집에 붙어 있는 초등학생이 어디 있니."

"벌써 방학이 끝났나?"

"얼씨구."

"방학인데 학교에도 없고 집에도 없으면 놀이터에 있나?"

"방정환 선생이 페스탈로치 불러다 놓고 민화투 치는 소리하고 있네."

조카들은 학원에 다닌다는 것이었다. 그것도 피아노학원 영어학원 태권도학원 하루에 세 군데씩이나 돌아야 한다는 것이었다.

"초등학생이 하루에 세 군데씩이나 학원을 돌아야 한다면 그건 교육이 아니라 끔찍한 아동학대야."

"네가 세상 돌아가는 꼬라지를 도통 모르고 있구나. 일곱 군데를 도는 애들도 있는데 세 군데면 약과지. 너도 빨리 결혼을 해서 애를 낳아봐야 헛소리가 줄어들 거다. 혹시 사귀는 여자라도 있니?"

혹시 사귀는 여자라도 있느냐는 질문 속에는 신앙심이 돈독한 여자 쪽으로 화제를 돌리려는 누나의 은밀한 의도가 내포되어 있었다. 좋아하는 여자가 있어. 나는 소요에 대해 말해 버리고 싶었지만 단지 기독교인이 아니라는 사실 하나만으로 그녀마저 사탄으로 매도될 소지가 다분해서 그만 입을 다물어버리고 말았다.

"저번에 내가 얘기했던 여자 한번 만나볼 생각 없니?"

누나는 드디어 본론을 토로하기 시작했다.

누나의 말을 액면 그대로 받아들이면, 그녀는 서울의 명문대학 수학과를 우수한 성적으로 졸업하고 다시 미국으로 건너가 버클리 음대에서 피아노를 전공했다. 사돈의 팔촌까지 교회를 다닐 정도로 성령이 충만한 집안이다. 아버지는 육군 대령 출신이고 지금은 시내에서 유명회사 전자제품 대리점을 경영하고 있다. 오빠들이 둘 있는데 모두 신학대학을 졸업해서 목사가 되었다. 그녀의 나이는 스물아홉이다. 성녀(聖女) 같은 여자다. 얼굴도 예쁘고 마음씨도 착하다. 그리고 요리솜씨도 장난이 아니다. 그녀의 집에서 목회를 했을 때 그녀가 직접 요리한 음식을 먹어 보았는데 누나는 음식에도 성령이 임한다는 사실을 그때야 처음 깨달았다. 굳이 흠을 잡는다면 어릴 때 소아마비를 앓아서 다리가 약간 불편하다는 점뿐이다. 하지만 영혼의 불구자들이 득시글거리는 이 세상에서 다리가 약간 불편한 정도를 흠으로 간주해서는 안 된다. 내일이라도 당장 그녀를 만나자. 호박이 넝쿨째 굴러 들어온다는 말은 이럴 때 쓰라고 생겨난 말이다. 너한테는 정말 과분한 여자다. 하지만 누나가 중간에서 적극적으로 밀어 줄 테니까 아무 생각하지 말고 한번 교제해 봐라.

하지만 나는 누나의 말을 건성으로 들어 넘기고 있었다. 누나는 전 인류를 교인으로 만들겠다는 목적 하나만으로 살아가는 여자였다. 자기가 성녀같이 생각하는 여자를 사탄 같은 동생놈한테 소개시켜 주겠다는 의도 속에는 기필코 사탄 같은 동생놈을 교인으로 만들고야 말겠다는 음모가 도사리고 있었다. 고등학교 때부터 누나는 나를 교회로 인도하기 위해 끈질긴 전도를 계속해 왔으며 그때마다 나는 온갖 방법을 구사해서 누나의 올가미를 벗어났다. 이번에는 어떤 방법으로 올가미를 벗어날 수 있을까. 나는 신앙심이 돈독한 여자의 신상에 대한 이야기를 들으면서 누나의 올가미를 벗어날 방법을 모색하고 있었다.

"퀴즈 하나 풀어볼까?"

나는 올가미에서 슬그머니 한 걸음을 물러서고 있었다.

"무슨 퀴즈?"

누나가 다소 불안한 어조로 내게 물었다.

"내가 문제 하나 낼 테니까 정답을 한번 알아맞혀봐."

"맞히면?"

"맞히면 그 여자를 만나고."

"못 맞히면?"

"그 여자를 안 만나는 거지."

나는 올가미를 슬그머니 누나의 발밑으로 밀어 넣고 있었다.

"어떤 문젠데?"

"하나님과 연관된 문제야."

"난센스 퀴즈니?"

"아니야."

"하나님과 연관된 문제라면 별로 어렵지 않겠네. 정답을 맞히면 그때는 딴소리 하기 없기야."

마침내 누나는 아무 의심도 없이 올가미에 한 발을 들여놓고 있었다. 누나는 하나님에 관해서라면 성경에 다 기록되어 있으며 어떤 구절도 자신이 모르는 부분이 없다고 생각하는 여자였다. 잘 들어. 나는 진지한 표정으로 문제를 내기 시작했다.

"어느 날 의심이 많은 신자 하나가 하나님을 찾아가 당신이 정말 전지전능하신 하나님이냐고 물었어. 하나님이 그렇다고 대답하셨지. 그러자 신자가 말했어. 저는 도저히 믿을 수가 없습니다. 당신이 정말 전지전능하신 하나님이라면 당신도 드시지 못하는 돌덩어리 하나를 만들어주십시오. 그래서 하나님은 의심 많은 신자에게 돌덩어리 하나를 만들어주었어. 그러자 이번에는 신자가 당신이 정말로 전지전능하시다면 이 돌덩어리를 한번 들어보시라고 말했어. 과연 하나님은 어떻게 하셨을까. 만약 그 돌덩어리를 드시면, 당신도 드시지 못하는 돌을 만들어달라고 했던 신자를 속인 것이 되고, 드시지 못하면, 전지전능하지 못한 하나님이 되겠지. 과연 하나님이라면 어떻게 하셨을까."

"나라면 전지전능하신 하나님을 시험한 그 사탄을 지옥의 유황불에 던져버렸을 거야."

"그 말이 정답이 아니라는 거 누나도 알고 있지?"

"언제까지 맞히면 되는 거야?"

"언제라도 정답을 알아내면 전화하셔."

나는 회심의 미소를 지으면서 자리에서 일어섰다.

소요가 잠적하기 며칠 전에 진지한 표정으로 내게 출제했던 문제였다. 소요는 누가 들어도 고개를 끄덕거릴 수밖에 없는 정답이어야 한다고 단서를 붙였다. 하지만 나는 아직까지 누가 들어도 고개를 끄덕거릴 수밖에 없는 정답을 찾아내지 못하고 있었다.

당분간 누나는 전지전능하신 하나님을 시험한 그 싸가지 없는 신자, 아니 사탄을 지옥의 유황불에 던져버리고 싶은 충동을 억누르면서 정답 찾기에 골몰해 있을 것이다. 물론 누나는 수시로 몇 가지 오답을 찾아내서 전화로 정답 여부를 확인해 보겠지. 나는 그때마다 틀렸습니다, 라든가 땡입니다, 소리만 연발하면 된다.

전지전능하신 하나님과 하나님도 들지 못하는 돌덩어리가 공존하는 것은 모순이다. 모든 창을 막아낼 수 있는 방패와 모든 방패를 뚫어버릴 수 있는 창은 현실 속에서는 절대로 공존하지 못한다. 따라서 이 문제의 정답은 하나님께 직접 물어보아야 알아낼 수가 있다. 인간으로서는 불가능하다. 지금까지 내가 문제를 붙잡고 두통에 시달리던 끝에 얻어낸 결론이다. 과연 누나가 하나님께 이 문제의 정답을 얻어낼 방법이 있을까. 나는 올 때와는 달리 아주 홀가분한 기분으로 아파트 계단을 내려서고 있었다.

10

사라진 것들은 모두
그것들이 간직하고 있던
아름다움의 깊이와 동일한 상처를
가슴에 남긴다

사흘만 지나면 추석이었다. 소요가 빨간 색연필로 달력에 동그라미를 쳐놓지 않았다면 나도 추석인 줄 모르고 그냥 지나칠 뻔했다. 그러나 세상은 의외로 조용했다. 불황이 계속되고 있었기 때문인지 사람들도 한결같이 시들한 동태를 보이고 있었다. 텔레비전마저도 추석에 대한 언급을 일체 회피하고 있었다. 나는 부모님의 제사를 지내기 위해 통장에서 약간의 돈을 지출하는 수밖에 없었다.

제사에 필요한 음식거리들을 장만하고 각종 제기들도 잘 손질해 두었다. 찬수녀석이 군대에 있는 동안에는 줄곧 혼자서 제사를 지내야 했다. 현 고학생부군 신위(顯 考學生府君 神位), 현 비유인파평윤씨 신위(顯 妣孺人坡平尹氏 神位), 지방도 혼자서 써야 했고, 좌포우혜(左佈右醯), 어동육서(魚東肉西), 음식도 혼자서 진설

(陳設)해야 했다. 후평동 누나는 기독교인이었으므로 제사에 참석하지 않았고 가평 인경이도 출가외인이었으므로 제사에 참석하지 않았다. 당연히 혼자 지내는 제사는 조촐하면서도 쓸쓸한 분위기였다. 하지만 올해는 찬수녀석과 제사를 모시게 되었으니 부모님도 기뻐하실 거라는 생각이 들었다.

나름대로 제사 준비에 만전을 기하고 느긋한 기분으로 방 안에 틀어박혀 책을 뒤적거리고 있는데 노크 소리가 들렸다. 찬수녀석이었다. 녀석은 방 안에 들어설 때부터 기분이 좋지 않은 표정이었다. 나는 녀석이 여자친구인 제영이와 격렬한 말다툼이라도 벌이고 버릇처럼 낮술라도 같이 하자는 의도로 방문을 노크한 줄 알았다. 며칠 전에도 그런 일이 있었다. 제영이는 손님들이 있거나 말거나 자기 기분을 절대로 속이지 못하는 성격이었다. 간혹 찬수녀석이 언짢은 말투로 핀잔이라도 던지면 자신의 잘못은 생각지도 않고,

"야 이 쪼잔한 새꺄. 군대까지 갔다 왔다는 놈이 소갈딱지가 그것밖에 안 되냐. 모르는 척 지나가주면 목구멍에 부스럼이 생기냐 혓바닥에 곰팡이가 피냐. 자기 땜에 학교도 때려치고 부모님한테 미친년 취급까지 받아가면서 졸라리 고생하고 있는데 꼭 이렇게 손님들 앞에서 개망신을 주어야 직성이 풀리냐."

입에서 나오는 대로 다다다다 무차별 기총소사를 퍼붓는 경우가 허다했다. 그러면 녀석은 내게로 와서, 형하고 쐬주나 한잔 때리고 싶어, 라고 말했다. 물론 나는 거절하지 않고 쐬주를 때리면서, 얌마, 여자는 지구상에서 가장 난해한 동물이야 어쩌구저쩌구, 시덥잖은 말로 녀석을 위로해 주곤 했다.

찬수녀석과 제영이의 관계는 장래를 가늠하기 힘들 지경이었

다. 때로는 로미오와 줄리엣을 방불케 하는 사이로 지내다가도 때로는 심봉사와 뺑덕어멈을 방불케 하는 사이로 돌변했다. 어느 날 나는 녀석에게 제영이의 어떤 점이 좋으냐고 물어보았다. 녀석의 대답은 그저 그랬다. 외모도 그만하면 괜찮은 편이고 성격도 그만하면 괜찮은 편이라는 것이었다.

그렇구나. 요즘은 애정의 깊이와는 상관없이 그만하면 괜찮은 편이라는 기준 하나로 여자를 집으로 데리고 오는구나. 집으로 데리고 와서 남의 이목도 가리지 않고 서슴없이 동거를 하는구나. 하지만 내가 생각하기에는 그만하면 괜찮은 편이 아니라 어찌 보아도 제 눈에 콩깍지였다. 형이라는 입장으로 보면 동생의 장래를 생각해서 적극적으로 말리고 싶은 심경이었다. 그러나 녀석은 콘돔을 골무처럼 손가락에 끼고 섹스를 했는지, 피임약을 로션처럼 얼굴에 처바르고 섹스를 했는지, 제영이가 임신 삼 개월이라는 고백이었고, 둘은 요즘 들어 그 문제로 잦은 충돌을 일으키기 일쑤였다. 찬수녀석은 아직 아이를 키울 입장이 아니라는 쪽이었고 제영이는 무슨 일이 있더라도 낳고야 말겠다는 입장이었다.

나는 매사에 의욕을 상실한 상태였다. 가게는 전적으로 찬수녀석에게 맡겨두고 혼자 방 안에 틀어박혀 주체 못할 무력감이나 끌어안고 텔레비전을 보거나 책을 뒤적거리면서 시간을 소일하는 것이 고작이었다. 추석이 임박해 왔다는 사실을 자각하지 않았다면 외출은 생각지도 못했을 것이다. 그렇다. 이번 제사는 찬수녀석과 함께 지내는 제사였고 틀림없이 부모님도 기뻐하실 거라는 생각 때문에 나는 무력감을 떨치고 외출할 수 있었다. 그러나 나는 그때까지 한 가지 중대한 사실을 간과하고 있었다.

"통장에서 돈을 지출할 때는 무슨 용도에 쓰일 돈인지 나도 알아야 되는 거 아닐까?"

찬수녀석이 내 방문을 노크한 것은 제영이 때문이 아니었다. 내가 자기와 의논도 하지 않고 통장에서 돈을 지출했다는 사실을 따지기 위해서였다. 지금까지는 없었던 일이었다. 하지만 녀석은 자기가 고용인 취급을 당하고 있다는 사실이 기분 나쁘다는 것이었다. 자기도 경영자의 일원으로 취급해 달라는 것이었다. 콧구멍만 한 닭갈비집을 운영하면서 형제지간에 직급을 따지다니, 어이가 없다는 생각이 들었다. 그때까지만 하더라도 나는 자신이 한 가지 중대한 사실을 간과하고 있다는 사실을 전혀 의식지 못하고 있었다. 단지 녀석이 권리를 부각시키기 위해 시위를 하고 있는 것으로만 해석했다. 그래서 나도 기분이 별로 좋지 않았다. 우리 금불알에도 내가 모르는 사이 노조가 생겼냐, 나는 빈정거려주고 싶었다. 그러나,

"추석이 사흘밖에 남지 않았어."

나는 가급적이면 차분한 목소리를 만들어내려고 노력했다. 녀석이 제영이 문제와 가게 일에 지나치게 신경을 쓴 나머지 추석이 바로 코앞에 임박해 왔다는 사실조차 의식지 못하고 있다는 판단이 앞섰다.

"그게 무슨 소리야?"

"부모님 제사에 쓰일 음식거리들을 사느라고 돈이 좀 필요했어. 은행으로 가기 전에 너한테 미리 말해 주고 싶었지만 너무 곤하게 자고 있었기 때문에 깨울 수가 없었다."

"제사라니?"

녀석은 내가 문제의 핵심을 벗어나기 위해 딴전을 피우고 있다

는 의심을 떨쳐버리지 못하겠다는 표정이었다.

"아무리 불경기라도 명절인데 부모님 제사는 모셔야지."

"명절?"

"추석이 사흘밖에 남지 않았다니까."

"무슨 소리를 하는 거야."

"너는 요즘 달력도 안 보고 사는 모양이로구나."

"도대체 추석이라는 게 어느 시대에 누가 만들어낸 명절이야?"

"제기랄."

그제서야 나는 자신이 중대한 사실 하나를 간과하고 있음을 깨닫게 되었다. 중대한 사실. 그것은 달이 없어져버렸다는 사실이었다. 추석은 달과 연계된 명절이었다. 하지만 이제 달은 없었다. 달이 없으니 추석도 있을 리가 없었다. 나는 그제서야 세상이 왜 그토록 조용한지를 깨닫게 되었다.

서른두 해를 살아오는 동안 너무나 많은 것들이 사라져버렸다는 생각이 들었다. 국민학교 때 가지고 놀았던 장난감들. 딱지와 구슬과 팽이들. 학용품과 신발과 옷가지들. 중학교 때 뻔질나게 드나들던 빵집과 만화방과 오락실들. 자전거와 불량식품과 유행어들. 고등학교 때의 여드름과 빨간책과 낙서들. 참고서와 생활계획표와 문제집들. 대학시절의 술집과 혈기와 울분들. 로터리의 기념탑과 공지천의 팔각정과 변두리의 공터들. 그리고 어머니와 아버지. 그 밖에 수많은 것들이 사라져버렸다. 하지만 나는 사라져버린 것들을 대수롭지 않게 생각하고 있었다. 어머니와 아버지를 제외한다면 그것들은 모두 대수롭지 않았다. 존재한다고하더라도 내게는 직접적인 변화를 일으킬 수 없었고 사라진다고하더라도 내게는 직접적인 변화를 일으킬 수 없었다.

그러나 나는 달이 사라져버리고 나서야 비로소 깨달았다. 아무리 하찮은 것들이라도 사라져버린 것들은 모두 나름대로의 아름다움을 간직하고 있으며, 그 사실을 자각하는 사람들에게는 반드시, 그것들이 간직하고 있던 아름다움과 동일한 깊이의 상처를 남긴다는 사실. 그것이 물질적인 것이든 비물질적인 것이든, 하나의 존재는 곧 하나의 아름다움이며 하나의 아름다움은 곧 하나의 아픔이라는 사실을.

나는 있을 때 잘 하라는 농담조의 말 한 마디가 얼마나 심오한 의미를 내포하고 있는가를 비로소 깨달을 수 있었다. 이제 세상에서 달을 기억하는 사람도 나 하나뿐이며, 추석을 기억하는 사람도 나 하나뿐이다, 라고 생각하는 순간 가슴 밑바닥에서 미묘한 슬픔 한 덩어리가 목구멍으로 울컥 치밀어 오르는 느낌이었다. 나는 갑자기 찬수녀석에게 추석에 대한 기억들을 모조리 쏟아놓고 싶은 충동에 사로잡히고 말았다.

"우리에게는 추석이라는 민족 고유의 명절이 있었어. 음력으로 팔월 십오 일이 추석이야. 음력은 달의 한 삭망을 기초로 하여 만들어진 책력이야. 달이 어떤 천체인지는 내가 언젠가 말해 준 적이 있었지. 믿어도 좋고 믿지 않아도 좋아. 달에 대한 기억이 망실된 너로서는 적지 않은 의문과 거부감이 생길지도 모르지만 끝까지 내 말을 들어봐. 추석은 일 년 중 달이 가장 크고 둥글게 떠오르는 날이야. 햅쌀로 밥을 짓고 햅쌀로 술을 담그고 햅쌀로 떡을 만들어 먹었어. 송편은 알고 있겠지. 송편은 추석날 만들어 먹었던 떡이야. 사람들은 아침 일찍 일어나 차례를 지냈지. 덥지도 않고 춥지도 않은 날씨에 풍족한 먹거리. 그래서, 더도 말고 덜도 말고 한가위만 같아라, 라는 속담이 생겨났어. 추석을 한가위라고도 하고 중추절이라고도 했지. 차례가 끝나면 음식을 먹고 조상의 무덤으로 가서 벌초를 했어. 여름 동안 무성하게 자란 풀이 시들어 산불이라도 나게 되면 조상의 무덤이 타게 되니까 미리 제거해 주는 거야. 근처에 자손이 없는 무덤이 있으면 대신 벌초를 해주기도 했어. 씨름대회나 줄다리기를 하는 마을도 있었고 소싸움이나 닭싸움을 벌이는 마을도 있었어. 온가족이 모여 음식을 먹고 전통놀이를 즐기던 명절이었는데 어느 시기부턴가 황금만능주의를 등에 업고 고스톱이 명절을 대표하는 놀이로 자리를 잡았지. 추석연휴라는 것이 있어서 대부분의 직장인들이 추석을 전후한 사나흘 정도의 공휴일을 즐길 수가 있었어. 추석연휴 때는 모든 고속도로가 정체현상을 일으켰어. 모두들 명절을 기해 부모님이 계시는 고향으로 돌아가기 때문이지. 장관이었어. 매스컴들은 민족의 대이동이라는 표현을 쓸 정도였지. 방송국 헬기들이 고속도로 상공에서 교통대란을 현장중계하기도 했어. 아무튼 떠들썩한 명절이었지. 하지만 여자들은 명절만 되면 불만이 많았어. 남자들은 방 안에서 고스톱이나 치면서 낄낄거리고 있는데 여자들은 부엌에서 뼛골이 빠지도록 음식을 만들어야 했거든. 혹시 여자들의 그러한 불만이 하늘에 닿아 어느 날 달이 사라져버리고 연이어 추석마저 소멸해 버린 것은 아닐까. 물론 그렇지는 않겠지. 여러 가지 복합적인 이유가 있을 거야. 어쨌든 다른 사람들한테는 추석이 없어졌는지 모르지만 나한테는 추석이 그대로 남아 있어. 달은 사라져버렸지만 추석은 그대로 남아 있어. 그러니까 부모님 제사는 지낼 거야. 무슨 일이 있더라도 추석에는 너하고 같이 제사를 지낼 작정이니까 그렇게 알고 있어."

나는 단숨에 말해 버렸다. 단숨에 말해 버리고 나니까 속이 후련했다. 그러나 찬수녀석은 당혹감이 가득한 눈빛으로 나를 쳐다보고 있었다. 형이 마침내 돌아버리고 말았구나, 녀석의 눈빛은 그렇게 말하고 있었다. 다행스럽게도 내가 자기를 무시해서 아무런 의논도 없이 통장에서 돈을 지출했다는 오해는 풀린 눈치였다. 그렇지만 달력에도 명기되어 있지 않은 명절을 빙자해서 터무니없는 제사를 지낼 것을 강요받은 사실만은 못내 석연치 않다는 표정이었다.

추석이 올 때까지 나는 몇 번이나 찬수녀석과 제사를 같이 지낼 거라는 다짐을 잊지 않았다. 녀석이 군대에 있는 동안 줄곧 혼자서 제사를 지내기가 얼마나 쓸쓸했는지도 몇 번이나 언급해 두었다. 결국 같이 제사를 지낼 테니 제발 그만 떠들어 달라는 확답을 듣고 나서야 나는 추석에 대한 언급을 중단했다.

마침내 추석이 왔다.

나는 꼭두새벽부터 찬수녀석을 닦달해서 제사음식을 차렸다. 조율시이(棗栗柿梨), 홍동백서(紅東白西), 어동육서(魚東肉西), 두동미서(頭東尾西). 진설법(陳設法)대로 음식을 차리고 분향재배를 시작했다. 강신재배(降神再拜), 참신(參神), 계반(啓飯), 삽시(挿匙), 초헌(初獻), 철시복반(撤匙復飯), 사신(辭神), 철상(撤床). 전 과정을 끝내고 음복을 할 때까지 찬수녀석은 달갑지 않은 표정을 감추지 못하고 있었다.

추석이 사라져버린 세상은 삭막하기 그지없었다. 한복차림으로 거리를 활보하는 사람들도 보이지 않았고 명절이기 때문에 문을 닫아버린 건물들도 보이지 않았다. 어디를 둘러보아도 평일과 조금도 다르지 않은 분위기였다. 텔레비전을 켰으나 추석특집 프로는 방영되지 않았다. 다른 날과 마찬가지로 정규방송이 진행되고 있었다. 민족대이동에 대한 언급도 없었고 교통대란에 대한 언급도 없었다. 세상은 그저 썰렁한 채로 거짓말 같은 하루를 보내고 있었다. 나는 혹시나 하는 마음으로 밤이 되기를 기다려보았다. 그러나 밤이 되어서도 내가 기대하던 보름달은 떠오르지 않았다.

자정이 훨씬 지난 시각, 영업을 끝내고 찬수녀석이 다시 내 방문을 두드렸다. 녀석은 방으로 들어와 한참 동안 경직된 표정으로 내 얼굴만 쳐다보고 있었다. 어떤 할말이 입 안에 들어 있는데 차마 내뱉지 못하겠다는 시늉이었다. 말해라. 내가 차분하면서도 시큰둥한 목소리로 녀석을 다그쳤다. 그제서야 녀석은 생각지도 못했던 제의 하나를 불쑥 내 앞에 털어놓았다.

"저어, 형이 정말로 걱정스러워서 하는 소린데, 내일 나하고 같이 동산면에 있는 국립정신병원에 한번 가보는 게 어떨까."

11

메뚜기떼

FAO, 서아프리카에 메뚜기떼 출현 경고(AfricaLife.com)

북서아프리카 지역에 메뚜기떼가 대량 출몰하여 심각한 식량난을 야기시키고 있다. 더 큰 피해를 방지하기 위해서는 적극적인 국제원조가 시급한 실정이다. 북서아프리카에 올해 처음으로 나타난 사막 메뚜기떼는 번식기를 마치고 서아프리카의 사바나 지역으로 이동하고 있다. 유엔의 한 관계자는, 일주일 정도만 경과해도 니제르와 차드를 비롯해서 모리타니아, 세네갈, 말리 같은 나라에 더 큰 피해를 입힐 것으로 예측하면서 세계 각국의 각별한 관심과 주의를 요망했다.

여름비가 사바나에서 이미 시작되었기 때문에 메뚜기떼는 모리타니아의 대서양 연안에서부터 차드까지 이르는 광범위한 지역에 산란할 것으로 보인다. 메뚜기떼가 엄청나게 증가하게 되면 올해 작물 생산량은 큰 위협을 받게 됩니다. 이미 손을 써두기는 했지만 추가적인 국제적 원조가 절실합니다. 특히 관계국들이 도와주지 않으면 사태가 더욱 악화될지도 모릅니다—유엔 식량농업기구(FAO) 관계자의 말이다.

메뚜기떼의 규모와 수가 너무 엄청나서 현재로서는 관행적인 살충제 살포 방법 외에는 특별한 대책이 없는 실정이다. 지금까지 알제리, 모로코, 튀니지, 리비아, 모리타니아의 4백만 헥타르 이상을 처리했다. 관계자들은 가장 환경친화적인 제품을 이용해서 환경과 인축(人畜)에 대한 피해를 최소화하는 살포방법을 시행하고 주의 깊은 예찰을 지속할 필요가 있다고 강조한다. 미래에 닥칠 긴급상황에 잘 대처하기 위해서는 국경을 넘나드는 동식물병해충 방제를 위한 긴급보호체계를 가동하여 초기 경고, 대처 및 연구역량 강화를 위한 장기적 지원이 수립되어야 한다. 현재 FAO의 자체 조달금 2백만 달러와 후원금 7백만 달러를 합하여, 지금까지 9백만 달러의 긴급보조금이 책정되어 있다. 또한 메뚜기떼 퇴치운동에 동참하는 희망국으로부터 상당한 지원금이 들어오고 있다.

중국 메뚜기떼 농작물 피해 심각(welcome-China.com)
중국이 메뚜기떼의 난동으로 막대한 농작물 피해를 당하고 있다. 중국 언론에 의하면 톈진[天津] 산둥[山東] 허베이[河北] 산시[山西] 등지의 14개 성시가 메뚜기떼의 공격을 받고 있다고 전하면서 당국의 시급한 대책을 촉구했다. 최근 열흘 동안 메뚜기떼로 인한 농작물 피해 면적은 2,200만 무(畝, 약 146만 6,700 헥타르)로, 지난해 전체 피해 면적인 1,800만 무를 이미 400만 무

이상 넘어섰다. 피해가 가장 심각한 지역은 텐진 지역 농촌과 보하이[渤海] 연해 지역을 중심으로 한 산둥성, 허베이의 화이허[淮河] 일대로 1제곱미터당 메뚜기 수가 평균 1,000마리이며, 가장 밀집된 지역은 1제곱미터당 6,000마리까지 이른다.

메뚜기떼의 극성은 지난 겨울 날씨가 춥지 않아 메뚜기 알들이 대부분 땅속에서 살아남은 데다 최근 기온이 높아지면서 예년보다 일주일 빨리 메뚜기들이 번식했기 때문이라고 언론은 전했다. 《환구시보(環球時報)》는, 텐진 일대는 메뚜기떼가 한 시간에 200무의 옥수수밭을 흔적도 없이 먹어치우고 있으며 밭이 메뚜기떼로 뒤덮여 색깔이 빨갛게 변해버렸고 차가 지나가면 메뚜기들이 마치 흙탕물처럼 튀어 오른다고 전했다. 중국 농업부는 12일부터 긴급 방제대책에 나섰으나 농작물 피해 면적은 계속 늘어날 전망이다.

메뚜기떼 1톤이 하루 2,500명분 먹어 100만 명 기아 직면(BBC news)

유엔 식량농업기구(FAO)는 최근 서부 아프리카 일대를 휩쓸고 있는 메뚜기떼로 100만여 명이 기아에 직면할 수 있다고 경고했다. 메뚜기떼는 최근 모리타니아 수도 누악쇼트를 삼켰으며, 모리타니아 농업부는 예상보다 많은 100만 헥타르의 경작지가 피해를 입었다고 밝혔다. 말리에선 북부 가오 지역이 메뚜기떼 습격을 받았고 세네갈·니제르·차드에도 메뚜기떼가 들이닥쳤다. 인구 70퍼센트가 농업에 의존하는 인근 감비아는 국가비상사태를 선언했다. 현재 국내분쟁으로 인도주의적 위기가 발생한 수단 서부 다르푸르까지 메뚜기떼 습격을 받을 것으로 우려되며, 이 메뚜기떼가 수단을 거쳐 이란·파키스탄·인도에까지 퍼질 수 있다는 관측도 나오고 있다. 메뚜기는 24시간 동안 자신의 몸무게인 2그램 가량의 식량을 먹으며, 메뚜기떼의 극히 일부인 1톤 가량의 메뚜기떼가 2,500명의 하루치 식량을 먹어치운다. FAO가 전하는 바에 의하면 현재 유럽연합과 이탈리아, 노르웨이, 한국, 스페인, 미국과 FAO 자체 자금을 포함해 모두 900만 달러를 해당국에 지원했고 아직 1천만 달러가 남아 있으나 10월까지 방제활동이 필요한 만큼 추가지원이 있어야 한다고 강조했다. 이른바 '바람의 이빨'로 불리는 사막 메뚜기떼가 하늘을 날 때는 거대한 구름 형상을 이루고 있어 인공위성에서도 촬영이 가능할 정도이며 건조한 바람을 타고 하루에 50마일을 비행하는 것으로 알려져 있다.

12

시인은
비가 내리면
제일 먼저
어디부터 젖나요

나는 소요의 잠적이나 달의 실종에 대해 아무런 단서를 찾아내지 못한 상태로 만추(晩秋)를 맞이하고 있었다. 찬수녀석은 몇 번이나 정신과 검진을 한번 받아보자고 제의했지만 나는 그때마다 생활에 아무런 지장이 없다는 이유를 들어 제의를 거절해 버리곤 했다. 날마다 소요가 보고 싶었다.

소요가 보낸 문자 메시지에는, 특별한 일이 생겨 당분간 뵙지 못할 것 같습니다, 라는 단서가 붙어 있었지만 나는 아직도 소요가 말한 특별한 일이 무엇인지 전혀 감을 잡지 못하고 있었다. 그저 막연하게 달과 어떤 연관이 있을지도 모른다는 생각만 하고 있었다.

오늘쯤 소요가 다니던 대학을 한번 찾아가보아야겠다는 생각을 했다. 그녀는, 당분간 뵙지 못할 것 같습니다, 라는 말로 자신의 잠적이 길지 않을 것임을 암시하고 있었다. 그러나 당분간이라는 단어는 얼마나 모호한 의미를 내포하고 있는가. 어떤 경우에는 몇 달로 해석될 수도 있고 어떤 경우에는 몇 년으로 해석될수도 있다. 나는 방구석에 틀어박혀 머리로 해결할 문제가 아니라는 생각을 하고 있었다.

그녀가 다니던 대학에 가보면 실낱같은 단서라도 찾아낼 수 있지 않을까. 나는 막연한 기대감을 부추기며 밖으로 나왔다. 밖에는 가을비가 내리고 있었다.

나는 그녀가 다니던 대학 쪽으로 봉고차를 몰았다. 그녀가 다니던 대학이 바로 내가 다니던 대학이었다. 지금 봉고차를 몰고가는 바로 이 도로변의 인도를 따라 나는 날마다 도보로 통학을했던 기억을 가지고 있었다.

나는 대학에 대해 그다지 호감을 느끼지 못하고 있었다. 다른학생들도 대부분 치열성을 상실하고 있었다. 미래의 빛나는 의자들은 이미 서울의 명문대생들이 예약해 두었고 지방대생들은 수석졸업을 해도 대기업에 이력서 한번 내밀지 못할 거라는 열등감. 나는 열등감을 수의(囚衣)처럼 걸치고, 어릴 때 아버지가 말씀하셨던 불알값에 대해서 숙고해 보았다. 자신이 없었다. 차라리 대학을 지망하지 말고 어릴 때 꿈꾸었던 솜사탕 장수를 시작하는 편이 훨씬 나았을지도 모른다는 생각이 들었다.

생각해 보면 대학에 대해서는 추억도 없었고 미련도 없었다. 졸업 후에는 한번도 찾아가본 적이 없었다. 특별히 찾아갈 일도생기지 않았고 찾아가고 싶은 기분도 들지 않았다. 소요 때문에찾아가게 되리라고는 생각지도 못했다.

갑자기 앞에 가던 택시가 속도를 줄이고 있었다. 나도 가볍게 브레이크를 밟으며 속도를 조정했다. 와이퍼가 일정한 간격으로 앞유리를 닦아내고 있었다. 비에 젖은 풍경들이 앞유리 속에서 조금씩 흔들리고 있었다. 우측으로 육림극장이 보였다. 어찌된 영문인지 차량들이 정체현상을 보이고 있었다. 출퇴근 시간을 제외하고는 비교적 소통이 원활하던 도로였다. 정체현상을 보일 정도로 차량들이 붐빌 시간이 아니었다. 그런데도 정체현상은 좀처럼 풀리지 않고 있었다.

라디오를 틀었다. 〈농담 반 진담 반〉이라는 프로가 진행되고 있었다. 처음 들어보는 프로였다. 가을 개편을 계기로 신설된 프로 같았다.

"폭소를 장착하고 다니는 인간 폭발물 박대찬과 함께 하는 농담 반 진담 반. 오늘의 주제는 돈입니다. 요즘 복수할 거야라는 노래로 인기가 급상승 중인 가수 김해연 씨를 초대손님으로 모셨습니다. 안녕하세요."

"안녕 못해요."

"무슨 인사를 그렇게 하십니까?"

"팬들의 사랑에 힘입어 복수할 거야가 히트를 치기는 했지만 생각보다 음반은 많이 팔리지 않았거든요."

"안타깝군요. 그런데 김해연 씨한테 돈에 대한 정의를 한번 내려보라고 부탁드리면 어떻게 정의를 내리시겠습니까."

"돈은 신이다."

"그렇게 생각하실 수도 있겠지요. 제가 돈을 신격화시키는 속담을 한번 열거해 볼까요."

"그런 속담들도 있나요?"

"당연히 있습니다. 우리나라가 어떤 나라입니까. 유구한 역사와 전통에 빛나는 나라 아닙니까. 본래 세계적으로 역사가 짧은 나라는 속담이 없습니다. 반대로 역사가 장구한 나라는 속담이 발달해 있지요."

"들어보고 싶네요."

"극락도 돈 있는 놈이 간다는 속담이 있습니다. 돈만 있으면 개도 멍첨지라는 속담도 있지요. 돈 없으면 적막강산, 돈 많으면 금수강산이라는 속담도 있습니다. 그러니까 돈은 사람을 극락에 보낼 수도 있고, 개를 첨지로 만들 수도 있고, 적막강산을 금수 강산으로 바꿀 수도 있으니까 신이라고 해도 과언이 아니네요."

"듣고 보니까 돈이 곧 신이로군요. 그렇다면 제가 정의를 제대 로 내린 건가요."

만약 누나가 이 방송을 들었다면 두 사람은 사탄의 하수인으 로 분류되어 제거대상 일순위로 선정되었을 것이다. 하지만 경제 적인 관점에서 보면 대한민국에는 딱 두 가지 유형의 인간만이 존재한다. 한 가지는 곰으로 살아가는 유형의 인간이고 다른 한 가지는 왕서방으로 살아가는 유형의 인간이다.

속담에 의하면 재주는 언제나 곰이 부린다. 그러나 돈은 언제 나 왕서방이 챙긴다. 곰은 날마다 땀을 뻘뻘 흘리면서 열심히 재 주를 부리지만 가족들을 먹여 살리기조차 버겁다. 반면에 왕서 방은 가족들은 신경도 쓰지 않고 날마다 최고급 호텔에서 젊은 년들 엉덩이만 주무르고 있어도 재산이 눈덩이처럼 불어난다. 곰 들의 입장에서 보면 정말 지랄 같은 등식이다.

세상에는 각양각색의 곰들이 살고 있다. 어떤 곰들은 장사를 하고 어떤 곰들은 직장을 다닌다. 이런 곰들은 근면성실이라는 보증수표를 가지고 있기는 하지만 경제적으로는 현상유지가 고작이다. 어떤 곰들은 로또에 미치고 어떤 곰들은 주식에 미친다. 이런 곰들은 인생역전의 꿈에 부풀어 계속 투자를 해보지만 자신이 미쳤다는 사실을 알았을 때는 이미 빈털터리로 전락해 있다. 어떤 곰들은 도박을 하고 어떤 곰들은 사기를 친다. 이런 곰들은 은팔찌를 끼고 자주 감방을 드나들게 되고 결국 늙어서야 자신이 그토록 자만했던 재능이 얼마나 부질없었던가를 깨닫는다. 어떤 곰들은 어린이를 유괴해서 부모를 협박하기도 하고 어떤 곰들은 가정집에 흉기를 들고 들어가 강도질을 하기도 한다. 이런 곰들은 단순무지한 발상으로 한 밑천을 잡아 왕서방처럼 살아보겠다는 생각이지만 바로 눈앞에 인생의 종착역이 기다리고 있다.

근무처에서 처우개선을 울부짖으며 분신자살하는 곰들도 있고 아파트에서 자신의 무능을 한탄하는 유서를 남기고 음독자살하는 곰들도 있다. 그래도 세상은 별로 달라지지 않는다. 여전히 세상은 곰들의 지옥이고 왕서방들의 천국이다.

나는 극장 간판 쪽으로 시선을 돌렸다.

매스컴에 자주 회자되는 영화였다. 개봉 한 달 만에 관객 수백만을 돌파했고 무슨 국제 영화제에서 감독상을 받은 기록을 가지고 있었다. 이 영화 안 보면 다 죽인다. 대형 간판 속에서 군복 차림의 사내놈들이 소총을 한 자루씩 받쳐 들고 험악한 표정으로 나를 노려보고 있었다. 눈 깔아 새끼들아, 나는 슬그머니 군복 차림의 사내놈들을 외면해 버렸다.

나는 군대라는 단어만 떠오르면 대번에 육중한 돌덩어리 하나가 가슴을 짓누르는 느낌에 사로잡힌다. 군대는 그렇다. 아무 이유 없이 남자들의 가슴을 육중한 돌덩어리로 짓누르는 특성을 가지고 있다. 나는 아직도 일 년에 대여섯 번 정도는 군대에 재징집 되어 말단 졸병으로 복무하는 꿈을 꾼다. 악몽 중에서도 가장 잔인한 악몽이다.

군대를 수호하는 사람들은 세계 평화를 위해 군대가 반드시 필요하다고 역설한다. 하지만 내 생각은 다르다. 전 세계에 존재하고 있는 군대만 모조리 없어진다면 세계 평화는 저절로 도래한다. 군사 계통에 종사하는 사람들의 생계는 어떻게 책임지겠느냐고 따지는 사람이 있을지도 모른다. 하지만 그 문제도 간단히 해결할 수 있다. 군사 계통에 종사하는 사람들에게 군대를 없애는 임무를 부여하고 거기에 상응하는 급료를 지불하면 문자 그대로 일거양득의 효과를 거둘 수 있다.

정체하고 있던 차량들이 움직임을 보이기 시작했다. 운교동 로터리에 이르자 교통경찰들이 사고를 수습하고 있는 장면이 보였다. 정황으로 짐작건대 대형 트럭이 맞은편에서 오는 승용차를 들이받은 모양이었다. 대형 트럭은 건재해 보였지만 승용차는 휴지조각처럼 구겨져 있었다. 아스팔트 바닥에 잘게 바스러진 유리조각들이 흩어져 있었고 검붉은 핏자국도 보였다. 나는 사고지점을 통과해서 조심스럽게 팔호광장 쪽으로 핸들을 꺾었다.

내가 대학으로 들어섰을 때는 다행스럽게도 빗줄기가 약간 기세를 죽이고 있었다. 나는 대학 주차장에다 봉고차를 주차하고 우산을 쓴 채 교무과를 향해 걸음을 옮겨놓고 있었다.

대학은 전체적으로 내가 다니던 시절과는 분위기가 많이 달라져 있었다. 변두리의 야산들이 모조리 사라져버렸고 거기 거대한 신축건물들이 근엄하면서도 거만한 표정으로 교정을 내려다보고 있었다. 대학은 내가 다니던 시절보다 한결 확장된 면적을 차지하고 있었고 초현대식 건물들과 시설들로 쇄신된 면모를 과시하고 있었다. 학생들의 옷차림도 판이하게 달라져 있었다. 내가 다니던 시절에는 단순하면서도 평범한 옷차림을 선호했는데 지금은 현란하면서도 개성 있는 옷차림들을 선호하고 있었다. 그러나 학생들은 대부분 패기를 상실해 버린 모습이었고 학구적인 분위기도 결여된 느낌을 주고 있었다.

나는 교무과로 들어가 담당자에게 작년에 이 대학을 자퇴하고 내가 경영하는 닭갈비집에서 카운터를 맡고 있던 여학생이 잠적해 버렸다는 사실을 밝히고 연락을 취할 방법이 없겠는가를 의논해 보았다. 담당자는 친절한 편이었다. 그러나 한참 동안 장부들을 찾아보더니 의아한 표정으로 결과를 말해 주었다.

"남소요라고 하셨지요?"

"그렇습니다."

"이상하군요. 학적부에는 아무런 기록이 없습니다. 자퇴자 명부에도 없고 휴학자 명부에도 없습니다. 심리학과를 통틀어 휴학을 한 학생들은 제법 많은 편이지만 자퇴를 한 학생은 한 명도 없어요. 무언가 잘못 알고 계시는 게 분명합니다. 확실한 내용을 알아보시고 다시 한 번 오셔야 할 것 같네요."

나는 축 늘어진 어깨로 대학 교무과를 나서는 도리밖에 없었다.

캠퍼스에는 가을이 당도해 있었다. 가을이 당도해 있는 캠퍼스, 나지막이 속삭이는 음성으로 비가 내리고 있었다. 저마다 황금빛으로 도금된 이파리를 한 보퉁이씩 머리에 이고 도서관으로 걸어가고 있는 은행나무들. 슬그머니 주황색 이파리를 길바닥에 한 장씩 떨구면서 지나가는 여학생들의 종아리를 천연덕스럽게 곁눈질하고 있는 플라타너스들. 얼굴도 못생긴 게 잘난 척하기는, 젖은 도로를 서행으로 스쳐 가는 빨간색 마티즈를 향해 못마땅한 표정으로 일제히 입을 비죽거리고 있는 백일홍들. 나는 그런 것들에게 한눈을 팔면서 심리학과 사무실을 찾아가고 있었다.

내가 대학을 다니던 시절에는 게시판의 대자보가 학생들의 여론몰이에 중요한 역할을 담당했었다. 그러나 지금은 허공에 걸려 있는 플래카드가 학생들의 여론몰이에 중요한 역할을 담당하고 있는 분위기였다. 등록금인상결사반대. 국가보안법을철폐하고 국회내격투기금지법을만들자. 대한기독교대학생연합. 비리교수즉각 사퇴하라. 영화에미친사람들의모임. 영자신문사수습기자모집. 토익격파대TNT. 대학생불교연합. 독서토론동아리금자탑. 클래식기타동아리세고비아. 만화를사랑하는사람들. KOC가을콘서트. 산악동아리요산요수. 나는 플래카드들을 눈여겨보면서 심리학과 사무실 쪽으로 걸음을 옮겨놓고 있었다. 소요는 대학의 행글라이딩 동아리에서 활공을 익혔다고 말했었다. 그러나 행글라이딩 동아리와 연관이 있어 보이는 플래카드는 눈에 띄지 않았다.

"무슨 일로 오셨나요."

심리학과 사무실은 사회과학대학 건물 4층에 배정되어 있었다. 사무실로 들어서자 속칭 과돌이로 불리는 남학생 한 명이 열심히 컴퓨터 자판을 두드리고 있다가 별로 달갑지 않은 시선으로 나를 맞았다. 모니터에 메신저 화면이 깔려 있었다.

"방해를 해서 미안합니다."

"괜찮은데요."

과돌이는 괜찮다고 말했지만 절대로 괜찮은 기색이 아니었다. 누군가와 은밀한 대화라도 나누고 있었는지 아쉬운 표정이 역력해 보였다. 과돌이는 별로 내키지 않는 동작으로 메신저 화면을 닫고 있었다. 나는 일부러 벽 쪽으로 시선을 돌렸다. 대부분의 공간을 책장들이 장악하고 있었다. 그리고 책장에는 심리학 관련 서적들이 빼곡하게 꽂혀 있었다. 저 책들을 다 읽으면 인간의 심리를 이해할 수 있을까. 소요는 학적부에 기록되지 않은 이름이었다. 그러나 그녀는 분명히 자신이 이 대학을 다녔다고 말했었다. 그녀는 왜 내게 거짓말을 했을까. 나는 저 책들을 다 읽어도 인간에 대한 심리를 이해할 수 없을 거라는 생각이 들었다.

"조교님을 만나뵐 수 있을까요."

"조교님은 대학원 강의 때문에 한 시간쯤 지나서야 오실 텐데요."

"어떤 학생의 소재를 알고 싶어서 그러는데."

나는 과돌이에게 소요의 신상을 간략하게 설명하고 혹시 그녀가 절친하게 지내던 친구나 선배를 만날 수 없겠느냐고 물어보았다.

"저는 심리학과 삼학년이거든요. 그런데 우리 과 전체를 통틀어 남소요라는 이름을 가진 여학생은 없는 걸로 아는데요."

"자신을 드러내기 싫어하는 성품을 가지고 있었으니까 잘 모를 수도 있을 겁니다. 학년별 과대표들한테 물어볼 방법은 없을까요."

"컴퓨터에 학년별로 정리해 둔 파일이 있으니까 당장이라도 열어보면 알 수가 있겠지요. 하지만 저도 명색이 과돌이라 학생들 이름은 거의 다 기억하고 있는데 아마 남소요라는 이름은 없을 걸요."

과돌이가 컴퓨터에서 파일 하나를 열고 있었다. 심리학과 학생 전체의 신상명세서가 학년별로 화면에 떠오르고 있었다. 검색창에 남소요라는 이름을 기입했다. 그러나 자료가 없었다. 남씨 성을 가진 학생은 두 명뿐이었다. 그러나 한 명은 1학년이었고 현주소가 삼척이었으며 다른 한 명은 4학년이었고 현주소가 포천이었다. 그리고 두 명이 모두 남학생이었다. 아무리 학년별로 스크롤바를 오르내리면서 훑어보아도 남소요라는 여학생은 보이지 않았다.

"혹시 이 대학에 행글라이딩 동아리가 있나요."

"아마 없을 걸요."

"대학 홈페이지에 들어가서 한번 알아볼 수 없을까요."

"그래 볼까요."

그러나 결과는 마찬가지였다. 행글라이딩 동호회는 없었다. 물론 패러글라이딩도 마찬가지였다.

"없군요. 아무튼 아까운 시간을 할애해 주셔서 대단히 감사합니다. 혹시 술 좋아하시나요?"

"좋아는 해도 많이는 못 마시는데요."

"소양동 금불알이라는 닭갈비집 아세요?"

"친구들하고 두 번인가 가본 적이 있어요."

"내가 그 집 주인이니까 학생 얼굴 기억해 두었다가 언제라도 친구들하고 같이 오면 거하게 한잔 쏠게요."

"어쩐지 어디서 뵌 분 같다는 생각이 들었어요."

"빈말 아니니까 가을이 가기 전에 꼭 한번 들러주세요."

"감사합니다."

소요가 다니던 대학에 와보면 그녀의 실종과 관계된 어떤 실마리를 찾아낼 수 있을지도 모른다는 생각은 결국 아무 소득도 없는 헛걸음으로 종결되고 말았다.

　나는 봉고차를 몰고 대학을 빠져나오면서 문득 달맞이꽃을 떠올렸다. 가을인데도 활공장 주변에 달맞이꽃이 피어 있을까. 소요는 자주 달맞이꽃을 꺾어와 소주병에 꽂아두곤 했었다. 어느 날 나는 달맞이꽃을 꽂으라고 그녀에게 비싼 꽃병 하나를 사다 주었다. 그러나 달맞이꽃에는 싸구려 소주병이 훨씬 잘 어울린다는 이유로 그녀는 내가 사다 준 꽃병을 사용하지 않았다. 나는 봉고차의 핸들을 활공장이 있는 구봉산 쪽으로 꺾고 있었다.

　상식적으로 비가 오는 날은 활공을 할 리가 없었다. 다만 갑자기 달맞이꽃이 보고 싶었을 뿐이었다. 최대한 활공장 가까이에 봉고차를 들이밀고 사방을 눈여겨 살펴보았다. 활공장은 텅 비어 있었다. 달맞이꽃은 한 대궁도 보이지 않았다.

　구봉산 밑으로 이어지는 도로변에 몇 군데의 커피숍들이 자리잡고 있었다. 도시가 한눈에 내려다보이는 위치였다. 밤이면 시민들이 몰려와 커피를 마시고 도시의 야경을 감상하는 장소로 알려져 있었다. 어쩌면 소요가 활공장을 오가면서 자주 드나들었을지도 모른다는 생각이 들었다. 나는 활공장과 가장 가까운 장소에 위치한 커피숍 주차장에 봉고차를 주차했다.

　"여기 행글라이딩 하시는 분들 많이 오시지요."

　"그런데요."

　"혹시 아가씨들 중에서 남소요라는 여자분을 아시는 분이 계시나요."

　비가 내리고 있었으므로 커피숍은 비교적 한산해 보였다. 나는 서빙하는 아가씨들에게 소요를 알고 있는지 탐문해 보았다. 그러나 서빙하는 아가씨들은 한결같이 고개를 가로저어 보였다.

나는 바깥이 잘 내다보이는 탁자에 자리를 잡고 카푸치노를 시켰다. 공터가 보였다. 공터에는 가을빛에 물든 수풀들이 비를 맞고 있었다. 그러나 달맞이꽃은 보이지 않았다. 가을까지 피어 있지는 않을 거라는 생각이 들었다. 나는 작년 여름 비가 내리는 창밖을 내다보면서 소요가 내게 던졌던 질문 하나를 떠올렸다.

"시인은 비가 내리면 제일 먼저 어디부터 젖나요."

그때 나는 마땅한 대답을 찾아내지 못했다.

"소요는 비가 내리면 제일 먼저 어디부터 젖는데?"

"저는요. 제 가슴에 피어 있는 달맞이꽃이 제일 먼저 젖어요."

아, 얼마나 아름다워 보였던지. 나는 그때 시인이라는 이름이 부끄럽다는 생각을 했다. 녹슨 감성을 붙잡고 발기불능의 시들이나 끄적거리면서 살아온 자신에 대해 한없는 수치심을 느꼈다. 고백건대 나는 그때까지 종일토록 비가 내려도 털끝 하나 젖지 않을 정도로 메마른 감성을 소유하고 있었다. 비가 내리면 매상이 떨어진다는 생각에만 사로잡혀 있었다.

멀리 도시가 내려다보였다. 소요는 어디로 잠적해 버렸을까. 도시 어디를 찾아보아도 그녀의 소재를 알아낼 수 없을 것 같은 절망감이 내 가슴을 무겁게 짓누르고 있었다. 도시는 물안개에 흐리게 지워지고 있었다. 나는 물안개에 흐리게 지워지는 도시를 내려다보면서 새삼 비가 내리면 시인은 제일 먼저 어디부터 젖느냐는 소요의 질문을 떠올리고 있었다. 그녀가 곁에 있다면 나는 제일 먼저 뼈가 젖는다고 대답하고 싶었다.

13

소요약전(逍遙略傳)
—하늘이 흐린 날은 하늘이 흐리기 때문에

대한민국의 젊은이들은 오래전에 동방예의지국이라는 두루마기를 벗어던지고 동방무례지국이라는 티셔츠를 걸쳐 입었다. 어떤 젊은이들은 숫제 동방말세지국 패션으로 끈팬티만 걸치고 거리를 활보하기도 한다. 어른들 앞에서 방자하게 담배를 꼬나무는 놈들도 허다하고, 잘못을 지적해도 고개를 숙이기는커녕, 지랄하지 마세요, 욕지거리를 내뱉는 놈들도 허다하다. 공자(孔子)를 아예 공짜의 오자(誤字) 정도로 생각하는 수준이다.

그러나 소요는 예절이 얼마나 손님들을 기쁘게 만들어주는가를 잘 알고 있었다. 손님들이 가게를 나갈 때건 가게로 들어올 때건 앉은 채로 인사를 하는 법이 없었다. 손님들이 가게로 들어서면, 정말 오랜만에 오셨네요, 정확하게 보름하고도 열세 시간 이십 분 만에 우리 가게를 찾아주셨어요, 우와, 잭필드 신사바지

삼종세트를 구입하셨나봐요, 선생님이 입으시니까 삼만구천팔백원짜리가 삼십구만팔천 원짜리로 보이네요, 반드시 반가운 표정으로 자리에서 일어나 인사를 했고, 손님들이 가게를 나갈 때도, 혹시 불편하셨던 점은 없으셨나요, 미식가이신 줄은 알고 있었는데 동치미를 그렇게 좋아하시는 줄은 몰랐어요, 반드시 현관 밖까지 몇 걸음을 따라나가 공손한 태도로 허리를 숙여 배웅하는 예절을 고수했다.

소요는 자신이 현실적이어야 할 때와 몽환적이어야 할 때를 정확하게 구분해서 대처하는 기지를 가지고 있었다. 평소에는 지극히 몽환적인 분위기에 휩싸여 있다가도 카운터에 앉기만 하면 지극히 현실적인 분위기를 드러내 보였다. 그녀는 언제나 해맑은 웃음으로 손님들을 대하는 습관을 가지고 있었다. 손님들이 한꺼번에 해낼 수 있는 심부름을 몇 번씩 분할해서 시켜도 전혀 기분 나쁜 기색을 나타내 보이지 않았다. 손님의 동태를 주시하고 있다가 무엇이 필요할까를 간파하고 시키기도 전에 미리 갖다 드리는 영민함도 간직하고 있었다.

그녀는 카운터를 담당하던 그날부터 손님들에게 명함을 받아두기 시작했다. 직장을 가지고 있는 손님들은 대부분 명함을 가지고 있었다. 그리고 그녀가 명함을 달라고 하면 서슴지 않고 꺼내주었다. 그녀는 놀라운 기억력을 소유하고 있었다. 한 번 명함을 받은 손님은 한 달이 지난 다음에 나타나도, 송일기획 오태환 부장님, 오늘은 혼자 오셨네요, 저번에 같이 오셨던 박한술 계장님도 안녕하시죠, 반드시 이름과 직장과 직책을 기억해서 친근감을 나타내 보였다. 뿐만 아니라 단골들이 처음 보는 손님을 데리고 오면 언제나 소주 한 병을 서비스로 갖다 주었다.

"소주는 안 시켰는데?"

"오늘은 하늘이 맑기 때문에 서비스로 소주 한 병 드리는 거예요."

"주인이?"

"제가요."

그녀는 하늘이 맑은 날만 소주 한 병을 서비스로 갖다 주지는 않았다. 하늘이 맑은 날은 하늘이 맑기 때문에, 반대로 하늘이 흐린 날은 하늘이 흐리기 때문에, 소주 한 병을 서비스로 갖다 주었다. 그녀는 서비스로 나간 소주값을 기록해 두었다가 자신의 월급에서 공제하겠노라고 고집을 부렸다. 하지만 나는 그녀의 전략을 그대로 도입해서 하늘이 맑은 날은 하늘이 맑다는 이유로 손님들에게 소주 한 병을 서비스로 진상하고, 하늘이 흐린 날은 하늘이 흐리다는 이유로 손님들에게 소주 한 병을 서비스로 진상하는 전략을 고수했다. 의외로 효과가 좋았다. 당연히 서비스로 나간 소주값을 그녀의 월급에서 공제하지는 않았다.

"부담되시지 않는다면 뒷면에 생일을 적어주시겠어요?"

"생일?"

"제가 만든 생일카드를 보내드리고 싶어서요."

그녀는 명함 뒷면에 생일을 적어준 손님에게는 정말로 생일카드를 직접 만들어 보내주는 세심함도 가지고 있었다. 모든 일을 자발적이고도 창의적으로 잘 수행하고 있었기 때문에 도대체 잔소리를 늘어놓을 건덕지가 없었다. 그녀는 단골들의 성격과 취미와 습관 따위들도 소상하게 파악하고 있었다. 카운터 앞에서 계산을 할 때면, 등산을 좋아하는 손님에게는, 삼악산한테 안부 전해주세요, 라는 멘트를 날렸고, 재즈를 좋아하는 손님에게는, 저도 카산드라 윌슨을 좋아한답니다, 라는 멘트를 날렸다. 그녀는 아무리 성격이 까다로운 손님도 금불알을 찾아오기만 하면 단골로 만들어버리는 수완을 가지고 있었다.

소요가 금불알의 카운터를 담당하면서 많은 것들이 달라지기 시작했다. 나날이 손님들이 늘어났다. 따라서 나날이 매상도 올라갔다. 아무리 시국이 어수선해도 별다른 영향을 받지 않을 정도로 가게가 안정되고 있었다.

그녀는 언제나 한 묶음씩 노란 빛깔의 꽃을 들고 출근하는 습관을 가지고 있었다. 닭갈비집은 화분을 갖다 놓아도 탁한 공기와 닭냄새에 찌들어 이내 화초들이 시들어버리는 특질을 가지고 있었다. 환풍기를 여러 군데 설치해 놓아도 소용이 없었다. 하지만 그녀는 탁자마다 단화병(短花甁)을 비치해서 노란 빛깔의 꽃을 한 송이씩만 꽂아두었다. 그것만으로도 실내 분위기는 완전히 달라 보였다.

"음악도 있어야 해요."

"닭갈비와 음악이 어울릴까."

"진정한 예술은 세상만물과 내통할 수 있어요."

"그렇기는 하지만."

"요즘은 분위기를 만들어주지 않으면 손님들을 끌어들일 수가 없어요. 조용한 음악을 나지막하게 깔아놓으면 저절로 분위기라는 게 생길 거예요."

"얼마나 투자하면 될까."

"쓰는 것이 적으면 얻는 것도 적지 않을까요."

그녀의 권유 때문에 쓸 만한 오디오까지 설치했다. 물론 그녀가 선곡을 담당했다. 역시 그녀가 옳았다. 차츰 음악을 좋아하는 손님들이 늘어나기 시작했다.

하지만 그녀의 관심사는 매출이 아니라 낭만이었다. 그녀는 모든 상황을 낭만과 연계해서 추론하고 판단하는 습관을 가지고 있었다. 그녀의 지론에 의하면, 낭만이 사라지기 때문에 사람들의 가슴이 삭막해지고, 사람들의 가슴이 삭막해지기 때문에 세상이 황무지로 변하고, 세상이 황무지로 변하기 때문에 소망의 씨앗들이 말라죽는다. 한 페이지의 낭만이 사라지는 순간에 한 모금의 음악이 사라지고, 한 모금의 음악이 사라지는 순간에 한 아름의 사랑 또한 사라진다.

금불알 건너편 반디문구 앞에는 빨간 우체통 하나가 설치되어 있었다. 하지만 이제 사람들은 편지를 쓰지 않는다. 컴퓨터 자판으로 메일을 쓴다. 컴퓨터가 일반화되기 전에는 우체통에 편지를 넣는 사람들을 자주 볼 수가 있었다. 그러나 지금은 아무도 거기다 편지를 넣지 않는다. 빨간 우체통은 언제나 기력이 없어 보였다. 너무 오래 영양을 공급받지 못해서 선 채로 굶어 죽었는지도 모른다는 생각이 들었다. 하지만 소요가 나타나면서 영양을 공급받기 시작했다. 영업을 마치고 전표계산이 끝나면 그녀는 카운터에 앉아서 편지를 썼다. 수취인 주소는 언제나 동일했다.

수신
　우주국(宇宙國) 은하도(銀河道) 태양군(太陽郡) 지구면(地球面) 월계리(月界里)
　호부월선(湖夫月仙) 귀하(貴下).

발신
지구에서 소요가.

내가 소요에 대해서 가장 이해할 수 없는 부분 중의 하나였다.
소요는 달에 인격체들이 살고 있다는 믿음을 간직하고 있었
다. 그녀는 어릴 때부터 할아버지께 특수한 명상법을 전수받았
고 이따금 채널링을 통해서 달에 있는 인격체 하나와 대화를 나
눌 수가 있게 되었다는 것이었다. 어릴 때는 할아버지의 주도로
채널링을 개설해서 대화를 나누었지만 지금은 혼자 채널링을 개
설해서 대화를 나눌 수 있게 되었다는 것이었다.
부연설명에 의하면, 그녀와 대화를 나누는 인격체는 지구 나
이로 천오백 살이 넘는 노인이며 그녀의 할아버지가 호부월선이
라고 이름을 붙인 지성체였다. 호부월선은 호수를 낚는 어부라
는 의미와 달의 신선이라는 의미를 내포하고 있었다. 달에는 중
국 인구와 맞먹는 숫자만큼의 인격체들이 살고 있으며 그들은
저마다 개성을 가지고 있기는 하지만 일반적으로 정보와 의식을
공유하는 특질을 가지고 있다는 것이었다.
"달에도 닭이 있을까?"
"달에는 지구처럼 다양한 생명체가 살고 있지는 않아요."
"그럼 무얼 먹고 살지?"
"아주 미량의 물만 먹고 산대요."
"과학자들이 달에는 물이 존재하지 않는다고 주장했다는 기
사를 오래전에 읽은 기억이 있는데?"
"지구과학은 아직 미숙해요."
"편지를 보내고 나서 답장을 받은 적도 있어?"

나는 그렇게 물었지만 그녀가 보낸 편지들이 언제나 수취인불명으로 되돌아온다는 사실을 알고 있었다.

"답장을 받은 적은 없지만 답변을 들은 적은 있어요."

"답장을 받은 적이 없는데 어떻게 답변을 들을 수가 있었지?"

"채널링을 통해서 대화를 해보면 호부월선이 먼저 편지에 대해서 이야기를 해주거든요. 읽지 않았다면 어떻게 그럴 수가 있겠어요."

고도의 집중력을 유지한 상태로 진실을 담아 편지를 쓰면 호부월선이 자신의 의식을 읽을 수 있다는 것이었다. 우체통에 편지를 넣는 행위는 단지 낭만을 유지하기 위한 일종의 통과의례 같은 것이었다. 하지만 나는 그녀의 말을 액면 그대로 받아들이지는 않았다. 그저 외계에 대한 그녀의 호기심이 만들어낸 몽상의 구현 정도로만 생각하고 있었다.

"달에 살고 있는 인격체들은 의식과 물질을 섞어 쓸 수 있는 경지에 도달해 있대요. 이따금 지구 상공에서 목격되는 미확인 비행물체도 의식과 물질을 섞어서 제작한 이동수단이래요. 의식과 물질을 섞어 쓸 수 있다니 정말로 대단하지 않아요. 하지만 지구에서도 의식과 물질을 섞어서 만든 예술품이 있대요. 바로 이도다완이라는 도자기래요."

"달에도 정치가들이 살고 있대?"

"의식과 정보를 공유하는 세계에 과연 정치가들이 필요할까요."

"정치가들에게 욕을 퍼붓는 재미는 없겠구나. 그 사람들은 도대체 무슨 재미로 살아간대?"

"존재 자체가 행복이래요."

그녀야말로 달이 존재한다는 사실 자체를 행복으로 받아들이고 있음이 분명해 보였다. 그녀는 달을 보면 디오게네스가 생각 난다고 말한 적이 있었다. 인간다운 인간을 찾기 위해 대낮에도 등불을 밝히고 다니던 디오게네스. 그녀에게 있어서 달이라는 천체는 지구를 진실로 지구답게 만드는 등불이었다. 그리고 그녀 가 생각하는 달맞이꽃은 디오게네스가 한 번씩 등불을 새로 밝 힐 때마다 피어난 꽃이었다.

그녀는 보름날 비가 내리면 정기휴일을 무시해 버리고 가게로 출근했다. 가게로 출근해서 평소와 마찬가지로 카운터를 지켰다. 물론 카운터는 앉아서 계산만 하면 되는 직책이 아니었다. 손님 들의 잡다한 심부름이나 치닥거리도 그녀가 담당했다.

보름날 날씨가 나빠서 활공을 하지 못하면 그녀는 현저하게 컨디션이 저하되는 특질을 나타내 보였다. 그녀의 진단에 의하면 달빛 중독에 의한 일종의 금단현상 때문이었다. 그녀는 달에 관 한 시를 무려 백여 수나 암송할 수 있었다. 그녀에게 있어서 달 에 관한 시는 금단현상을 극복할 수 있는 일종의 진통제였다.

소요는 날씨 때문에 달빛 속에서 활공을 하지 못하는 보름날 은 영업이 끝나도 자취방으로 돌아가지 않고 내 방에서 같이 술 을 마시면서 달에 관한 시를 암송하기를 즐겼다. 그리고 시를 암 송할 때는 언제나 제일 먼저 채널링을 통해 호부월선으로부터 선 물 받았다는 시를 암송했다. 짧은 시였다. 몇 번을 들었기 때문 에 이제는 나도 암송할 수가 있었다.

어느 날 그대가 문득
하늘을 보았을 때
거기 보름달 하나가 걸려 있거든

내가

친구의 가슴에서 호수를 꺼내

거기 걸어두었음을 기억하소서.

호부월선(湖夫月仙)

그녀는 술을 즐기는 편이었지만 그다지 많이 마시는 편은 아니었다. 대개 술을 마시면서 시를 오십여 수 정도 암송하면 맥없이 쓰러져 잠이 들었다. 그때부터가 문제였다. 그녀의 잠든 모습을 볼 때마다 내 아랫도리에 장착되어 있던 미사일이 슬그머니 고개를 쳐들었다. 아무리 야한 비디오를 보아도 미동을 하지 않던 그 놈의 미사일이 어쩌자고 그녀의 잠든 모습만 보게 되면 분위기 파악도 못하고 슬그머니 고개를 쳐드는 것일까. 제발 대가리 좀 숙여라. 묵념이다. 순국선열 및 전몰장병을 생각하라. 그러나 아무리 타이르고 윽박질러도 소용이 없었다. 그래서 그녀가 내 방에서 잠드는 날은 나도 미사일을 진정시키기 위해 시를 한 편씩 쓰게 되었다.

14

진정한 환쟁이는
아무리 배가 고파도
모델은 먹지 않는다

"모팅 좀 같이 다니자고 전화했다."

"혼자 다녀라."

"너무 싸늘하지 않냐."

"가을이 끝났으니까."

"수은주의 눈금이 떨어졌다고 우정의 눈금마저 떨어진단 말이냐."

필도녀석의 전화였다. 모팅은 녀석이 모델 헌팅을 줄여서 만든 신조어였다. 녀석은 프랙탈 예술을 표방하기 전부터 여자의 누드에 심취해 있었다. 가정형편이 좋아서 부담없이 모델료를 지불할수만 있었다면 녀석은 지금쯤 대한민국 최고의 누드 화가로 부상했을지도 모른다. 녀석의 지본에 의하면, 여체는 화가의 붓이 닿지 않았을 때는 성(性)의 단계에 머물러 있지만 화가의 붓이 닿는 순간에 성(聖)의 단계로 승화되는 미완의 예술품이었다. 녀석이 만들어내는 프랙탈 예술도 여체로부터 얻어낸 영감이 기저를 이루고 있었다.

"단지 물주가 필요해서 나한테 전화를 걸었겠지."

"결단코 아니다."

"솔직해져라."

"솔직해져도 대답은 마찬가지야. 오로지 우정이 필요해서 전화를 걸었을 뿐이야."

"모팅을 빙자한 이팅 아니냐."

"이팅이라니."

"그릴 여자를 구한다는 핑계로 먹을 여자를 구하는 거 아니냐."

"너는 지금 죽마고우한테 말 한마디 잘못해서 목숨을 단축시키는 실수를 저지르고 있다."

녀석은 절대로 모델을 여자로 생각지 않는 특성을 가지고 있었다. 진정한 환쟁이는 아무리 배가 고파도 모델은 먹지 않는다. 녀석이 고등학교 시절부터 지켜온 금기였다. 녀석은 제법 귀티나는 외모를 소유하고 있었다. 그래서 침대에 눕힐 여자를 헌팅할 때는 그다지 많은 시간과 공력을 투자하는 법이 없었다. 그러나 누드를 그릴 모델을 헌팅할 때는 시간과 공력을 무제한 투자하는 열성을 보였다.

녀석은 먹이와 모델을 구분하는 나름대로의 분류법을 가지고 있었다. 이목구비가 자유당이다, 어깨선이 너무 올라갔다, 가슴이 발육을 포기한 상태다, 하복부가 금복주다, 히프가 너무 쳐졌다, 허벅지가 너무 굵다, 종아리에 불거진 알통이라니, 라고 표현되면 먹이였고, 전율이 온다, 세포들이 술렁거리는 소리가 들리지 않냐, 화폭에 담지 않으면 평생 죄인이 된 기분으로 살아야 할 것 같다, 이제야 신이 존재한다는 증거를 찾았다, 안구가 녹아버리는 기분이다, 심장에 불이 켜진다, 라고 표현되면 모델이었다. 하지만 먹이를 찾기는 감자밭에서 감자를 캐는 일만큼이나 쉬웠지만 모델을 찾기는 감자밭에서 진주를 캐는 일만큼이나 어려웠다. 일진이 사나울 때는 감자밭도 만나지 못하고 종일토록 자갈밭을 헤매기 일쑤였다.

"바쁘냐."

"당연히 바쁘지."

"가게 때문이냐?"

"가게는 요즘 찬수가 잘 돌보고 있다."

"찬수 복학 안 했냐?"

"대학에 돈 갖다 바치고 개백수 되느니 그대로 가게에 주저앉아 열심히 돈이나 벌어서 나중에 사장님 소리 듣겠단다. 여자친구까지 대학 때려치우고 합세를 했다. 그래서 요즘은 시간이 변비환자 화장실 갔다 왔을 때 라면발처럼 불어터져 있다."

"그런데 넌 도대체 뭐가 바쁘다는 거냐."

"나는 국가와 민족의 장래를 걱정하느라고 항상 바쁘다."

"개소리는 견공들한테 맡기고 당장 이디오피아의 집으로 출동해라. 끊는다."

가을이 떠날 준비를 서두르고 있었다. 나는 방구석에 틀어박혀 영양가 없는 잡념들이나 굴리면서 무료한 시간을 소일하고 있던 중이었다. 제과점 앞에서 붕어가 들어 있는 붕어빵을 파는 장사꾼과 피자집 앞에서 빈대가 들어 있는 빈대떡을 파는 장사꾼은 어느 쪽이 더 빨리 망하게 될까. 성탄절에 신도가 많은 교회에 재림해서 회개하라고 외치는 예수님과, 불탄일에 신도가 많은 절간에 나타나서 마음을 비우라고 외치는 부처님은 어느 쪽이 더 빨리 몰매를 맞아 죽을까. 앞산에서 뻐꾹뻐꾹하고 울어야 하는 개구리와, 뒷산에서 개굴개굴하고 울어야 하는 뻐꾸기는 어느 쪽이 더 빨리 복장이 터져 죽을까. 나는 전혀 영양가가 없는 자문자답으로 시간의 김밥을 말아먹고 있었다.

그런데 녀석에게서 전화가 왔다. 녀석에게 전화가 왔으니 더 이상 방 안에 틀어박혀 시간의 김밥을 말아먹을 이유가 없었다. 감자밭에서 감자를 캘지 감자밭에서 진주를 캘지는 나중 문제였다. 밤이었다. 가게는 동생과 제영이가 돌보고 있었다. 봉고차는 단체손님을 모셔야 할 경우를 생각해서 끌고 나갈 수가 없었다.

바깥은 날씨가 쌀쌀했다. 나는 택시를 타고 이디오피아의 집으로 향했다. 한산한 춘천의 늦가을 밤거리. 잎이 다 져버린 가로수들이 앙상한 가지들을 얼기설기 엮어서 공허한 밤하늘에 그물을 던지고 있었다.

이디오피아의 집은 공지천 연변에 자리 잡고 있었다. 대학을 다닐 때부터 자주 드나들던 카페였다. 이디오피아에서 직수입한 커피를 팔고 있었다. 내가 대학을 다닐 때는 계절에 관계없이 젊은이들이 들끓던 장소였다. 미팅을 할 때도 헌팅을 할 때도 이디오피아의 집을 이용했다. 그러나 오늘날의 젊은이들은 조용한 분위기보다는 시끌벅적한 분위기를 더 선호하는 성향을 가지고 있었다. 호숫가의 찻집보다는 번화가의 술집으로 더 많이 몰려드는 추세였다.

실내는 비교적 한산한 분위기였다. 필도녀석은 여자를 포섭하는 재능만은 타의 추종을 불허하는 경지였다. 실내에 들어서니 벌써 녀석의 재능이 빛을 발하고 있었다. 녀석은 호수가 내다보이는 테이블에 앉아 두 명의 여자들과 맥주를 마시고 있다가 나를 발견하자 한쪽 손을 번쩍 쳐들어 보였다. 나는 그리로 가서 여자들에게 가볍게 묵례를 해 보이고는 녀석 곁에 나란히 자리를 잡았다.

"조금 전에 말씀드렸던 제 친구놈입니다."

필도녀석이 여자들에게 나를 소개한 다음 그녀들에 대해 간단히 설명해 주었다. 자기 앞에 앉아 있는 미인은 민현주(閔賢珠) 씨로 작년에 육군 중위와 결혼한 언니를 따라 춘천에 와서 살고 있다. 그리고 내 앞에 앉아 있는 미인은 노혜연(盧惠硏) 씨로 서울에서 직장생활을 하다 지난달에 때려치우고 지금은 백수로 지내고 있다. 두 여자는 고등학교 때부터 단짝이었다. 나이는 실례가 되기 때문에 물어보지 않았다. 하지만 자신의 쪽집게 안목으로 짐작건대 스물다섯이나 여섯 살쯤 되었을 것이다, 라고 말했지만 미인이라는 표현과 나이는 접대용 멘트가 분명하고 내 짐작으로는 스물일곱이나 여덟 살쯤 되어 보였다.

어디를 보아도 요조숙녀 같은 느낌은 들지 않았다. 하지만 얼굴들은 그런대로 괜찮은 편이었고 몸짱이라고 해도 과언이 아닐 정도로 균형이 잘 잡힌 몸매들을 소유하고 있었다. 필도녀석은 자기 앞에 앉아 있는 여자를 이미 모델감으로 점찍어놓고 있는 눈치였다. 내 앞에 앉아 있는 여자가 포르노를 연상시키는 육감적 몸매를 간직하고 있다면 녀석 앞에 앉아 있는 여자는 조각품을 연상시키는 정서적 몸매를 간직하고 있었다. 녀석은 여자들을 만날 때마다 먹이감으로 분류되는 여자는 내게로 떠넘기고 모델감으로 분류되는 여자는 자기가 차지하는 불문율을 정해놓고 있었다.

"친구분한테 개인사업을 하신다고 들었는데 어떤 사업을 하세요?"

내 앞에 앉아 있는 여자가 내게 물었다. 노혜연이라는 이름을 가진 여자였다. 민현주라는 여자는 다소 내성적인 분위기를 풍기고 있었고 노혜연이라는 여자는 다소 외향적인 분위기를 풍기고 있었다.

"사업이라고 하기에는 너무 부끄러운 규모입니다."

"그래도 어떤 사업인지 궁금하네요."

"곡물팽창업이라고 들어보셨습니까."

"처음 들어보는데요."

"거창하게 말하면 곡물팽창업이고 간단하게 말하면 뻥튀기 장사지요."

"정말이세요?"

"농담입니다."

"진짜는 어떤 사업인데요?"

뻥튀기 장사를 곡물팽창업으로 분류한다면 닭갈비 장사는 가축토막살해업쯤으로 분류할 수 있겠다. 하지만 나는 그녀의 질문에 대한 대답을 보류해 버렸다.

"나중에 말씀드리지요."

여자와 대화를 할 때는 헌팅이건 미팅이건 모팅이건 일단 궁금증을 유발시켜라. 직업을 물었을 때도 액면 그대로 까발리지 마라. 관심이 반감되는 수가 있다. 가령, 닭갈비집을 운영합니다, 라고 말해야 한다면, 국민건강증진에 기여하는 직업에 종사하고 있습니다, 정도로 얼버무려두어라. 얼마나 탄력 있는 대답인

122

가. 여자는 온갖 상상력을 동원해서 직업을 추정해 보다가 가장 자신의 허영심을 충족시켜 주는 직업으로 의식을 고정시키게 된다. 물론 진짜 직업을 알고 나면 왜 자신을 속였느냐고 따질 것이다. 하지만 너는 전혀 죄책감을 느낄 필요가 없다. 알고 보면 그녀를 속인 건 네가 아니라 그녀 자신이기 때문이다. 대학을 다닐 때부터 필도녀석은 나를 그렇게 가르쳤다. 하지만 녀석을 동조하기 위해 써먹어본 적은 있어도 나 자신을 위장하기 위해 써먹어본 적은 없었다.

"춘천은 처음이십니까."

나는 앞에 앉아 있는 여자에게 물어보았다.

"남자친구 입대할 때 한 번 와보고 이번이 처음이에요."

"그 남자친구 아직도 만나십니까."

"어쩌면 좋아, 제가 그렇게 남자들한테 인기 없는 여자처럼 보이시나요."

인기 없는 여자처럼 보이지는 않고 지조 없는 여자처럼 보이는데요, 라는 말이 목구멍에서 맴돌았지만 발설할 수는 없었다. 그녀는 껄떡거리는 주변 남자들의 등쌀에 못 이겨 남자친구가 상병을 달기도 전에 그만 고무신을 거꾸로 신고 말았으며, 그 뒤로도 다른 남자를 세 명이나 데리고 놀다가 차버렸노라고 자랑스럽게 말했다. 하지만 주변 남자들의 껄떡거림보다는 그녀 자신의 껄떡거림이 그런 결과를 초래하지 않았을까. 그녀가 조선시대에 이몽룡과 교제를 했다면 변사또가 부르기도 전에 자진출두해서 수청을 들었을지도 모른다.

"두 분은 어떤 남자를 이상형으로 생각하십니까."

내가 물었다.

"우리는 똑같이 삼력맨 취향이에요."

"삼력맨이라니요."

"권력, 재력, 정력 세 가지를 모두 갖춘 남자요."

"그런 남자를 구하셨습니까."

"구했다 싶으면 모두가 유부남이었어요."

하지만 여기서 양심을 발동시켜, 삼력맨이 아니라서 죄송합니다, 어쩌구 하는 주접은 떨지 말아야 한다. 그런 주접을 떨었다가는 필도녀석에게 석 달 열흘 정도는 원망 섞인 핀잔을 들어야한다. 하지만 어쩐지 이번 여자들은 대화가 겉도는 느낌이었다. 녀석은 몸매만 좋으면 그만이겠지만 나는 대화가 필요한 입장이었다.

"혹시 문학에는 관심이 없으신가요."

"책하고는 학교 다닐 때부터 거리가 멀어서요."

젠장. 나는 마땅한 화제가 생각나지 않아서 바깥으로 시선을 돌렸다. 바로 아래 공지천이 있었다. 공지천은 병사들의 거대한 성욕처럼 어둠을 끌어안고 막무가내로 출렁거리고 있었다. 멀리 마을의 불빛들이 물속에 대가리를 거꾸로 처박고 진로를 차단당한 정충들처럼 한자리에 붙박여 끊임없이 꼬리를 흔들고 있었다.

"어떻습니까."

필도녀석은 누가 보아도 탄복할 만한 데생력을 갖추고 있었다. 잠깐 사이에 내 앞에 앉아 있는 여자의 얼굴을 스케치북에 그려서 여자들에게 보여주고 있었다. 영락없이 노혜연이라는 여자를 닮은 얼굴이었다.

"어머나, 제 얼굴 맞지요."

"마음에 드십니까."

"마음에 들면 저한테 주실 건가요."

"드려야지요."

하지만 정작 녀석이 점찍은 모델은 그녀가 아니었다. 바로 자기 앞에 앉아 있는 여자였다. 녀석은 이른바 성동격서(聲東擊西) 전법을 쓰고 있었다. 동쪽을 칠 듯이 말하고 서쪽을 치는 전법. 자기 앞에 앉아 있는 여자에게 질투심을 유발시키면서 동시에 강렬한 기대감을 가지도록 만드는 일거양득의 효과도 계산되어 있었다.

"가만 있자 이대로 그림을 찢어 드리면 가지고 다니시기에 불편할 테니까 제가 안전하게 조처해 드리겠습니다."

필도녀석은 그녀의 초상화를 둥글게 말더니 스케치북 표지를 드르륵 뜯어서 겉에다 덧씌운 다음 호주머니에서 스카치테이프를 꺼내 봉인하는 치밀함을 보였다. 평소에 스카치테이프를 호주머니에 넣고 다니는 놈이 어디 있겠는가. 모두가 모팅을 위해 준비된 행동이었다. 그런데도 여자는 의심조차 하지 않고 어머, 어머, 어머, 소리를 연발하면서 감격을 주체하지 못하겠다는 표정이었다. 역시 여자를 홀리는 경지만은 지존급이었다. 나는 다시한 번 녀석의 철두철미한 작전에 탄복을 금치 못했다.

"좋겠다."

녀석 앞에 앉아 있던 여자가 노골적으로 질투심을 드러내 보이고 있었다. 이 정도 반응이라면 이미 모팅은 성공한 것이나 다름없었다. 예전 같으면 당일치기로 여자를 하나 침대에 쓰러뜨릴 기회가 올지도 모른다는 기대감으로 가슴이 설레었을 대목이었다. 하지만 지금은 그다지 흥미를 느낄 수가 없었다.

"저기요, 여기 돈까스 하나 더 주세요."

필도녀석 앞에 앉아 있던 여자가 서빙하는 아가씨를 부르더니 돈까스 하나를 추가했다. 두 여자 모두 보통이 넘는 술발과 안주발을 과시하고 있었다. 하지만 전혀 취기를 드러내 보이지 않고 있었다. 필도녀석 앞에 앉아 있던 여자가 더운지 손바닥으로 얼굴을 몇 번 부채질하더니 재킷을 벗어 의자에 걸쳐놓았다. 알맞게 발달한 젖가슴의 윤곽이 더욱 선명하게 드러나고 있었다. 필도녀석의 눈빛이 생기를 발하고 있었다.

"화장실 좀 다녀올게요."

여자들이 합동으로 자리에서 일어서고 있었다. 여자들은 왜 혼자서 화장실을 가지 않는 것일까. 볼일이 끝나면 자기들끼리 잠시만의 수다가 필요하기 때문일지도 모른다. 여자들은 지금쯤 볼일을 보고 나서, 저놈들을 어떻게 요리할까, 나름대로 작전을 모의하고 있을지도 모른다. 결론은 별 볼일 없음, 이쯤에서 자리를 뜨자는 합의를 도출하지는 않았을까. 나는 여자들이 단순무지해 보였으므로 차라리 그랬으면 좋겠다는 생각이 들었다.

"전체적인 흐름이 완벽한 여자야."

"앞으로 어떻게 할 작정이냐."

"원룸으로 데리고 갈 거다."

"삼력맨이 아니라 무력맨이라는 사실이 대번에 탄로날 텐데?"

"너는 아직도 예술의 힘을 믿지 못하는구나."

"이번에는 쉽지 않을 거 같다."

"걱정하지 말고 자금이나 보태라."

필도녀석이 내게 손바닥을 내밀어 보이고 있었다. 나는 군소리 없이 십만 원권 수표 한 장을 녀석의 손바닥 위에 얹어주었다. 쪼잔하기는, 녀석은 혼잣소리로 투덜거리고는 수표를 호주머니에 집어넣고 있었다. 녀석이 자금을 챙기는 것은 마무리를 서두르고 있다는 증거였다. 나는 진도가 너무 빠르다는 생각을 하고 있었다. 하지만 녀석은 마음에 드는 여자를 만나 옷을 벗기는 일에 한 번도 실패해 본 적이 없었다.

"수고해라."

여자들이 화장실에서 나와 이쪽으로 걸어오는 모습이 보이자 녀석은 내게 수고하라는 말을 남기고 자기 앞에 앉아 있던 여자의 재킷과 핸드백을 챙겨 들었다. 그녀들이 오기 전에 자기가 먼저 그쪽으로 가서 작전을 전개할 계획이 분명했다. 오늘밤 한 여자가 녀석 앞에서 옷을 벗을 것이다. 그러나 녀석은 절대로 모델을 먹지 않는 습성을 가지고 있다. 그녀의 알몸은 수십 장의 크로키와 정밀묘사를 거쳐 이채로운 프랙탈 예술로 승화될 것이다. 한동안 녀석은 인터넷 폐인 노릇을 청산하고 프랙탈 화가로 돌아와 날밤을 하얗게 새우면서 열정을 불태울 것이다.

"중대한 볼일이 있어서 자기들끼리 잠깐 나갔다 오겠다고 우리끼리 여기서 기다려 달래요."

노혜연이라는 여자가 혼자 돌아와 내게 전하는 말이었다. 하지만 나는 녀석이 돌아오지 않으리라는 사실을 알고 있었다. 모델로 점지된 여자가 녀석과 나가서 그날 중으로 돌아온 경우는 한 번도 없었다. 갑자기 시간이 무채색으로 가라앉고 있었다.

"이년이 아직도 안 나타나는 걸 보니 친구분이 삼력 중에 일력이라도 막강한 부분이 있나 봐요. 어떤 쪽인가요. 혹시 정력만 막강하고 나머지 권력이나 재력은 바닥치기 아닌가요?"

"친구분이 오시면 직접 한번 물어보십시오."

나는 노혜연이라는 여자와 이디오피아의 집에서 두 시간 가량

술을 마셨다. 내가 외출한 목적은 필도녀석의 모팅을 거들기 위해서였다. 그리고 모팅은 의외로 빨리 종결되었다. 그러나 소요와 달이 실종되고 나서부터 나는 줄곧 불면에 시달리고 있었다. 집으로 돌아가보았자 다시 영양가 없는 자문자답으로 시간의 김밥을 말아먹어야 할 상황이었다.

나는 술을 마시면서 노혜연이라는 여자를 어떻게 처리해야 할까를 생각해 보고 있었다. 여자는 이따금 손목시계를 들여다보곤 했지만 친구를 기다리는 일을 아예 포기해 버린 눈치였다. 나는 서빙하는 아가씨에게 계산서를 갖다 달라고 부탁했다. 그때였다. 노혜연이라는 여자가 불쑥 한마디를 던졌다.

"어디 조용한 모텔에라도 가서 술 한잔 더 했으면 좋겠는데 어떻게 생각하세요."

15

내가 어디로 가는지도
모르는데
세상이 어디로 가는지
어찌 알 수가 있으랴

"우리 한 번 할까요?"

모텔에서였다. 술을 마시다 말고 여자가 불쑥 한마디를 던졌다. 나는 처음에 무슨 뜻인지 알아듣지 못했다. 그래서 의아한 표정으로 그녀의 얼굴만 쳐다보고 있었다.

그녀는 내 대답을 듣기도 전에 미묘한 웃음 한 자락을 입술 끝에 비껴 물더니 거침없이 옷가지들을 벗어던지기 시작했다. 그리고 이내 실오라기 하나 걸치지 않은 알몸으로 변해버렸다. 나는 그제서야 정사(情事)라는 단어를 떠올렸다. 설마 아니겠지 하는 생각도 없지는 않았다. 천장에 매달려 있던 조명등이 방 안에 있는 사물들에게 속삭이고 있었다. 얘들아, 저 여자 드디어 옷 벗었다.

"춥지 않으십니까."

나는 여자의 알몸을 보면서 어눌한 목소리로 그렇게 말했다.

그녀는 키득거리면서 침대에 알몸을 내던지고 있었다. 육감적인 몸매에 매끄럽고 탄력 있는 피부를 간직하고 있었다. 그러나 나는 조금도 성적(性的) 동요를 느낄 수가 없었다.

생면부지의 여자를 카페에서 만나 맥주를 마셨다. 그리고 계산을 끝내려고 했을 때 그녀가 모텔에서의 2차를 제의했다. 상식적으로 생각해 보아도 그녀는 친구가 얹혀 사는 언니 집으로 혼자 들어갈 수가 없는 입장이었다. 내 친구도 핸드폰이 꺼져 있었고 그녀의 친구도 핸드폰이 꺼져 있었다. 더구나 그녀는 친구를 믿고 지갑을 가지고 나오지 않았노라고 고백했다. 나 혼자 발을 뺄 수가 없는 정황이었다.

우리는 가까운 모텔에 투숙해서 다시 맥주를 마셨다. 마시면서 제법 많은 이야기들을 지껄였다. 그러나 대화는 처음부터 끝까지 겉돌고 있었다. 그녀는 상류사회와 연예인들을 화제로 삼기를 좋아했다. 그러나 나는 상류사회와 연예인들에 대해 한번도 관심이나 흥미를 표명해 보이지 않았다. 반면에 나는 예술세계와 문인들을 화제로 삼기를 좋아했다. 하지만 그녀는 예술세계와 문인들에 대해 한번도 관심이나 흥미를 표명해 보이지 않았다. 어쩌면 그녀는 섹스를 통해서라도 화제의 공통분모를 찾아보고 싶었던 것은 아닐까. 그러나 나는 다소 난감한 기분에 사로잡혀 있었다.

"열을 셀 때까지 마음을 결정하세요."

여자가 침대에서 실오라기 하나 걸치지 않은 알몸으로 네 활개를 활짝 벌린 채, 십, 구, 팔, 칠, 육, 오, 천천히 카운트다운을 실행하고 있었다. 그러나 내 신체 중앙부에 장착되어 있는 미사일은 카운트다운이 다 끝나고 나서도 점화될 기미를 보이지 않았다.

"타임아웃."

카운트다운을 끝낸 여자가 약간 신경질적인 목소리로 타임아웃을 선언하고는 시트를 끌어당겨 자신의 알몸을 감싸고 있었다.

나는 무슨 일을 해야 할지 막연했다. 맥주를 몇 잔 기울여 보았으나 그것마저도 금방 바닥이 나버리고 말았다. 택시를 잡기도 힘든 시간이었다. 잡는다고 하더라도 혼자 집으로 돌아가 끔찍한 불면과 허망한 싸움을 전개하고 싶지는 않았다. 나는 일단 맥주병과 안줏거리로 어질러져 있는 탁자부터 깨끗이 정리해 놓았다. 그 다음에는 아무렇게나 던져져 있는 여자의 옷가지들을 옷장 속에다 가지런히 정리해 놓았다. 그러고 나니 정말 할 일이 없었다.

담배를 한 대 붙여 물고 창밖을 내다보았다. 의암호가 보였다. 바람이 불고 있는 것 같았다. 농도 짙은 어둠이 시럽처럼 고여서 출렁거리고 있었다. 출렁거릴 때마다 도시의 불빛들이 시럽 속에 빠진 야광충들처럼 섬광을 발하면서 이리저리 흔들리고 있었다. 하늘을 쳐다보았다. 하늘은 여전히 낯설고 허전해 보였다. 하늘뿐만이 아니라 모든 풍경들이 낯설고 허전해 보였다. 달이 사라지고 나서부터 줄곧 느끼는 감정이었다.

지금까지 나는 온갖 수단과 방법을 가리지 않고 소요와 달의 행방을 수소문해 보았다. 하지만 아무런 소득이 없었다. 나는 결과적으로 세상 사람들의 기억이나 기록 속에서 소요와 달이 완벽하게 망실되고 말았다는 사실만 확인한 셈이었다.

국민학교를 다니기 전에 가끔 아버지는 나를 데리고 의암호로 낚시질을 가시곤 했다. 산란기 때는 물풀 근처에 찌를 드리우면 어른 손바닥만 한 붕어들이 낚이곤 했다. 아버지는 날이 저물어 찌가 보이지 않을 때까지 낚시질을 하셨다. 집으로 돌아가는 길은 제법 멀었다. 다리가 아파서 내가 걸음을 질질 끌기라도 하면 아버지는 허연 웃음을 한입 가득 베어 물면서 나를 가볍게 들쳐 업고는 집을 향해 성큼성큼 걸어가셨다. 때로 공지천 하늘에 떠 있던 달이 집에 당도할 때까지 해맑은 얼굴로 눈웃음을 치면서 쫓아온 적도 있었다.

중학교를 다닐 때 친구들하고 중도(中島)로 캠핑을 갔다가 달밤에 의암호를 본 적이 있었다. 바람이 불 때마다 수면 가득 잘디잔 달의 파편들이 은어떼처럼 비늘을 반짝거리면서 쏠려 다니고 있었다.

"이제는 공지천 물도 썩어서 더 이상 낚시질을 못하겠구나."

고등학교 때는 딱 한 번 아버지와 낚시질을 간 적이 있었다. 붕어 한 마리를 낚았는데 척추가 기형적으로 구부러져 있었다. 몇 마리를 더 낚아보았지만 온전한 붕어를 만나기가 힘들었다. 대부분 옆구리가 헐어 있었다. 아버지는 사람의 마음이 썩으면 산천도 따라서 썩는다고 탄식하셨다. 그때부터 아버지는 낚시질을 중단하셨다.

입시공부로 열병을 앓았던 고등학교 시절, 내 기억 속에 달이 있었는지 없었는지는 불분명했다. 대학을 다닐 때도 마찬가지였다. 밤하늘을 쳐다본 기억이 별로 없었다. 당시 대학생들은 낭만이니 순수니 하는 단어들을 나약한 현실도피자들이나 즐겨 씹는 츄잉껌 정도로 생각하고 있었다. 사회 전반에 걸쳐서 정신적인 명제들보다 물질적인 명제들이 의식을 지배하던 시대였다.

나는 소요가 나타나기 전까지는 전혀 달을 의식하지 못한 채 살아가고 있었다. 어쩌면 오래전, 척추가 구부러진 붕어를 아버지가 낚아 올리시던 그 무렵쯤, 이미 달이 사라져버렸지만 전혀 그 사실을 의식지 못한 채 살고 있었던 것은 아닐까. 그러나 소요가 나타나면서부터 나는 다시금 달이라는 존재가 있었다는 사실을 자각하기 시작했다. 그리고 비로소 달이 얼마나 아름다운 존재인가를 자각하기 시작했다. 뿐만 아니라 모든 감성(感性)과 모든 시정(詩情)이 달에서 비롯되었고, 모든 낭만과 모든 사랑도 달에서 비롯되었음을 깨달아가고 있었다.

그러나 무슨 까닭인지 소요가 잠적해 버리면서 달도 잠적해 버리고 말았다. 나는 어느 날 누나에게 전화를 걸어 하나님이 해와 달을 만들었다는 구절이 혹시 성경에 명기되어 있지 않은지 물어보았다. 그러나 누나는 무슨 개 풀 뜯어 먹는 소리냐 해와 별을 만들었다는 구절은 있어도 해와 달을 만들었다는 구절은 없다고 대답했다.

나는 세상에 존재하는 모든 부조리가 달의 잠적과 어떤 연관이 있을 거라는 생각을 떨쳐버리지 못하고 있었다. 달이 사라져버렸기 때문에 대학이 부질없는 지식의 영안실로 변하고 달이 사라져버렸기 때문에 국회가 철면피한 탐욕의 격전장으로 변한다. 달이 사라져버렸기 때문에 모기들이 겨울에도 살아남아 사람들의 피를 빨고 달이 사라져버렸기 때문에 까치들이 지능적인 방법으로 수확기의 과수원을 습격한다. 달이 사라져버렸기 때문에 종교가 타락하고 달이 사라져버렸기 때문에 예술이 부패한다. 달이 사라져버렸기 때문에 지하도가 함몰하고 달이 사라져버렸기 때문에 아파트가 붕괴된다. 달이 사라져버렸기 때문에 해마다 산불이 발생하고 달이 사라져버렸기 때문에 해마다 수재가 발생한다.

그렇다. 나는 매스컴을 떠들썩하게 만드는 제반 현상들도 달의 잠적과 무관하지 않다는 생각을 가지고 있었다. 생태계의 균형을 깨뜨리는 황소개구리. 에이즈. 노부모를 폭행하는 패륜아들. 세계 전역에서 자주 목격되는 미확인 비행물체. 산성비가 내리는 도시. 불륜을 조장하는 연속극들. 광우병. 사이비 교주들의 엽색 행각. 사스의 확산. 명분 없는 미국의 이라크 침공. 크롭서클. 쥐를 잡지 않는 고양이. 학생들의 집단식중독. 표면적으로는 지역 감정을 비난하면서 실제적으로는 지역감정을 조장하는 정치가들. 표절과 립싱크. 아동학대. 불특정다수를 대상으로 자행되는 살인행각. 대형사고 불감증. 원조교제. 영혼이 소멸된 여대생들의 명품 중독. 만성피로증후군. 독재자에 대한 맹신적 그리움. 인명 경시풍조. 대형 해파리떼의 내습. 사막메뚜기들의 대이동. 내 생각으로는 그 모든 것들이 달의 잠적과 밀접한 관계를 가지고 있었다. 그대로 방치해 두면 머지않아 인류는 종말을 맞이하게 될지도 모른다는 생각이 들었다.

측근들은 요즘 내가 정신이 약간 이상해졌다고 생각하는 눈치들이었다. 그래서 나는 가급적이면 달이나 소요에 대한 이야기를 자제하고 있었다. 나는 남들이 다 알고 있는 현상을 혼자 모르고 있는 경우보다, 남들이 다 모르고 있는 현상을 혼자 알고 있는 경우가 몇 배나 더 외롭다는 사실을 절실히 깨달아가고 있었다.

"주무시나요."

나는 시선을 바깥에 그대로 던져놓고 여자에게 말을 걸었다. 그러나 여자는 기척이 없었다. 잠들어버린 모양이었다. 혼자 깨어 있다는 사실이 무참했다.

나는 십 년 전에 지금과 똑같은 상황을 만났다면 어떻게 대처했을까를 생각해 보았다.

사실 그때는 화류계 출신이 아닌 여자 하나를 모텔에 데리고 가서 침대에 눕히려면 최소한 석 달 열흘 정도는 공력을 쏟아부어야 했다. 모텔에 데리고 가서 침대에 눕힌다고 만사가 해결되는 시대도 아니었다. 온갖 감언이설과 공갈협박으로 공략을 해도 알몸을 만들기가 쉽지 않았다. 만약 십 년 전에 지금과 똑같은 상황을 만났다면 나는 분명히 축복이나 횡재로 받아들였을 것이다. 그래서 껍질이 다 벗겨진 수밀도 하나를 받아 들고, 황공무지라는 단어와 허겁지겁이라는 단어 사이에서 찰나적인 갈등을 겪다가 이내 허겁지겁 쪽으로 기울어지고 말았을 것이다. 그때는 내 미사일이 시도 때도 없이 자동점화되던 시절이었다.

하지만 지금은 상황이 달라졌다. 무슨 까닭인지는 몰라도 내 미사일은 소통되지 않으면 점화되지 않는다. 나는 카페에서 술을 마시던 여자와 당일치기로 모텔에 투숙했다. 그리고 내가 요구도 하지 않았는데 여자가 자진해서 옷을 벗었다. 그런데도 나는 아무런 성적 동요를 느낄 수가 없었다. 그녀는 완벽한 타인이었다. 모텔에 같이 투숙해서 술을 마셔도 완벽한 타인이었고, 술을 마신 다음 알몸으로 침대에 누워 있어도 완벽한 타인이었다. 나는 누구와도 소통이 불가능한 상태로 고립되어 있었다.

얼마나 바깥을 내다보고 있었을까.

갑자기 여자가 간헐적으로 신음을 발하기 시작했다. 나는 여자가 술을 많이 마셨기 때문에 속이 불편한 모양이라고 생각했다. 어쩌면 여자를 들쳐업고 병원 응급실을 찾아가야 할지도 모른다는 생각이 들었다. 나는 돌아섰다. 고통을 참기 힘든 상태라고 판단되면 여자를 깨울 생각이었다. 여자는 고통스러운 표정으로 미간을 찌푸리고 있었다. 시간이 흐를수록 신음이 다급하게 고조되고 있었다. 눈여겨보니 속이 불편해서가 아니었다. 여자의 한쪽 팔이 아랫도리로 내려가 규칙적인 움직임을 보이고 있었다. 숨소리가 고조되면서 하반신이 관능적으로 꿈틀거리고 있었다. 놀랍게도 여자는 자위에 몰입해 있었다. 달이 사라져버렸다는 사실을 감안하면 조금도 이상한 장면이 아니었다. 내 미사일은 여전히 점화의욕을 상실하고 있었다.

나는 다시 창문 쪽으로 몸을 돌려 바깥을 내다보기 시작했다. 달이 있는 세상에서 살고 있다가 이유도 모른 채 달이 없는 세상으로 유배당한 기분이었다. 다시 달이 있는 세상으로 돌아가고 싶었다.

16

흑색겨울독나방

첫 번째 보도

최근 영호남 지역 일대에 때아닌 괴나방들이 가구당 수백 마리씩 떼를 지어 출몰해서 주민들을 공포의 도가니로 몰아넣고 있다. 이 괴나방들은 전장 2센티 정도의 크기를 가졌고 전체가 흑빛을 띄고 있으며 일몰과 동시에 주거지의 불빛 주변에 몰려들어 극성을 부리다가 동틀 무렵에 사라져버리는 특색을 가지고 있다. 불빛만 있으면 새까맣게 몰려드는 바람에 현지 주민들은 불을 끄고 저녁식사를 해야 할 정도라고 불편을 털어놓는다. 관계당국은 아직 이 괴나방의 발생경로나 유해 여부를 명확히 파악지 못하고 있는 실정이며 전문가들이 긴급히 현지로 출동해서 괴나방에 대한 실태를 조사하고 있는 중이다.

나방은 기본적으로 나비와 유사한 몸의 구조를 가지고 있으며 막질로 이루어진 2쌍의 날개를 가지고 있다. 일반적으로 날개와 부속기관 일부가 비늘가루로 덮여 있으며 큰 턱은 퇴화되거나 소실되었고 작은 턱이 양쪽으로 합쳐져 긴 흡관(吸管)을 이루고 있다. 그리고 흡관을 사용하지 않을 때에는 용수철 모양으로 말려져 있다. 대부분 야행성으로 등불 주변에 많이 모여들지만 드물게는 자나방처럼 낮에 날아다니는 종류도 있다. 성충은 꽃꿀, 과즙, 수액, 이슬 등을 빨아먹는다. 활동하지 않는 주간에는 대개 나무줄기나 바위틈 등에 정지해 있고 일반적으로 주변 사물과 유사한 빛깔이나 무늬로 자신을 보호한다. 온도나 습도 등이 일정 조건에 이르면 빛에 반응하고 자극을 받은 각도를 따라 나선형으로 날아서 빛에게 접근한다. 성충이 나타나는 시기는 종류에 따라 다르지만 겨울자나방은 겨울에만 나타나기 때문에 전문가들은 화제의 괴나방이 겨울자나방의 변이종이거나 유사종이 아닐까 하는 추정을 조심스럽게 제시하고 있다. (종합통신)

두 번째 보도

얼마 전 영호남 지역 일대에 출몰했던 괴나방들이 점진적으로 활동영역을 확산시켜 충청도 일대를 거쳐 경기도 일대에까지 북상, 야간활동을 하는 사람들에게 막대한 지장을 초래하고 있다. 출몰 지역의 모든 상가들은 매출이 반으로 줄어들었고 곤충들을 빛으로 유인해서 화형시키는 살충등(殺蟲燈)이 날개 돋친 듯이 팔리고 있다. 대전 시내의 번화가에서 어묵 장사를 하는 김현순 씨(34)는 괴나방들의 극성 때문에 일주일째 장사를 하지 못했노라고 울상을 지었다. 대부분의 나방들이 주로 자연과 인접한 농촌 지역에 많이 출몰하는 것과는 달리 이번 괴나방은 도시와 농촌을 가리지 않고 출몰해서 괴나방의 근원적 발생지 자체가 인간의 생활 중심에 자리하고 있을지도 모른다는 추측을 불러일으키고 있다. (종합통신)

세 번째 보도

전국적으로 피부염 환자가 급증하고 있다. 이번 피부염은 흑색겨울독나방의 유충이나 난괴피복물(卵塊被覆物)에 접촉해서 발생하는 것으로 알려져 있다. 독나방을 전문으로 연구해 온 고경훈(高京薰) 박사에 의하면 독나방은 전세계적으로 2,500여 종이 분포되어 있으며 한국에는 현재까지 37종이 분포되어 있는 것으로 보고되어 있다. 그러나 이번에 새로 발견된 흑색겨울독나방을 추가하면 38종으로 늘어날 전망이다. 이번에 새로 발견된 흑색겨울독나방에 대해서는 아직 확실하게 밝혀진 바가 없지만 성충에는 독모(毒毛)가 있어서 동물이나 사람의 피부에 닿으면 피부질환을 일으킨다는 사실만은 분명하다. 눈에 닿으면 결막염을 일으키기 쉽기 때문에 각별한 주의가 필요하다. 처음에는 환부가 따끔따끔하고 가려운 증세로 나타난다. 긁으면 작은 홍반이 생기며 차츰 두드러기 모양으로 발전한다. 나중에는 열이 나면서 가려움을 참지 못할 지경에 이르고 1시간 정도가 지나면 수포가 생긴다. 전문적인 치료를 받지 않으면 세균의 침투에 의한 합병증을 유발시킬 가능성이 짙다. 독나방과 접촉했을 때는 접촉 부위를 맑은 물로 씻어내거나 비눗물로 닦아내야 하며 절대로 긁지 말아야 한다. 암모니아수로 닦아내고 안티히스타민제나 부신피질호르몬 연고를 바르면 효과가 있지만 무엇보다도 독나방과 접촉하지 않는 것이 상책이다. (종합통신)

17

마음 안에서
사라진 것들은
마음 밖에서도 사라진다

오늘의 첫 손님은 쭈글쭈글한 벙거지에 색 바랜 누더기를 걸친 노인이었다. 어지럽게 눈발이 흩날리는 날씨였다. 출입문을 밀고 들어서는 노인의 벙거지와 어깨 위에 눈가루가 하얗게 덮여 있었다. 노인은 아담하게 생긴 백자 술병 하나를 들고 있었다. 행색이 남루해 보여서 찬수녀석이 구걸을 하러 들어온 행려병자로 오인하고, 아직 개시도 안 했어, 들어서기가 바쁘게 반말짓거리로 가슴을 냅다 떠밀었다. 내 동생이지만 정강이를 세차게 걷어차버리고 싶은 충동을 느꼈다. 그러나 의외였다.

노인은 깡마르고 왜소해 보이는 체구였으나 찬수녀석이 아무리 떠밀어도 요지부동이었다. 마치 육중하고 견고한 물질로 만들어진 동상처럼 꼼짝달싹도 하지 않았다. 벙거지 밑에서 노인의 날카로운 눈초리가 똑바로 찬수녀석을 노려보고 있었다.

나는 카운터에 앉아 그 광경을 지켜보고 있었다. 제영이는 찬수녀석의 끈질긴 강요에 못 이겨 결국 낙태를 감행했고, 그 후로는 툭하면 이불을 뒤집어쓴 채 침묵시위를 벌이곤 했다. 처음에는 찬수녀석도 죽을 끓여 갔다 바친다 과일을 깎아 갔다 바친다, 온갖 아부를 다 떨더니 이제는 지쳤는지, 굶어 죽거나 말거나 내 알 바가 아니라는 태도를 보이고 있었다. 나는 겨울이 되면서, 하늘에는 달이 없어도 마음에는 달이 있다는 신념 하나로 세상을 바라보기 시작했다. 그러나 세상에 대한 생소함은 어느 정도 희석시킬 수 있었지만 소요에 대한 그리움은 도저히 희석시킬 수 없었다.

"시인이 금불알에서 닭갈비를 판다는 소문을 듣고 찾아왔더니 속인이 개불알에서 독갈비를 팔고 있구먼."

노인의 목소리는 조용했으나 찬수녀석의 혈기를 일수에 꺾어 버리기에는 충분한 기운이 서려 있었다. 까불면 맞을지도 모른다. 나는 그렇게 생각하고 있었다. 노인은 비록 왜소해 보이는 체구를 가지고 있었으나 눈빛 하나로 실내 전체를 압도해 버리는 기개를 드러내 보이고 있었다. 찬수녀석이 한 번만 더 가슴을 떠밀면 따귀라도 한 대 철썩 올려붙일 듯한 분위기였다.

찬수녀석도 똑같은 느낌을 받았는지 약간 기세가 꺾인 표정이었다. 그러나 오만불손이 요즘 이십대들의 보편적인 생존전략이다. 찬수녀석은 여전히 통로를 가로막고 노인을 저지시킬 태세를 갖추고 있었다. 비록 기세가 약간 꺾이기는 했지만 절대로 공손하게 대하고 싶지 않다는 태도였다. 내가 노인에게로 가서 찬수녀석의 머리통을 가볍게 한 대 쥐어박고, 철딱서니가 없는 놈이 무례를 범했으니 너그럽게 용서해 달라는 말로 사과를 대신했다. 노인은 거들떠보지도 않고 구석진 테이블을 향해 똑바로 걸어가고 있었다.

"겉으로 보기에는 비썩 마른 장작개비 같았는데 떠밀어보니까 철벽이야. 뭘 하는 영감탱이지?"

찬수녀석이 불판에 닭갈비를 깔아주고 카운터로 돌아와 어이없다는 표정으로 내게 속삭였다. 인생은 막말로 전투의 연속이다. 그렇다면 노인이라는 단어는 백전노장을 지칭하는 단어다. 노인은 미래보다 과거를 더 많이 간직하고 있는 존재다. 그리고 과거는 곧 경험이며 경험은 곧 관록이다. 이 험악한 세상에서 그 나이까지 살아남았다는 사실 하나만으로도 노인들은 현재를 살아가는 젊은이들에게 존경받아 마땅한 존재들이다. 이십대는 그걸 몰라도 삼십대는 그걸 안다. 나는 그것이 달을 보고 자란 세대와 달을 보지 못하고 자란 세대의 차이라고 생각했다.

"조심해라. 무협영화에 나오는 노인들처럼 무술의 달인일지도 모른다. 너는 그놈의 불끈하는 성질 때문에 어디 가서 임자 만나면 크게 한번 당할 거야."

"당할 때는 당하더라도 디밀어볼 때는 디밀어보는 게 싸나이 아냐?"

"그건 싸나이가 아니라 쌈마이야. 넘버 쓰리. 즉 삼류라는 얘기지."

노인이 벙거지를 벗고 있었다. 눈부신 백발이 그대로 드러나고 있었다. 백발은 빛나는 면류관, 착하게 살아야 그것을 얻는다. 『구약성서』의 「잠언」에 나오는 말이다. 나는 무조건 노인을 공경해 드리기로 작정했다. 노인은 닭갈비가 익기를 기다렸다가 호주머니에서 하얀 술잔 하나를 꺼냈다. 백자 술병과 잘 어울리는 백자 술잔이었다. 저 영감탱이가 뭘 하고 있는 거야. 찬수녀석이 미간을 찌푸리면서 불만스러운 목소리로 투덜거리고 있었다. 노인이 백자 술병을 기울여 천연덕스럽게 술 한 잔을 따라 마시고 있었다.

"그거 술 맞지요?"

찬수녀석이 노인을 향해 힐난조로 물었다.

"맞아."

노인이 태연하게 대답했다.

"영업집에 오셨으면 영업집에서 파는 술을 드셔야지 밖에서 가져온 술을 드시면 어캅니까."

"어카다니?"

"술병 치우세요."

"술병 치우고 어떻게 술을 마시나?"

"드시고 싶으면 이 집에서 파는 술을 드세요."

"이놈아, 나는 내가 직접 담근 술이 아니면 어떤 술도 마시지 않아."

노인은 거침없이 한 잔을 더 따라 마시고 있었다. 저 영감탱이가, 찬수녀석이 다시 불끈하는 기색을 드러내며 노인에게로 달려갈 태세를 취하고 있었다. 까불지 마라. 나는 녀석의 팔소매를 부여잡았다. 행색만 보면 행려병자 그대로지만 언행을 보면 결코 평범한 노인이 아니었다. 술을 한 잔 따라 마시는 동작에도 기품이 서려 있었다. 과거에는 어떤 인생을 살았는지 지금은 어떤 인생을 살고 있는지, 겉모습으로는 도저히 가늠하기 힘든 노인이었다.

"할아버지는 로마에 가면 로마의 법률을 따르라는 말도 모르세요?"

찬수녀석이 계속 노인에게 시비를 걸고 있었다.

"로마가 아니라 황천을 가더라도 순리대로만 살면 되는 거야. 법률 같은 건 억지로 따를 필요가 없어."

노인의 대답이었다.

나는 노인의 저 당당함이 어디서 연유된 것인지를 생각해 보았다. 오랜 생존의 경험에서만 얻어지는 것이 아니라는 생각이 들었다. 세상을 살아가면서 끊임없이 사유의 찌꺼기를 걸러내지 않으면 나이를 아무리 먹어도 탐욕과 이기의 칡넝쿨을 걷어내지는 못한다.

지금은 삼강오륜(三綱五倫)도 사라져버리고 사서삼경(四書三經)도 사라져버린 시대다. 삼강을 아느냐고 물으면 2002년 한일 월드컵 축구의 성적순으로 브라질. 독일. 터키를 열거하는 놈들도 있고, 오륜을 아느냐고 물으면 올림픽 때 게양되는 오륜기(五輪旗)의 오색 동그라미를 떠올리는 놈들도 있다. 그러니 사서삼경인들 제대로 알 리가 있겠는가. 오늘날은 대부분의 노인들이 어른 대접을 받지 못하는 신세로 전락해 버렸다. 손자들한테나 가까스로 할아버지 할머니 대접을 받지 아들놈이나 딸년들한테는 처치곤란의 짐덩어리 취급을 받는 노인들이 적지 않다. 효도관광을 시켜드린다는 명분으로 치매 걸린 노모를 멀리 대만까지 가서 버리고 돌아오는 패륜아도 있고, 빨리 거액의 재산을 물려받고 싶은 욕망 하나로 무지막지하게 부모를 목졸라 죽이는 무뉘아도 있다. 내가 생각하기에는 모두가 달이 사라져버렸기 때문에 야기되는 현상들이다. 그렇지 않다면 인간이 그토록 혐오스러운 동물로 전락해 버린 까닭을 해명할 방도가 없다.

달.

노인들이 살던 시절에는 분명히 달이 있었을 것이다. 그리고 한때는 분명히 달을 쳐다보면서 살았을 것이다. 하지만 이제 노인들의 기억 속에서도 달이 망실되어 버렸을 것이다. 그래서 무지막지한 현실과 갑자기 변해버린 풍조를 개탄하면서 눈칫밥을 감내하고 있을 것이다. 하지만 지금 구석진 탁자에서 닭갈비를 안주 삼아 술을 마시고 있는 저 노인의 기억 속에는 달이 망실되지 않은 채로 남아 있을지도 모른다. 그래서 어른의 풍모를 그대로 고수하고 있는지도 모른다. 나는 갑자기 어떤 기대감으로 가슴이 부풀어 오르기 시작했다. 그때였다.

"어이, 젊은 친구. 장담컨대 내가 이 술을 다 마시기 전에는 어떤 손님도 얼씬하지 않을 거야. 나는 조용한 분위기에서 술을 마시기를 좋아하거든. 하지만 매상을 걱정하지는 마시게. 내가 술을 다 마시고 자리를 뜨면 그때부터는 문전성시를 이룰 테니까. 보아하니 거기 앉아 있는 친구가 시인 같은데 이리 와서 내가 담근 술 한 잔 마셔보지 않겠나?"

노인이 나를 손짓해서 부르고 있었다. 그러지 않아도 달을 기억하고 있는지 물어볼 작정이었다. 나는 노인의 호의를 거절할 이유가 없었다. 감사합니다. 나는 노인에게로 달려가서 정중하게 머리를 조아리고 먼저 술을 한 잔 따라드렸다.

"이 술은 말이야,"

노인이 술잔을 들어 올린 채 술에 대해 설명하기 시작했다.

"천하제일의 명주지. 이 세상을 통틀어 이 술을 담그는 비법을 알고 있는 사람은 나밖에 없어. 이 술은 어떤 사람이라도 석 잔만 마시면 취기가 최고조에 달하게 되지. 그리고 일단 취기가 최고조에 달하게 되면 그 다음부터는 잔 수에 따라 취기의 지속시간만 연장되고 취기는 고조되지 않는 특질을 가지고 있어. 그러니까 이 술을 마시고 주사를 부리는 사람은 없지. 취기가 최고조에 달하면 소리가 피부로 들리고 빛깔이 코로 맡아지며 향기를 눈으로 볼 수 있어서 온 세상이 선경으로 변해버리지. 하지만 이 술의 이름은 아직 자네한테 가르쳐줄 단계가 아닐세. 그래도 이 술병의 이름만은 가르쳐주지. 이 술병의 이름은 백자심경선주병이야. 신선의 술이 담겨 있는 백자 술병으로 마음이 비치는 거울의 기능을 가지고 있다는 뜻을 내포하고 있어."

노인은 젓가락으로 물을 찍어 탁자에 백자심경선주병(白磁心境仙酒瓶)이라는 한자를 써 보였다. 그리고 음미하듯 천천히 술을 들이켠 다음 잔을 내 앞으로 내밀었다. 노인은 위엄이 있으면서도 인자한 성품을 소유하고 있었다. 나는 두 손으로 공손히 잔을 받았다.

나는 석 잔을 받을 때까지도 특별한 술이 아니라는 생각을 하고 있었다. 거의 맹물에 가까운 맛을 지니고 있었다. 그러나 넉 잔을 받았을 때 비로소 노인의 말을 액면 그대로 받아들이게 되었다. 갑자기 혈관이 투명해지면서 미묘한 향기가 맡아졌는데 놀랍게도 그 미묘한 향기는 여린 연두색이었다. 처음에는 혀가 연두색으로 물들었고 다음에는 목구멍이 연두색으로 물들었으며 급기야는 온몸이 연두색으로 물들었다. 신기했다. 시각과 후각이 공감각적 현상(共感覺的現像)을 일으키고 있었다. 향기에도 색깔이 있다는 사실을 나는 그때 처음 알았다. 찬수녀석이 카운터에서 못마땅한 표정으로 팔짱을 끼고 앉아서, 둘이서 잘들 놀아보쇼, 하는 투의 눈빛을 보내고 있었다.

"금불알에서 시인이 닭갈비를 판다는 말씀은 어느 분한테서 들으셨나요?"

"고개를 들면 하늘의 이치가 보이고 고개를 숙이면 땅의 이치가 보이는데 이 손바닥만 한 도시에서 시인 하나를 찾기가 어려울 턱이 있겠는가."

"일부러 저를 찾으셨나요."

"내가 담근 술은 시를 아는 놈하고 마셔야 제맛이 나거든."

"저는 단지 시인이라는 이름을 더럽히는 시정잡배에 불과합니다."

"같이 마셔보면 알겠지."

노인의 말대로 술이 몇 순배 더 돌 때까지 손님은 한 명도 오지 않았다. 나는 술이 다 떨어지기 전에 달에 관해서 물어볼 생각이었다. 나는 노인이 말한 최고조의 취기에 도달해 있었다. 사념의 강물이 달빛을 반사하면서 잔잔히 흐르고 있었다. 모든 세포들이 달빛에 혼곤하게 젖어 있었다.

"어르신은 달을 알고 계시나요?"

"달?"

"밤이면 중천에 둥실 떠올라 온 누리를 비추던 달 말입니다."

"어허, 여기도 정신 나간 젊은이가 하나 있구만."

노인이 말했다.

모른다는 소리는 아닌 것 같았다. 달빛에 혼곤하게 젖어 있던 세포들이 일제히 긴장하기 시작했다.

"그럼 어르신은 달을 알고 있는 사람을 만나보신 적이 있단 말씀입니까?"

나는 반가움에 가슴이 복받쳐서 콧날이 시큰해지는 기분이었다. 정신과 진단을 받아보자고 몇 번이나 조르던 찬수녀석을 불러서 나만 달을 알고 있는 것이 아니라 다른 사람도 달을 알고 있다는 사실을 확인시켜 주고 싶은 심정이었다. 그러나 노인의 다음 말은 나를 지금까지와는 또다른 혼란에 휩싸이게 만들었다.

"내가 알고 있는 신경정신과 전문의가 하나 있는데 나이가 많아서 현역에서는 오래전에 은퇴를 했어. 허나, 은퇴를 하고 나서도 인간의 의식세계에 대해 계속적인 관심을 기울이고 있었지. 그 친구는 얼마 전부터 발견되기 시작한 모월증후군 환자에 대해 집중적인 관심을 기울이고 있다네. 모월증후군은 그 친구가 이름 붙인 정신질환의 일종으로 의식 속에 달이라는 천체를 하나 만들어놓고 그것을 실재했던 것처럼 착각하면서 연모를 느끼는 질환일세. 물론 그 친구도 아직까지 확실한 원인을 규명하지는 못했지. 모월증후군 환자들은 공통적으로 일월, 이월, 삼월이라고 할 때의 월이라는 한자가 원래 달이라는 천체를 지칭하는 글자였다고 주장한다는구만. 자네도 혹시 모월증후군을 앓고 있는 것은 아닌가?"

노인은 다시 젓가락에 물을 찍어 탁자에 모월증후군(慕月症候群)이라는 한자를 써 보였다. 모월증후군이라니. 그렇다면 내가 일종의 정신질환을 앓고 있었단 말인가. 나는 그럴 리가 없다고 세차게 고개를 가로저었다. 자네도 모월증후군을 앓고 있느냐는 노인의 질문에도 대답을 회피해 버렸다. 어쩌면 노인이 나를 놀려먹을 요량으로 거짓말을 하고 있는지도 모른다는 생각이 들었다. 유리문을 통해서 어지럽게 흩날리는 눈발들이 보였다. 이번에는 시각과 청각이 공감각적 현상을 만들어내고 있었다. 눈발들이 어지럽게 흩날리면서 몽환적인 합창곡을 들려주고 있었다.

"어르신. 저는 불과 몇 달 전까지만 하더라도 분명히 하늘에 실재하는 달을 보았습니다."

나는 노인에게 내가 알고 있는 달에 대해서 장황한 설명을 늘어놓기 시작했다. 천체로서의 달이 가지는 특성들, 달이 지구에 미치는 자연현상들, 달과 관계된 미풍양속들, 달을 주제로 만들어진 예술작품들, 그리고 달과 소요가 잠적해 버린 뒤의 경위에 대해서도 비교적 소상하게 열거해 드렸다. 하지만 노인은 얼굴에 그윽한 미소만 떠올릴 뿐 특별한 반응을 나타내 보이지는 않았다. 그윽한 미소만으로는 노인이 내 말을 긍정적으로 받아들이고 있는지 부정적으로 받아들이고 있는지 짐작할 재간이 없었다.

"아까 말씀하셨던 신경정신과 전문의라는 분을 제게 소개시켜 주실 수는 없나요?"

"치료를 받고 싶은가?"

"아닙니다. 가능하다면 그분을 통해서 달을 알고 있는 분들을 한번 만나보고 싶습니다."

"기회가 있겠지."

나는 그것만으로도 절대고독에서 벗어날 수 있는 터널 하나를 발견한 기분이었다.

"이런, 그새 술이 다 떨어져버렸나."

노인이 술병을 흔들어보고 있었다. 아무 소리도 들리지 않았다. 기이한 일이었지만 그때까지도 손님은 그림자도 비치지 않았다. 노인이 장담했던 대로였다. 나는 흔들리고 있었다. 어쩌면 나도 모월증후군을 앓고 있는 정신질환자일지도 모른다는 생각이 들었다. 찬수녀석의 말대로 동산면에 있다는 국립정신병원에 가서 검진을 한번 받아볼 필요가 있다는 생각도 들었다. 술이 떨어졌다는 사실을 확인한 노인이 자리에서 일어서고 있었다.

"자네를 만난 기념으로 이 술병을 자네에게 주고 가겠네. 그런데 이 술병 이름이 무엇인지 기억하겠나?"

"백자심경선주병이라고 가르쳐주셨습니다."

"기억력이 좋구만."

"부끄럽습니다."

"자네는 정말로 하늘에 달이 있었다고 확신하나?"

"얼마 전부터 지금도 하늘에 달이 있는데 제가 못 보는 것은 아닐까 하는 의구심이 생겼습니다."

가슴속에서 사라진 것들은 가슴 밖에서도 사라진다. 물질로서의 달은 기억 속에 그대로 남아 있어도 정서로서의 달은 가슴속에서 사라져버렸다. 대부분의 사람들은 물질로서의 달도 정서로서의 달도 망실해 버렸다. 기억 속에도 존재하지 않고 가슴속에도 존재하지 않는다.

"달이 생각날 때마다 이 술병을 뚫어지게 바라보시게."

"그러면 어떻게 됩니까."

"급하기는. 결과는 나중에 와서 가르쳐줄 거야."

"언제 또 오시겠습니까."

"날이 흐리면 나타나겠거니 생각하시게."

사실 나는 노인과 더 많은 이야기를 나누고 싶었다. 노인은 달에 관해서 분명히 어떤 정보를 가지고 있는 눈치였다. 이대로 보내면 다시는 만나지 못할 것 같은 느낌이었다.

"댁이 어디신데요."

"천하를 내 집으로 삼고 동가식서가숙하면서 살고 있어."

"연세는요."

"나이를 잊은 지도 오래됐다네."

노인은 내 물음을 모호한 대답으로만 일축했다. 하지만 노인의 말대로, 고개를 들면 하늘의 이치가 보이고 고개를 숙이면 땅의 이치가 보이는 경지라면, 차라리 그런 식의 대답이 가장 진실에 가까울 수도 있겠다는 생각이 들었다.

"인연이 생겼으니 이름들이나 알아두어야겠네. 각자 이름들을 한번 일러보게."

"저는 이헌수라고 합니다."

"한자는 어떻게 쓰는가?"

"오얏 이 자에 사람 산 위에 있을 헌 자에 빼어날 수 자를 씁니다."

"저기 있는 젊은이는?"

노인의 눈이 찬수녀석을 가리키고 있었다. 찬수녀석이 심통난 표정으로 입을 다물고 있었기 때문에 내가 동생이라고 말씀드리고 빛날 찬 자에 빼어날 수 자를 쓴다고 가르쳐드렸다.

"그 옆에 있는 아가씨 이름도 가르쳐주게."

제영이도 새침을 떨면서 입을 다물고 있었기 때문에 내가 대신 가르쳐드렸다.

"서제영입니다. 천천히 서 자에 예쁠 제 자와 꽃부리 영 자를 씁니다."

"한번 맺은 인연은 어떤 일이 있어도 맺기 이전의 상태로 되돌릴 수가 없는 법이지. 어차피 인연을 맺었으니 서로에게 도움이 될 수 있도록 노력해 보세. 다음에 또 만나세."

노인이 품속에서 지갑을 꺼내고 있었다. 낡은 갈색 가죽지갑이었다. 나는 노인의 차림새와 지갑이 쌈지보다는 어울리지 않는다는 생각을 했다. 노인이 지갑에서 돈을 꺼내고 있었다. 나는 닭갈비 값을 받지 않으려 했으나 노인은 굳이 계산을 치르고 눈발 속으로 사라져갔다. 나는 노인에게 선물 받은 백자심경선주병을 내 방으로 가지고 가서 반닫이 위에다 잘 모셔두었다. 눈에 잘 뜨이는 장소였다.

노인이 떠난 지 십 분 정도가 지나자 신기하게도 왁자지껄 손님들이 몰려들었다. 그러나 일이 제대로 손에 잡히지 않았다. 마치 꿈을 꾸고 있는 듯한 기분이었다. 오래도록 연두색 향기가 육신과 의식을 적시고 있었다.

18

예술가의 인생이
연속극 스토리처럼 통속해지면
어떤 현상이 발생할까

"골이 깨졌어."

"어쩌다가 그랬는데."

"골 때리는 일을 당했다니까."

"말장난하자고 전화했냐."

"말장난이 아니야."

"내가 국가와 민족의 장래를 걱정하느라고 무척 바쁘다는 거 잘 알고 있지. 전화 끊는다."

필도녀석이 내게 전화를 걸었다. 몸이 아프니 닭갈비를 싸 들고 문병을 와 달라는 전화였다. 이틀 전에 돌발적인 사태를 만나 골이 깨지는 바람에 병원에서 무려 열일곱 바늘이나 두피를 박음질했으며 지금은 집에 돌아와 안정을 취하고 있는 중이라는 것이었다. 힘없는 목소리였다. 닭고기가 외상을 입은 환자에게는 별로 좋지 않은 음식이라고 말했더니 자기가 먹으려는 게 아니라는 대답이었다. 며칠 전 이디오피아의 집에서 얽어온 모델과 함께 있을 확률이 높았다.

퇴근 무렵이어서 가게를 빠져나가기가 미안했다. 다행히도 제영이가 침묵시위를 해제한 상태였다. 이틀 전에 찬수녀석이 명품 핸드백 하나를 사다 주면서 무릎을 꿇고 석고대죄까지 해서 얻어낸 결과였다. 전주 이씨 양녕대군파 십칠세손의 명예를 대폭 실추시키고 가게는 다시 정상화되었다고는 해도 매상은 날이 갈수록 떨어지고 있었다. 경기가 전반적으로 바닥치기를 면치 못하고 있었다.

필도녀석에게는 문병을 가지 않을 듯한 여운으로 전화를 끊었지만 친구가 열일곱 바늘이나 두피를 박음질했다는 전화를 받고도 가지 않을 수는 없었다. 영업시간에는 봉고차를 끌고 나갈 수가 없었기 때문에 나는 닭갈비 몇 인분을 싸 들고 택시를 잡았다. 로터리에서 춘여고 쪽으로 올라가는 일방통행로. 비좁은 도로를 따라 수많은 차량들이 정체현상을 보이고 있었다. 출퇴근 시간만 되면 상습정체지역으로 돌변하는 구간이었다.

힘들이지 않고 세상을 살아가고 싶어하는 인간의 욕구가 끊임없이 새로운 도구를 만들어낸다. 하지만 도구를 만들어내더라도 욕구는 중단되지 않는다. 갈수록 편해지고 싶어하는 욕구가 꼬리를 물고 일어나기 때문에 도구도 끊임없이 개량을 거듭해야 한다. 채널을 돌리기조차 귀찮아서 리모컨을 만들고 급기야는 리모컨을 다루기조차 귀찮아서 음성인식 시스템을 고안해 낸다. 손가락 하나 까딱하는 일조차 귀찮게 생각하는 것이다. 인간은 도구의 발명이 곧 생존의 절대수단이라고 생각했던 원시적 사고

체계를 지금도 그대로 전승하고 있다.

정서적인 문제는 별로 중요하지 않다. 오로지 편하게 산다는 문제가 중요하다. 도구의 발전이 인류의 발전이라면 그 원동력은 바로 인간의 끝없는 게으름이다. 자동차도 게으름이 만들어낸 도구 중의 하나다. 게으름이 만든 도구 중에서도 가장 많은 사람들을 불구자로 만들거나 사망자로 만든 흉기다. 불편을 해소하기 위해서 도구를 만들어내고 만들어낸 도구 때문에 다시 불편을 겪는다.

"닭갈비집은 좀 어떻소."

택시 운전수가 내게 물었다. 마흔 안팎의 나이였다. 내가 닭갈비집 주인이라는 사실을 알고 있다는 어투였다. 하기야 닭고기를 먹을 줄 아는 춘천 토박이라면 거의가 한 번쯤은 금불알을 찾아와보았을 것이다.

"최악입니다."

"택시도 그렇소. 외상이면 소도 잡아먹는다는 속담도 있습디다만 요즘은 할부를 무슨 공짜로 착각하는지 전세금도 못 내는 주제에 차부터 장만하는 집구석이 대다수요. 대가리가 허영으로 가득 찬 놈들일수록 대중교통수단을 이용하는 걸 수치스럽게 생각해요. 그래서 요새는 어중이떠중이 다 차를 끌고 다녀요. 끌고 다니더라도 혼자 한적한 장소에서 연습이라도 많이 해서 운전이나 익숙해진 다음에 차를 끌고 다니든지. 브레이크하고 액셀도 구분 못 하는 멍청이들이 한창 붐비는 시간에 차를 끌고 나와서 어리버리 지랄을 떨어요. 요즘은 경기가 안 좋아서 정말 급한 사람들이나 택시를 이용하는데 이렇게 차가 막히면 누가 택시를 타겠소. 니기미."

"저는 지금 별로 급하지 않습니다."

"손님이야 급하지 않아도 회사에 갖다 바칠 입금액을 생각하면 나는 똥끝이 탈 수밖에 없소."

다행스럽게도 택시 운전수의 똥끝이 타는 고백을 알아듣기라도 했는지 줄지어 앞을 가로막고 있던 차들이 느리게 움직이기 시작했다.

그러나 춘여고 쪽으로 올라가는 일방통행로는 급경사였다. 그리고 급경사의 끝부분에 이르면 교차로가 기다리고 있었다. 거기는 신호등도 없는 십자로였다. 교통량이 많은 시간에는 역시 상습적으로 정체현상이 일어나는 지점이었다. 아니나 다를까 내가 탄 택시는 백 미터도 전진하지 못하고 다시 급제동을 걸었다. 순간, 둔탁한 소리와 함께 택시가 움찔 하고 경기를 일으켰다. 뒤따라오던 승용차가 택시의 후미를 가볍게 들이받은 것이다. 씨팔. 저년이 핸들을 가랑이에 끼우고 운전을 하나. 택시 운전수가 반사적으로 백미러를 흘깃 쳐다보더니, 신경질적으로 사이드 브레이크를 올린 다음 차문을 열고 있었다. 멀거니 앉아 있기도 거북해서 일단 나도 택시에서 내렸다. 택시 운전수가 범퍼를 살펴보고 있었다. 가벼운 충돌이었기 때문에 손상된 흔적은 보이지 않았다.

"그렇게 갑작스럽게 브레이크를 밟는 법이 어디 있어요."

승용차에서 여자가 차문 밖으로 고개를 내밀고 짜증 섞인 목소리로 택시 운전수를 질책하기 시작했다. 염색한 핑크머리. 요란한 화장발. 도발적인 옷차림. 결코 정숙해 보이는 여자가 아니었다.

"아니, 이 아줌마가 남의 차를 뒤에서 박아놓고 뭘 잘 했다고 큰소리야."

택시 운전수가 벌컥 화를 내고 있었다.

"아저씨. 눈 좀 똑바로 뜨고 다니세요. 제가 어딜 봐서 아줌마라는 거예요. 그렇게 부실한 눈을 달고 어떻게 영업용 택시를 몰아요. 그러니까 뒤에 차들이 바싹 붙어서 따라오는 줄도 모르고 급브레이크를 밟는 거지요."

"이 싸가지 없는 냄비가 적반하장도 유만분수지, 자기 눈깔 부실한 건 생각지도 않고 되려 누구한테 큰소리를 치는 거야. 씨팔."

"뭐라구? 씨팔? 냄비? 어디서 굴러먹던 운짱새끼가 아무한테나 욕지거리를 내뱉고 지랄이야. 그래, 나도 한때는 냄비였다. 그런데 냄비가 어쨌다구? 내가 냄비질 하는 데 니가 뭐 보태준 거라도 있어? 그러지 않아도 요새 여러 가지로 열받아 죽을 지경인데 별 거지 발싸개 같은 새끼가 나타나서 시비를 걸구 지랄이야. 너 오늘 잘 걸렸다. 그래, 각자 차 옆으로 붙여놓고 한판 붙어보자."

여자가 핸드폰을 꺼내 어디론가 신호를 보내면서 차를 도로변으로 붙이고 있었다. 응원군을 부르는 모양이었다. 택시 운전수는 망연자실한 표정으로 그 광경을 지켜보고 있었다. 줄지어 늘어선 차량들이 발악적으로 경적을 울려대고 있었다. 싸움이 길어질 조짐을 보이고 있었다.

나는 걸어가는 편이 빠르겠다는 판단을 내렸다. 목적지의 절반 정도에 해당하는 위치였다. 택시 운전수의 호주머니에 기본요금을 찔러주고 나는 목적지를 향해 걸음을 옮겨놓기 시작했다. 하늘은 빙판 같았고 바람은 칼날 같았다. 손이 시렸다. 다행스럽게도 닭갈비에는 아직 온기가 남아 있었다. 나는 비닐봉지에 번

갈아 시린 손을 갖다 대면서 교동으로 걸음을 옮겨놓고 있었다. 그리고 걸음을 옮겨놓으며 생각했다. 여자는 어디로 전화를 걸었을까. 힘깨나 쓰는 건달에게 전화를 거는 분위기였다. 간결하게 마무리를 지어도 무방할 정도로 경미한 사태였다. 그러나 난투극이 벌어질지도 모른다는 생각이 들었다. 갈수록 세상이 살벌해지고 있었다.

사람들은 저마다 가슴 안에 쐐기풀을 키우고 있었다. 그리고 쐐기풀 때문에 서로를 껴안을 수가 없었다. 껴안으면 껴안을수록 상처가 깊어졌다. 끝내 달이 나타나지 않는다면 결국 사람들은 가슴 안에 쐐기풀을 키우는 것만으로도 부족해서 코브라나 방울뱀 따위를 사육할지도 모른다는 생각이 들었다. 하지만 어떤 사람들은 실리에 눈이 멀어 쐐기풀에 상처를 입든지 말든지 코브라나 방울뱀에게 물려 죽든지 말든지 한사코 상대를 끌어안고 피를 빨아먹을 거라는 생각도 들었다.

춘여고를 거쳐 향교를 지나 가파른 언덕 하나를 넘었다. 녀석이 살고 있는 원룸 계단을 오르면서 나는 숨이 가빠옴을 의식했다. 이까짓 계단을 올라왔다고 늙은이처럼 숨이 가빠오다니, 믿을 수가 없었다. 달이 사라져버렸기 때문에 일찍 노화현상이 나타나고 있는지도 모른다는 생각이 들었다. 현관문을 노크했다.

"들어오세요."

여자 목소리가 들렸다. 나는 그때까지도 이디오피아의 집에서 헌팅한 모델을 떠올리고 있었다. 그러나 의외였다. 문을 열고 들어서니 놀랍게도 나와 모텔에서 하룻밤을 새운 적이 있는 여자가 필도녀석을 간병하고 있었다. 나는 여자와 간단한 인사를 나누고 필도녀석에게로 고개를 돌렸다. 녀석은 온통 붕대로 싸 감은 머리를 하고 침대 모서리에 걸터앉아 있었다. 닭갈비를 침대 옆에 설치되어 있는 탁자에 펼쳐놓았다. 닭갈비는 이미 식어 있었다. 여자가 사람 수대로 젓가락을 찾아가지고 와서 각자의 손에 쥐어주었다.

"무슨 일이야."

"전화로 말했잖아. 골 때리는 일이 생겨서 자연스럽게 골이 깨졌다고."

"펀치기라도 당했냐?"

"아니다. 모델이 갑자기 여자로 보여서 덮쳤더니 꽃병으로 머리통을 갈기더라."

"찝쩍거린 정도가 아니라 과감하게 덮쳐버렸단 말이냐?"

"그랬지."

"갑자기 왜 자서전에도 없는 짓거리를 하고 지랄이냐."

"모델로 보이지 않고 여자로 보이더라니까."

"여자로 보이는 이유가 있었을 거 아냐."

"나도 모르겠어. 어쩌면 모멸감에 대한 보상심리가 성욕으로 전이되었는지도 모르지."

"모멸감이라니?"

"모델이 노골적으로 예술을 모독하는 언행들을 일삼았거든."

녀석의 말에 의하면, 그날 밤 모델은 원룸으로 와서 먼저 옷을 입은 모습으로 크로키에 임했다. 누드를 수락하기까지는 일주일이 걸렸다. 다른 모델에 비하면 상당한 기간을 허비한 셈이었다. 하지만 누드를 수락하면서부터 예기치 않았던 문제가 발생했다. 모델이 그림에는 관심을 기울이지 않고 화가의 정력측정에만 관심을 기울였다는 것이다. 녀석이 그리고 싶은 대로 포즈를 설정해 주고 온 신경을 집중해서 크로키를 하고 있는데 모델이 제멋대로 저급한 포르노 영화 스틸에나 써먹으면 좋을 법한 포즈로 바꾸어버린다. 고도의 집중력으로 그림에 몰두해 있는데 돌연히 연필을 가로채서 멀찍이 던져버리고 녀석의 목을 끌어안거나 가슴팍을 더듬는다. 한창 소묘에 열중해 있는데 고양이 걸음으로 살금살금 기어와 녀석의 남근을 노골적으로 움켜잡는다. 녀석은 그럴 때마다 예술을 모독하는 기분이 들었다는 것이다.

"예술의 힘을 못 믿느냐고 큰소리를 치더니 결국 대가리가 깨지고 말았구나."

"모델에 대한 사전지식이 너무 없었어."

"달이 사라져버렸기 때문에 나타나는 현상들이야."

"챠쉭이 또 스티븐 호킹이 에어로빅하는 소리를 늘어놓는구만."

"너는 갑자기 사람들이 이상하게 변해가고 있다는 생각이 들지 않냐."

"사람들이 이상하게 변해가는 것이 아니라 니가 이상하게 변해가고 있어."

"둔한 놈."

"하기야 이 꼬라지를 하고 영민한 체할 수는 없겠지. 일단 내 골 깨지는 얘기나 끝까지 들어봐라."

모델은 아무리 그림의 중요성을 설명하고 진지해 주기를 당부해도 소용이 없었다. 물론 녀석의 미사일은 일절 반응을 나타내 보이지 않았다. 그래도 모델은 돌발적인 행동들을 멈추지 않았다. 예술에 대한 최소한의 상식이나 예의조차도 없는 여자 같았다. 결국 녀석은 자신의 인내심에 한계를 느끼고 그녀의 누드를 예술로 승화시킬 계획을 포기해 버리고 말았다. 제기럴. 포기해

버리고 나니까 그때부터 그녀가 모델로 보이지 않고 여자로 보이기 시작했다. 여자로 보이기 시작하면서 갑자기 미사일의 발사욕구가 고개를 쳐들기 시작했다. 자신도 이해할 수 없을 정도로 강렬한 발사욕구였다.

"당연히 받아줄 거라는 생각에서 덮쳐버렸지."

하지만 여자는 완강하게 저항했다. 예상 밖이었다. 한참 동안 침대 위에서 엎치락뒤치락을 계속하다가 여자가 느슨해진 틈을 타서 팬티 속에 손을 집어넣었다. 그때 날벼락이 떨어졌다. 머리에 강한 충격이 느껴지면서 침대 시트로 연달아 핏방울이 떨어져 내렸다. 며칠 전 여자가 백장미를 좋아한다는 말을 듣고 백장미 한 묶음을 꽃병에 꽂아 침대 옆 탁자에 비치해 두었는데 여자가 그것으로 녀석의 머리를 가격해 버렸던 것이다.

"문자 그대로 골 때리는 여자를 만난 거지."

사태를 깨달았을 때는 여자가 세차게 문을 닫고 빠른 걸음으로 계단을 내려가는 소리가 들렸다. 끊임없이 피가 흐르고 있었다. 피는 목덜미를 타고 흘러 내려와 앞가슴을 붉게 물들이고 있었다. 백장미와 꽃병의 잔해들이 여기저기 흩어져 있었다. 거울을 들여다보았다. 몰골이 처참지경이었다. 아무래도 병원을 가야겠다는 생각이 들었다. 엑스레이 촬영까지 해보았는데 다행스럽게도 이상이 없다는 진단이 나왔다.

"현주가 도망칠 때 발바닥에 깨진 꽃병 조각이 박혔나봐요. 계단에서 꽃병 조각을 뽑아내기는 했는데 집에 들어왔을 때 응접실 바닥에 시뻘건 발자국이 찍히는 바람에 언니한테 들키고 말았어요. 언니가 집요하게 추궁을 했지만 현주는 마땅히 둘러댈 말이 생각나지 않아서 시종일관 입을 다물고 있었어요. 그래서 언니는 더 화가 났지요. 덩달아 나도 추궁을 받았어요. 하지만 모른다는 대답밖에는 할 수가 없었지요. 정말로 무슨 일이 있었는지 알 수가 없었으니까요. 결국 쫓겨나고 말았어요."

모텔에서 나와 하룻밤을 지낸 적이 있는 여자가 후일담을 들려주었다.

나는 한참을 골몰한 끝에 그녀의 이름이 노혜연이라는 사실을 기억해 낼 수 있었다. 그녀는 부모님들하고 사이가 좋지 않아 서울로 돌아갈 수 없는 입장이라고 자신의 처지를 실토했다. 친구에게 전화를 걸어 자초지종과 함께 필도녀석의 핸드폰 번호를 알게 되었고 간병을 한다는 핑계로 빈대를 붙게 되었다는 설명이었다.

"친구분이 먼저 이놈에게 교태를 부리고는 정작 덮치니까 왜 완강하게 저항을 했을까요."

"저번에 제가 말씀드렸잖아요. 우리는 삼력맨 체질이라고. 절대로 농담이 아니었어요. 예전부터 예술 같은 건 도통 관심이 없었어요. 오로지 남자들한테만 관심을 쏟고 살았지요. 제가 너무 솔직했나요. 하지만 우리는 내숭을 떨고 사는 여자들보다 차라리 솔직하게 사는 여자들이 되고 싶었어요."

그녀들은 오래전부터 재력 권력 정력을 완벽하게 겸비한 삼력맨을 찾고 있었다. 그러나 완벽한 삼력맨을 만나기가 쉽지 않다. 대부분의 남자들이 여자들 앞에서는 상투적으로 허세를 부리지만 알고 보면 거의가 무력(無力) 맨이었다. 그녀들은 삼력맨을 물색하는 과정에서 일력이라도 구비하고 있는 남자를 만나면 심심풀이 땅콩 삼아 적당히 즐기다 차버리는 수법으로 아쉬움을 달래는 수밖에 없었다. 아무리 외모가 그럴듯해도 정력조차

지리멸렬한 남자라면 무조건 혐오와 경멸의 대상으로 간주했다.

"현주는 자기방식으로 김선생님의 정력을 테스트해 보았던 거죠. 하지만 현주가 보기에는 김선생님도 무력맨이었어요. 혐오와 경멸의 대상으로 판정을 받은 거지요. 그러니까 덮쳤을 때 질겁을 할 수밖에 없어요. 하지만 현주가 잘못 판단한 거였어요. 혹시나 해서 제가 테스트를 해보니까 생각보다는 막강하시던데요."

여자가 목을 뒤로 젖히면서 까르륵 숨이 넘어갈 듯한 웃음을 난사하고 있었다. 공자님이 지하에서 벌떡 일어나 크게 눈을 부라린 다음 고통스러운 표정으로 심장 부위를 움켜쥐고 뒤로 벌렁 나자빠지는 모습이 연상되고 있었다.

19

날이 갈수록
백자심경선주병을 바라보는 시간이
많아지다

나는 달에 대한 기억을 가지고 있다. 그러나 사람들은 달에 대한 기억을 망실해 버렸다. 그래서 내가 달에 대한 이야기를 하면 나를 정신이 이상한 놈으로 생각하는 눈치들을 보였다. 당연히 나는 측근들에게조차 달에 대한 이야기를 하지 않게 되었다. 달이 생각날 때마다 이 술병을 뚫어지게 바라보시게. 나는 날이 갈수록 반닫이 위에 놓여 있는 백자심경선주병을 뚫어지게 바라보는 시간이 많아져갔다. 노인은 왜 그렇게 말했을까. 어쩌면 노인은 세상 사람들과는 달리 달에 대한 비밀을 알고 있을지도 모른다. 나는 노인을 다시 만나고 싶었다. 내가 언제 오시겠느냐고 물었을 때 노인은 날이 흐리면 나타나겠거니 생각하라고 대답했었다. 그러나 노인이 다녀간 이후로 줄곧 겨울 가뭄이 계속되고 있었다.

나는 조금씩 무력감이 깊어져 갔고 그러면서 조금씩 인간에 대한 혐오감도 깊어져 갔다. 소요를 만나기 전에 도대체 내 인생에 무슨 희망이 있었던가. 무력감이 장마철 먹구름처럼 내 육신을 잠식하고 상실감이 한겨울 눈보라처럼 내 의식을 점령했던 젊은날. 이미 내 희망은 요절해 버렸다. 타살이었던가 자살이었던가. 나는 끝내 사인(死因)을 규명하지 못한 채 춘천에 붙박여 닭갈비나 팔면서 지리멸렬한 목숨을 연명해 가고 있었다.

물론 희망이야 생각하기 나름이었다. 주어진 상황을 받아들이고 세속적인 사고방식을 그대로 적용시킨다면, 닭갈비를 팔아서 돈을 많이 벌겠다는 포부를 희망으로 간직할 수도 있었다. 하지만 대학시절부터 고작 돈이 희망을 대신하는 인생을 지독하게 혐오하던 나로서는, 닭갈비를 팔아서 돈을 많이 벌겠다는 포부를 결코 희망으로 받아들일 수가 없었다. 차라리 그것은 절망이었다. 진정한 희망은 물질의 산 너머에 존재하는 것이 아니라 영혼의 산 너머에 존재하는 것이었다. 그래서 나는 오로지 문학이라는 이름의 숲만을 바라보면서 시라는 이름의 알만을 희망으로 품고 살았다. 하지만, 안타깝게도 내가 품었던 알들은 부화되지 않았다. 모조리 무정란(無精卵)이었다. 한 번도 새가 되어 숲으로 날아가지 못했다.

내가 서른두 살의 나이를 먹는 동안 세상은 급속도로 노망이 깊어져 가고 있었다. 사람들도 거기에 동화되어 지각을 상실한 채 도덕과 양심의 벽에 똥칠을 해대고 있었다. 버려야 할 것들은 악착같이 끌어안고 끌어안아야 할 것들은 악착같이 버리는 악습이 당연시되고 있었다. 모국어도 제대로 구사하지 못하는 자녀들한테 외국어를 가르치지 못해 환장을 하는 엄마들. 착하게 살면 바보 취급을 받는다는 사실을 초등학교 때부터 정설로 받아들이는 아이들. 퇴폐업소 비밀 아지트에서 영계라는 이름으로 발견되는 여중생들. 유흥비를 벌기 위해 친구들과 자해공갈단을 결성해서 승용차로 뛰어드는 고교생들. 가정형편이 어렵지도 않은데 명품 중독 때문에 상습적으로 몸을 파는 여대생들. 출세만 보장된다면 애인쯤은 얼마든지 배반할 수 있는 삼십대들. 내가 살아남을 수만 있다면 남이 죽어도 무방하다고 생각하는 사십대들. 탐욕은 날이 갈수록 늘어나는데 덕망은 날이 갈수록 줄어드는 오십대들. 그리고 탐관오리. 방화범. 폭력배. 노상강도. 사기꾼. 살인범. 모리배. 강간범. 망국자. 인간답게 살기를 포기한 사람들이 부지기수로 늘어나고 있었다.

카드빚 때문에 강도질하는 사람들이 늘어나고, 불륜 때문에 이혼하는 사람들이 늘어나고, 생활고 때문에 자살하는 사람들이 늘어나고, 빚 보증 때문에 집 날린 사람들이 늘어나고, 실직 때문에 지하도로 가는 사람들이 늘어나고—늘어났지만, 시를 읽는 사람들은 늘어나지 않았고, 서점들이 도처에서 문을 닫는 사태가 발생했고, 세상은 갈수록 황폐해져 갔으며, 세상은 갈수록 암울해져 갔다. 그러나 별다른 대책이 없었다. 사탄아 물러가라. 틈만 있으면 누나는 준엄한 목소리로 소리쳤지만 역부족이었다. 세상은 조금도 달라지지 않았다.

정치가들은 대부분 유아자폐증(幼兒自閉症)에 걸려 있었다.

유아자폐증은 정확한 원인이 밝혀지지 않았으나 뇌의 기능적, 기질적 장애에서 오는 것으로 알려진 일종의 정신질환이다. 정상아는 생후 백일이 지나면 부모를 식별하고 감정의 변화를 표출한다. 그러나 유아자폐증에 걸리면 부모를 보아도 아무런 반응

166

을 나타내 보이지 않는다. 정치가들도 같은 증세를 보일 때가 있다. 선거 전에는 누구를 만나더라도 허리뼈가 없는 사람들처럼 굽실거리다가 선거가 끝나면 국민들의 고충이나 아우성에는 아무런 반응을 나타내 보이지 않는다.

　유아자폐증 환자들은 사회성의 결여로 부모나 친구와도 잘 어울리지 못하고 혼자만 놀려고 하는 성향이 짙다. 언어발달에도 장애가 있어서 의미 없이 괴상한 소리를 지르거나 대화 없이 혼자 중얼거리기도 한다. 행동의 장애로는 특정한 행동을 고집스럽게 반복적으로 나타내 보이는 특징을 가지고 있다. 자신이 배치한 물건을 바꾸거나 움직이면 비명을 지르면서 강한 거부감을 표출하며 간섭이나 방해를 극도로 싫어하는 성향을 나타내 보인다. 내가 생각하기에는 정치가들과 너무나 흡사하다. 정치가들은 상대 정당이나 국민들과 잘 어울리지 못하는 성향이 짙다. 국회가 열리면 의원들도 의미 없이 괴상한 소리를 지르거나 대화 없이 혼자 중얼거리는 모습을 보인다. 특정한 행동을 반복적으로 고집스럽게 나타내 보이는 부분도 동일하다. 의원들은 멱살잡이나 삿대질을 반복적으로 고집스럽게 나타내 보인다. 자신의 주장이 관철되지 않거나 수정이 가해지면 비명을 지르면서 강한 거부감을 표출한다. 간섭이나 방해를 극도로 싫어하는 성향도 유아자폐증 환자와 조금도 다르지 않았다.

　하지만 정치가들만 심각한 상태가 아니었다. 교육자들은 기억상실증에 걸려 있는 사람들이 많았고 종교인들은 과대망상증에 걸려 있는 사람들이 많았으며 예술가들은 정신분열증에 걸려 있는 사람들이 많았다. 특히 지도적 계층에 있는 사람들이 심각한 질환을 앓고 있는 경우가 많았다. 그들은 대부분 정서고갈이라는 공통분모를 간직하고 있었다.

나는 인간에 대한 혐오감이 치밀어 오를 때마다 달을 생각하면서 백자심경선주병을 뚫어지게 바라보았다. 그러면 이상하게 정신이 맑아지면서 달에 대한 기억들도 선명해졌다. 모월증후군. 하지만 내가 정신병자라도 상관이 없다는 생각이 들었다. 달을 기억하지 못하는 상태보다 달을 기억하는 상태가 훨씬 행복하다는 생각이 들었다. 모월증후군 환자가 정말로 존재한다면 한번 만나서 밤새도록 달에 관한 이야기를 나누어보고 싶었다.

20

선생님은
등대가 사라져버린 밤바다를
일엽편주로 떠도는 표류자(漂流者)의 심경을
아시나요

"달이라는 천체에 대한 선생님의 판단이나 확신은 의학적 견지로 볼 때 일종의 망상으로 해석됩니다."

의사가 말했다. 짐작하고 있던 대로였다. 의사는 나를 환자로 진단하고 있었다. 망상(妄想). 그 한 마디 단어로 인해 나는 달이라는 이름의 등대가 사라져버린 밤바다에 일엽편주로 떠도는 표류자가 되고 말았다.

의사의 설명에 의하면, 망상은 사고의 이상현상에서 기인된 비합리적 판단이나 확신을 일컫는 용어로, 환자들은 대부분 어떤 합리적 논거로써 그 잘못을 설득해도, 절대로 자신의 주관적 확신을 수정하지 않는 특성을 나타내 보인다는 것이다.

"처음에는 증세가 서서히 표면화되므로 자신이나 측근들이 모르고 지내는 경우가 많습니다. 환자는 일차적으로 일이나 학업에 대한 집중력이 떨어집니다. 무력감이나 우울증에 빠지기도 하지요. 그리고 다른 사람과 어울리지 못하고 혼자 있기를 좋아합니다. 대부분의 환자들이 불면증에 시달립니다. 병이 진행되기 시작하면 희로애락의 감정구조도 변하지요. 현실적으로 도저히 이루어질 수 없는 일들을 자신은 현실적으로 가능한 일들로 확신합니다. 심해지면 환시나 환청에 사로잡히기도 합니다."

"이 병원에도 저처럼 달이 실재했던 천체라고 믿는 환자가 있나요."

나는 모월증후군이라는 단어를 떠올리고 있었다. 내가 동산면에 있는 국립춘천정신병원을 찾아온 까닭은 여기서 모월증후군을 앓는 환자를 한두 명 정도라도 만날 수 있기를 기대하는 마음에서였다. 그래서 상담을 핑계 삼아 의사를 만났고 그동안 일어났던 일들을 소상히 털어놓게 되었다. 그러나 결과는 기대를 빗나가고 있었다.

"대부분의 환자들이 망상을 가지고 있기는 하지만 선생님처럼 달이 실재했던 천체라고 믿는 환자는 없습니다."

국립춘천정신병원에는 아직 나와 동일한 환자가 없다는 대답이었다.

의사는 사십대 초반으로 보이는 나이였다. 친절한 태도와 온화한 목소리, 상대편의 이야기를 끝까지 진지한 표정으로 들어주는 다정다감함도 갖추고 있었다. 그는 내가 달이라는 가상의 천체를 실물로 인식하고, 시를 쓰지 못하는 강박증과 일체의 부조리를 달이라는 천체가 사라졌기 때문에 생기는 현상으로 풀이하여, 정신적 부담을 거기에 전가시키고 있다는 추론이었다. 하지만 내 경우는 다행스럽게도 아직 사회생활을 하지 못할 정도로 심각한 상태가 아니라는 소견도 덧붙였다. 나는 의사에게 물어보고 싶었다. 선생님은 등대가 사라져버린 밤바다를 일엽편주로 떠도는 표류자의 심경을 아시나요. 하지만 실지로 물어보지는 못했다.

"아무튼 제가 환자라는 사실은 분명하다는 말씀이시군요."

"인간은 물질적 요소들과 정신적 요소들이 결합된 지성체입니다. 물질적 요소들이 조화를 이루지 못하면 육신에 병이 생기는 것처럼 정신적 요소들이 조화를 이루지 못하면 정신에 병이 생기기 마련이지요. 하지만 조기에 치료를 받으면 훨씬 빠른 효과를 기대할 수가 있습니다."

"얼마 정도 치료를 받아야 할까요."

"우리 병원은 환자의 동의 없이는 입원이 불가능합니다. 그리고 보건복지부의 방침에 따라 일차 치료기간은 육개월을 넘기지 않습니다. 육 개월이 지났는데도 경과가 좋지 않다면 역시 환자의 동의를 얻어 재입원을 신청할 수가 있습니다. 보다 정밀한 진단이 필요하겠지만 선생님 같으신 분들은 심각한 상태가 아니므로 입원을 원하신다면 일단 개방병동에서 치료를 받게 되실 겁니다."

"거긴 어떤 병동인데요?"

"최대한 환자들의 자율성이 보장된 병동이지요. 폐쇄병동에 비한다면 환자들의 천국이나 다름이 없는 일종의 요양시설입니다. 한번 구경해 보시겠습니까?"

의사가 인터폰을 누르고 있었다.

"말씀하세요."

"한선생 계시면 지금 상담실로 좀 오시라고 해요."

"알겠습니다."

인터폰을 누른 지 일 분도 경과하지 않았는데 가운을 입은 여자 하나가 나타났다. 젊은 여자였다. 인턴 과정을 수료 중인 여자 같았다. 상큼하면서도 지적인 외모를 갖추고 있었다.

"가족들과 상의하셔서 입원 여부를 결정하시면 되겠습니다. 더 알고 싶으신 문제가 있으시면 제게로 직접 연락하셔도 됩니다. 그리고 한선생, 이분께 개방병동 좀 참관시켜 드리세요."

의사가 내게 명함 한 장을 내밀었다. 나는 명함을 받아들고 고맙다는 인사를 드린 다음 가운을 입은 여자를 따라나섰다. 복도를 걸으면서 유리창 밖으로 하늘을 쳐다보았다. 예전에는 거기 대낮에도 달이 떠 있었다. 그러나 지금은 텅 비어 있었다. 구름 한 점 보이지 않았다. 언젠가는 구름마저도 하늘에서 사라질 날이 올지도 모른다는 생각을 했다. 가슴 밑바닥에 싸늘한 얼음물이 고여드는 느낌이었다. 갑자기 내가 정말 하늘에 존재하지 않는 달을 의식으로 만들어 실재했던 것처럼 착각하고 있는 환자가 아닐까 하는 의구심에 사로잡혔다. 바깥에서는 절대 그럴 리가 없다고 생각했다가 막상 병원에 오니까 환자가 되어버린 듯한 기분이었다.

복도를 벗어나자 환자복을 입은 사람들이 나타나기 시작했다. 가운을 입은 여자에게 인사를 하는 사람들도 있었고 쑥스러운 표정으로 복도 한쪽에 붙어 길을 비켜주는 사람들도 있었다. 개방병동 환자들이라고 여자가 귀띔해 주었다. 대개 상의는 환자복에 사복을 덧입은 차림이었고 하의는 공통적으로 환자복 차림을 하고 있었다. 환자복만 아니라면 정상적인 사람들과 별다른 차이를 발견할 수가 없었다. 아니다. 한 가지 다른 점이 있었다.

한결같이 짙은 외로움이 어깨를 흠씬 적시고 있다는 점이 바깥 사람들과 달라 보였다. 나는 그 사실을 깨닫는 순간 그들에게 왈칵 정겨움을 느꼈다. 그들이 비록 달을 모르고 있다고 하더라도 대화를 해보면 바깥세상에 사는 사람들보다는 한결 소통이 잘 될 것 같다는 생각이 들었다. 바깥세상에 사는 사람들이 볼 때 나도 저들처럼 외로움에 흠씬 젖은 어깨를 가지고 있을까. 아마도 그럴 것 같았다. 그렇다면 나도 저들과 똑같은 환자가 아닐까. 그러나 나는 마음속으로 완강하게 고개를 가로젓고 있었다.

개방병동으로 이어지는 현관 정면 벽에 동판(銅版)으로 제작된 사람사랑이라는 네 글자가 현판처럼 커다랗게 걸려 있었다. 그 곁에는 초록 바탕에 하얀 글씨로 쓰여진 〈우리의 다짐〉이 걸려 있었다.

우리들의 존재이유는 마음 아픈 이들을 사랑하기 위함입니다. 우리는 항상 그분들의 인간으로서의 존엄성을 생각할 것이며, 그분들 스스로 결정할 수 있도록 도와줄 것이며, 그분들에게 조기 쾌유될 수 있는 모든 기회를 제공할 것이며, 그분들이 마음 아픈 데에는 우리의 책임도 있다는 것을 가슴에 새길 것입니다. 따라서 우리는 그분들이 사랑하는 가족, 친지 및 이웃과 더불어 행복하게 살아갈 수 있도록 최선을 다할 것입니다.

국립춘천병원 직원일동

형식적이고 사무적인 문투로만 일관된 게시물 같지는 않았다. 어딘지 모르게 진실이 내재되어 있는 문투였다. 특히 우리들의 존재이유는 마음 아픈 이들을 사랑하기 위함이라는 문장과, 그

173

분들이 마음 아픈 데에는 우리의 책임도 있다는 것을 가슴에 새기겠다는 문장이 가슴을 뭉클하게 만들었다.

"여기가 개방병동인데요. 환자들의 재활 치료를 목적으로 운영되기 때문에 환자들에게 대폭적인 자율성과 책임감을 부여하는 특성을 가지고 있어요. 병동의 문은 낮시간 동안 개방되어 있고요, 병원 내에서의 자유로운 행동이 보장되지요. 대부분 치료활동에서의 참여는 권장되지만 절대로 강요되지는 않아요. 환자에 의해서 자발적으로 선택될 수 있는 거지요. 기본적으로 원내산책은 항상 가능하며 환자의 성취도에 따른 단계에 의해 외출 외박도 가능해요. 환자의 행동에 대해 일정량의 상점과 벌점이 주어지는데요, 그에 따라 권익체계가 조정되지요. 개개인에게 일정량의 용돈이 지급되는데 환자 스스로 관리해요. 그리고 특별히 제한하는 물건 이외에는 환자가 언제든지 소지할 수 있어요."

개방병동의 실내는 마치 자유로운 대안학교의 교실 같은 분위기를 풍기고 있었다. 환자들은 평온하고 한가로운 모습으로 실내를 서성거리고 있거나 의자에 앉아 책을 읽고 있거나 창밖의 겨울 풍경을 내다보고 있었다. 벽에는 병동 생활규칙. 요일별 프로그램. 텔레비전 시청 및 휴게실 사용법. 남녀 혼합병동 규칙 등이 부착되어 있었고 환자들의 그림이나 시들도 게시되어 있었다. 남녀 혼합병동 규칙을 보면, 이성간 병실 출입을 하지 맙시다, 성적인 농담이나 희롱을 하지 맙시다, 이성간 신체접촉 절대 하지 맙시다―손잡는 행동, 뽀뽀, 껴안는 행동, 지나친 몸장난, 새치를 뽑아주는 행동 등을 골자로 하고 있었다. 마치 초등학생들을 상대로 작성된 게시물 같았다. 대부분의 규칙들이 환자들의 민감한 감정을 고려한 듯 명령형(命令形) 문체가 아닌 청유형(請誘形)

문체로 이루어져 있었다.

요일별 프로그램의 특색 중에서 환자들이 재미있어 할 부분은, 인요일(이 빌어먹을 놈의 요일은 언제나 생경해 보인다)의 스텐실 메이크업과 비디오 보기. 화요일의 노래방과 음악 감상. 수요일의 그림 그리기와 용돈 지급. 목요일의 댄스타임과 서예. 금요일의 배드민턴과 문예활동. 토요일의 부침인 차모임과 개인별 활동정리. 일요일의 외출과 생일잔치 등이었다. 특히 생일잔치는 마지막 주 일요일에 벌어지는데 짜장면을 시켜 먹을 수 있는 특혜가 주어졌다.

가장 이채로운 게시물은 환자들에게 투여되는 약물들이었다. 항불안제. 수면. 진정제. 기분 안정제. 항정신병 약물. 항파킨슨 약물. 소화. 변비. 비타민. 진통. 해열. 항염제 등의 이름들이 종류별로 모두 열거되어 있었고 샘플들까지 이름 밑에 부착되어 있었다. 약들은 대부분 고운 색깔과 깜찍한 모양들을 갖추고 있었다. 역시 환자들의 민감한 감정을 고려해서 선정한 색깔과 모양들 같았다.

"오빠도 아파서 왔어?"

게시물을 보고 있는데 스무 살쯤 되어 보이는 여자애 하나가 곁에 와서 말을 걸었다. 경계심이 전혀 없는 얼굴이었다. 예쁘지는 않았지만 순박해 보였다. 어쩌다가 입원까지 하게 되었을까. 그러나 여자애의 얼굴에서는 불안이나 근심 따위를 전혀 찾아볼 수가 없었다.

"오빠도 아파서 왔어?"

여자애가 다시 물었다.

"아니."

나는 웃는 낯으로 짤막하게 대답해 주었다.

"아니로구나."

여자애는 내 말을 되풀이하고 있었다. 가운을 입은 여자가 한쪽 팔로 그애의 어깨를 감싸주고 있었다.

"그냥 구경하러 온 거야."

"그냥 구경하러 온 거구나."

"너는 어디가 아파서 왔는데?"

"내 이름은 고계연이야."

"그렇구나. 예쁜 이름이네."

"나는 탁구 칠 줄 몰라."

아무 의미도 없는 대사들이었다. 아무 의미도 없는 대사들을 주고받았는데도 어쩐지 친근해지는 느낌이었다. 나는 바깥세상에서 내가 수없이 남발했던 말들이 얼마나 탁하고 무거운 말들이었던가를 새삼 절감하고 있었다.

"저기 꽃사슴이 있어."

여자애가 손가락으로 창밖을 가리켜 보였다. 어느새 다른 환자들이 여러 명 다가와 호기심이 어린 눈길로 나를 관찰하기 시작했다.

"그러네. 정말 꽃사슴이 있네."

바깥에 꽃사슴 우리가 설치되어 있었다. 몇 마리의 꽃사슴이 한가로운 걸음걸이로 우리 안을 배회하고 있었다.

"꽃사슴을 좋아하는 환자가 있었대요. 집에서 기르던 꽃사슴을 데리고 와서 기르게 해 달라고 날마다 졸라대는 바람에 병원 측에서 환자의 정서안정에 도움이 된다는 판단을 내리고 우리를 지어주게 되었대요. 제가 이리로 오기 전의 일이었어요. 처음에는 두 마리였는데 지금은 새끼를 쳐서 네 마리가 되었지요. 그 환자는 완치되어 퇴원하면서 개방병동 환자들에게 꽃사슴을 기증했대요. 그래서 지금은 개방병동 환자들이 꽃사슴을 기르고 있지요."

가운을 입은 여자의 설명이었다.

바깥세상보다는 여기가 더 따뜻하다는 생각을 했다. 여기는 적의도 없는 것 같았고 모함도 없는 것 같았고 기만도 없는 것 같았다. 내가 달에 대해서 이야기해 주면 환자들 모두가 믿어줄 것 같았다. 의학적으로 정상이라고 판단되는 사람들은 가슴이 정서적으로 메말라 있었고 비정상이라고 판단되는 사람들은 가슴이 정서적으로 젖어 있었다. 나는 순간적으로 입원해 버릴까 하는 충동을 받았다. 하지만 그럴 수는 없었다. 내가 입원해 버리면 바깥세상이 볼 때는 달의 존재를 스스로 부인하고 망상을 인정하는 꼴이나 다름이 없었다. 어차피 나는 달이라는 이름의 등대를 잃어버린 표류자. 일엽편주로 끊임없이 망망대해를 떠도는 수밖에 없다는 생각이 들었다. 결국 나는 모월증후군을 앓으면서 정상인 속에도 섞이지 못하고 비정상인 속에도 섞이지 못하는 소속불명의 외톨박이로 전락해 있었다.

21

고래들의 떼죽음

내 미숙한 시적(詩的) 사유에 의하면, 하늘은 영혼에 대한 갈망으로 바다를 낳았고 바다는 생명에 대한 갈망으로 산을 낳았다. 산은 수억 년 동안 자신의 살을 헐어 생명을 키우고 지평선과 같은 높이로 소멸한다. 산은 지평선과 같은 높이로 소멸해야만 비로소 영혼을 가지게 된다. 그러니까 산도 육신이 소멸해 버려야만 영혼을 가질 수 있는 것이다.

육신이 소멸해 버리는 대가로 영혼을 가지게 된 산은 다시 생명에 대한 그리움을 따라 바다로 간다. 바다로 가서 고래가 된다. 고래는 헤엄쳐 다니는 산들의 영혼이자 생명에 대한 그리움의 절정이다.

그런데 최근 이 헤엄쳐 다니는 산들의 영혼이 무슨 이유에선지 해안에서 떼죽음을 당했다는 기사를 자주 접하게 된다.

최근에는 잇따라 동물들이 집단적으로 이상한 동태를 나타내 보이기 시작한다. 해파리떼의 출몰. 사막메뚜기떼의 공습. 흑색겨 울독나방의 극성. 그리고 고래들의 떼죽음. 도대체 동물들이 집 단적으로 나타내 보이는 동태 속에는 어떤 메시지가 숨어 있는 것일까. 아직은 아무도 적합한 이유를 밝혀내지 못하고 있다.

미국 노스캐롤라이나의 북부 해안에 최소한 30마리 이상의 거두고래가 밀려와 그중 17마리 이상이 숨진 것으로 추정되며 아직 정확한 원인은 밝혀지지 않았다. 현재 국립해양경비대와 생 물학자들이 공조하여 구조작업을 벌이고 있으나 살려서 바다로 돌려보낼 확률은 희박한 것으로 알려져 있다. 거두고래의 전장 은 6미터, 체중은 3톤가량에 해당한다. (매니토—AP연합)

밀물 때 해변으로 밀려온 고래 72마리와 돌고래 30마리가 썰 물 때 바다로 빠져나가지 못하고 얕은 물에서 떼죽음을 당하는 사고가 호주에서 발생했다. 고래들은 천성적으로 수심 180미터 이하인 장소로는 헤엄쳐가지 않는 특성을 가지고 있다. 호주 정 부의 한 관계자는 아마도 범고래가 이들을 육지 쪽으로 몰아 간 히게 만들었을 가능성이 크다고 추측했다. (태즈메이니아—연합 뉴스)

지난 28일부터 29일 사이에 호주와 뉴질랜드 해안 세 군데서 고래들이 떼죽음을 당하는 사고가 연달아 발생하자 두 나라 전 문가들이 원인을 찾기 위해 심혈을 기울이고 있다. 두 나라 전문 가들은, 불과 24시간 사이에 호주의 킹 아일랜드 해안에서 파일

럿고래 73마리와 돌고래 25마리, 마리아 아일랜드 해안에서 파일
럿고래 19마리, 뉴질랜드의 코로만델 반도 해안에서 파일럿고래
60여 마리가 떼죽음을 당한 데는 우연의 일치 이상의 원인이 있
을 거라는 요지로 의견을 일치시키고 있다. 그러나 세부적으로
들어가면 전문가들의 수만큼이나 의견들도 다양하게 제시되고
있는 양상이다.

호주 태즈메이니아 대학의 동물학자들은 주기적으로 나타나
는 강풍이 고래들의 방향감각을 혼란스럽게 만들어 떼죽음을 초
래했을 거라는 기후영향설을 제시하고 있으며 그 밖에 사람들이
내는 소리나 지구 자장(磁場)의 변화를 원인으로 생각하는 전문
가들도 적지 않다. 호주 녹색당의 봅 브라운은 사람들이 바다에
서 가스나 석유를 탐사할 때 사용하는 진동조사의 소음이 고래
를 해안으로 몰아냈을 가능성이 짙다고 추정하면서 그런 종류의
조사를 중단할 것을 강력히 촉구했다.

호주 남극연구 과학위원회를 비롯한 관련단체들도 유사한 견
해를 피력했다. 고래들은 지구의 자장을 이용해 방향을 감지하
며 인간이 만들어내는 소음이 고래들에게 오류를 불러일으킬 가
능성이 크다는 것이다.

그러나 뉴질랜드의 한 전문가는 고래떼 가운데 한 개체가 뭍
에 갇히게 되면 다른 고래들이 모두 그 개체를 구조하려다 함께
떼죽음을 당하는 특성을 가지고 있다는 견해를 피력했다. 뉴질
랜드 헤럴드지에 따르면 오클랜드 대학의 콘스탄틴 박사가 코로
만델 반도 해안에서 떼죽음을 당한 고래들의 조직을 검사해 본
결과 모두 모계 쪽으로 연계된 가족임이 입증되었다는 것이다.
콘스탄틴 박사는, 동물들은 한 마리가 곤경에 처하면 일행들 모

두가 주변으로 몰려들어 구조에 동참하는 습성을 가진다고 말하면서, 지난 1918년에는 채텀 아일랜드에서 무려 1천여 마리의 고래들이 같은 이유로 뭍에 갇힌 적이 있다고 설명했다. (오클랜드―연합뉴스)

지난달 27일 미국 매사추세츠 해안에 고래 55마리가 몰려들어 떼죽음을 당하는 사고가 발생했으며 이는 미 해군이 새로 도입한 음파탐지기 때문이라는 견해가 제기되어 전문가들의 지대한 관심을 불러일으키고 있다. 이를 계기로 천연자원수호위원회와 미국 환경단체들이 포유동물을 몰살시키는 음파탐지기 사용을 중단하라는 소송을 샌프란시스코 지방법원에 제기했다.

한편 캐나다 일간지 토론토 스타는 해양학자들의 말을 인용해 지난달 16일 가동에 들어간 미 해군의 대잠수함 초계음파탐지기의 강한 음파가 고래들의 떼죽음을 초래했다는 기사를 실었다. 토론토 스타는 음파탐지기가 가동되면 최고 215데시벨의 음파가 바다 속에 퍼진다고 소개한 다음 고래들은 110데시벨이 넘는 음파를 견딜 수가 없으며 180데시벨이 넘으면 고막이 찢어지는 등 극도의 고통과 공포를 체험하기 때문에 해안으로 떼를 지어 몰려나오는 이상현상을 보인다고 지적했다. (水産新報 문현익 기자)

22

알콜 중독에 걸린 초딩
닭갈비집 금불알을 점거하다

내부수리중.

오랜만에 외출해서 영화를 한 편 보고 집으로 돌아오는 길이었다. 금불알 출입문에 빨간색 매직펜으로 내부수리중이라고 쓰여진 팻말이 나붙어 있었다. 밤이었다. 시간을 정확하게 알 수는 없었다. 하지만 영업을 해야 할 시간이라는 사실만은 분명했다. 실내에는 불이 켜져 있었다. 그러나 출입문은 열리지 않았다.

주인도 모르는 내부수리라니, 나는 기가 막힐 수밖에 없었다. 요즘은 찬수녀석과 제영이가 자기들 멋대로 가게를 좌지우지하고 있다는 생각이 들었다. 기분이 별로 좋지 않았다. 안에서 누군가 닭갈비를 굽고 있었다. 냄새가 바깥까지 풍겨 나오고 있었다. 하지만 현관문은 안으로 잠겨 있었다. 안채를 통해 가게로 들어가는 수밖에 없었다. 주차장에 처음 보는 검은색 벤츠 승용차

한 대가 주차되어 있었다. 서울 넘버였다. 주방을 경유해서 가게로 들어서니 의외의 상황이 전개되고 있었다.

"도대체 무슨 짓들을 하고 있는 거야."

주방에서 제영이가 재료를 손질하고 있었다. 나는 주방에 들어서자마자 그녀에게 내부수리중이라는 팻말을 멋대로 내건 경위를 추궁하기 시작했다.

"저 사람들이 두 달치 매상에 해당하는 돈을 선불하고 보름 동안 가게를 전세냈어요. 어디까지가 진실인지는 모르지만 저기 있는 도련님이 알콜 중독이래요. 닭고기를 좋아해서 닭튀김이나 전기구이 통닭을 술안주로 삼곤 했는데 춘천에 와서 닭갈비를 먹어본 다음부터는 닭튀김이나 전기구이 통닭은 거들떠보지도 않게 되었대요. 춘천에 있는 업소들을 모조리 돌아다니면서 닭갈비를 시식해 보았대요. 그런데 우리집 닭갈비가 제일 맛이 있어서 앞으로 계속 오고 싶대요. 불경기에 우리는 대박 터진 거예요."

제영이의 해명이었다.

홀에는 검은색 신사복에 검은색 넥타이를 착용한 두 명의 사내들과 한 명의 초딩놈이 테이블 하나를 차지하고 닭갈비를 안주 삼아 양주를 홀짝거리고 있었다. 사내들 중 한 명은 마흔이 가까운 나이로 보였고 다른 한 명은 나보다 서너 살 아래로 보이는 나이였다. 나이가 많아 보이는 사내는 약간 마른 체형에 날카로운 눈매와 냉담해 보이는 인상을 풍기고 있었으며 나이가 어려 보이는 사내는 어깨가 벌어진 체형에 두툼한 입술과 험악한 인상을 풍기고 있었다. 찬수녀석도 거기 붙어서 같이 술잔을 기울이고 있었다.

그런데 문제는 초딩놈이었다. 성인들이 술판을 벌이고 있기 때문에 어쩔 수 없이 곁에서 기다리고 있는 듯한 자세가 아니었다. 그놈도 술판에 동참해서 발칙한 자세로 양주를 홀짝거리고 있었다. 초딩놈이 잔을 비우면 사내들 중에서 나이가 젊어 보이는 사내가 반사적인 동작으로 다시 잔에다 술을 따르는 일이 반복되고 있었다. 어처구니가 없었다.

"초딩놈이 술을 마시고 있잖아. 미성년자한테 술 팔면 영업정지처분이라는 거 몰라?"

"그래서 내부수리중이라고 써 붙였잖아요. 아무도 본 사람이 없는데 누가 영업정지를 먹여요. 저 사람들 돈 쓰는 폼이 장난 아니에요. 저한테 담배 심부름 한번 시키고도 팁으로 십 만원짜리 자기앞수표를 찔러주더라니까요."

"바둑판에만 정석이 있는 것이 아니라 장사판에도 정석이 있는 거야. 내가 가게를 물려받은 이래로 아직 한 번도 영업정지를 먹어본 적이 없어. 줄곧 정석을 벗어나본 적이 없다는 뜻이야. 일확천금이 눈앞에 보이더라도 장사를 할 때는 절대로 정석을 벗어나지 말라고 생전에 아버님이 수시로 말씀하셨어."

"선배님은 현대를 조선시대로 착각하면서 살고 있는 사람 같아요."

"시대가 아무리 변해도 순리는 변하지 않는 법이야."

"돈이 피보다 진한 시대에 순리를 찾으면 무슨 소용이 있어요."

제영이와 대화를 나누면 그녀의 확고부동한 논리와 신념 때문에 언제나 말문이 막혀버린다. 그녀는 돈이 피보다 진한 시대에 살고 있다는 사실을 대단한 자부심으로 간직하고 있는 여자 같았다. 나로서는 어떤 방법으로도 그녀를 설득시킬 자신이 없었다.

나는 제영이라는 존재를 무시해 버리고 일단 주방에서 그놈들의 동태부터 살펴보기로 했다. 초딩놈은 5학년이 아니면 6학년 정도. 약간의 비만기가 있는 몸매에 거만하기 짝이 없는 태도로 사내들과 맞대작을 하고 있었다. 나는 당장이라도 달려가서 머리통을 한 대 쥐어박고 싶은 심정을 참아내고 있었다. 그때였다. 세상이 뒤집어져도 유만분수지, 초딩놈이 익숙한 동작으로 담배 한 개비를 꼬나물고 있었다. 그러자 인상이 험악해 보이는 사내가 라이터를 꺼내 굽실거리는 동작으로 초딩놈의 담배에 불을 붙여주고 있었다. 요즘은 담배를 피우는 초딩놈들이 적지 않다는 소리를 어디선가 들은 기억이 있기는 했지만 내 눈으로 직접 목격하니까 피가 한꺼번에 머리 꼭대기로 역류하는 기분이었다.

"저 쉐이들이 나를 미치게 만드는구만."

나는 분통이 터졌지만 사태를 수습할 방도가 금방 떠오르지 않았다.

"왜요."

"저기, 저 초딩놈 담배 꼬나물고 있는 거 안 보이냐?"

"선배님도, 요즘 초딩애들이 얼마나 까졌는데요. 술담배 정도를 가지고 뭘 그리 놀라세요."

"술담배 정도?"

"체육관 탈의실에 여자애를 감금해 놓고 집단 강간하는 초딩들도 있어요."

"아무리 막가는 세상이라고 하더라도 초딩놈 술이나 따라주고 담뱃불이나 붙여주는 저 쉐이들은 뭐야."

"도련님의 신변을 보호해 주는 보디가드래요."

제영이는 아까부터 초딩놈에게 꼬박꼬박 도련님이라는 호칭을 갖다 붙이고 있었다.

"도대체 뭘 하는 초딩놈인데 보디가드가 둘씩이나 따라다닌 대냐."

"그건 아직 저도 모르겠어요. 아무튼 보디가드들이 꼼짝을 못 하는 걸 보면 보통 신분은 아닌가 봐요."

"뭘 하는 놈이든 간에 우리 가게에서 저런 싸가지 없는 행동 을 하도록 내버려둘 수는 없어."

나는 최대한 감정을 억누르고 그들의 테이블로 다가갔다. 그리 고 내가 주인임을 밝힌 다음, 점잖은 어조로 선불하신 돈은 전액 반환해 드릴 터이니 그만 술자리를 정리해 달라고 부탁했다. 사 내들은 이게 무슨 소리냐는 표정으로 찬수녀석을 바라보고 있 었으며, 초딩놈은 눈썹을 한껏 치켜 올린 표정으로 나를 빤히 쳐 다보고 있었다.

초딩놈은 전신에 건방기를 처바르고 다니는 놈이었다. 입가에 나를 경멸하는 듯한 비웃음까지 흘리면서 담배 한 모금을 깊이 빨더니 허공에다 연기를 길게 내뿜고 있었다.

"나중에 내가 설명해 줄 테니까 형은 잠깐 들어가 있어."

찬수녀석이 당황한 표정으로 일어나더니 내 팔소매를 주방 쪽 으로 잡아끌었다.

"설명할 필요도 없어. 술자리만 끝내면 되는 거야."

"나중에 내 설명 듣고 나면 형도 이해를 할 거야. 그러니까 지 금은 방에 들어가 모르는 척 책이나 읽고 있어."

"무조건 받은 돈 전액 환불해 주고 술자리부터 끝내라니까."

"알았어. 알았어."

"끝내지 않으면 내가 직접 둘러엎어버릴 거야."

"둘러엎기는. 이 불경기에 호박이 넝쿨째 굴러 들어왔는데 무슨 소릴 하고 있는 거야. 형도 나중에 내 말 듣고 나면 충분히 이해할 수 있을 거야. 내가 다 알아서 할 테니까 형은 조금도 걱정하지 말고 방에 들어가 책이나 읽고 있으라니까."

"하여튼 삼십 분 이내로 정리하고 출입문에 붙인 팻말 떼버려. 알았어?"

나는 그 정도로 단호하게 의지를 표명했으면 손님들이나 찬수 녀석도 알아들었겠지 하는 생각으로 한 걸음을 물러서고 말았다. 하지만 그것이 잘못이었다. 그때 놈들을 단호히 추방해 버렸어야 옳았다.

두 시간쯤 조각잠을 잤을까. 시끄러운 음악소리가 들려 주방에 들어가 쪽문을 열고 가게를 염탐해 보았다. 막말로 가게는 개판이었다. 놈들은 속칭 오브리 밴드까지 불러다 놓고 난장판을 벌이고 있었다. 찬수녀석이 테이블 위에서 마이크를 움켜쥐고 손가락으로 분주하게 허공을 찔러대면서 무슨 랩송인가를 악악거리고 있었으며 제영이는 테이블 위로 올라가 백댄서 흉내를 내면서 관능적인 동작으로 요란하게 히프를 흔들어대고 있었다. 가게 여기저기에 만원권 지폐들이 삐라처럼 흩뿌려져 있었다. 범행에 성공한 은행강도들이 자축파티라도 벌이고 있는 듯한 분위기였다. 초딩놈은 의자에 비스듬히 걸터앉아 거만한 모습으로 담배를 피우면서 이따금 해죽거리는 웃음을 흘리고 있었으며 보디가드란 놈들은 양쪽에 앉아 초딩놈을 수호하면서 무표정한 얼굴로 제영이와 찬수녀석의 작태를 구경하고 있었다.

"이번에도 시시했어."

찬수녀석의 랩송이 끝나자 초딩놈이 고개를 가로저었다.

"다른 거 할까요."

제영이가 물었다.

"화끈하지 않으면 경호원들보고 돈 뿌린 거 다 걷으라고 할 거야."

초딩놈이 말했다.

"잠깐만요."

제영이가 울부짖듯이 다급하게 소리쳤다.

"화끈한 거, 화끈한 거. 이번에는 정말로 화끈한 거 보여드릴 게요."

제영이는 초딩놈에게 깍듯이 존댓말을 올려붙이고 있었다. 하지만 제영이는 초딩놈이 말하는 화끈한 것에 대한 개념을 확실히 파악지 못하고 있는 눈치였다. 어떤 걸 보여줄까. 그녀는 눈빛으로 찬수녀석에게 묻고 있었다. 내가 어떻게 아냐, 찬수녀석의 눈빛이 그렇게 대답하고 있었다. 잠시 어색한 침묵이 흐르고 있었다.

"옷들을 다 입고 있으면 아직 화끈하지 않은 거야."

초딩놈이 힌트를 던지고 있었다. 말이 떨어지기가 바쁘게 제영이가 스웨터를 벗어던졌다. 찬수녀석도 덩달아 상의를 벗어던지고 있었다.

"다 벗으라니까."

초딩놈이 말했다. 명령조였다. 제영이의 손이 재빨리 스커트 옆구리에 붙어 있는 호크를 풀고 있었다. 가게 바닥에 삐라처럼 흩뿌려져 있는 지폐들만 보고도 사태를 충분히 짐작할 수 있었다. 초딩놈은 지폐를 미끼로 제영이와 찬수녀석을 놀림감으로 즐기고 있는 듯한 인상이 짙었다. 그것을 알면서도 두 사람은 다시 한 번 지폐가 삐라처럼 흩뿌려지기를 갈망하면서 서슴없이 초딩놈의 놀림감을 자처하고 있음이 분명해 보였다. 찬수녀석이 어느새 청바지를 벗어버리고 속옷 차림으로 노래를 부를 태세를 갖추고 있었다.

"졸라리 찌질한 촌닭들이네."

초딩놈이 경멸 섞인 목소리로 말했다.

"쉬파, 화끈하게 놀려면 팬티까지 다 벗어야지."

이번에는 제영이도 잠시 난감한 기색을 나타내 보였다. 찬수녀석도 어벙한 표정을 짓고 있었다. 돈도 좋지만 처음 보는 사람들 앞에서 팬티까지 다 벗기는 싫다는 기색이 역력해 보였다. 그리고 초딩놈이 화끈하게 논다고 말하는 것이 전라로 노래를 부르거나 춤을 춘다는 의미인지, 아니면 달리 어떤 짓거리를 하라는 의미인지도 확실히 감을 잡지 못하겠다는 표정들이었다.

"기름이 부족해서 그러셔?"

초딩놈이 교활한 웃음을 흘리며 곁에 앉아 있던 젊은놈의 앞가슴을 주먹으로 툭툭 건드렸다. 그러자 젊은놈이 신사복 안주머니에서 두툼한 돈뭉치 하나를 꺼내 느린 동작으로 종이끈을 풀기 시작했다. 제영이의 눈동자가 돈뭉치와 찬수녀석을 번갈아 탐색하고 있었다.

"홀딱 벗고 신나게 노래하고 춤만 추면 되는 거지요?"

제영이가 초딩놈에게 물었다.

"정말 벗을 거야?"

찬수녀석이 설마 하는 표정으로 제영이를 쳐다보고 있었다.

"까짓거, 노래 한 곡이래야 삼 분밖에 더 하겠어?"

제영이는 불과 육 개월 전만 하더라도 카키색 남방을 입은 손님이 너무너무 잘 생겼다는 이유로 거스름돈을 사천 원씩이나 깎아주던 여자였다. 그러나 육 개월이 지난 지금은 돈독이 오른 여자로 돌변해 있었다. 하지만 초딩놈이 제영이의 판단에 급제동을 걸고 있었다.

"이제 노래하고 춤추는 건 짜증나."

"그럼 뭘로 할까요?"

"두 촌닭들이 섹스하는 거 보고 싶어."

충격적인 발언이었다. 절대로 장난 같지는 않아 보였다. 초딩놈의 입에서 섹스라는 단어가 튀어나오자 제영이는 그만 입을 다물지 못하겠다는 표정이었다. 순간적으로 찬수녀석도 아연한 표정을 감추지 못하고 있었다. 어깨가 벌어진 체형의 사내가 슬그머니 자리에서 일어서더니 근엄한 목소리로 말했다.

"저희들이 계약서를 작성하기 전에 미리 말씀드린 거 기억하고 계실 겁니다. 우리 도련님은 여러 방면에서 좀 조숙하신 편이니까 널리 양해하시라고 말입니다."

실내의 사물들이 일제히 긴장한 표정으로 이 사태를 주시하기 시작했다.

두 달치 매상에 해당하는 돈을 지불하고 보름 동안 가게를 전세로 빌린 놈들이라면, 그리고 가게 바닥에 지폐를 삐라처럼 뿌려대는 놈들이라면, 무뇌아들이 아닌 다음에야 충분히 거기에 상응하는 대가를 요구하리라는 예상을 했어야 옳았다. 하지만 돈을 벌어보겠다는 일념 하나로 대학까지 때려치우고 본격적인 닭갈비 장사로 변신한 찬수녀석으로서는 앞뒤를 가릴 겨를이 없었을 것이다.

"우리는 도련님 말씀이라면 백 퍼센트 받아들이는 것을 원칙으로 알고 있는 사람들입니다. 기름을 뿌려도 되겠습니까?"

사내가 지폐뭉치를 흔들어 보이고 있었다. 제영이는 아직도 지폐에 대한 미련을 떨쳐버리지 못하는 눈빛을 간직하고 있었다. 찬수녀석은 의자에 주저앉아 여전히 어벙한 표정으로 사태의 추이를 관망하고 있었다. 제영이가 결정을 내리면 자기는 무조건 거기에 따르겠다는 심산 같아 보였다.

내가 나서야 할 때라는 생각이 들었다. 깡마른 체형에 눈매가 날카로운 사내도 마음에 걸리고 벌어진 어깨에 인상이 험악한 사내도 마음에 걸렸지만 갑자기 닭갈비집 금불알이 내부수리중이라는 팻말을 내걸고 섹스숍으로 둔갑하는 것을 그대로 묵과할 수는 없었다. 불알값을 못하면 사내자식이 아니다. 나는 새삼스럽게 아버지의 말씀을 되새기고 있었다.

"이쯤에서 그만들 합시다."

나는 쪽문을 밀고 나가 놈들에게 조용히 말했다. 하지만 이럴 때는, 이 저질적인 새끼들아, 제발 이쯤에서 찌그러져라, 하고 큰 소리를 쳐야만 한다. 경험에 의하면 교양이 없는 놈들일수록 양순하게 대하면 기고만장해지는 특질을 가지고 있다. 하지만 나는 조용히 말했다. 이쯤에서 그만들 합시다.

젊은 사내가 돈뭉치를 다시 안주머니에 집어넣고 있었다. 그 모습을 본 제영이가 내게 하얗게 눈을 흘기고 있었다. 그때였다. 갑자기 초딩놈이 자기 머리를 테이블에 짓찧으면서 발작을 일으키기 시작했다. 순식간에 초딩놈의 이마에 벌건 혹 하나가 만들어졌다.

"내가 술 마실 때는 아무도 오지 못하게 하랬잖아."

곁에서 초딩놈을 보좌하고 있던 젊은 사내가 황급히 초딩놈의 머리를 부여잡고 발작을 저지했다. 그러자 초딩놈이 미친 듯이 몸부림을 치면서 고래고래 소리를 질러대기 시작했다. 젊은 사내는 초딩놈의 발작을 진정시키는 방법을 모르고 있는 것 같았다. 이마에 식은땀을 흘리면서 난감한 표정으로 초딩놈의 머리만 부여잡고 있었다. 나이 많은 사내의 눈빛이 순간적으로 싸늘하게 돌변하고 있었다.

번쩍.

그렇다. 번쩍하는 순간, 나이 많은 사내가 앉은 채로 다리를 뻗어 젊은 사내의 면상을 정확하게 가격했다. 그야말로 전광석화 같은 동작이었다. 젊은 사내는 단 일격에 면상이 피범벅으로 변해 가게 바닥으로 나뒹굴었다. 의외의 상황이었다. 초딩놈이 거짓말처럼 발작을 멈추고 머쓱한 표정으로 나이 많은 사내의 동태를 주시하기 시작했다.

"도련님을 이렇게밖에 못 모시겠나?"

나이 많은 사내가 자리에서 일어나 싸늘하게 한마디를 던지고는 무자비하게 젊은 사내에게 발길질을 퍼붓기 시작했다. 젊은 사내는 발길질이 가해질 때마다 고통스럽게 신음을 토해내고 있었다. 말리지 않으면 죽여버릴지도 모른다는 생각까지 들었다. 실내의 모든 사물들이 숨을 죽인 채 그 광경을 곁눈질하고 있었다. 찬수녀석과 제영이는 어느새 카운터로 들어가 겁먹은 표정으로 고개만 내밀고 있었다. 젊은 사내는 마침내 실신을 했는지 신음소리조차 토해내지 못하고 있었다. 나이 많은 사내는 그제서야 발길질을 멈추었다.

"당신이 주인이라니까 참고 삼아 말씀드리겠소."

발길질을 멈춘 사내가 싸늘한 목소리로 내게 말하기 시작했다.

"도련님은 내가 충성을 맹세한 어르신의 자제분이오. 어르신의 신분을 밝힐 수는 없지만 정재계를 통틀어 막강한 실권을 행사할 수 있는 분이라는 사실만 말씀드리겠소. 도련님은 손이 워낙 귀한 집안에서 늦둥이 외아들로 태어나셨소. 지체 높은 가문이라 제사를 많이 모시는 편이었는데 네 살 때부터 음복을 자주 하다보니 절로 술맛을 알게 되어 일곱 살 때 이미 알콜 중독에 걸려버리고 말았소. 장기간 단주를 시키면 자해를 하기 때문에 담당 의사의 조언에 따라 보름은 마시게 하고 보름은 단주를 시키는 방법으로 절주를 유도하고 있는 중이오. 협조 바라겠소. 미성년자에게 술을 팔면 관계당국으로부터 영업정지처분을 받는다는 사실쯤은 우리도 알고 있소. 그래서 도련님의 호적에서 나이를 바꾸었소. 호적상 도련님은 만으로 스무 살이오. 당연히 주민등록증도 지참하고 있소. 상대가 세상을 이끌어가는 중심과 연계되어 있다는 사실을 염두에 두고 현명하게 처신토록 하시오."

사내는 초딩놈에게 주민등록증을 받아서는 잠깐 내게 내밀어 보였다. 잠깐이었으므로 모든 것들을 눈여겨 살펴볼 수는 없었다. 그러나 생년월일 정도는 확실하게 살펴볼 수 있었다. 거기 적혀 있는 생년월일대로라면 사내의 말대로 초딩놈은 만으로 스무 살이 분명했다. 물론 나는 액면 그대로 받아들일 수가 없었다. 어떤 방법을 썼는지는 모르지만 그것은 엄연히 불법으로 만들어진 주민등록증이었다.

"오늘은 이쯤에서 물러가겠소. 하지만 내일부터는 도련님 기분을 좀 살펴가면서 대처를 합시다. 만약 오늘같이 기분 나쁜 사태가 발생하면 그때는 각오를 하시오."

사내는 말을 마치고는 핸드폰으로 누군가를 불렀다. 곧 체격이 건장한 사내 하나가 나타났다. 벤츠에 대기하고 있던 운전수로 짐작되었다. 운전수는 젊은 사내를 들쳐업었다. 초딩놈이 약간 비틀거리면서 자리에서 일어서고 있었다. 나이 많은 사내가 초딩놈을 부축해서 가게 밖으로 나갔다. 다행스럽게도 사건은 그것으로 일단락되었다.

그러나 놈들이 철수해 버리자 찬수녀석이 노골적으로 내게 화를 내기 시작했다. 돈뭉치를 뿌리려는 결정적 순간에 내가 나타나서 거금 백만 원이 순식간에 날아가버렸다는 것이었다. 제영이도 거기에 합세를 해서 내게 핀잔을 늘어놓고 있었다. 당연히 나도 머리끝까지 화가 치밀어 올라서 찬수녀석의 따귀를 세차게 한 대 올려붙였고, 그것을 도화선으로 형제지간에 엄청난 반목이 생기고 말았다.

물론 제영이가 보는 앞에서 내가 손찌검을 한 것은 잘못이었다. 그러나 녀석이 맞대응을 하리라고는 생각지도 못했다. 어릴 때부터 아버지 다음으로 나를 무서워하던 녀석이었다. 군대를 가기 전까지만 하더라도 내가 큰소리를 치면 말대꾸 한번 해본 적이 없는 녀석이었다. 그러나 이번에는 달랐다. 내가 따귀를 올려붙이기가 바쁘게 녀석의 주먹이 내 면상으로 날아들었다. 돈이 피보다 진하다는 사실이 여실히 입증되는 순간이었다. 광대뼈가 얼얼했다.

나는 순간적으로 머릿속이 하얗게 비어 나가면서 신체의 모든 기능이 작동을 멈추어버린 듯한 느낌에 사로잡혀 있었다. 물리적인 충격 때문이 아니라 정신적인 충격 때문이었다. 찬수녀석은 두 주먹을 부르쥔 채로 숨을 헐떡거리면서 나를 노려보고 있었다. 시간이 무겁게 정지해 있었다. 녀석의 얼굴이 터무니없이 낯설어 보였다. 극심한 단절감이 가슴 밑바닥을 스치고 지나갔다. 나는 말없이 녀석에게서 등을 돌렸다. 그리고 주방으로 들어가 소주를 꺼내 벌컥벌컥 병나발을 불기 시작했다.

23

아버지 저는 오늘도
불알값을 하지 못했습니다

잠에서 깨어났다. 지독하게 속이 쓰렸다. 칼날 같은 비애감이 가슴속으로 파고들었다. 숙취 때문에 두개골이 빠개지는 것 같았다. 벽시계가 10시 35분을 가리키고 있었다. 빈 소주병 세 개가 방바닥에 을씨년스럽게 나뒹굴고 있었다. 소주잔도 보이지 않았고 안줏거리도 보이지 않았다. 혼자 병나발로 깡소주를 들이켰다는 증거였다.

기갈 때문에 목구멍이 타들어가는 것 같았다. 주방으로 가서 수도꼭지를 틀고 물을 벌컥벌컥 들이켰다. 참혹했다. 양치질을 하는데 자꾸만 헛구역질이 치밀어 올랐다. 다리도 후들거렸다. 나는 이럴 때마다 빨리 결혼을 해버리고 싶은 충동에 사로잡힌다. 부모님이 돌아가신 다음부터는 줄기차게 독수공방을 지키면서 살아야 했다. 잠에서 깨어날 때마다 아내가 곁에 있다면 얼마나 행복할까. 과음으로 내장이 뒤집어질 때마다 아내가 술국까지 끓여준다면 얼마나 행복할까. 그렇게만 된다면 내게 강 같은 평화는 오지 않아도 좋다고 생각했다. 그러나 아내가 되어줄 만한 여자가 없었다. 있다고 하더라도 아직은 그녀를 행복하게 만들어줄 자신이 없었다.

찬수녀석 방에서 인기척이 들리고 있었다. 찬수녀석의 목소리도 들리고 제영이의 목소리도 들렸다. 어제 일과 연계해서 내 의사를 분명히 해두고 싶은 생각이 있었지만 우이독경이나 다름이 없을 것 같아서 포기해 버리고 말았다. 내가 세수를 다 끝내고 방으로 들어갈 때까지 녀석들도 바깥을 내다보지 않았다.

방으로 들어와 옷을 갈아입으면서 어제의 기억들을 더듬어보았다. 초딩놈 일당들이 벌이던 작태와 찬수녀석이 내게 주먹을 휘두르던 장면이 선명하게 떠올랐다. 그러나 나머지는 기억나지 않았다. 주방에서 병나발을 불던 시점에서 필름이 끊어져 있었다.

속이 쓰려서 도저히 견딜 수가 없었다. 억센 쐐기풀로 위벽을 훑는 느낌이었다. 이열치열(以熱治熱). 술로 생긴 병은 술로 고치는 수밖에 없었다. 나는 해장국과 함께 소주로 속을 달래야겠다는 생각을 했다. 조건반사처럼 필도녀석의 얼굴이 떠올랐다. 퇴계동에 해장국을 잘 끓이는 집이 있었다. 대학을 다닐 때부터 술에 곤죽이 된 다음 날이면 필도녀석과 단골로 드나들던 집이었다. 혼자는 가본 적이 별로 없었다. 핸드폰을 꺼내 들고 번호를 눌렀다.

"시간 있냐."

"없다."

"지금 뭘 하고 있는데."

"혜연 씨하고 살풀이 하고 있다."

"살풀이라니."

"살섞기를 다소 문학적으로 표현한 거다."

"차라리 떡치기라는 표현이 너한테는 한결 잘 어울린다."

"명색이 시인이라는 놈이 아가리에 천박한 쓰레기를 물고 사는구나."

"명색이 화가라는 놈이 벌건 대낮에 떡이나 치고 있는 건 고상한 일이냐."

"부러움을 감추려고 애쓰지 마라."

"어제 안 좋은 일이 있어서 쐬주를 많이 마셨더니 속이 쓰리다. 해장하고 싶으니까 떡치기 빨리 끝내고 퇴계동 해장국집으로 나와라."

"못 간다. 여기 제주도다."

"제주도?"

"미안하다. 혜연 씨가 날마다 춘천의 겨울이 너무 삭막하다고 투덜거려서 너한테 알리지도 않고 제주도로 와버렸다. 이번에는 혼자서 해장해라."

혜연 씨라면 나하고 모텔에서 하룻밤을 보낸 적이 있는 여자가 분명했다. 물론 그날 밤 그녀와 나는 아무 일도 없었다. 하지만 필도녀석의 집에서 그녀를 만났을 때부터 개운한 기분은 들지 않았다. 필도녀석은, 때마침 카페를 개업하는 선배가 있어서, 급조한 그림을 한 점 팔아먹었고, 그 돈으로 제주도를 순방하게 되었노라는 설명을 덧붙였다. 순방 좋아하시네. 지가 무슨 거물급 해외인사라고. 갑자기 나 혼자 외톨이로 세상을 겉돌고 있다는 생각이 들었다.

"제주도는 언제 갔냐."

"오늘이 사흘째다."

"니들은 결혼식도 올리기 전에 신혼여행부터 다녀오기로 합의를 본 거냐."

"오해하지 마라. 우리는 단지 살풀이를 즐기는, 그렇고 그런 사이일 뿐이다."

"언제 올 거냐."

"돈 떨어지면 가야겠지. 이틀 정도는 더 버틸 수 있을 거 같다. 제주도 순방 끝마칠 때까지 지구에서 제일 아름다운 호반의 도시 춘천을 그대가 잘 수호해 주기를 부탁한다."

"나는 지금 너 같은 떡꾼하고 농담 따먹기할 기분이 아니다. 전화 끊자."

나는 핸드폰의 아가리를 닫아버렸다. 하필이면 이럴 때 녀석이 제주도에 있다니, 배반이라도 당한 듯한 느낌이었다. 녀석이 나한테 알리지 않고 춘천을 떠났던 적은 한 번도 없었다. 분명히 내가 안 좋은 일이 있어서 어제 쐬주를 많이 마셨노라고 말했는데도 녀석은 안 좋은 일에 대해서는 관심조차 기울이지 않았다. 나는 녀석이 변해가고 있는지도 모른다는 생각이 들었다.

카페를 개업한 선배에게 그림을 급조해서 팔아먹었다는 소리도 마음에 걸렸다. 녀석은 아무리 급한 사정이 있어도 그림을 급조해서 카페 같은 곳에다 팔아먹을 성격이 아니었다. 지금까지 한 번도 그런 적이 없었다. 개인전을 열었을 때도 녀석은 그림을 사겠다는 사람이 있으면 그의 예술적 소양이나 용도를 확실히 파악한 다음에 판매 여부를 결정하는 성격이었다. 자신의 작품을 소유하려는 인간에게는 절대로 그림을 팔아먹을 수 없으며 자신의 작품을 소장하려는 인간에게는 마지못해 그림을 팔아먹을 수도 있다는 것이 녀석의 예술가적 자존심이었다. 그러나 무슨 까닭인지 녀석은 갑작스럽게 허물어지고 있는 것 같았다.

나는 택시를 타고 해장국집으로 가면서 찬수녀석에게 손찌검을 했던 장면을 떠올리고 있었다. 이유 여하를 막론하고 여자친구가 곁에서 보고 있는데 내가 손찌검을 한 것은 잘못이었다. 타일러서 될 일은 아니었지만 참았어야 했다.

부모님이 돌아가시고 나는 줄곧 동생들에게 부모님의 역할을 대신하고 있었다. 남동생은 국방의 의무인 병역을 필한 나이였고 여동생은 안정의 관문인 혼인을 필한 나이였다. 하지만 나는 아직도 동생들이 성인이라는 사실을 실감할 수가 없었다. 언제나 동생들에 대한 일말의 책임감이 멍에처럼 무겁게 내 등짝에 얹혀 있었다. 그러나 어제 두 주먹을 부르쥐고 나를 노려보던 녀석의 모습에서 나는 확연한 타인을 보았다. 그 순간만큼은 분명 녀석은 내 동생이 아니었다.

골백번 양보를 하더라도, 내게는 일언반구도 없이, 녀석이 15일간의 임대 계약서를 독단적으로 작성한 것은 잘못이었다. 돌아가신 부모님들을 욕되게 하는 일이며 단골손님들을 기만하는 행위이고 상도덕을 무시하는 처사였다. 찬수녀석에게 전적으로 가게를 맡겨두면 일 년도 버티지 못하고 가게를 말아먹을지도 모른다는 생각이 내 가슴 밑바닥에 거머리처럼 달라붙어 자꾸만 불안감을 고조시키고 있었다.

오늘도 초딩놈 일당들이 가게를 점거하고 온갖 작태들을 벌일 생각을 하니 절로 모골이 송연해졌다. 늑골이 몇 대 부러지는 한이 있더라도 반드시 계약을 파기해야 한다는 생각이 들었다. 하

200

지만 혼자서는 자신이 없었다. 여차하면 경찰을 부르는 수밖에 없다는 생각이 들었다.

하지만 오늘도 일진이 별로 좋지 않은 것 같았다. 퇴계동 단골 해장국집이 사라져버리고 그 자리에 철물점이 들어서 있었다. 철물점을 차린 사내의 말에 의하면 해장국집 주인 아들놈이 주식에 빠져서 부모가 벌어놓은 재산을 모조리 탕진하고 빚더미에 올라앉는 바람에 해장국집을 처분하고 시골 어딘가로 이사를 가버렸다는 것이었다.

"논농사 밭농사를 아무리 잘 지어도 자식농사 하나 잘못 지으면 모든 농사가 헛농사가 되는 거요."

철물점 주인의 탄식이었다. 요즘 젊은이들 사이에는 한탕주의가 신흥종교로 급부상하고 있었다. 로또는 인생역전의 동의어로 자리매김을 하고 있었으며 주식은 일확천금의 지름길로 자리매김을 하고 있었다. 가치관도 정체성도 오리무중. 사기협잡 공갈협박, 무슨 일을 해서라도 돈만 벌면 그만이라는 풍조가 만연해 있었다. 근면 끝에 라면 먹고 절약 끝에 농약 먹는다는 신종 속담까지 나돌고 있었다.

나는 다른 해장국집을 찾아보기 시작했다. 그러나 다른 해장국집은 나타나지 않았다. 퇴계동에 오니 다시 소요에 대한 그리움이 밀려들고 있었다. 소요가 퇴계동 어딘가에 자기의 자취방이 있다는 말을 했기 때문에 그녀가 사라진 지난 여름 나는 퇴계동 전역을 샅샅이 훑었던 기억을 가지고 있다. 하지만 그녀는 종적이 묘연했다. 겨울에는 가급적이면 그리움을 간직하지 말아야 한다. 겨울에 간직하는 그리움은 잠시만 방치해 두어도 혈관을 얼어붙게 만든다.

나는 그녀에 대한 기억을 떨쳐버리기 위해 세차게 고개를 가로저으며 근처 국밥집으로 들어섰다. 국밥이라도 맛이 있었다면 그런대로 퇴계동을 다시 찾아온 의미가 있었을 것이다. 그러나 국밥은 지독하게 맛대가리가 없었다. 지독하게 맛대가리가 없는 국밥이 사람을 극단적으로 초라하게 만든다는 사실을 나는 겨울 퇴계동에서 처음으로 알게 되었다.

국밥집에서 깍두기를 안주 삼아 반 병 정도의 소주를 마셨다. 그래도 속쓰림은 풀리지 않았다. 찬수녀석의 행동이 자꾸만 마음에 걸렸다. 녀석은 돈을 벌 수만 있다면 인간을 포기할 수도 있다는 방침으로 살고 있는 것 같았다. 장사를 하다보면 푼돈에도 인색해져서 동생들이 손을 내밀 때마다 덥석덥석 돈을 쥐어준 적이 없었다. 때로는 상처를 받기도 했으리라는 생각이 들었다. 하지만 가게의 장래를 생각하면 녀석의 행동을 그대로 방치해 둘 수는 없었다.

집으로 돌아오는 길에 겨울 벌판의 나무들에 대해서 생각했다. 내가 시인의 이름으로 세상을 조금이라도 아름답게 만들고 싶다면, 적어도 겨울 벌판의 나무들처럼 한 계절 아픔쯤은 헐벗은 몸으로 기꺼이 견딜 수 있어야 한다고 생각했다. 하나님이 해마다 빠뜨리지 않고 지상에 봄을 보내주시는 까닭은, 겨울 벌판의 나무들을 너무 오래 추위 속에 서 있도록 만들고 싶지 않아서일 거라고 생각했다.

집으로 돌아와보니 가게 앞에 초딩놈 일당으로 보이는 사내가 두 놈씩이나 보초를 서고 있었다. 모두 체격이 건장하고 얼굴이 험상궂어 보였다. 깍두기 출신 같았다. 주방 앞에도 똑같은 분위기를 가진 보초 두 놈이 버티고 서 있었다. 내가 주방을 통해서 가게로 들어가려고 하자 완강한 힘으로 나를 저지했다. 힘으로는 도저히 당해낼 재간이 없었다. 당연히 말도 통할 리가 없었다.

결국 나는 놈들과 옥신각신을 거듭하다가 경찰서에 전화를 걸 수밖에 없었다. 정체불명의 치한들이 가게를 점거하고 초딩놈과 술을 마시고 있다는 신고였다. 십여 분이 지나자 정복 경찰관 두 명이 패트롤카를 타고 나타났다. 그러나 경찰관들은 초딩놈 일당을 붙잡아가기 위해 나타났다기보다 사태를 파악하기 위해 나타났다는 인상이 짙었다.

"신분증 좀 제시해 주십시오."

경찰관 하나가 보초들에게 말했다.

이때까지는 경찰관들도 위세가 당당해 보였다. 보초들이 태연한 표정으로 신분증을 꺼내 경찰관들에게 보여주었다. 얼핏 보기에도 주민등록증은 아니었다. 어떤 기관이나 단체에서 발급되는 신분증 같았다. 경찰관들 중 한 명이 보초들의 신분증을 들여다보면서 기록판에다 무엇인가를 끄적거린 다음 몇 걸음 떨어진 장소로 가서 핸드폰으로 어딘가에 전화를 걸고 있었다. 아마도 보초들의 신원을 확인해 보고 있는 것 같았다. 잠시 후 전화를 끝낸 경찰관이 다른 경찰관을 불러 무슨 말인가를 은밀한 표정으로 잠시 주고받더니 다시 보초들에게로 돌아왔다.

"지금 누군가를 경호하고 계시는 중이십니까."

"그렇소."

"어떤 분인지 말씀해 주시면 안 될까요."

"비밀이오."

어느새 경찰관들의 태도가 공손해져 있었고 보초들의 태도가 거만해져 있었다. 그러나 경찰관들도 그대로 물러날 기세가 아니었다. 나는 영업정지를 당하는 한이 있더라도 놈들과의 계약을 파기해야 한다는 생각을 굳히고 있었다. 보름 동안 놈들이 가게를 점거하고 온갖 주접을 떨도록 내버려둘 수는 없었다. 나는 다시금 불알값이라는 단어를 떠올리고 있었다. 아버지가 살아계셨더라면 처음부터 이런 일은 일어나지도 않았을 거라는 생각이 들었다.

"초등학생이 술을 마시고 있다는 신고를 받고 왔는데 안에 들어가 확인해 보아도 괜찮겠지요."

"다치고 싶지 않으면 그냥 조용히 돌아가쇼."

"안에 초등학생이 술을 마시고 있다는 신고가 사실일지도 모르겠군요."

"초등학생은 분명하지만 미성년자는 아니요."

"그게 무슨 말씀입니까."

"설명하기가 무척 복잡하니까 그렇게들만 알고 계쇼."

"일단 들어가서 확인해 봅시다."

"이 아저씨들이 귓구멍에 말뚝을 박으셨나. 다치고 싶지 않으면 그냥 조용히 돌아가시라고 말했잖소. 아저씨들은 아저씨들 나름대로 임무가 있으시겠지만 우리는 우리 나름대로 임무가 있다는 사실을 감안해 주셔야지. 팀장님 허락 없이는 짭새 아니라 짭새 할애비라도 안으로 들어갈 수가 없수다. 아시겠소?"

간이 부어도 단단히 부었지, 깍두기 차림의 보초놈들이 정복 차림의 경찰관들의 가슴팍을 우악스럽게 밀어내고 있었다. 법무부장관이 온다고 하더라도 가게 안으로는 절대로 들여보내지 않을 듯한 태세였다.

"저희들은 신고를 받았기 때문에 사실 여부를 확인하고 보고

서를 작성해야 합니다."

"허위신고였다고 보고서를 작성하면 되잖소."

"그럴 수는 없습니다."

"니미럴, 도대체 말이 통하지 않는 짭새들이로구만. 우리가 무슨 범죄자요. 안 된다면 안 되는 줄 아셔야지 도대체 무슨 말이 그렇게 많아."

"계속 저희들을 가로막으신다면 당신들을 공무집행방해죄로 연행할 수도 있습니다."

"좆까요 짭새님들. 우리도 지금 우리 나름대로 공무수행중이라고 했잖아. 괜히 나중에 개망신 당하지 말고 제발 이대로 찌그러져 주쇼."

"그렇다면 팀장님이라는 분이라도 좀 만나게 해주십시오."

"어허 짭새님들. 제발 이대로 찌그러져 달라는 말 못 들었소?"

그때였다. 경찰관 한 명이 출입문을 세차게 두드리면서 소리치기 시작했다. 경찰관입니다. 안에 계시는 분들, 문 좀 열어주십시오. 순간적으로 보초들의 안면근육이 싸늘하게 경직되면서 당황하는 기색이 역력히 드러나 보였다.

"이런 싸가지 없는 짭새를 봤나."

보초 한 놈이 출입문을 세차게 두드리던 경찰관의 멱살을 우악스럽게 잡아 흔들기 시작했다. 잠시 보초들과 경찰관들 사이에 몸싸움이 벌어졌다. 그러나 불쌍하게도 경찰관들이 순식간에 땅바닥에 내동댕이쳐지는 것으로 몸싸움은 끝나버리고 말았다. 어느새 열 명 정도의 구경꾼들이 몰려와 호기심에 찬 눈동자를 굴리고 있었다.

"손들어 이 새끼들아."

땅바닥에 내동댕이쳐져 있던 경찰관 한 명이 갑자기 권총을 꺼내들고 보초들을 위협하기 시작했다. 구경꾼들이 다급하게 비명을 지르면서 흩어지고 있었다. 내 눈에는 권총을 겨누고 있는 경찰관의 모습이 참으로 비장하면서도 거룩해 보였다. 저 새끼들 겁먹어서 바지에 오줌을 지릴지도 모른다. 나는 그러기를 기대하고 있었다. 그러나 보초들은 전혀 겁을 집어먹지 않았다. 겁을 집어먹기는커녕 오히려 피식 웃음을 흘리고 있었다.

"공포탄인 거 알고 있어."

보초 한 놈이 조롱 섞인 어투로 빈정거리고 있었다.

"공포탄 아니야. 이 새끼들아."

경찰관이 소리쳤다.

"그렇다면 어디 한번 쏴보시지."

보초들은 계속해서 빈정거리고 있었다. 내가 보는 앞에서 최소한 보초놈이 한 명 정도는 총살을 당할지도 모른다는 생각이 들었다. 사건이 너무 커져버렸다는 생각이 들었다. 사태의 추이를 좀 더 관망해 본 다음에 신고를 했어야 옳았다는 생각도 들었다. 하지만 이제는 엎질러진 물이었다. 내가 두서없는 생각에 젖어 있을 때 출입문이 열렸다. 그리고 깡마른 체형에 눈매가 날카로운 사내가 나타났다.

"도대체 무슨 짓거리들이야."

사내가 나타나자 여유만만하던 보초놈들의 얼굴이 대번에 핼쑥해져 버렸다. 나는 그제서야 짐작할 수가 있었다. 조금 전에 경찰관 한 명이 출입문을 두드렸을 때 보초들이 왜 당황하는 기색을 역력히 드러내 보였던가를.

아니나 다를까, 사내의 다리가 빠르게 허공을 가르는가 싶더

니 픽 하는 소리와 함께 보초 한 놈이 멀찍이 나가떨어지는 모습
이 보였다. 이어 사내의 다리가 한 번 더 빠르게 허공을 가르고
있었다. 일순, 미처 피할 겨를도 없이 픽 하는 소리가 들리면서
나머지 한 놈도 멀찍이 나가떨어지는 모습이 보였다. 마치 액션
영화의 촬영현장을 보고 있는 것 같았다. 날렵한 발차기는 사내
가 수하를 길들일 때마다 상투적으로 써먹는 무기가 분명해 보
였다. 보초놈들은 이내 고개를 쳐들고 비실거리면서 일어서기는
했지만 순식간에 얼굴이 피범벅으로 돌변해 버렸다.

"죄송합니다. 제가 이놈들 책임잡니다. 팀장이지요. 말씀드리
지 않아도 잘 아시겠지만 요즘은 조폭질하던 놈들이 경호관으로
기어들어와 철딱서니 없이 거들먹거리는 바람에 매끄럽지 못한
일들이 자주 발생합니다. 무슨 일로 오셨는지 모르겠지만 잠깐
안으로 들어가서서 저하고 말씀을 나누어보실까요."

마침내 나도 경찰관들을 따라 실내로 들어갈 수가 있었다. 담
배를 꼬나물고 있던 초딩놈이 경찰관들을 보자 사내를 보고 소
리쳤다. 초딩놈 앞에는 술이 반쯤 남아 있는 양주잔도 놓여 있
었다.

"꼴 보기 싫은 짭새 쫄따구들은 왜 여기까지 데리고 왔어."

그러나 사내는 대답하지 않았다.

경찰관들의 눈빛이 먹이를 탐색하는 하이에나처럼 용의주도하
게 실내를 훑어보고 있었다. 찬수녀석과 제영이가 카운터로 들
어가 겁먹은 눈빛으로 사태를 관망하고 있었다.

"우리가 이 닭갈비집을 십오 일간 임차할 때 작성한 계약서와
선불금을 지불할 때 받았던 영수증입니다."

사내가 안주머니에서 찬수녀석과 체결한 계약서와 영수증을

꺼내 경찰관들에게 보여주면서 자초지종을 설명하고 있었다. 세부적인 부분까지 치밀하게 조건을 명시해서 작성한 계약서였다.

임차자 황대환은 계약일로부터 15일 동안 닭갈비집 금불알의 시설 및 기구 일체를 임차하는 조건으로 닭갈비집 주인 이헌수에게 일금 2천만 원을 일시불로 지급한다. 임대기간 동안 닭갈비집 금불알의 이찬수와 서제영은 임차자 황대환의 종업원 자격으로 임대기간 동안 매일 낮 12시부터 밤 10시까지 닭갈비를 만들어 제공할 의무를 가진다. 닭갈비는 1일 20인분 이상을 초과하지 않으며 만약 이를 초과할 때는 요금을 시가대로 계산해서 추가로 지불한다. 임대기간 동안에는 임차자 이외의 고객에게 일절 영업행위를 할 수 없으며 계약기간 중 고의적으로 계약을 위반하거나 파기할 시에는 주인 이헌수가 임차자 황대환에게 계약금의 2배에 해당하는 금액을 지불한다.

내 이름으로 작성된 계약서였다. 내 도장이 선명하게 찍혀 있었다. 물론 찬수녀석의 소행이었다. 그러나 도장관리를 소홀히 한 내게도 잘못이 있었으므로 계약서의 무효를 주장해도 받아들여지기가 힘들 거라는 생각이 들었다. 사내는 자신들의 모든 행위가 절대로 불법이 아니라는 사실을 경찰관들에게 진지한 태도로 설명해 주고 있었다.

"계약서에는 하자가 없다고 하더라도 미성년자에게 술과 담배를 제공하는 행위는 분명히 불법입니다."

사내의 설명이 끝나자 경찰관이 단호한 어조로 말했다.

"우리 도련님은 절대로 미성년자가 아닙니다. 여기 그것을 입증하는 주민등록증이 있습니다."

사내가 초딩놈의 주민등록증을 경찰관에게 보여주었다. 내게도 보여준 적이 있는 주민등록증이었다. 거기 적혀 있는 생년월일대로 계산하면 초딩놈은 올해 만으로 스무살이었다. 하지만 경찰관들도 어처구니가 없다는 표정을 지어 보였다.

"우리 보고 이걸 믿으라는 겁니까."

"물론 믿기지 않으실 겁니다. 하지만 세상에는 상식을 뛰어넘는 예외적 인간도 존재하는 법이지요. 그리고 세상을 움직이는 힘도 그 예외적 인간들이 소유하고 있습니다. 그 사실을 간과하면 세상살이가 불편해질 수밖에 없지요. 잠깐만 기다려주십시오. 제가 전화를 걸어 여러분의 번거로움을 덜어드리도록 하겠습니다."

사내가 핸드폰을 꺼내 들었다.

"황대환입니다. 그동안 별고 없으셨는지요. 여기는 춘천입니다. 약간의 문제가 발생해서 전화를 드렸습니다. 지금 닭갈비집을 하나 임차해서 도련님하고 같이 있는데 경찰관들이 들이닥쳤습니다. 별일은 아닙니다. 누군가 신고를 했다고 합니다. 금불알이라는 닭갈비집입니다. 아닙니다. 상호가 금불알입니다. 금, 불, 알. 그렇습니다. 현재 경찰관 두 명이 대기하고 있습니다. 물론입니다. 춘천시경으로 전화 한 통화만 해주시면 해결될 일입니다. 네. 감사합니다. 조만간 찾아뵙도록 하겠습니다. 안녕히 계십시오."

사내는 비교적 간단하게 통화를 끝내고 경찰관들에게 수고스럽겠지만 십여 분 정도만 기다려 달라고 말했다. 그리고 십여 분 정도가 지났을 때 경찰관 한 명에게로 전화가 걸려왔다.

"저 말입니까. 수사과 조상문 순경입니다. 신고를 받고 출동했습니다. 아닙니다. 특별한 사고는 없었습니다."

경찰관이 부동자세로 전화를 받고 있었다. 시간이 흐를수록 목소리가 굳어지고 있었다. 경찰관의 동태로 짐작건대 고위공직자의 전화가 분명했다. 나는 경찰관이 제복을 입은 허수아비 같다는 생각을 했다.

"알겠습니다. 즉시 철수하겠습니다. 들어가서 보고드리겠습니다."

경찰관은 통화를 끝내고 사내를 향해 절도 있는 동작으로 냅다 거수경례를 올려붙이면서, 실례했습니다, 우렁찬 한마디를 남기고는 황망히 돌아섰다. 빌어먹을. 어떤 고위공직자가 전화로 압력을 가했을 가능성이 농후하다는 심증은 있었으나 섣불리 항변할 수도 없는 노릇이었다. 나는 경찰관들에게 누구의 전화였느냐고 물어보았다. 그러나 경찰관들은 내 질문을 무시해 버린 채 침묵으로 일관했다.

"짭새 쫄따구들아 안녀엉."

초딩놈이 현관문을 열고 나가는 경찰관들의 뒷모습을 향해 가운데 손가락을 세워 뻑큐를 먹이고 있었다. 그러나 경찰관들은 뒤도 돌아보지 않고 허겁지겁 사라져버리고 말았다. 초딩놈 일당을 잡아가 달라고 불러들인 경찰관들이 잠깐 사이에 그놈들의 비호세력으로 둔갑해 버린 형국이나 다름이 없었다. 세금이 아깝다는 생각이 들었다. 이제 세상에는 내 편을 들어줄 사람이 아무도 없었다.

임대기간은 아직도 13일이나 남아 있었다. 아무리 생각해 보아도 해결책은 없었다. 13일이라는 기간이 13년처럼 장구한 시간의 무게로 가슴을 짓누르고 있었다. 찬수녀석이야 철딱서니가 없어서 돈만 벌면 그만이라고 생각하겠지만 나로서는 부모님에 대한 죄책감을 떨쳐버릴 수가 없었다. 논농사 밭농사를 아무리 잘 지어도 자식농사 하나 잘못 지으면 모든 농사가 헛농사가 되고 마

는 거요. 철물점 주인이 했던 말이 자꾸만 귓전을 맴돌면서 죄책
감의 무게를 가중시키고 있었다.

24

아니 땐 굴뚝에서도
연기가 난다

초딩놈 일당이 가게를 점거한 지 일주일이 경과되고 있었다. 그동안 찬수녀석과는 한마디도 이야기를 나누어본 적이 없었다. 어쩌다 대면할 기회가 있으면 녀석은 눈길을 마주치지 않으려고 애를 쓰는 기색이 역력했다. 제영이도 마찬가지였다. 서로 눈길이 마주치면 샐쭉한 표정으로 고개를 돌리곤 했다.

오늘 오전에 닭갈비를 공급하러 온 김기사의 입을 통해, 금불알에 대해서 업계에 좋지 않은 소문이 나돌고 있다는 소리를 들었다. 요즘 금불알이 가게문을 걸어 잠그고 서울의 돈 많은 손님들을 불러들여 매춘으로 떼돈을 벌고 있다는 소문이었다. 내가 포주 노릇을 하고 있다는 말이나 다름이 없었기 때문에 감정을 억제하기가 힘이 들었다. 하지만 정상적인 영업을 하고 있는 상태도 아니었기 때문에 소문의 출처를 따져볼 계제도 아니었다.

"개새끼들이네."

"카운터 보는 여자를 서울 손님들한테 붙여준다는 소문이던데."

"염병할."

"나야 대충 내용을 알고 있으니까 그렇지 않다고 변명해 주기는 하지만 남들은 다 아니 땐 굴뚝에 연기 나겠느냐는 식이야."

마침내 우려했던 일들이 구체적으로 실체를 드러내고 있었다. 며칠 전 가게 앞에서 경찰관들과 보초놈들이 맞붙는 장면을 여러 사람이 목격했었다. 나는 그때 이미 좋지 않은 소문이 나돌지도 모른다는 생각을 하고 있었다. 춘천은 자전거로 돌아도 그다지 불편함을 느끼지 않을 정도의 면적을 가진 도시다. 전파력이 빠른 소문들은 아침에 발생하면 저녁에 모든 시민이 인지할 지경이다. 물론 이번 소문이 그 정도는 아니라고 하더라도 닭갈비 업계 전체에 파급되었을 거라는 사실만은 의심할 여지가 없다.

"소문 퍼뜨리고 다니는 놈들 모조리 찾아내서 법적으로 대응할 테니까 조심하라고 이르세요."

"돈도 좋기는 하지만 아무래도 동생이 생각을 잘못한 것 같아. 매일 가게 문짝에 내부수리중이라고 써 붙이고 밴드를 불러다 안에서 쿵짝거리니까 사람들이 수상하게 생각하잖아."

"변칙영업일지는 몰라도 불법영업은 아니잖아요."

"그렇기는 하더라도 오해의 소지는 다분하지. 특히 카운터 보는 여자애 입단속 좀 시켜야겠더구만. 보름 임대에 선불금 이천만 원, 거기다 매일 백만 원이 넘는 팁을 받는다고 동네방네 소문을 퍼뜨리고 다니는 모양이야."

제영이는 노출이 심한 옷차림으로 나돌아 다니기를 좋아했다. 야간업소의 접대부들이 영업시간에나 걸치고 다닐 만한 옷차림이었다. 걸음걸이마저도 접대부들을 연상시키고 있었다. 자기 딴에는 그래야 손님을 한 명이라도 더 끌어들일 수 있다고 생각하는 것 같았다. 그런 옷차림, 그런 걸음걸이로 며칠 동안 편의점이며 담배가게를 돌아다니면서 자랑스럽게 실상을 떠벌리고 다녔을 가능성이 농후했다.

하지만 나는 아무 말도 하지 않았다. 물론 내가 무슨 말을 한다고 해도 도무지 개의치 않을 여자였다. 나는 그녀를 볼 때마다, 문학 종교 철학 법률에 폭넓은 소양을 가졌던 테르툴리아누스가, 왜 여자는 지옥으로 가는 문이다, 라고 단정했는지를 쉽사리 이해할 수 있을 것 같았다.

금불알은 개업 이래 최악의 국면에 봉착해 있었다. 소문을 그대로 방치해 두면 손님들에게 부도덕한 이미지를 각인시켜 앞으로의 매상에 막대한 지장을 초래할 수도 있었다. 하지만 오로지 나만 사태를 심각하게 생각하고 있는 것 같았다. 찬수녀석이나 제영이는 오히려 자기들의 결정으로 금불알이 일시적으로나마 불황에서 구출되었다고 생각하는 것 같았다. 아무리 생각해도 나로서는 별다른 대책이 없었다. 오로지 임대기간이 빨리 끝나주기만 기다리는 수밖에 없었다.

나는 집에 붙어 있으면 울화통만 끓어오를 것 같아서 외출하는 수밖에 없었다. 그러나 어디로 가야 할지 막연했다. 필도녀석을 만나볼까 하는 생각도 해보았지만 혜연이라는 여자와 같이 있을 거라는 판단이 앞서자 별로 마음이 내키지 않았다. 나는 호반사거리 쪽으로 무작정 걸음을 옮겨놓기 시작했다. 날씨는 그다지 추운 편이 아니었다. 하늘이 엷은 회색으로 흐려 있었다. 그러나 눈이 내릴 것 같지는 않았다. 영양실조에 걸린 태양이 핼쑥한 얼굴로 엷은 회색 하늘 언저리를 서성거리고 있었다.

나는 호반사거리에 이르러 자전거 전용도로 쪽으로 방향을 잡았다. 의암호 상류지역이었다. 호수 연변을 따라 길게 자전거 전용도로가 이어지고 있었다. 소양댐에서 방류된 물의 유속 때문에 호수 가장자리만 얼어 있었고 중심은 아직 얼지 않은 상태였다. 자전거 전용도로에 접어들면서 체감온도가 확연히 다르게 느껴졌다. 호수로부터 냉각된 대기가 밀려와 면도날처럼 예리한 감촉으로 살갗을 저미고 있었다.

백여 미터 정도를 걸었을 때 휴식공간을 만났다. 중학생쯤으로 보이는 사내아이 하나가 거기서 이젤을 펼쳐놓고 그림을 그리고 있었다. 아이의 발밑에는 대형 분유깡통이 놓여 있었다. 대형 분유깡통은 일종의 휴대용 난로였다. 그 속에서 나무토막들이 타고 있었다. 아이는 이따금 불꽃에 언 손을 녹이며 붓을 움직이고 있었다. 화폭 속에는 서면의 겨울풍경이 들어앉아 있었다. 수채화였다. 비교적 안정된 구도와 투명한 색감을 지니고 있었다. 아이는 얼마나 그림에 몰두하고 있었는지 내가 어깨너머로 그림을 훔쳐보고 있다는 사실조차 자각하지 못하고 있었다.

차츰 휴대용 난로의 불꽃이 기력을 잃어가고 있었다. 아이는 벤치에 쌓아둔 나무토막을 가져오기 위해 몇 걸음을 옮겨놓았다. 나는 아이를 보자 갑자기 시를 쓰지 못하는 자신에 대해 극심한 부끄러움을 느꼈다. 아이는 내가 그림을 보고 있었다는 사실을 그제서야 자각하고 쑥스러운 표정을 지어 보였다.

"대단하구나."

그러나 아이는 아무 대꾸도 하지 않았다. 기력을 잃어가던 휴대용 난로의 불꽃을 되살리고 다시 진지한 자세로 그림에 몰두했다. 너무나 진지해 보여서 곁에 있다는 사실조차 미안할 지경이었다. 나는 잠시 그림을 지켜보다가 아이에게 작별인사를 던지고 그 자리를 떠났다. 자전거 전용도로를 벗어나서 순환도로에 접어들 때까지도 아이의 진지한 모습이 망막에 어른거리고 있었다.

어느새 하늘이 무거운 회색 구름으로 도포되어 있었다. 태양은 보이지 않았다. 날이 저물 때까지 나는 버림받은 개처럼 발길 닿는 대로 도시를 방황하고 있었다. 수없이 많은 건물에 수없이 많은 불들이 켜지고 있었다. 그러나 내가 들어가 마음을 편히 쉴 곳은 어디에도 보이지 않았다. 사람들은 춘천을 호반의 도시, 안개의 도시, 예술의 도시라고 말한다. 그러나 지금 내게는 상실의 도시, 절망의 도시, 방황의 도시다.

명동거리를 걸었다. 많은 것들이 사라져버렸다. 기타를 치면서 칸초네를 부르던 맹인가수도 사라져버렸고 노점에서 돋보기를 걸치고 구두를 수선하던 신기료 할아버지도 사라져버렸다. 대학을 다닐 때 문학 동아리들과 시화전을 열었던 음악감상실은 패스트푸드점으로 변모해 있었다. 나는 분식집에서 칼국수를 먹어보기도 하고 호프집에서 생맥주를 마셔보기도 했다. 칼국수도 맛대가리가 없었고 생맥주도 맛대가리가 없었다. 극장 브로드웨이로 들어가서 제목도 확인하지 않고 미스터리 영화 한 편을 보았다. 영화를 보면서도 내용을 종잡을 수가 없었다.

극장 밖으로 나오니 반갑게도 함박눈이 쏟아지고 있었다. 문득 자전거 전용도로에서 그림을 그리던 아이의 모습이 떠올랐다. 나는 자전거 전용도로 쪽으로 걸음을 옮겨놓기 시작했다. 아이가 아직도 거기서 그림을 그리고 있을지도 모른다는 생각이 들었다. 나는 현실감을 상실하고 있었다. 시간이 지날수록 함박눈이 기세를 더해가고 있었다. 자전거 전용도로 주변에는 가로등이 켜져 있었다. 가로등 주변으로 수천만 마리의 겨울 나비떼가 추락하고 있었다.

아이는 거기 없었다. 멀리 서면에는 불빛이 몇 개, 함박눈 속에서 흐리게 흔들리고 있었다. 나는 함박눈을 맞으면서 오래도록 호수를 바라보고 있었다. 호수는 먹물 같은 빛깔로 침묵하고 있었다. 나는 문득 시를 쓰고 싶은 충동에 사로잡히고 있었다.

25

독작(獨酌)

그대가 떠나고
겨울은 깊어
도시는 폐항처럼
문을 닫았네
남의 아픔까지
내 아픔으로 울던 시대는
끝났네
함박눈 속에서
허망한 낱말들 펄럭거리며
바다로 떠나는 포장마차
밀감빛 등불에
한잔술에

늑골이 젖어
울먹이는 목소리로
암송하던 시들도
이제는 죽었네
과거로 돌아가는 통로는
폐쇄되고
아침마다 조간신문에 싸여
목이 잘리운 시체로
배달되는 사랑
믿을 수가 없어서
오늘도 나는
독약인 줄 알면서
홀로 술을 마셨네

26

달은 있다

날이 밝았다. 라면을 하나 끓여 먹고 밖으로 나오니 그때까지도 눈발은 기세를 죽이지 않고 있었다. 노인의 모습이 떠올랐다. 마당으로 내려섰다. 발목까지 빠질 정도로 많은 눈이 쌓여 있었다. 이런 상태라면 세상의 모든 길들이 막혀버릴지도 모른다는 생각이 들었다. 그래서 노인이 오지 못할지도 모른다는 생각이 들었다. 불안했다.

그러나 다행스럽게도 시간이 흐르면서 눈발이 조금씩 기세를 죽이기 시작했다. 나는 밖으로 나가 노인을 기다리기로 작정했다. 초딩놈 일당들은 점심때가 지나서야 나타나겠지만 노인이 먼저 와서 내부수리중이라는 팻말을 보게 되면 그냥 돌아가버릴지도 모른다는 생각이 들었기 때문이었다. 자동차들이 체인을 철걱거리며 도로를 느린 속도로 기어 다니고 있었다.

다른 가게들은 이미 눈을 치운 상태였다. 금불알 앞에만 눈이 그대로 쌓여 있었다. 오늘도 손님이라고는 초딩놈 일행만 들이닥 칠 것이 뻔하므로 눈을 치울 필요가 없다는 생각이 들었다. 그러 나 노인이 온다면 눈을 그대로 두는 것이 도리가 아니라는 생각 이 들었다. 나는 본채 창고에서 삽을 찾아냈다. 그리고 가게 앞에 쌓인 눈을 치우기 시작했다.

나는 눈을 치우면서, 노인이 초딩놈 일당과 마주치게 되면 어 떤 사태가 벌어질까를 생각해 보았다. 일반 노인들은 천연덕스럽 게 술을 마시거나 담배를 피우는 초딩놈을 보고 심장마비를 일 으킬지도 모른다. 그러나 내가 기다리는 노인은 일반 노인들과 다른 기개를 가지고 있었다. 초딩놈 일당을 모조리 박살내버릴 만한 내공도 소유하고 있을 거라는 생각이 들었다. 하지만 초딩놈 일당과 노인을 마주치게 만들 수는 없었다. 결과는 노인이 초딩놈 일당을 박살내버리는 것으로 끝나겠지만 그러는 과정에서 초딩놈 일당이 노인에게 무지막지한 언행을 일삼을 것이 분명했다.

나는 그런 불상사를 미연에 방지해야겠다는 생각을 했다. 서 로 마주치지 않도록 조처를 강구할 작정이었다. 초딩놈 일당보다 노인이 먼저 나타나야 문제가 야기되지 않을 것 같았다. 노인이 먼저 나타나면 어디 조용한 가든에라도 모시고 가서 불고기라도 대접해 드리면서 많은 이야기를 나누고 싶었다. 그러나 노인이 언제 나타날지 막연했다.

가게 앞에 쌓인 눈을 치우는 데 한 시간 정도를 소비했다. 계 속적으로 눈이 내리고 있었지만 보행이 불편할 정도로 많이 쌓 일 눈발은 아니었다. 속옷이 땀에 젖어 있었다. 일단 삽을 창고에 보관해 두고 속옷을 갈아입은 다음 다시 밖에 나가 노인을 기다릴 작정이었다.

삽을 창고에 보관하고 속옷을 갈아입기 위해 방문 쪽으로 걸음을 옮겨놓았다. 그런데 방문 앞에 낯선 신발 한 켤레가 가지런히 놓여 있었다. 털신이었다. 부모님들이 살아계실 때나 볼 수 있었던 털신이었다. 지금은 그런 신발을 신고 다니는 사람을 본 적이 없었다. 신발에 묻어 있던 눈이 녹아서 물기가 번들거리고 있었다. 누군가 방 안에 있음이 분명했다. 내 방을 자유롭게 드나들 수 있는 사람은 누나와 동생들, 그리고 필도녀석뿐이었다. 하지만 그런 신발을 신고 다닐 사람은 아무도 없었다.

"손님이 오셨나 보군요."

누굴까. 나는 인기척과 함께 조심스럽게 방문을 노크해 보았다.

"들어오시게."

방문을 여니 놀랍게도 노인이 앉아 있었다. 처음 보았을 때처럼 남루한 차림새 그대로였다. 노인은 혼자 술잔을 기울이고 있었다. 무릎 앞에 백자 술병 하나가 놓여 있었다. 나한테 선물했던 술병과 똑같은 모양을 하고 있었다. 나는 일단 방 안으로 들어가 노인에게 큰절부터 올렸다.

"가게에 복잡한 일이 생겨서 당분간 손님을 받지 못하고 있는 실정입니다. 오늘 눈이 내렸기 때문에 혹시 어르신께서 오실지도 모른다는 생각을 했습니다. 하지만 가게가 닫혀 있기 때문에 오셨다 그냥 돌아가실지도 모른다는 기우에서 아침부터 밖에 나가 눈을 치우면서 사방을 두리번거리고 있었지요. 그런데 저는 어르신이 오시는 걸 뵙지 못했습니다. 이렇게 방 안에서 기다리고 계실 줄은 꿈에도 몰랐습니다."

"가는 일에도 불편이 없고 오는 일에도 불편이 없어야 사는 맛이 나는 법일세."

"어떻게 하면 저도 그런 경지에 이를 수 있겠습니까."

"가르쳐줄까?"

"영광으로 알겠습니다."

"맨입으로 말인가?"

노인이 장난기 가득한 웃음을 머금고 있었다.

"어떻게 보답해 드려야 합니까."

"농담이니까 부담 느낄 필요는 없네."

"우선 안주부터 만들어 가지고 오겠습니다. 잠시만 기다려주십시오."

"그럴 필요 없네."

"이렇게 누추한 방에다 어르신을 모시는 것도 송구스러운데 안주도 없이 약주를 드시게 할 수는 없습니다."

"내가 빚은 술은 안주가 없으면 없는 대로 운치를 만들어내는 술이야."

안주를 가지고 오면 노인이 직접 빚은 술의 특색을 무시하는 처사라는 설명이었다. 나는 송구스러움을 느꼈지만 안주를 가져오지는 못했다. 방 안은 이부자리조차 정리되지 않은 상태였다. 하지만 이미 노인이 자리 잡고 앉아 있는데 새삼스럽게 이부자리를 정리할 분위기도 아니었다. 어디 조용한 가든 같은 곳으로 모시고 가서 불고기라도 대접해 드리면서 많은 이야기를 나누어보겠다던 계획도 실현되지 않을 듯한 분위기였다.

그런데 노인은 어떤 경로를 통해서 방 안으로 들어왔을까. 궁금했다. 본채로 들어오려면 반드시 대문을 거치거나 주방을 거쳐야 한다. 그러면 내가 노인을 못 보았을 리가 만무하다. 나는 노인이 어쩌면 도술을 부렸을지도 모른다는 생각을 하고 있었다.

"대문으로 들어오셨습니까."

나는 어떤 기대감을 간직한 채 노인에게 물어보았다. 하지만 노인의 대답은 의외로 간단했다.

"아닐세. 장난기가 발동해서 훌쩍 월담을 했네."

노인의 말을 액면 그대로 받아들이면 도술은 아니었다. 하지만 노인의 나이로 월담이라니, 범인이라면 불가능한 행동이었다. 훌쩍 월담을 했다는 말은 힘겹게 담을 타넘었다는 말이 아니라 가볍게 담을 뛰어넘었다는 말이 아닌가. 나는 노인과 마주 앉아 있으면 전혀 현실감을 느낄 수가 없었다. 모든 위협과 불안을 완벽하게 막아주는 방어벽이 나를 감싸고 있는 듯한 느낌이었다. 내 마음은 이미 노인을 도인으로 확고부동하게 단정해 놓고 있었다.

"식사는 하셨습니까."

"먹었지. 자네는 식전인가?"

"저는 아까 라면을 하나 끓여 먹었습니다."

어디서 아침식사를 해결했을까. 그러나 노인이 체면상 먹었노라고 대답한 것 같지는 않았다. 단지 아침식사에 전혀 관심이 없는 듯한 기색이 역력해 보였다. 억지로 식사를 고집할 수는 없는 노릇이었다.

노인을 만나면 많은 것들을 물어보아야겠다고 생각했는데 막상 노인과 마주 앉아 있으니 물어볼 말이 전혀 생각나지 않았다. 그저 가슴만 벌렁거리고 있었다. 고작, 식사는 하셨는지요, 라는 질문이나 던지고 있는 자신이 한심하기 짝이 없다는 생각이 들었다. 그러나 노인은 내 심중을 뻔히 들여다보고 있는 것 같았다. 대화가 단절될 만하면 적절한 질문을 던져서 대화를 유도해 주고 있었다.

"집 안에 불안한 기운이 서려 있는데 무슨 연유인지 말해 주겠나."

"별일 아닙니다."

"내가 알면 안 되는 일인가?"

"그렇지는 않습니다."

"신변에 근심이 있을 때는 어른들하고 의논하면 쉽게 해결되는 수가 많다네. 어른들이 어떤 해결책을 가지고 있는 것이 아니라 근심이 해결되기를 진심으로 빌어주는 마음이 나쁜 기운을 물리치게 되는 법일세. 요새 젊은이들은 어른들하고 같이 살기를 꺼리지만 어른이 없으면 잡스러운 기운들이 그 집안을 만만하게 생각해서 끊임없이 골치 아픈 일들을 몰고 오기 마련이라네."

"앞으로 일주일 정도만 버티면 자동적으로 해결될 문제입니다."

"그럴까."

"그렇습니다."

일주일 정도만 버티면 계약만료였다. 나는 노인에게 그동안에 있었던 경위를 대충 설명해 드렸다. 초딩놈이 술을 마시고 담배를 피운다는 이야기를 했을 때도 노인은 놀라거나 거부감을 나타내 보이지 않았다.

"그놈들이 자네 동생하고 결탁해서 계약을 연장하면 어떻게 하겠나?"

노인이 전혀 생각지도 못했던 변수를 제시했다. 그럴 가능성이 전무하다고는 장담할 수 없었다. 그러지 않아도 업자들 사이에 끔찍한 소문까지 나돌고 있는 판국에 계약을 연장한다면 치명적인 악재를 불러들이는 결과를 초래할지도 모른다는 생각이 들었다.

"그놈들이 정말로 계약을 연장할까요."

"꼬맹이가 막무가내로 떼를 쓰면 연장을 할 수도 있지 않겠는가."

나는 이번 사태로 인해 신경과민에 사로잡혀 있었다. 계약을 연장시킨다면 정말로 큰일이었다. 무슨 일이 있더라도 막아야 한다는 생각이 들었다.

"계약 연장을 미연에 방지하는 방법은 없습니까."

"내가 보기에는 이틀 정도만 버티면 뜻하지 않은 일이 발생해서 저절로 해결이 되겠구만."

"뜻하지 않은 일이라면."

"큰 재앙이 나타나 작은 재앙을 물리치는 형국일세."

"그렇다면 좋아할 일도 아니로군요."

"큰 재앙은 이 집에 국한된 재앙이 아니라 세계를 뒤흔드는 재앙이라서 막을 방도가 없네."

"식견이 짧아서 무슨 말씀이신지 도무지 감이 잡히지 않습니다."

"겪어보면 절로 알게 될 걸세."

전국을 뒤흔드는 재앙이 놈들의 계약 연장을 막아준다면 그리 좋아할 일이 아니라는 생각이 들었다. 도대체 무슨 재앙일까. 궁금하기 짝이 없었다. 그러나 노인은 화제를 바꾸고 있었다. 일부러 그 문제에 대한 언급을 회피하고 있는 듯한 인상이 짙었다.

"오늘은 내가 빚은 이 술의 이름을 가르쳐주지. 그러기 전에 하나만 물어보겠네. 자네는 술의 주재료를 무엇이라고 생각하는가."

"대답을 하지 못하면 술이름을 가르쳐주시지 않을 건가요."

"대답을 못 해도 술이름은 가르쳐주겠네."

"곡식이나 과일 아닌가요."

"그건 부재료지. 주재료는 아니야."

"그럼 물인가요."

"그렇지. 술의 주재료는 물일세. 그거야 너무 당연한 대답이라고 생각하겠지만 세인들은 물에 대해서 당연히 알아야 할 것들을 대부분 모르고 있지."

"가르쳐주십시오."

"급하기는, 일단 술이나 한잔 마시고 내 이야기를 들어보게."

노인이 내게로 빈 잔을 내밀고 있었다. 나는 두 손으로 공손히 술잔을 받았다. 노인이 술병을 기울였다. 잔에 담기는 술빛이 투명했다. 노인은 강유(剛柔)를 겸비한 풍모를 지니고 있었다. 어찌 보면 근엄해 보였고 어찌 보면 인자해 보였다. 이상하게도 햇빛 좋은 봄날 화사한 꽃그늘에 앉아 술을 마시는 듯한 평온함이 방 안 전체에 감돌고 있었다. 이번에도 첫 잔은 맹물 같은 맛이었다. 그러나 세 번째 잔을 삼켰을 때야 나는 다시금 모든 세포들이 연두색으로 물드는 현기증을 느끼기 시작했다.

"물은 지구상에 존재하는 물질 중에서 인간의 의식에 가장 민감하게 반응하는 물질이지. 차를 달이거나 약을 달일 때 달이는 사람의 의념에 따라 차맛과 약효가 현저하게 달라진다네. 맹물 한 모금을 마시더라도 어떤 마음가짐으로 마시느냐에 따라 독이 되기도 하고 약이 되기도 한다네."

노인은 토정(土亭) 이지함(李之菡) 선생에 대한 일화를 내게 들려주었다.

어느 날 토정 선생이 어떤 마을에 당도했다. 그때 느티나무 아래서 장기를 두던 사내 하나가 갑자기 복통으로 배를 움켜잡고 땅바닥을 데굴데굴 구르기 시작했다. 주변을 둘러보니 마땅한

227

약재가 없었다. 그래서 토정 선생은 사람들에게 급히 약탕기를 구해 오도록 하고 장기판에 놓여 있는 차(車)를 약탕기에 넣고 달여 먹였다. 그러자 사내의 복통이 씻은 듯이 나았다.

"후세 사람들은 그 일을 두고, 차는 장기에서 장군을 부를 때 가장 많이 쓰는 기물이라 그 양기가 복통을 치료했다는 둥, 장기의 기물들은 대개 박달나무로 만드는데 박달나무는 한방에서도 복통을 다스리는 약재로 쓴다는 둥, 해석이 분분하지만 사실상 차라는 기물은 당시 현장에 있던 사람들의 맹물에 대한 불신을 차단하기 위한 전시적 수단으로 쓰였을 뿐 치료와는 아무런 상관이 없었네. 단지 토정 선생은 물에다 의념을 했을 뿐이지. 하지만 맹물만 먹였으면 아무리 토정 선생이 의념을 했어도 복통이 치료되지는 않았을 걸세. 모든 사람들이 맹물에는 아무 약효가 없다고 생각하지. 현장에 있던 사람들도 마찬가지였을 거야. 그러니까 맹물만 끓여 먹었다면 현장에 있던 사람들의 약효가 없다는 의식이 토정 선생이 의념했던 물에 섞일 수밖에 없지 않겠는가. 하지만 요즘 사람들에게는 그러한 것들을 헤아릴 지혜가 없어."

"부끄럽습니다."

"우리 조상들은 간절히 바라는 것이 있을 때는 단지 개다리소반에 물 한 그릇을 떠놓고 지극정성으로 빌었던 풍속이 있었지. 그건 물이 얼마나 소망을 잘 반영시켜 주는가를 우리 조상들이 익히 알고 있었다는 증거라네. 물을 대할 때는 가급적이면 아름다운 마음을 가지도록 유념하시게."

"명심하겠습니다."

몇 순배의 술이 돌았다. 나는 겨울인데도 봄날 같은 기분에 휩싸여 있었다. 혈관 속으로 연두색 피가 흐르고 있는 듯한 느낌이었다.

"조금 전 내가 이 술 이름을 가르쳐준다고 말하지 않았던가."

"그렇게 말씀하셨습니다."

"이 술 이름은 월광주일세."

나는 그 말을 듣는 순간 심장이 멎어버리는 것 같았다.

"한자로 어떻게 씁니까."

"달 월 자에 빛 광 자에 술 주 자일세. 달빛으로 빚은 술이라는 뜻이지."

달빛으로 빚은 술. 월광주(月光酒). 노인은 달빛이라는 단어를 사용하고 있었다. 그러니까 노인은 달을 알고 있음이 분명했다. 그렇다. 내 기억이 옳았다. 달은 틀림없이 하늘에 존재하고 있던 천체였다. 아니, 인간들의 육안에 포착되지 않을 뿐 지금도 하늘에 존재하고 있는 천체임이 분명했다.

"자네 내가 선물한 백자심경선주병을 가지고 있겠지."

"물론입니다."

"달이 생각날 때마다 이 술병을 뚫어지게 바라보라고 내가 일러주었지."

"하루도 이 술병을 뚫어지게 바라보지 않은 날이 없습니다."

"이리 가져와보게."

노인이 선물한 백자심경선주병은 반닫이 위에 그대로 놓여 있었다. 나는 그것을 노인에게 갖다 드렸다. 나는 그때까지 백자심경선주병에 어떤 변화가 일어났는지를 모르고 있었다.

"역시 시인이라 달에 대한 그리움이 각별하구만."

나는 노인이 백자심경선주병을 이리저리 돌려볼 때에야 비로소 거기에 기상천외한 변화가 생겼다는 사실을 알게 되었다. 도대체 무슨 조화일까. 백자심경선주병 뒷면에 디지털 카메라로 찍은 사진처럼 보름달이 선명하게 찍혀 있었다. 내가 선물을 받았을 당시에는 분명히 아무 문양도 없었다. 전체가 백색이었다. 그런데 지금은 보름달이 선명하게 형태를 드러내고 있었다. 믿을 수가 없었다. 나는 노인이 무슨 도술을 부렸을지도 모른다는 생각을 하고 있었다.

"달이 염사된 걸세."

노인이 말했다.

"염사라니요."

"자네의 달에 대한 간절한 그리움이 백자심경선주병에 달을 염사시킨 걸세."

"백자심경선주병이 가지고 있는 특수성 때문인가요."

"반드시 그렇지만은 않네. 이 술병은 의식에 민감하게 반응하도록 만들어지기는 했지만 본래 모든 물질은 어떤 형태로든 의식에 반응하기 마련이라네. 다만 의식이 강렬하지 않기 때문에 반응이 미약해서 그것을 눈치채지 못 할 뿐이라네."

"저는 달이 생각날 때마다 앞면을 뚫어지게 바라보았는데 왜 뒷면에 달이 염사되었을까요."

"자네의 표면의식은 앞면을 바라보면서 이것을 술병이라고 인식하지. 그러니까 앞면은 술병 그대로일 수밖에 없네. 하지만 자네의 잠재의식은 달에 대한 그리움으로 가득 차서 인식이 미치지 않는 뒷면에 작용을 일으킨 걸세."

나는 할말을 잃어버린 채 오래도록 백자심경선주병에 염사(念寫)된 보름달만 들여다보고 있었다. 이번에도 꿈을 꾸고 있는 듯한 기분이었다.

27

어른을 함부로 대하는 놈들은
귀싸대기에서
먼지가 풀썩풀썩 나도록 맞아야 정신을 차린다

"일어나세요."

잠결에 제영이의 목소리를 들었다. 미칠 지경이었다. 지난밤에
는 시를 쓴답시고 하얗게 밤을 지샜다. 노인을 배웅하고 돌아와
서도 좀처럼 잠이 오지 않아서 오래도록 뒤척거리다 간신히 잠
이 들었다. 오랜만에 혼곤한 잠에 젖어 있었다.

"일어나보세요."

"일어나보시라니까요."

제영이가 내 혼곤한 의식의 늪에 계속적으로 돌멩이를 던지고
있었다. 일어나세요. 일어나보세요. 일어나보시라니까요. 그때마
다 내 혼곤한 의식의 늪이 불안한 파문으로 일렁거리고 있었다.
가까스로 잠들어 있는 불면증 환자에게 일어나세요 라는 말을
반복하는 것은 가까스로 평온을 되찾은 고혈압 환자에게 뒤지

세요 라는 말을 반복하는 것과 맞먹는 울화통을 불러일으킨다. 그녀는 타인의 기분을 일절 감안하지 않는 성격이다. 달리 말하면 끊임없이 미움 받을 짓거리를 창조해 낸다. 결국 내 잠은 그녀의 돌팔매질에 박살이 나버리고 말았다.

"전에 나타났던 그 거지 같은 할아버지가 또 나타났어요."

제영이가 나를 깨우는 이유를 말해 주고 있었다. 그제서야 나는 자리에서 부시시 몸을 일으켰다.

잠들기 전의 기억들을 더듬어보았다.

이른 아침부터 나는 가게 앞에 쌓인 눈을 치우면서 노인이 오기를 기다렸고, 그러나 노인이 오는 모습은 보지 못했고, 본채로 들어와서 방문 앞에 털신 한 켤레가 놓여 있다는 사실을 알았고, 문을 열자 뜻밖에도 노인이 방 안에서 나를 기다리고 있는 장면과 마주쳤다. 그리고 나는 노인과 술을 마셨으며, 토정 선생의 일화를 듣게 되었고, 백자심경선주병에 달이 선명하게 염사되어 있다는 사실도 알게 되었다. 노인이 한담을 끝내고 자리에서 일어섰을 때는 시계가 오전 9시 15분을 가리키고 있었다.

자네가 시를 열심히 쓰면 달을 볼 수 있는 날이 올 걸세.

노인은 그 한 마디를 남기고는 가볍게 담을 훌쩍 타넘어 어디론가 사라져버렸다. 바깥으로 나가 사방을 두리번거렸으나 노인은 보이지 않았다. 그런데 노인이 다시 나타났다는 것이었다. 그렇다면 잠들기 전에 내가 겪었던 일들이 꿈이었나. 나는 혼란을 느끼면서 반닫이 위에 놓여 있는 백자심경선주병을 살펴보았다. 거기 달이 선명하게 염사되어 있었다. 꿈은 아니었다. 시계는 오후 2시 10분을 가리키고 있었다.

"거지 같은 할아버지가 또 나타났다니까요."

"지금 어디 계시는데?"

"갔어요."

"그런데 어쩌라고 곤히 잠든 사람을 깨우는 거야."

"서울 사람들이 그 할아버지를 잡으려고 난리거든요. 선배님이 혹시 그 할아버지가 어디 사는지 아시면 저한테 가르쳐주세요."

자세한 내막은 모르겠지만 그녀는 지금 초딩놈 일당의 끄나풀이 되어 내게서 노인에 대한 정보를 캐낼 심산이었다. 눈만 마주쳐도 샐쭉한 표정으로 고개를 돌리던 그녀가 자기 발로 찾아와서 나에게 말을 걸고 있었다. 분명히 심상치 않은 일이 발생했을 거라는 생각이 들었다.

"내가 눈깔에 초성능 전자시력장치를 장착하고 다니는 로보캅이야?"

"전에 선배님하고 술 마실 때 어디 사는지 가르쳐주지 않았어요?"

"여쭈어보기는 했지."

"그러니까 어디 산대요?"

"동가식서가숙한다고 대답하셨어."

"동가식서가숙이요? 도대체 거기가 어딘데요?"

그녀는 동가식서가숙(東家食西家宿)을 무슨 지명쯤으로 착각하는 듯한 어투였다.

"직역하면 동쪽에서 끼니를 때우고 서쪽에서 잠을 잔다는 뜻이고 의역하면 일정한 거처가 없이 떠돌아다닌다는 뜻이야. 공부가 깊은 사람들은 천하가 다 내 집이라는 뜻으로도 사용하지."

"저는 선배님처럼 유식한 사람이 하는 말은 도통 못 알아들어요. 사는 곳을 아는지 모르는지 결론만 말씀하세요."

"몰라."

"진작 그렇게 말씀하시지."

제영이는 노인이 오늘 여기서 나와 한담을 나누다 돌아갔다는 사실을 전혀 모르고 있음이 분명했다.

"무슨 일이라도 있었어?"

제영이의 태도로 보나 말투로 보아 내가 잠든 사이 무슨 일이 있었음이 분명했다. 아무 일도 없었다면 초딩놈 일당이 노인을 잡으려고 난리를 칠 까닭이 없었다.

"말도 마세요."

그녀가 장황하게 떠벌린 사건의 전말은 이러했다.

오늘도 초딩놈 일당은 점심때를 기해서 금불알에 도착했다. 초딩놈은 전날과 마찬가지로 닭갈비를 안주로 술판을 벌이기 시작했다. 그런데 술판이 막 시작될 무렵 갑자기 누군가 출입문을 요란하게 두드리기 시작했다. 내가 어떤 새끼도 얼씬거리지 못하게 하라고 말했잖아, 초딩놈이 신경질적인 목소리로 팀장을 질책했고 팀장은 주방문을 지키고 있던 보초들에게 무슨 일인지 알아보라고 지시를 내렸다. 아주 잠깐 동안 출입문 두드리는 소리가 들리지 않았다.

"하지만 조금 있다가 아까보다 한결 더 시끄럽게 가게문 두드리는 소리가 들리기 시작했어요."

초딩놈이 반사적으로 테이블에 이마를 찍어대기 시작했고, 곁에 있던 보디가드가 황급히 초딩놈의 머리를 부여잡았으며, 마침내 팀장이 의자를 박차고 일어서는 모습이 보였다. 초딩놈은 성질이 개떡 같아서 뻑하면 테이블에 이마를 찍어대는데 그때마다 팀장은 극도로 신경질적인 반응을 나타내 보였다. 세상에는 죽고 싶어 안달을 하는 놈들이 의외로 많다니까. 팀장은 싸늘한 목소리로 중얼거리면서 출입문을 활짝 열어젖혔다. 그러자 어처구니없게도 그 거지 같은 노인이 버티고 서 있는 모습이 보였다. 어찌된 영문인지 보초들 네 놈이 모두 보도블록 위에 대자로 뻗어 있었다.

누구십니까.

팀장이 애써 감정을 억제하는 목소리로 노인에게 물었다. 그러나 노인은 대답하지 않고 팀장을 밀치면서 의연하게 실내로 들어섰다.

사람들이 몰려오면 피차에 복잡한 문제가 생길 터이니 조용히 해결하고 싶으면 우선 저 버르장머리 없는 젊은놈들부터 이리로 옮겨다 놓게.

노인이 대자로 뻗어 있는 보초들을 가리키며 팀장에게 말했다. 팀장이 보디가드와 찬수녀석에게 일단 그렇게 하라고 명령했다. 대자로 뻗어 있던 보초놈들이 모두 실내로 옮겨졌다. 깍두기 출신이 분명한 보초놈들이 한꺼번에 대자로 뻗어버리다니 불가사의한 일이었다.

영감님이 제 부하들을 이 지경으로 만드셨습니까?

그렇다네.

무슨 잘못을 저질렀습니까?

내가 이 집 주인의 동생한테 충언할 말이 있어 안으로 들어오려는데 저놈들이 힘으로 우악스럽게 나를 가로막았네.

제 부하들은 그럴 만한 권리가 있습니다.

저놈들이 그럴 만한 권리가 있는지는 몰라도 이 늙은이를 엿같은 노땅이라고 지칭할 권리는 없네.

그 점은 제가 대신 사과드리겠습니다.

팀장은 제법 정중한 태도로 노인을 대하고 있었다.

이놈들은 혈도를 몇 군데 짚어놓았으니 반 시간 정도는 지나야 깨어날 걸세.

지금 풀어주시지요.

그렇게는 못하겠네.

영감님은 누구십니까.

내가 누군지를 가르쳐주기 전에 저기 오만방자한 태도로 담배를 꼬나물고 있는 발칙한 어린 놈의 대갈통에 꿀밤부터 한 대 먹여야겠네. 거짓말같이 들리겠지만 이 늙은이의 꿀밤은 딱 한 개만 먹여도 짐승새끼를 사람새끼로 둔갑시키는 신통력을 가지고 있다네. 사실 여부를 한번 확인해 보시겠나?

초딩놈은 심통이 극에 달한 표정으로 시근덕거리면서 연거푸 담배연기를 뿜어대고 있었다.

그럴 수는 없습니다.

팀장이 단호한 목소리로 노인을 가로막고 있었다.

비키시게. 지금까지 이 늙은이가 불쌍한 놈들한테 꿀밤을 먹일 때는 조물주도 가로막은 적이 없다네.

미리 경고를 드리겠습니다. 도련님께 손끝 하나라도 까닥하신다면 영감님이 다치실 수도 있습니다. 그만 물러가시지요.

어디 한번 막아보시게.

말이 떨어지기가 바쁘게 노인이 팀장의 따귀를 철썩 올려붙이고 있었다. 어찌나 세차게 올려붙였는지 얼굴이 완전히 뒤로 돌아가버릴 지경이었다. 갑자기 실내에 써늘한 살기가 감돌기 시작했다.

어른을 함부로 대하는 놈들은 귀싸대기에서 먼지가 풀썩풀썩 나도록 맞아야 정신을 차리는 법이지.

노인은 신묘한 동작으로 연속해서 팀장의 따귀를 올려붙이고 있었다. 철썩, 철썩, 철썩, 팀장의 양쪽 볼에 시뻘건 손자국이 드러나고 있었다. 물론 팀장도 공격과 방어를 해보려고 이리저리 손발을 써보기는 했지만 제영이의 말을 그대로 옮기면 쨉도 안 되는 실력차였다.

픽!

급기야는 둔탁한 소리와 함께 팀장이 힘없이 앞으로 꼬꾸라지는 모습이 보였다.

마지막으로 초딩놈을 가로막고 있던 보디가드가 사태의 심각성을 깨닫고 황급히 핸드폰을 꺼내 들고 있었다. 그러나 미처 신호를 보내기도 전에 노인의 손이 민첩하게 움직였다. 어디를 가격 당했는지 마지막 남은 보디가드마저도 힘없이 핸드폰을 떨구며 앞으로 풀썩 꼬꾸라지고 있었다. 그제서야 초딩놈의 얼굴에 공포의 빛이 서리기 시작했다. 초딩놈은 물었던 담배를 얼른 뱉어버리고 비실비실 카운터 쪽으로 뒷걸음을 치고 있었다.

이리 오지 못할까.

노인이 벽력같이 소리를 질렀다. 초딩놈은 카운터로 피신해 있는 찬수녀석과 제영이에게 도와 달라는 눈빛을 보내고 있었다. 그러나 두 사람은 허수아비나 다름이 없었다.

이리 오지 못할까.

노인이 다시 한 번 벽력같이 소리를 질렀다. 닭갈비를 굽는 불판이 갈라졌을지도 모른다는 생각이 들 정도로 쩌렁쩌렁한 목소리였다. 결국 초딩놈은 만사를 포기해 버린 듯한 표정으로 노인을 향해 천천히 걸음을 옮겨놓기 시작했다. 노인은 근엄한 모습으로 뒷짐을 진 채 초딩놈이 다가오기를 기다리고 있었다.

네 이름이 무엇이냐.

초딩놈이 바로 눈앞에까지 다가와 걸음을 멈추자 노인이 이름부터 물어보았다.

전 태승이요.

초딩놈이 기어들어가는 목소리로 이름을 고해 바쳤다.

큰 소리로 말해라.

전 태승이요.

그래 잘 했다. 태승이한테는 지금부터 이 할아버지가 꿀밤을 한 대 먹이겠다. 알았느냐.

초딩놈은 대답 대신 주눅이 잔뜩 들어 있는 표정으로 노인을 한번 쳐다보았다.

그런데 왜 할아버지가 태승이한테 꿀밤을 먹이려고 하는지 알고 있느냐.

어린애가 술담배를 먹어서요.

역시 기어들어가는 목소리였다.

그렇다. 하지만 꿀밤을 맞기 전에 먼저 해야 할 일이 있다. 지금부터 이 할아버지가 하는 말을 큰 소리로 따라해라. 알겠느냐.

노인이 아이의 머리에 손을 얹었다. 아이가 반사적으로 자라처럼 모가지를 움츠리고 있었다. 이제 아이는 도련님도 아니었고 초딩놈도 아니었다. 그저 평범한 아이들과 조금도 다름이 없는 모습이었다.

태승이는.

노인이 선창했다.

태승이는.

아이가 복창했다.

착한 아이입니다.

다시 노인이 선창을 하고

착한 아이입니다.

다시 아이가 복창을 했다.

그래, 잘 했다. 저기 쓰러져 있는 아저씨들은 할아버지가 떠나고 나면 금방 깨어날 것이다. 태승이는 착한 아이라는 걸 잊지 말아라. 그리고 저 아저씨들도 착하게 살아갈 수 있도록 태승이가 많이 도와주어라. 알겠느냐. 이제 꿀밤을 맞자. 아까는 태승이가 착한 아이가 아니었기 때문에 이 할아버지가 꿀밤을 호되게 먹일 생각이었는데 지금은 태승이가 착한 아이가 되었기 때문에 꿀밤을 가볍게 먹일 것이다. 자, 머리를 이리 갖다대거라.

아이가 미간을 찡그리면서 조심스럽게 머리를 갖다대자 노인은 가볍게 꿀밤을 한 대 먹이고는 아이의 등을 토닥거려주었다. 그러자 아이가 어깨를 들먹거리면서 나지막이 흐느끼기 시작했다.

젊은 친구. 지금부터 공책을 꺼내서 내가 하는 말을 받아 적도록 하게.

노인이 찬수녀석에게 말했다.

찬수녀석이 조금이라도 지체하면 얻어맞을지도 모른다고 생각했는지 겁먹은 표정으로 잽싸게 노트를 꺼내 받아 적을 준비를 하고 있었다. 노인이 진지한 목소리로 내용을 부르기 시작했다.

예쁜 꽃부리 하나

속이 바싹 말라서

재앙을 스스로 불러들이네
예쁜 꽃부리를
더욱 예쁘게 만들고 싶다면
목에 진주를 걸지 말고
가슴에 눈물을 적실 일이니
세상 만물이
겉보다는 속이 중함을 알아야 하네
속이 마르고 마르면
결국 겉이 타버리는 법
그 이치를 알아
가슴을 눈물로 적실 때
지척지간으로 다가온 재앙이
만리지간으로 물러가리라.

노인은 앞으로 두 가지 재앙이 닥칠 것인 즉, 첫 번째 재앙은 닭들이 떼죽음을 당하면서 시작될 것이고 닭과 연관된 직업에 종사하는 사람들을 파산지경에까지 몰아갈 것이라고 말했다. 그리고 두 번째 재앙은 이 집에서 일어날 것이며 사람의 몸에서 연기가 피어오르면 그것이 곧 재앙인 줄 알라고 귀띔해 주었다. 노인은 찬수녀석에게 자신의 말을 받아 적은 노트와 볼펜을 가지고 오라고 하여 다른 페이지에 직접 한문으로 여섯 글자를 적어 주었다.

保險金二十億.

현시점에서 첫 번째 재앙 자체를 근본적으로 물리칠 방법이 없지만 직접 적어준 여섯 글자가 많은 사람들을 파산지경에서 벗어나도록 만들어줄 것이라는 설명이었다. 그리고 노트에 받아 적은 글들에는 두 번째 재앙을 미연에 방지할 수 있는 방편이 적혀 있는데 가슴이 젖어 있는 사람에게만 보인다는 것이었다.

"저는 거지 같은 할아버지가 도대체 무슨 소릴 하고 있는지 도통 알아듣지를 못하겠더라니까요."

노인이 밖으로 나가고 십 분 정도가 지나자 쓰러졌던 일당들이 한 명씩 차례로 정신을 차리면서 어리둥절한 표정으로 일어나기 시작했다. 아이는 그때까지도 울먹거림을 멈추지 않고 있었다.

여기까지가 제영이의 말을 토대로 내가 정리한 사건의 전말이었다.

"선배님은 무슨 뜻인지 아시겠어요?"

제영이가 노인의 말이 적혀 있다는 노트를 내게 내밀어 보였다. 찬수녀석이 받아 적었다는 부분은 일종의 잠언시(箴言詩) 같아 보였지만 짧은 내 식견으로는 숨겨져 있는 의미를 도무지 판독해 낼 수가 없었다. 몇 번이고 다시 읽어보았지만 재앙을 미연에 방지할 수 있다는 방편은 눈에 들어오지 않았다.

따로 적혀 있는 한자어는 판독이 어렵지 않았다. 보험금이십억이었다. 하지만 읽을 수는 있어도 그 속에 숨어 있는 의미를 파악할 수는 없었다. 노트를 들여다볼수록 의혹의 부피만 커져가고 있었다. 방문을 열었다. 눈은 그쳐 있었으나 하늘은 여전히 흐려 있었다.

28

닭들의 떼죽음. 퀴즈의 정답.
건의서를 보내다

"닭고기 좋아하시는 분들 각별히 조심하셔야겠습니다."

노인이 다녀간 다음 날부터 첫 번째 재앙에 대한 예언이 적중할 조짐을 보이기 시작했다.

방송국들이 아침부터 조류독감에 대한 뉴스를 집중적으로 보도하고 있었으며 신문들도 조류독감에 대한 심각성을 다투어 대서특필하고 있었다.

"조류독감 바이러스가 다른 동물에게도 전염될 뿐만 아니라 인간에게도 전염된다는 사실이 밝혀졌습니다."

베트남 정부는 조류독감이 발생한 12개 성(省)에서 닭과 오리를 포함한 가금류(家禽類)를 도살하도록 초강경 조치를 취했으며 이는 조류독감으로 추정되는 환자 13명이 숨진 사태에 근거한 비상대책이라는 설명이었다. 조류독감은 가금류끼리만 전염되는 질병이 아니라 인간에게도 전염되는 질병이라는 것이었다.

"세계보건기구는 조류독감 변종 바이러스가 사람의 인플루엔자 바이러스와 결합될 경우 전세계에서 수백만 명의 사망자가 발생할 수 있다고 경고했습니다."

나는 뉴스를 들으면서도 사태의 심각성을 실감할 수가 없었다. 지금까지 살아오면서 닭이나 새들이 독감에 걸린다는 생각은 해본 적이 없었다. 하지만 우리나라에서도 경남 양산에서 4천 5백여 마리의 닭들이 떼죽음을 당하고 같은 날 전북 익산에서 1만 2천여 마리의 닭들이 떼죽음을 당하는 사태를 계기로 조류독감이 빠르게 확산되어 지금은 전국이 비상사태에 돌입했다는 것이었다. 연일 닭들이 수만 마리씩 떼죽음을 당하고 양계업자들이 파산하는 사태가 속출하고 있었다. 닭들의 비극은 언제까지 계속될 것인가. 지금까지 내가 알고 있는 닭들의 비극은 조류독감으로 떼죽음을 당하는 닭들의 비극에 비하면 차라리 희극에 속한다는 생각이 들었다.

"미국 메릴랜드 주 동부 해안의 한 양계장에서 조류독감이 발생해 닭 십만여 마리를 도살처분했다는 소식입니다."

조류독감은 베트남 한국 일본 중국 태국 대만 등 아시아 지역을 강타하고 차츰 세계 전역으로 공포를 확산시켜 나가고 있었다. 아직 조류독감이 발생하지 않은 나라들은 닭고기 수입을 전면적으로 중지시키는 조처를 단행했으며 조류독감 발생국으로부터의 여행객 출입국을 철저하게 통제하는 조처도 불사하겠다는 나라도 있었다. 이러다가는 닭이 저주의 동물이 될지도 모른다는 생각까지 들 지경이었다. 물론 초딩놈 일당은 조류독감에 대한 보도가 시작되던 날부터 완전히 발길을 끊어버렸다. 그러나 좋아할 입장이 아니었다. 다른 손님들도 완전히 발길을 끊어버렸기 때문이었다. 닭갈비가 대표적인 먹거리로 알려져 있는 춘천은 조류독감 때문에 치명적인 피해를 입고 있었다. 뉴스가 터지던 날부터 단 한 명의 손님조차 오지 않는 날이 허다하다고 업주들은 울상을 짓고 있었다. 특별한 대책이 없었다. 모든 닭갈비집들이 속수무책, 파산할 날만 기다리고 있었다.

치킨집도 마찬가지였다. 소자본으로 비교적 안전하게 운영할 수 있는 장점이 있기 때문에 약 4만 개의 업소들이 생계형으로 유지되고 있으며 조류독감의 직접적 영향권에 들어가 있는 사람만 72만여 명에 이르는 것으로 알려져 있었다.

그런데 일본은 같은 조류독감이 발생했는데도 닭고기 소비가 줄어들지 않았다는 보도가 전해졌다. 정부와 언론이 발 빠른 초기대응으로 소비자를 안심시킨 결과로 분석되고 있었다.

하지만 우리는 정반대였다. 정부도 언론도 단세포적으로 대처해서 결과적으로 막대한 피해를 초래했다. 텔레비전에서는 연일 떼죽음을 당해서 땅에 파묻히는 닭들을 보여주었고 신문에서는 연일 조류독감의 피해액이나 예방책을 설파하기에 여념이 없었다. 뿐만 아니라 감염된 닭은 절대로 유출될 수 없다는 사실과 섭씨 75도 이상의 열에 조리해서 먹으면 아무 이상이 없다는 사실을 널리 전파하는 일에도 지나칠 정도로 인색했다. 그저 심각성을 알리는 일에만 목소리를 높이고 있었다.

"중앙로에서만 닭갈비집이 다섯 군데나 문을 닫았어요."

"무슨 통닭집 주인은 자살까지 했다는데."

"오리고기 파는 사람들도 줄지어 문을 닫고 있대요."

닭과 관련된 생산업체 공급업체 판매업체들이 차례로 도산하고 있었다. 정부는 두 주일이 경과될 때까지도 적절한 대책을 제시하지 못하고 있었다. 업주들은 지나가는 사람들이 볼 수 있도록 문을 활짝 열어두고 식구들과 닭갈비를 먹는 광경을 공개해 보기도 했다. 괜찮아요. 우리는 매일 이렇게 닭갈비를 먹었는데도 안 죽었어요. 들어오세요. 그래도 손님들은 오지 않았다.

그러나 제영이는 초연했다. 조류독감을 아스피린 몇 알만 먹으면 퇴치되는 질병 정도로 생각하는 태도였다. 그녀는 팔자 좋게 명품타령만 연발하고 있었다.

"외출해서도 닭순이 패션으로 거리를 활보하기는 싫어."

"명품 핸드백 있잖아."

"세팅이 되어 있어야지, 겨우 핸드백 하나 달랑 명품으로 들고 다니면 얼마나 쪽팔리는지 모르는구만. 적어도 구두 정도는 같은 브랜드로 세팅이 되어 있어야지."

"지금이 명품타령할 때야?"

"달력에 명품타령하는 날 빨간 숫자로 국경일처럼 표시해 놓았나?"

"그런 데 돈 쓰려고 초딩놈한테까지 굽실거리면서 닭갈비 팔지 않았어."

"그런 데라니?"

"여기 와서 산 구두만 세 켤레라는 건 알고 있겠지."

"그중에 하나라도 명품이 있어?"

제영이는 찬수녀석과 하루에도 몇 번씩 티격태격을 일삼더니 결국은 이불을 뒤집어쓰고는 단식투쟁에 들어갔다. 그녀는 머리에 띠까지 두르고 있었으며 거기에는 명품이라는 붉은 구호가 선명하게 박혀 있었다. 일종의 노사분규였다. 젠장할. 총인원 세

명밖에 안 되는 업체에서 한 달 건너 한 번씩 노사분규가 일어나고 있었다.

나는 막연하게 봄이 되기를 기다리고 있었다. 봄이 되면 소요가 돌아오고 소요가 돌아오면 매사가 잘 풀릴 것 같은 느낌이었다. 그러나 이번 겨울은 유난히 길고도 지루했다. 나는 날마다 백자심경선주병에 염사된 달을 들여다보면서 시적 감흥을 되살리려는 시도를 거듭하고 있었다. 그러나 시를 쓰기에는 주변이 너무나 을씨년스러운 분위기였다.

그런데 어느 날 뜻하지 않았던 손님이 금불알에 나타났다.

밤이었다. 찬수녀석이 어떤 손님이 가게에서 나를 찾는다고 해서 나가보니 여자 하나가 용감하게도 닭갈비를 시켜놓고 내가 나타나기를 기다리고 있었다. 처음 보는 여자였다. 스물여덟 살쯤으로 짐작되는 나이였다. 미인이었다. 여자가 앉아 있다는 사실 하나만으로도 을씨년스럽던 실내가 환하게 밝아진 느낌이었다.

"처음 뵙겠습니다. 백하연이라고 합니다. 인영 언니한테 말씀 많이 들었습니다. 언니하고 같은 교회를 다니고 있어요. 하지만 언니의 채근 때문이 아니라 제가 만나뵙고 싶어서 찾아온 겁니다."

여자는 나를 보자 자리에서 일어나 차분한 목소리로 자기를 소개했다. 나는 약간 당황하면서 네에, 라고만 대답했다. 나는 직감으로 알아차릴 수 있었다. 그녀가 바로 누나가 내게 소개시켜주고 싶어 안달을 했던 여자라는 사실을. 신앙심이 돈독한 여자. 외국 무슨 음대에서 피아노를 전공했다는 여자. 누나로 하여금 음식에도 성령이 임한다는 사실을 깨닫게 해주었다는 여자. 그녀가 무슨 일로 직접 나를 찾아온 것일까. 쇠판에 깔린 닭갈비 토막들이 성령의 손길이 임하기를 기다리며 다투어 지글거리고 있었다.

"조류독감이 무섭지 않으신가요?"

"먹어도 괜찮으니까 파시겠지요?"

누나였다면 조류독감이 무섭지 않으십니까, 라고 물으면 틀림
없이 하나님이 계시는데 무엇이 두렵겠느냐고 반문했을 것이다.
하지만 여자는 전혀 교인 티를 드러내지 않고 있었다.

"미리 연락을 드리고 찾아뵈었어야 하겠지만 마음이 급해서
절차를 생략해 버렸어요."

"무슨 일로 마음이 그렇게 급하셨는데요."

"오늘 비로소 모든 종교적 딜레마를 해결할 수 있는 열쇠 하나
를 찾아냈거든요."

"그 열쇠가 저와 무슨 상관이라도 있습니까?"

"있지요."

"궁금해지는데요."

"일단 술 한 잔 주시겠어요?"

여자는 놀랍게도 술까지 마시겠다는 결의를 표명해 보였다.

누나가 알면 삼박사일 동안 식음을 전폐하고 통곡의 기도를
올릴 사건이었다.

"술을 드셔도 괜찮겠습니까?"

"조류독감도 겁내지 않는 여자가 주류독감인들 겁내겠어요?"

그리하여 여자와의 대작이 시작되었다. 그녀는 술병이나 잔을
다루는 솜씨가 능숙했다. 누나가 알면 파문시키려 들지 않을까
요, 라고 물었더니 자기는 파문당하면 신흥종교를 하나 창시할
작정이라고 말했다. 자기도 한때는 쓰라린 방황기가 있었는데 그
때는 술이 진통제가 되어준 적이 많았다는 것이었다. 여자는 아

무래도 누나와 다른 종교관을 가지고 있는 것 같았다.

"언니한테 내셨다는 퀴즈 말인데요. 제가 정답을 알아냈어요. 그러니까 선생님과 대면할 자격이 있는 거지요?"

소주병 하나가 바닥이 드러날 무렵이었다. 여자가 퀴즈에 대한 이야기를 꺼냈다. 그녀를 회피할 목적으로 누나에게 의도적으로 출제했던 퀴즈였다. 하지만 여자는 자신이 독신주의자라고 말했다. 다만 누나가 그녀의 독신주의를 장애에 의한 열등의식이 만들어낸 자기방편으로 곡해해서 서로를 소개시켜 주려고 애를 썼다는 설명이었다. 아무튼 그녀는 퀴즈의 정답을 마침내 알아냈고, 자기로서는 확인해 보아야만 직성이 풀릴 것 같아서 나를 찾아오게 되었으니, 부담은 느끼지 마시라는 말도 덧붙였다.

"문제부터 확인해 보아야겠네요. 어느 날 의심 많은 신자 하나가 하나님을 찾아가서 당신이 정말 전지전능하신 하나님이냐고 물었어요. 하나님이 그렇다고 대답하셨지요. 그러자 신자가 말했어요. 저는 도저히 믿을 수가 없습니다. 당신이 정말 전지전능하신 하나님이라면 당신도 드시지 못하는 돌덩어리 하나를 만들어 주십시오. 그래서 하나님은 의심 많은 신자에게 돌덩어리 하나를 만들어주었어요. 그러자 이번에는 신자가 당신이 정말로 전지전능하시다면 이 돌덩어리를 한번 들어보시라고 말했지요. 이때 과연 하나님은 어떻게 하셨을까. 만약 그 돌덩어리를 드시면, 당신도 드시지 못하는 돌을 만들어 달라고 했던 신자를 속인 것이 되고, 드시지 못하면, 전지전능하지 못한 하나님이 되고 만다. 과연 하나님이라면 어떻게 하셨을까. 제가 기억하는 대로 말씀드렸어요. 혹시 틀린 부분은 없나요?"

"기억하시는 그대롭니다."

"혹시 틀린 부분이 있으면 어쩌나 걱정했어요. 문제를 틀리게 기억하고 있으면 제가 찾아낸 정답도 틀릴 가능성이 높거든요."

하지만 나는 그 퀴즈를 소요에게 들었고 소요는 답을 가르쳐 주지 않았다. 그래서 여자가 찾아낸 정답이 소요의 정답과 일치하는지 어긋나는지를 알아낼 재간이 없었다. 하지만 소요는 누가 들어도 반론의 여지가 없는 정답을 찾아내야 한다는 단서를 붙였다. 누나로 하여금 음식에도 성령이 임한다는 사실을 깨닫게 만들었던 여자가 찾아낸 정답은 과연 어떤 것일까.

"그 퀴즈는,"

여자는 잠시 말을 끊고 소주 한 잔을 가볍게 비운 다음 약간 상기된 목소리로 다시 말을 이어 나가기 시작했다.

"그 퀴즈는 모든 종교의 본질이 무엇인가를 깨닫게 만드는 마력을 지니고 있어요. 하나님은 신도의 요구대로 당신이 들지 못하는 돌을 만드셨습니다. 왜 그랬을까요."

"모르겠습니다."

"그리고 그걸 들어보라고 했을 때 어떻게 하셨을까요."

"역시 모르겠는데요."

"번쩍 들어 보이셨을 거예요."

여자의 목소리는 확신에 차 있었다.

"분명히 신도는 당신도 들지 못하는 돌을 만들어 달라고 했습니다. 그런데 그것을 번쩍 들어버리면 신도를 기만하는 처사가 아닐까요."

"신도가 선생님처럼 왜 저를 기만하셨느냐고 묻는다면 하나님께서는 어떻게 대답하실까요. 바로 이렇게 대답하셨을 거예요."

여자는 여기서 잠깐 말을 중단했다가 다시 진지한 표정으로 말하기 시작했다.

"내가 들지 못하는 돌을 만들어준 것도 너를 사랑하기 때문이며, 내가 들지 못하는 돌을 들어 보인 것도 너를 사랑하기 때문이니라."

종교적 본질에 입각한다면 반론의 여지가 없는 답변이었다.

"어떻게 아셨습니까."

내가 물었다.

"하나님이 실제로 그런 문제에 봉착하면 과연 어떻게 대처하실까, 저도 몹시 궁금했어요. 그래서 정답을 가르쳐 달라고 보름 동안 하나님께 열심히 기도를 드렸어요. 그런데 어느 날 홀연히 하나님의 음성이 들렸지요. 물론 남들이야 믿지 않겠지만 저한테는 진실이에요."

그녀의 답변이었다.

"하나님의 음성을 자주 들으십니까."

"아니요."

"솔직히 말씀드려서 저도 문제만 알고 있었지 정답은 모르고 있었습니다. 하지만 다른 답이 있으리라는 생각은 들지 않는군요."

인간들은 때로 모든 종교의 본질이 권능이 아니라 사랑이라는 사실을 망각하면서 살아간다. 그래서 견고한 종교적 아집이나 엄숙한 종교적 무지를 혼합해서 배타라는 이름의 벽돌담을 높이 쌓아 올린다. 그들에게는 벽돌담 바깥에 살고 있는 인간들이 대부분 사탄으로 보인다. 하지만 종교가 사랑이라는 본질을 버리면 사탄의 집단과 별반 다르지 않다. 하나님의 거룩함도 종교의 위대함도 사랑이 없으면 성립되지 않는다. 내가 들지 못하는 돌을 만들어준 것도 너를 사랑하기 때문이며, 내가 들지 못하는 돌을 들어 보인 것도 너를 사랑하기 때문이니라. 나는 그 말을 듣고 갑자기 숙연해지고 말았다.

"하나님께서 가르쳐주신 정답을 듣고 난 다음부터는 어떤 미물이라도 소중하게 생각하면서 살아갈 수 있다는 생각이 들었어요. 이따금 찾아와서 대작을 신청해도 부담 느끼시지 않을 거지요?"

"아무래도 우리 누나가 가만히 있지 않을 것 같은데요."

"파문당하면 신흥종교 하나 창시할 거라니까요."

"교주로 등극하시면 제가 첫 번째 신도가 되어드리겠습니다."

여자가 돌아간 다음 나는, 모든 썩어 문드러짐과 모든 싸가지 없음을 사랑이라는 이름으로 아름답게 바라볼 수 있는 날이 내게도 올 수 있기를 빌었다.

조류독감이 여전히 기승을 부리고 있었다. 가금류와 관련된 업체들이 대소를 가리지 않고 줄지어 도산하고 있었다. 조류독감이 국가경제에 막대한 타격을 입히고 있다는 사실을 정부가 자각하기 시작하면서 텔레비전에서는 날마다 인기 연예인들이 닭고기를 먹는 장면과 각급 기관장들이 닭고기를 먹는 장면을 뻔질나게 보여주기 시작했다. 닭고기, 익혀 먹으면 안전합니다. 감염된 닭고기는 시중에 유통되지 않습니다. 닭고기를 먹으면서 아무리 떠들어대도 한번 주저앉은 경기는 쉽사리 회복될 기미를 보이지 않고 있었다. 닭갈비집. 닭도리탕집. 치킨점. 삼계탕집. 닭발 장사. 계란 장사. 오리탕집. 유황오리전문식당. 오리털판매업체. 모조리 된서리를 맞고 도산하는 사태가 속출하고 있었다.

保險金二十億.

제영이의 말에 의하면 노인은 닭들이 떼죽음을 당하면서 첫 번째 재앙이 시작될 것임을 예언했다. 그리고 노트에 적어준 여섯 글자가 많은 사람들을 파산지경에서 구해줄 거라는 설명도 있었다. 첫 번째 재앙이 조류독감을 의미한다는 사실쯤은 깊이 생각해 볼 여지조차 없었다. 그러나 보험금 20억은 무엇을 뜻하는 것일까.

나는 한동안 『정감록(鄭鑑錄)』이나 〈채지가(採芝歌)〉에 있는 암호문을 판독할 때 흔히 쓰인다는 측자법(仄字法)이나 파자법(破字法)을 적용시켜 보았다. 어떤 방법을 적용시켜 보아도 의미 전달이 될 만한 단어가 조성되지 않았다. 노인은 조류독감이 닥치는 시기를 알고 있었다. 많은 사람들이 파산지경에 이르게 된다는 사실도 알고 있었다. 암호는 어렵게 만들수록 판독이 힘들어진다. 그러면 시간이 걸릴 수밖에 없고 시간이 걸리는 만큼 어려움을 겪는 사람들도 늘어나게 된다. 그렇다면 노인은 가장 단순한 방법을 선택하지 않았을까.

가장 단순한 방법은 무엇일까. 닭갈비를 먹다가 조류독감에 걸리면 피해자에게 보험금 20억을 지불해 주는 방법이 아닐까. 닭갈비는 대체로 서민들이 즐기는 음식이다. 서민들에게 이십억이라는 돈은 온 가족이 평생을 바쳐서도 모으기가 힘든 돈이다. 바야흐로 지금은 황금만능의 시대. 어쩌면 돈에 한이 맺힌 서민들이 문전성시를 이룰지도 모른다는 생각이 들었다.

하지만 또 한편으로는, 아무리 돈이라면 사족을 못 쓰는 사람이라도 목숨을 걸고 닭갈비를 먹을까, 라는 의구심도 없지는 않았다. 그래도 나는 밑져야 본전이라는 생각으로 어느 날 한국계육협회와 치킨외식산업협회에 보험에 대한 건의안을 보냈다. 가금류와 관계된 업자들이 보험에 가입해서 닭고기나 오리고기를 먹다가 조류독감에 감염되면 피해자에게 보험금 20억 정도를 보상하자는 건의안이었다.

29

경포에는
몇 개의 달이 뜨는가

강릉에 도착했을 때는 날이 저물어 있었다.

부모님이 돌아가시고 처음 가져보는 일탈이었다. 바다를 보면 시를 쓸 수 있을지도 모른다는 생각에서 충동적으로 강릉행을 결정했다. 버스가 춘천을 벗어나면서 너무 오래 닭냄새를 맡으면서 살았다는 생각이 들었다. 조류독감은 여전히 업자들의 숨통을 조이고 있었다. 닭고기 먹기 운동의 일환으로 식사 때마다 닭고기를 먹어온 각급 기관장들은 이제 닭고기 소리만 들어도 닭살이 돋는다는 하소연을 털어놓고 있었다. 하지만 나는 차창 밖으로 흐르는 풍경들을 바라보면서 집요하게 달라붙는 현실의식들을 단호하게 잘라버리고 있었다.

강릉은 중학교 때 수학여행을 한 번 와본 이래로 처음이었다.

버스에서 내렸을 때는 날이 저물고 있었다. 택시를 잡았다. 조수석에 앉아 풍경들을 내다보고 있는데 비릿한 바다냄새가 코끝을 스치고 지나갔다. 오래도록 열어보지 않았던 내 기억의 서랍 속에서 잊혀져 버렸던 단어들이 우화(羽化)를 꿈꾸는 벌레들처럼 한 마리씩 기어 나와 시적(詩的) 변환을 시도하고 있었다.

다리의 용도를 잊어버린 오징어. 시간의 공동묘지. 그리움으로 번성하는 미역 수풀. 몽상의 말미잘. 버지니아 울프의 영혼. 실신하는 물보라. 해삼의 우울한 분만. 별이 되고 싶은 불가사리. 기억의 표류. 정어리떼. 끝없는 절망의 깊이. 장 콕토의 엽시(葉詩). 노망으로 시도 때도 없이 먹물을 분사하고 다니는 문어. 멀리 떠 있는 고기잡이 배들의 불빛.

내 기억의 서랍 속에서 우화를 꿈꾸는 벌레들처럼 기어 나온 단어들이 미숙한 시적 변환을 시도하는 동안 택시는 목적지에 도착했다. 나는 경포호 근처 장급 여관 하나를 숙소로 정하고 여장을 풀었다. 시장기가 느껴졌다. 금강산도 식후경이다. 나는 초당의 순두부 백반이 유명하다는 소리를 들은 적이 있었다.

"혼숙은 안 되는데."

"아주머니. 제 조카들입니다. 방학을 기해서 바다를 보여주겠다고 약속했어요. 무슨 일이 있으면 제가 책임진다니까요."

"조카들이 삼촌하고 전혀 안 닮았구만."

"외탁을 하면 안 닮을 수도 있지요. 그리고 유전적으로는 삼촌지간보다 사촌지간이 더 많이 닮는다는 거 아주머니도 알고 계시잖아요."

"그렇기는 하지만."

"돈을 아끼겠다는 생각에서가 아니라 조카들하고 같이 밤을 새우면서 이야기를 나누고 싶다는 생각에서 방을 하나만 정하겠다는 거니까 아주머니께서 너그럽게 선처해 주세요."

밖으로 나오니 서른 살 안팎으로 보이는 사내가 고등학생으로 보이는 사내아이 하나와 여자아이 하나를 데리고 주인 아주머니와 혼숙 문제로 실랑이를 벌이고 있었다. 결국 주인 아주머니는 사내의 설득을 그대로 받아들이고 세 사람 모두를 한 방에서 재워주기로 작정해 버린 눈치였다. 나는 밖으로 나와 택시를 잡았다.

초당에 도착하니 솔숲 사이로 성큼성큼 어둠의 군단들이 진군해 오고 있었다. 순두부 백반집 하나를 찾아들어가 시장기를 풀었다. 경포로 다시 돌아오니 온 세상이 어둠의 군단에 점령당해 있었다. 밤바다를 보고 싶었다. 지나가는 커플 하나를 붙잡고 바다로 가는 길을 물었더니 친절하게 가르쳐주었다.

커플이 가르쳐준 방향으로 걸어가니 바다가 보이기 전에 파도 소리가 먼저 들렸다. 어둠 속에서 허연 거품을 베어 물고 통곡하는 바다. 나는 백사장에 앉아 오랫동안 밤바다의 울음소리를 듣고 있었다. 지금까지 내가 겪은 슬픔이나 아픔들은 아무것도 아니라는 생각이 들었다. 바람이 장도(長刀)를 꺼내 들고 통곡하는 밤바다의 등가죽을 무자비하게 난도질하고 있었다.

나는 극심한 추위를 느끼면서 경포호 쪽으로 걸음을 옮겼다. 바다를 무자비하게 난도질하던 바람이 목격자를 의식했는지 다급하게 솔숲을 빠져 달아나는 소리가 들렸다. 경포호를 끼고 산책로가 만들어져 있었다. 산책로를 따라 가로등이 켜져 있었다. 겨울인데도 수많은 사람들이 산책로를 걸어 다니고 있었다. 대부분이 연인들 같았다. 나는 실낱같은 기대감으로 하늘을 쳐다보았다. 그러나 하늘에는 별들만 영롱했다. 역시 달은 보이지 않았다.

중학교 2학년 때의 가을이었다. 경포로 수학여행을 왔었다. 국어를 가르치던 담임이 버스에서 퀴즈 하나를 출제했다. 경포에 달이 몇 개 뜨는지 알아맞히는 놈이 있으면 오늘밤 자신의 입회 하에 그놈만 술을 마실 수 있도록 허락해 주겠다는 조건이었다. 급우들은 술을 마시고 싶은 일념 하나로 저마다 근거 없는 답들을 불쑥불쑥 내밀어보기 시작했다.

"열 개입니다."

"숫자만 맞히면 되는 문제가 아니다. 왜 열 개인지 말해 보아라."

"새끼를 쳤습니다."

"다른 지방에서는 달이 새끼를 치지 않는데 왜 경포에서는 달이 새끼를 칠까?"

"바다에 암놈 달이 있기 때문입니다."

"발상이 기발하기는 하지만 정답은 아니다."

그때도 학생들은 대부분 월말고사나 기말고사에 출제될 가능성이 희박한 일반상식 따위에는 도무지 관심을 기울이지 않았다.

"경포에는 달이 없습니다."

"어째서?"

"본래는 하나가 있었는데 바다에 빠져 죽었습니다."

"왜 바다에 빠져 죽었을까?"

"해를 짝사랑했는데 한 번도 만나주지 않아서요."

"역시 재미있는 발상이지만 정답은 아니다."

"날마다 구름이 많이 끼어서 달이 보이지 않습니다. 그래서 한 개도 없는 겁니다."

"왜 날마다 구름이 많이 끼일까?"

"바다에서 올라간 수증기가 구름이 되기 때문입니다."

"기상학자들한테 바보 소리 듣고 싶냐?"

결국 버스가 목적지에 도착할 때까지 급우들은 담임이 요구하는 정답을 찾아내지 못했다.

담임은 수업을 할 때보다 몇 배나 진지한 목소리로 경포에 뜨는 달에 대해서 설명하기 시작했다.

"우리 민족은 태양을 노래한 시보다는 달을 노래한 시를 훨씬 더 많이 보유하고 있다. 이것은 우리 민족이 그만큼 달을 사랑했다는 증거가 되기도 한다. 서양 사람들은 보름달을 보면 늑대인간이나 정신착란을 연상하지만 동양 사람들은 보름달을 보면 월하미인이나 음유시인을 연상한다. 너희들은 보름달, 하면 무엇이 먼저 떠오르냐."

"이태백이요."

"쥐불놀이요."

"소원성취요."

"그렇다. 우리는 보름달에서 불길한 것들을 떠올리지는 않는다. 서양 사람들은 달을 괴기나 공포의 상징으로 생각하지만 동양 사람들은 달을 낭만이나 희망의 상징으로 생각한다. 물론 세계 어디를 가든 달은 하나밖에 없다. 그러나 조금만 낭만적으로 달을 생각해 보자. 과연 경포에는 달이 몇 개나 뜰까."

"빨리 정답을 말씀해 주세요."

"경포에는 모두 다섯 개의 달이 뜬다. 하늘에 하나. 바다에 하나. 호수에 하나. 술잔에 하나. 님의 눈동자에 하나. 모두 다섯 개다. 얼마나 낭만적이냐."

그때 한 녀석이 볼멘소리로 반발했다.

"그렇다면 모두 여섯 개라야 맞습니다."

"왜?"

"정상적인 사람은 눈동자가 두 개입니다. 선생님 말씀대로 다섯 캐라면 님이라는 사람은 애꾸눈이라야 합니다."

"좋다. 논리성을 테스트하기 위해 출제된 문제는 아니었지만 날카로운 지적이었다. 그래서 너는 술을 마시게 해주겠다. 하지만 정답은 몰랐으니까 내가 딱 한 잔만 따라주겠다."

그날 밤 우리는 담임의 정답도 틀렸다는 사실을 확인했다. 학생들과 선생님들의 눈동자에도 달이 들어 있었기 때문에 그날 밤 경포에 떴던 달은 수백 개라고 해야 옳았다. 담임도 그 사실을 시인하고 학생들 모두에게 맥주를 한 잔씩 따라주었다. 나중에 학생들에게 담임이 술을 먹였다는 사실이 학교 당국에 알려졌고 담임은 시말서를 썼다는 소문이 나돌았다. 그러나 이제 경포에는 달이 없었다. 하늘에도 바다에도 호수에도 술잔에도 연인들의 눈동자에도 달이 없었다.

나는 산책로를 걷다가 숙소로 돌아와 침대에 몸을 눕혔다. 내일 아침 바다로 나가 일출을 보고 싶었다. 일출을 보면 기분이 달라질지도 모른다는 생각이 들었다. 그러나 잠이 오지 않았다. 노트를 꺼내 시를 쓰기 시작했다. 언어들이 자꾸만 겉돌고 있었다. 결국 나는 볼펜을 내던져버리고 온갖 잡념들을 붙잡고 시간을 죽이기 시작했다.

동이 틀 무렵 두터운 점퍼를 걸치고 바다로 나갔다. 하늘과 바다의 경계가 분명치 않았다. 나는 수평선으로 짐작되는 부분에 시선을 고정시키고 해가 떠오르기를 기다리고 있었다. 그러나 날이 훤하게 밝을 때까지도 해는 떠오르지 않았다. 알고 보니 수평선 가까이 짙은 구름띠가 길게 펼쳐져 있었고 그 상단에 어느새 해가 높이 떠올라 있었다. 구름띠에 가려져 제대로 일출을 보지 못한 형국이었다.

바다를 벗어나 산책로를 거닐기 시작했다. 조각공원이 보였다. 조각공원에는 조각작품과 석비(石碑)들이 늘어서 있었다. 그리고 석비에는 시들이 새겨져 있었다. 이른 아침이었으나 날씨는 별로 춥지 않았다. 산책하는 사람들이 제법 많이 눈에 띄었다. 그러나 산책하는 사람들은 석비에 새겨진 시들에 대해서 별로 관심을 표명해 보이지 않았다. 나는 석비 가까이 다가가서 천천히 시들을 숙독하기 시작했다. 어떤 시인은 울고 있었고 어떤 시인은 엄살을 쓰고 있었다. 어떤 시인은 허무의 늪에 빠져 있었고 어떤 시인은 기만의 덫에 걸려 있었다. 어떤 시인은 인생을 자탄하고 있었고 어떤 시인은 인생을 관조하고 있었다. 어떤 시인은 외로움에 찌들어 있었고 어떤 시인은 그리움에 탈진해 있었다. 그러나 달을 기억하고 있는 시인은 아무도 없었다.

바다로 나갔다. 겨울이었으므로 바다는 비교적 한산해 보였다. 연인이나 부부로 보이는 남녀 몇 쌍이 바다를 배경으로 사진을 찍고 있거나 백사장을 산책하고 있었다. 여행을 떠나기 전에 나는 바다를 보면 절로 시문(詩門)이 열릴지도 모른다는 생각을 했었다. 그러나 바다는 그 자체가 거대한 시였다. 그래서 바다를 보자 오히려 시문이 닫혀버리고 말았다.

나는 백사장에 퍼대고 앉아 거대한 바다를 정면으로 바라보면서 자괴감에 빠져들고 있었다. 바다에 비하면 세속은 너무도 협소하고 조악한 수족관이었다. 나는 암울한 기분으로 수족관 밑바닥을 기어 다니면서 시를 쓰는 한 마리 다슬기였다. 끊임없이 욕망의 아가미를 벌름거리거나 오만하게 허영의 비늘을 번쩍거리면서 수족관 속을 헤엄쳐 다니는 물고기들. 그것들은 언제나 내가 쓰는 시들을 거들떠보지도 않았다. 나는 바다를 보고 나서야 비로소 깨달았다. 수족관 속에서 양식되는 목숨들에게는 영혼이 존재할 수가 없다는 사실을.

나는 바다에 오기를 잘했다는 생각이 들었다. 수족관을 탈피해서 망실한 영혼을 되찾았다는 생각이 들었다. 바다를 본 다음부터 세속의 하찮은 잡사(雜事)에 발목을 잡히지 않을 자신감이 생겼다. 버려라. 버려라. 버려라. 바다는 내게 소리치고 있었다. 나는 한 트럭 분량은 족히 되고도 남을 의식 속의 속물근성을 모조리 바다에 던져버렸다. 마음이 한결 가벼워졌다. 그것으로 바다에 와서 얻은 소득은 충분했다. 나는 여관으로 돌아가 눈을 좀 붙인 다음 오늘 중으로 강릉을 떠나도 좋겠다는 생각을 했다. 나는 여관으로 걸음을 옮겨놓기 시작했다. 그런데,

"신분증 좀 보여주십시오."

여관에 도착하니 무슨 일인지 정복을 입은 경찰관 두 명이 경직된 자세로 입구를 지키고 있다가 나를 가로막으며 신분증 제시를 요구했다. 나는 5호실 투숙객이라고 말하고 주민등록증을 꺼내 보였다.

"확인할 일이 있으니 여기서 잠깐만 기다려주십시오."

정복을 입은 경찰관 하나가 안으로 들어가더니 사복을 입은 사내 하나를 데리고 나왔다. 사내는 자신을 시경 강력계 백춘근 형사라고 소개했다. 다부진 체격에 부리부리한 눈을 가지고 있었다.

"지난밤 어디서 주무셨습니까."

사내의 부리부리한 눈이 재빨리 내 전신을 훑었다. 별로 기분이 좋지 않았다. 나는 아무 잘못이 없다. 공연히 주눅이 들면 오해를 사거나 누명을 쓸지도 모른다. 나는 당황하지 말아야 한다고 자신을 타이르고 있었다.

"이 여관 오호실에 있었습니다."

"이른 새벽에 나가신 걸로 알고 있는데 지금까지 어디 계셨습니까."

"일출을 보려고 바다에 나갔다가 일출은 보지 못하고 산책로를 걸었습니다. 걷다가 석비에 쓰인 시들을 모두 읽고 오는 길입니다."

"저하고 오호실에 들어가서 잠깐 말씀 좀 나누실까요."

"무슨 일입니까."

"지금은 말씀드릴 수가 없습니다."

사내는 일단 5호실로 들어가서 무엇인가를 확인해 보고 싶어 하는 것 같았다. 나는 약점을 잡힐 만한 건덕지가 없었으므로 사내의 요구대로 순순히 여관으로 들어섰다. 사태가 심상치 않아 보였다. 7호실은 방문이 활짝 열려 있었다. 형사들로 짐작되는 사람들이 심각한 표정으로 방문 앞에서 무엇인가를 수첩에 끄적거리고 있거나 머리를 맞대고 수근거리고 있었다. 그들의 모습에 가려져 방 안의 동태는 잘 보이지 않았다. 나는 직감적으로 살인 사건이 발생했구나, 라고 판단했다.

사내는 5호실로 들어가기 전에 다른 형사가 확보하고 있는 숙박부를 가져오게 한 다음 내가 기재한 내용이 주민등록증과 일치하는가를 먼저 확인해 보았다. 정직하게 기재하기를 잘했다는 생각이 들었다.

"춘천에서 무슨 일을 하십니까."

"닭갈비 장사를 합니다."

"강릉에 오신 목적이 무엇인가요."

"겨울바다가 보고 싶어서 왔습니다."

대화가 아니라 심문이었다. 역시 기분이 별로 좋지 않았다. 나는 불쾌감을 드러낼까 말까 망설이고 있었다. 하지만 아무 잘못이 없다는 사실이 나를 안심시키고 있었기 때문에 굳이 불쾌감을 드러내지는 않았다.

"요즘 조류독감 때문에 고충이 많으시지요."

"시간이 지나면 해결되겠지요."

"빚독촉에 시달리고 계시는 걸로 알고 있는데."

사내는 분명히 유도심문을 하고 있었다.

"무슨 일인지는 모르지만 넘겨짚지는 마십시오. 빚은 한 푼도 없습니다. 조류독감이 내습하기 전에는 제법 장사가 잘 되는 업소였습니다."

"상호가 어떻게 됩니까."

"금불알 닭갈비입니다."

금품을 노린 살인강도일지도 모른다는 생각이 들었다.

"동행이 있으시지요?"

나를 범인으로 넘겨짚고 공범 여부를 추궁하는 것 같았다. 이러다 잘못해서 살인누명을 쓰고 감방으로 직행할지도 모른다는 불안감이 앞섰다. 벌컥 화를 내면서, 잘못짚었어 이놈아, 라고 소리치고 싶었다. 하지만 나는 어이없게도,

"혼자인데요."

공손한 목소리로 대답했다. 빌어먹을 소심증.

"인터넷 하시지요?"

"합니다."

"여기서 만나기로 약속한 사람들이 있지요."

"없습니다."

"조사해 보면 다 알게 되어 있으니까 솔직하게 말씀해 주셔야 합니다."

"도대체 왜 이러시는 겁니까."

그러나 사내는 대답 대신 내 여행용 가방으로 시선을 옮겼다.

"실례입니다만 소지품을 좀 살펴보아도 괜찮겠습니까."

나는 마침내 노골적으로 불쾌감을 드러내 보였다.

"무슨 일인지부터 말씀해 주시는 것이 순서가 아닙니까?"

"죄송합니다. 소지품을 살펴본 다음에 말씀드리지요. 괜찮겠습니까?"

"마음대로 하세요."

소지품이라야 옷 한 벌과 노트와 볼펜, 그리고 세면도구가 전부였다.

사내는 가방의 지퍼를 열었다. 그리고 옷들을 꺼내 호주머니를 모조리 뒤져보고 세면도구들도 세심하게 살펴보았다. 심지어는 노트까지 뒤적거리기 시작했다. 다리의 용도를 잊어버린 오징어. 시간의 공동묘지. 그리움으로 번성하는 미역 수풀. 몽상의 말미잘. 버지니아 울프의 영혼. 실신하는 물보라. 해삼의 우울한 분만. 별이 되고 싶은 불가사리. 기억의 표류. 정어리떼. 끝없는 절망의 깊이. 장 콕토의 엽시(葉詩). 노망으로 시도 때도 없이 먹물을 분사하고 다니는 문어. 멀리 떠 있는 고기잡이 배들의 불빛. 노트에는 어제 내 기억의 서랍 속에서 벌레들처럼 기어 나와 시적 변환을 꿈꾸던 낱말들과 지난밤 시를 쓰기 위해 끄적거리다 포기해 버린 메모들이 비틀거리고 있었다. 강릉에 가서 밤바다를 만났다. 밤바다는 굽은 등으로 돌아앉아 울고 있었다. 나도 울컥 눈물이 나서 못 본 척 외면해 버렸다. 그동안 바다도 없이 살아온 날들이 이상했다. 잊어버린 것들은 시가 되지 않음을 바다를 보고 비로소 깨달았다. 사내는 그것들을 한참 동안 들여다보다가 내게 참으로 어이없는 질문을 던졌다.

"쓰다 만 유서 맞지요?"

사내의 질문은 거의 확신에 차 있었기 때문에 나는 어처구니가 없어서 피식 웃음을 흘리고 말았다. 무슨 오해가 있음이 분명했다.

"시를 쓰다가 표현이 조잡해져서 포기해 버린 겁니다. 그런데 지금 형사님께서 보여주신 일련의 행동들은 엄연한 프라이버시 침해 아닙니까?"

"혹시 문학도이십니까?"

"무명시인입니다."

"아까는 닭갈비 장사를 하신다고 말씀하셨는데."

"우리나라에서는 시인이 닭갈비 장사를 하거나 닭갈비 장사가 시를 쓰면 범법행위에 해당합니까."

"죄송합니다. 사실 칠호실에서 세 구의 시신이 발견되는 사건이 발생했습니다. 현재까지는 동반음독자살로 추정하고 있습니다. 저는 사건을 담당한 경찰관으로 일단 이헌수 씨가 일행일지도 모른다는 가정 하에 질문을 드렸습니다. 주인 아주머니의 진술에 의하면 죽은 사람들과 거의 같은 시간에 투숙하셨더군요. 솔직하게 말씀해 주십시오. 정말로 칠호실 사람들과 전혀 교류가 없었습니까?"

"없었습니다."

"채팅으로도 만난 적이 없습니까?"

"그런 사이라면 왜 같은 여관에 숙소를 정하고도 서로 말 한 마디 나누지 않고 각방을 썼겠습니까."

"결례를 범했다면 양해 바랍니다. 정황으로 미루어 칠호실 투숙자들은 인터넷 자살 사이트에서 만난 사람들로 추정됩니다. 각자 유서를 남겼기 때문에 일단 자살로 추정하고 있지만 수사를 더 해야 할 필요성이 제기되어 나중에라도 연락을 드릴 일이 있을지 모르겠습니다. 여러 가지로 바쁘시겠지만 적극적인 협조를 부탁드리겠습니다. 실례 많았습니다."

사내는 내 주소와 핸드폰 번호를 자기 수첩에 기록했다. 나는 바다를 떠올리고 있었다. 갑자기 마음이 대범해지고 있었다.

"제가 한 말씀 드려도 될까요."

내가 사내에게 물었다.

"사건에 도움이 될 만한 이야기라면 무엇이라도 상관이 없습니다."

"글쎄요, 사건에 도움이 될지는 모르지만 참고하시면 좋을 것 같아서 말씀드리겠습니다."

나는 우격다짐식 수사를 풍자한 유머 하나를 떠올리고 있었다.

"지리산에서 세계 경찰수사경연대회가 열렸습니다. 주최 측에서 지리산에다 생앙쥐 한 마리를 풀어놓고 그놈을 얼마나 빨리 잡아오느냐로 수사력을 가늠하는 대회였습니다. 중국 경찰은 사람을 잔뜩 풀어서 인해전술로 생앙쥐를 잡아왔습니다. 소요시간은 이틀. 소련 경찰은 케이지비가 합세를 해서 생앙쥐를 잡아왔고 소요시간은 스무 시간. 미국 경찰은 초현대식 범인추적장치를 이용해서 두 시간 만에 새앙쥐를 잡아왔습니다."

"무슨 말씀을 하고 계시는 겁니까."

사내가 내 말문을 가로막았다. 죄송합니다만 제 말씀을 끝까지 들어주십시오. 나도 사내의 말문을 가로막았다. 그리고 천연덕스럽게 이야기를 계속했다.

"이번에는 한국 경찰 차례입니다. 한국 경찰은 불과 이십 분도 안 되는 시간에 곰 한 마리를 잡아가지고 심사위원들 앞에 나타났지요. 심사위원 하나가 놀랍고 의아한 표정으로 한국 경찰에게 물었습니다. 새앙쥐는 어디 있나요. 한국 경찰은 대답 대신 경찰봉으로 곰의 옆구리를 쿡 찔렀습니다. 그러자 곰이 겁먹은 목소리로 재빨리 자백했습니다. 제가 새앙쥔데요."

나는 여기서 잠깐 한 호흡을 조절한 다음 이야기의 끝을 맺었다.

"웃자고 해본 소립니다. 물론 요새는 이런 경찰 없겠지요. 자유당 때만 하더라도 이런 경찰 참 많았던 것으로 알고 있습니다. 수사가 명쾌하게 종결되기만 빌겠습니다."

사내는 고기를 씹다가 자기 혀를 깨물었을 때와 흡사한 표정을 짓고 있었다.

갑자기 피곤이 몰려들고 있었다. 형사의 말을 빌리면 지난밤 이 여관에서 세 사람이 동반자살을 단행했다고 한다. 물론 세상은 죽고 싶을 정도로 척박하다. 자살을 결심한 사람들에게는 모든 생존의 이유가 허영에 불과할지도 모른다. 하지만 그들은 무슨 이유로 강릉까지 와서 자살을 감행했을까. 마지막으로 지치고 허기진 영혼을 바다 곁에 눕히고 싶었던 것은 아닐까. 그들의 유서를 한번 보고 싶었다. 하지만 불가능할 것이다.

나는 그만 춘천으로 돌아가야겠다는 생각을 했다. 어디를 가도 절망이 있고 어디를 가도 고통이 있다. 하지만 시를 쓸 수만 있다면 기꺼이 감내하겠다. 떠날 채비를 갖추고 5호실 문을 열었다. 예기치 못했던 변고 때문에 곤욕을 치르던 주인 아주머니가 볼멘소리로 형사들한테 변명하는 소리가 들렸다.

"나도 처음에는 혼숙이 안 된다고 딱 잘라 말했다니까. 하지만 나이 많은 놈이 조카들이라고 하니까 조카들인 줄 알았지. 약 처먹고 죽으러 온 줄 누가 알았나. 대한민국에서 손님들의 친인척 족보까지 일일이 확인해 보면서 여관 해먹는 년 있으면 나한테 한번 데리고 와보슈."

30

자살이라는 단어를
거꾸로 읽으면
살자가 된다

다음 날 나는 춘천에서 조간신문을 통해 인터넷 자살 사이트에서 만난 남녀 세 명이 경포호 인근 여관에서 동반자살을 했다는 기사를 읽었다. 세 사람은 다량의 제초제를 마시고 자살했으며 한결같이 삶에 회의를 느껴 자살을 감행한다는 내용의 유서를 남겼다는 기사였다.

자살이라는 단어를 거꾸로 읽으면 살자가 된다. 이 단순한 아이러니 속에 심오한 뜻이 내포되어 있는지도 모른다. 자살자들은, 마침내 벼랑 끝에 도달하고야 말았다는 절망감과 이제는 아무런 방책도 강구할 수가 없다는 무력감이 극에 달해서 인지적 파국을 맞이한 사람들이다. 이때 자살자들은 최후의 의사소통 방법으로 죽음이라는 암흑 터널을 선택하게 된다. 그러니까 자살은 살고 싶어도, 라는 단서를 감추고 있다. 살고 싶어도 자살

이외의 대안이 없다는 의사전달인 것이다.

비록 저승길이지만 동반자가 있으면 덜 외롭다고 생각하는 것일까. 한때 인터넷 자살 사이트를 이용한 동반자살이 연쇄적으로 일어났고 결국 심각한 사회문제로 대두되기 시작했다. 당연히 경찰의 강력한 단속이 펼쳐지기 시작했으며, 한동안 자살 사이트가 자취를 감추면서 안티 자살 사이트가 활성화되는 추세를 보이기 시작했다. 그러나 요즘은 안티 사이트마저도 자살 지망자 교류 사이트로 변모되는 양상을 보이고 있다.

믿을 만한 통계에 의하면 지구상에는 매일 1천여 명이라는 인간이 자살로 목숨을 잃는다. 인터넷에서는 자살이라는 단어가 섹스라는 단어와 버금가는 인기 검색어로 존재한다는 소문이다. 어떤 안티 자살 사이트에 들어가보니 악동기질적이면서도 냉소적인 자살방법들이 열거되어 있었다.

총기 자살

동거인이나 본인이 총기를 소지하고 있을 경우에 시도해 볼 만한 자살법이다. 심장이나 뇌를 겨냥해서 총구를 밀착시키고 과감하게 방아쇠를 당겨야 한다. 격발하기 전에 안전장치를 풀어야한다는 사실을 숙지하라. 안전장치를 풀지 않고 방아쇠를 당겼다가 격발이 되지 않으면, 살아야 한다는 하늘의 계시가 아닐까, 어쩌구 하는 식의 잡념이 끼어들어 실패할 확률이 높다. 소요경비는 무료에 가깝다. 크게 노동력을 필요로 하지 않는다. 시간을 많이 소비할 필요도 없다. 격발 전에 실탄의 종류를 확인하는 세심함도 필요하다. 공포탄이나 신호탄이 장전되어 있는지도 모르고 방아쇠를 당기면 상당기간 쪽팔림 속에서 병원치료를 받아야 하는 불상사가 기다리고 있다.

선풍기 자살

외부와 공기가 일절 통하지 않도록 방 안의 모든 구멍을 막아버린 다음 선풍기를 틀어놓고 잠들어버리는 방법이다. 술에 만취된 상태로 잠들거나 수면제를 다량으로 복용한 상태로 잠들면 산소가 희석되어 자살에 성공할 가능성이 높다. 활짝 핀 백합이 가득 꽂힌 꽃병을 설치해 두면 금상첨화다. 자살비용을 줄이고 싶다면 맨정신으로 선풍기를 틀어놓고 산소가 희석되기를 기다리면 된다. 그러나 돈 한 푼 안 들이고 죽으려면 막강한 인내심이 필요하다. 도중에 숨이 막혀 뛰쳐나가버리면 모처럼의 계획도 도로아미타불이다.

동맥 가르기

면도날로 손목의 동맥을 깊이 긋는 방법이다. 피가 흐르는 손목을 더운물에 담그면 지혈이 되지 않고 피가 계속 분출된다는 설이 있다. 그러나 실패한 사례도 적지 않다. 피가 분출할 때 수면제를 먹고 잠들어버리면 실패할 확률이 줄어든다.

추락사

전용기 가지고 있냐. 전용기 가지고 있으면 한번 시도해 볼 만한 자살법이다. 머시여? 전용기까지 소유한 범털이 미쳤다고 자살을 하느냐구? 무슨 소리냐. 재벌 총수도 자살한 적이 있다는 사실을 벌써 잊었냐. 전용기 없으면 레포츠용 경비행기라도 괜찮다. 비행기 조종을 못 한다구? 요즘 우리나라에도 사설 비행학교가 생겼다. 정보에 둔감하면 죽을 때도 조잡한 방법으로 죽게 된다. 죽더라도 좀 멋있게 죽을 생각 없냐. 멋있게 죽고 싶다면 사설 비행학교에서 조종법을 익혀라. 그리고 날을 잡아서 수직비행을 시도해라. 안전벨트를 매지 않은 상태로 수직비행해서 까마득한 높이에 도달하면 아무것도 붙잡지 말고 비행기를 한번 혜까닥 뒤집어라. 초고속으로 수직낙하해서 전신이 으깨져버리는 쾌감을 맛보게 될 것이다. 그러나 비행기를 혜까닥 뒤집기 전에 바닥을 한번 확인해 볼 필요가 있다. 시퍼런 바다나 울창한 숲이 보이면 만에 하나라도 실패할 가능성이 있다. 졸라 허우적거리면서 개헤엄으로 몇십 리를 횡단해야 하거나 한평생 뼈빠지게 휠체어 바퀴를 굴리면서 살아야 하는 비극이 기다리고 있을지도 모른다. 물론 소요경비, 노동력, 소요시간이 적지 않게 투자되는 방법이므로 가난한 사람들에게는 별로 추천하고 싶지 않다. 경비를 절감하고 싶은 개털들은 그냥 아파트 옥상에서 추락해라.

목매달기

밧줄이나 노끈 또는 철사줄을 목에 걸고 높은 장소에서 뛰어내리는 방법이다. 뛰어내렸을 때 줄이 너무 길어서 발이 땅에 닿지 않도록 해야 한다. 높은 장소에서 추락을 시도했을 때 줄이 너무 길면 죽지도 못하고 다리가 부러지거나 척추가 손상될 우려가 있다. 발이 땅에 닿을 때 혓바닥을 깨물어서 동강난 사례도 있다. 특히 공중에 매달렸을 때 밧줄이 자동적으로 목을 옥죄이도록 매듭을 조작하는 방법을 모르면 절대로 시도하지 말라. 공중에 장시간 매달려 발버둥을 치다가 지나가는 사람들에게 개망신을 당하면서 구제되는 부작용을 초래하게 된다. 비교적 저렴한 경비와 단순한 노동력을 투자해서 단시간에 목적을 달성시킬 수 있는 방법이다.

사자에게 물려죽기

당신이 남자라면 발정기를 맞이한 수사자와 암사자를 넣어둔 우리로 들어가서 당신이 먼저 바지를 까내리고 적극적으로 암사자를 덮쳐라. 죽은 다음에 해외토픽에 실릴지도 모른다. 최소한 버스비와 입장료에 해당하는 경비, 그리고 우리를 타넘을 수 있는 노동력 정도는 갖추고 있어야 한다.

음독

문자 그대로 독을 마시고 죽는 방법이다. 널리 사용되는 독으로는 농약, 복어알, 청산가리, 제초제, 비상, 쥐약, 수면제 등이 있다. 그중에서 수면제는 디립다 잠만 자고 어벙한 상태로 일어나는 사례가 많아서 그다지 권장하고 싶지 않다. 쥐약도 요즘은 거의가 인체에 해를 미치지 않는 것으로 알려져 있다. 독은 체질과 상극을 이루어야만 소기의 목적을 달성할 수가 있다. 같은 독이라도 어떤 체질에는 보약이 되기도 하고 어떤 체질에는 사약이 되기도 한다. 사약의 효과를 기대하고 먹은 독이 보약의 효과를 낸다면 어떻게 되겠는가. 마음은 죽음으로 치달아가고 있는데 몸은 활력이 넘치는 상태를 생각해 보라. 날로 갈등이 배가될 것이다. 갈등. 듣기만 해도 지긋지긋하지 않은가. 그렇다고 무슨 의료기관 같은 데서 체질검사를 거친 다음 체질에 맞는 독을 선택할 수도 없는 노릇이다. 가장 가격이 저렴하고 구하기가 용이하며 성공할 확률이 높은 상품은 역시 농약이다. 한 모금 마시고 맛이 역겹다고 도중에 포기하거나 구토를 해버리는 사람들이 있다. 아직도 자살을 허영이나 사치로 생각하는 사람들이다.

예술하기

위에 열거한 방법들이 마음에 들지 않는 사람들은 순수하고 진실한 마음으로 예술에 전념하는 방법을 추천하고 싶다. 단 한국을 무대로 예술을 하라. 그러면 3년 이내로 복장이 터져 죽거나 굶어 죽을 것이다. 한국을 무대로 예술을 해도 죽지 않는 사람이 있다면 순수하고 진실한 마음으로 예술을 하지 않았기 때문이다.

완벽한 자살

하나님, 자동차, 심근경색, 에이즈, 뇌진탕, 암세포, 날벼락 등이 자신을 죽여줄 때까지 끈질기게 기다리는 방법이다. 살아 있을 자신도 없고 죽어버릴 자신도 없는 사람에게 추천하고 싶다. 살아간다는 사실이 곧 죽어간다는 사실이거늘 굳이 서두를 필요가 있겠는가.

31

도대체 저들 중에
누가 내 시들을 읽어줄 것인가

마침내 조류독감 파동이 진정국면으로 접어들었다. 닭고기를 먹다가 조류독감에 감염되면 보험금 20억을 지불한다는 한국계 육협회의 결정이 뉴스를 타게 되면서 닭갈비집들은 연일 손님들로 문전성시를 이루기 시작했다. 닭갈비집들마다 테이블이 모자랄 지경이라는 소문이었다.

하지만 나는 북새통을 이루는 손님들이 별로 달갑지 않았다. 뉴스가 터지기 전까지는 얼씬도 하지 않다가 보험금 20억에 대한 뉴스가 터지던 날부터 문전성시를 이루는 손님들을 보면서 씁쓸한 기분을 떨쳐버릴 수가 없었다. 그들은 닭갈비를 먹고 싶어서 금불알을 찾아온 손님들이 아니었다. 보험금 20억을 탈지도 모른다는 사행심 때문에 금불알을 찾아온 손님들이었다. 달리 말하자면 자신의 목숨을 20억에 저당 잡히고 싶어서 안달이나 있는 배금주의자들이었다. 얼굴에는 불황에 처한 닭갈비 업체를 구제해 주겠다는 자비심이 스킨로션처럼 번들거리고 있었지만 뱃속에는 20억에 대한 탐욕이 닭기름처럼 지글거리고 있었다.

"닭고기 먹으면서 이렇게 스릴을 느껴보기는 처음이야."

"그래, 저번에 복지리 먹을 때보다 훨씬 간 떨리는 거 같지?"

"완전히 익힐 필요 없어. 덜 익은 걸 먹어야 맛도 좋고 조류독감에 걸릴 확률도 높다니까."

"자네는 이십억이 생기면 어디다 쓸 건데."

"일단 춘천부터 떠야 하지 않을까."

"그래. 아는 놈들이 많을수록 손 내미는 놈들도 많을 거야."

"그동안 괄시 받고 살아온 거 생각하면 땡전 한 푼도 주고 싶지 않아."

"나도?"

"같이 먹었으니까 너도 걸리겠지."

"체질에 따라 안 걸릴 수도 있잖아."

"너는 생각 좀 해봐야겠다."

"그런데 조류독감에 걸리면 정말로 죽을까?"

"살아나는 놈도 있을 거야."

"죽을 때는 죽더라도 돈이나 여한 없이 써보고 죽었으면 좋겠네."

"뻔질나게 닭갈비집 드나들면 언젠가는 그런 날이 올지도 모르지."

손님들의 관심사는 오로지 보험금 20억으로 일관되어 있었다. 처음에는 본색을 감추고 천연덕스럽게 닭갈비를 뜯던 손님들도 술이 몇 순배 돌고 나면 노골적으로 20억에 대한 탐욕을 드러내기 일쑤였다. 테이블마다 중심화제는 20억이었다. 손님들은 자기들에게 20억이 없었기 때문에 세상의 모든 불행이 초래되었다고 생각하는 사람들 같았다. 자기에게 20억이 없었기 때문에 가정 파탄이 일어났고 자기에게 20억이 없었기 때문에 마누라가 집을 나가버렸으며, 자기에게 20억이 없었기 때문에 아들놈이 군대를 가야 했고 자기에게 20억이 없었기 때문에 딸년이 대학에 낙방 했다고 생각하는 것 같았다.

"나한테 이십억만 생기면."

손님들은 자기한테 20억만 생기면 모든 일들이 해결된다고 생 각하는 것 같았다. 자기한테 20억만 생기면 민족의 숙원인 남북 통일도 이루어지고 가정파탄으로 집을 나가버린 마누라도 다시 돌아온다고 생각하는 것 같았다. 나는 이번 사태를 계기로, 인 간의 육신은 70퍼센트가 물로 구성되어 있지만 인간의 의식은 100퍼센트가 탐욕으로 구성되어 있다는 사실을 확연히 깨닫게 되었다.

도대체 저들 중에 누가 내 시들을 읽어줄 것인가. 생각할수록 암울했다. 세상에 종말이 오고 있다는 생각이 들었다. 내게는 가 까스로 시 하나가 희망으로 남아 있었다. 하지만 언젠가는 그것 마저 세상에서 사라져버리고 말 거라는 생각이 들었다. 날마다 손님들이 문전성시를 이루기는 했지만 나는 장사를 하고 싶은 의욕이 생기지 않았다.

"나 코수술 하면 어떨까."

조류독감 파동이 진정국면을 보이기 시작하면서 제영이가 코 수술에 대해 지대한 관심을 표명하기 시작했다.

"너 축농증 있었니?"

"축농증 같은 소리 하구 있네."

"그럼 왜 코수술을 하겠다는 거야."

"오똑하게 높이고 싶다는 거지."

"한동안 명품병으로 지랄을 떨더니 이제는 또 성형병으로 지랄을 떨 거니?"

"지랄?"

"멀쩡한 코를 수술하겠다니 지랄도 보통 지랄이 아니지."

"말 다했어?"

"아직 다 못했어."

찬수녀석은 명품에 대한 관심을 표명할 때도 그랬지만 코수술에 대한 관심을 표명할 때도 곤혹스러운 표정이었다. 그러나 제영이는 한 번 의사를 피력하면 반드시 관철되어야만 직성이 풀리는 여자였다. 하루에도 몇 번씩 코수술을 들먹거렸다. 자연히 찬수녀석과의 말다툼이 잦아지고 있었다. 제영이는 가급적이면 신분에 맞지 않은 욕구를 창안해서 찬수녀석을 볶아대는 일에 발군의 기량을 발휘했다. 마치 그것이 삶의 궁극적 목표라고 생각하는 여자 같았다. 명품만 해도 그랬다. 그녀가 닭갈비집 한 달 매출을 상회하는 명품을 사달라고 이불을 뒤집어쓰고 시위를 벌일 때는 두개골 속에 뇌가 들어 있는지 한번 절개해 보고 싶은 충동이 치밀어 오를 지경이었다.

"형은 어떻게 생각해?"

"뭘?"

"제영이 코수술 말이야."

"코수술 끝나면 턱수술, 턱수술 끝나면 지방흡입, 지방흡입 끝나면 유방확대. 기분에 따라서는 성전환수술 하겠다고 떼를 쓸지도 모르지. 감당할 자신 있냐?"

"자신 없어."

"제영이라면 이목구비, 사대육신, 오장육부, 다 갈아치워도 만족하지 않을 거야."

"어떻게 해야 하지?"

"니가 같은 방에서 한 이불 덮고 사는 한 무슨 대책이 있겠냐."

"미치겠네."

찬수녀석은 막내였다. 부모님이 돌아가시고 특히 외로움을 많이 타는 기색을 보였다. 여자를 사귀어본 적이 한 번도 없었다. 제영이가 처음이었다. 그러나 찬수녀석도 이제는 지쳐가고 있는 것 같았다. 나도 한집에 사는 처지라 무심할 수는 없었다. 하지만 제영이는 어떤 충언도 귀담아듣는 성품이 아니었다. 언제나 자기 주장만 뚜렷했다.

"이뻐지고 싶어하는 건 모든 여자의 공통된 본능이야."

"얼굴만 이쁘면 뭘 하나. 마음도 이뻐야지."

"그래, 나는 마음이 이쁘지 않으니까 얼굴이라도 이뻐지려고 한다. 그게 잘못이니?"

"얼굴이 이뻐지는 데는 돈이 많이 들지만 마음이 이뻐지는 데는 돈이 별로 들지 않는다는 거지. 돈이 많이 드는 쪽은 나중에 선택하고 돈이 별로 들지 않는 쪽을 먼저 선택하는 게 현명한 처사 아니냐?"

"알았어. 이 나쁜 놈아. 결국은 나 같은 년한테 돈 쓰기가 아깝다 이거지. 그동안 돈 한 푼 안 받고 뼈빠지게 시다 노릇 해준 대가가 고작 이거니?"

"물론 정식으로 급여는 지불해 주지 않았지만 솔직히 말해서 돈은 이 집에서 니가 제일 많이 썼잖아."

"쪼잔한 자식. 그게 왜 내 탓이야 세상 탓이지. 세상을 한번 둘러보라구. 어떤 물건이라도 여자들이 사용하는 물건은 남자들이 사용하는 물건보다 훨씬 비싼 편이야. 그리고 너는 날보고 세상 물정을 모른다고 하지만 그건 내가 너한테 해주고 싶은 소리야. 요즘 여대생들 오십 프로 이상이 성형한 얼굴이야. 나한테 쪼잔한 자식 소리 듣고 싶지 않으면 제발 세상 흐름 좀 읽고 살아."

"니가 아무리 개나발을 불어도 허영은 패가망신의 지름길이야. 코수술 안 해서 호흡곤란이라도 느낀다면 또 모를까, 왜 힘들여 번 돈으로 멀쩡한 코를 수술하겠다는 거야. 나는 무조건 결사 반대야."

"야, 이찬수. 전세계를 통틀어 대적할 놈이 없을 정도로 쪼잔한 짜식아. 더럽고 치사해서 앞으로 니 돈 안 쓴다. 내가 무슨 수를 써서라도 코수술 하고야 말 테니까 두고 봐."

제영이는 일손을 놓고 수시로 닭갈비를 먹는 일에 주력하기 시작했다. 조류독감에 감염되어 20억을 타게 되면 성형으로 얼굴 전체를 뜯어고치겠다는 포부였다. 잠깐 합석해도 괜찮을까요. 그녀는 일부러 일손이 바쁠 때를 골라 단골손님 자리에 합석을 하고 술시중을 드는 척하면서 닭갈비를 먹어대는 전법을 쓰고 있었다. 한편으로는 코수술을 반대하는 찬수녀석의 염장을 지르면서 다른 한편으로는 조류독감에 걸릴 기회를 만들어보겠다는 양동작전이었다.

하지만 보험금 20억 선포 한 달이 지나도록 닭고기를 먹고 조류독감에 감염되는 사람은 나타나지 않았다. 시간이 지날수록 20억에 대한 손님들의 탐욕도 시들해져 가고 있었다. 날씨가 풀리면서 조류독감도 완전히 물러가버렸다. 닭갈비집을 찾아오는 손님들도 현저하게 줄어들고 있었다. 그래도 제영이는 코수술에 대한 기대를 저버리지 않았다. 수시로 수술비를 조달해 달라고 떼를 쓰고 있었다. 영업이 끝나면 찬수녀석과 격렬한 말다툼을 벌이는 횟수가 점차로 늘어가고 있었다. 제영이의 눈두덩에 시퍼런 멍자국이 보이는 날도 있었고 찬수녀석의 광대뼈에 선명한 손톱자국이 보이는 날도 있었다.

날씨가 풀리면서 며칠씩 황사바람이 도시의 하늘을 뒤덮기 시작했다. 봄이 도래했다는 신호였다. 호수 연변에 늘어서 있는 수양버들에는 어느새 연둣빛 물이 오르고 있었다. 그러나 내 마음 안에는 그대로 겨울이 머물러 있었다. 내 기억의 벌판에는 아직도 시린 진눈깨비가 내리고 있었고 내 몽상의 시어들은 아직도 깊은 동면에 빠져 있었다.

나는 조류독감을 계기로 세상이 어떻게 변해버렸는가를 확연히 깨닫게 되었다. 그렇다. 이제 정신이 인간의 의식을 지배하던 시대는 종말을 고했다. 그리고 오로지 물질이 인간의 의식을 지배하는 시대가 도래했다. 나는 세상의 흐름에 편승하지 못한 채 지리멸렬하게 도태되어 가고 있는 잉여인간에 불과하다는 생각이 들었다. 내가 기억하는 모든 사실들이 환각이거나 망상일지도 모른다. 달은 이 세상에 없는 천체였다. 소요도 이 세상에 없는 여자였다. 그렇다면 저 반닫이 위에 놓여 있는 백자심경선주병과 그 뒷면에 염사되어 있는 달의 형상은 도대체 어떻게 설명해야 할까. 날이 갈수록 두통이 심해지고 있었다. 날이 갈수록 식욕도 감퇴되고 있었다.

물질만능주의와 외모지상주의로 치달아가는 세상이 진저리가 쳐질 정도로 싫어졌다. 이런 세상에서는 도저히 시를 쓸 수가 없을 거라는 강박관념이 불면증을 나날이 심화시키고 있었다. 어디론가 훌쩍 떠나버리고 싶었다. 그러나 사람이 사는 곳이면 어디든 마찬가지일 거라는 생각이 들었다.

32

내 생애 가장 길고도 지루했던 겨울은 끝났지만

"가게 문 열었냐."

"조금 전에 열었다."

"손님 많으냐."

"아직 개시도 안 했다."

"날씨가 너무 좋아서 모두들 야외로 나갔나."

"너라도 와서 개시해라."

"외상 개시라도 괜찮겠냐."

"명색이 친구라는 놈이 우정에 폭탄 터지는 소리만 지껄이고 있구나."

"손님이 없다니까 시간은 많겠구나."

"너하고 잡담 나눌 시간은 없다."

"의논할 일이 있으니까 잠깐만 기다려라."

가게 문을 열고 삼십 분 정도가 지났을 때였다. 휴대폰이 울렸다. 필도녀석이었다. 의논할 일이 있으니 만나자는 전화였다. 사실 나도 녀석과 의논하고 싶은 일이 있었다. 며칠째 줄곧 정신과 치료를 한번 받아보면 어떨까 하는 생각을 했었다. 봄이 되면서 무력감과 불면증, 식욕부진에 신경쇠약까지 겹쳐서 체중이 급작스럽게 감소되고 있었다. 갈수록 두통도 심해지고 있었다. 거울을 보면 눈두덩이 움푹 들어가고 광대뼈가 툭 불거진 미라 하나가 들어 있었다. 스스로 획기적인 변화를 선택하지 않는 한 똑같은 환경에서 똑같은 생활을 되풀이하다 결국 말라죽고 말 거라는 생각이 들었다.

가게 앞에서 십여 분쯤을 기다리자 필도녀석이 택시에서 내렸다. 이제는 완연한 봄이었다. 햇살이 눈부셨다. 김밥이라도 싸가지고 야외로 나가고 싶은 날씨였다.

"가게로 들어갈까."

"니 방에서 얘기하면 안 되겠냐."

"안 될 거야 없지."

녀석은 제법 심각한 표정을 짓고 있었다. 나는 녀석을 내 방으로 데리고 가면서 혜연이라는 여자가 무슨 문제를 일으켰는지도 모른다는 생각을 하고 있었다. 그러나 아니었다.

"봄을 기해서 사기를 좀 쳐야겠는데 밑천이 없다."

그림을 급조해서 개인전을 열 계획인데 5백만 원 정도만 빌려달라는 것이었다. 난감했다. 나는 돈이 필요할 때만 니 친구냐. 농담조로 한 마디를 던지고 싶었지만 나름대로 급박한 사정이 있겠지 싶어서 참기로 했다.

"봄이 되니까 예술적 충동이 황사바람 부는 날 소양강 물결처럼 출렁거리는 모양이로구나. 부럽다. 나는 봄이 되어도 전혀 시적 감흥이 떠오르지 않는다."

"그렇게 거창한 이유로 개인전을 열려고 하는 건 아니야. 솔직히 말하면 생활비가 좀 필요할 뿐이야. 요즘은 어찌 된 셈인지 삽화 의뢰조차 안 들어온다. 그래서 이참에 거들먹거리는 속물들이나 한번 속여먹어 보겠다는 심산이다. 팸플릿도 찍어야지 액자도 만들어야지, 못 들어도 칠백 정도는 들겠는데 니가 오백 정도만 해결해 주면 나머지는 내가 해결할 방도가 있다. 개인전 끝나면 즉시 갚도록 할 테니까 오백만 조달해 주라."

"사정은 딱하지만 솔직히 요즘 같아서는 오백은커녕 오십도 빌려줄 처지가 못 된다."

조류독감 파동은 지나갔지만 경기가 완전히 회복된 상태는 아니었다. 찬수녀석의 동의 없이 통장에서 5백만 원이라는 거금을 인출하기도 어려운 입장이었다. 하지만 개인전을 여는 목적을 듣고 보니 더 씁쓸한 기분이었다. 혼자 살 때는 돈이 없어도 그다지 불편한 줄 몰랐는데 둘이 사니까 턱없이 돈이 모자라더라는 것이었다. 그래서 개인전을 열고 지방유지로 행세하는 고등학교 선배들한테 그림을 강매하겠다는 계획이었다. 녀석은 최소한 3백만 원씩에 10점은 팔리지 않겠느냐고 전망했다. 이미 속여먹을 선배들의 명단까지 작성해 놓고 있었다.

"어떻게 안 되겠냐."

"정말 안 되겠다."

"개인전 끝나면 갚는다고 했잖아."

"떼먹힐까 봐 안 된다는 게 아니라 가게 사정이 어려워서 안 된다는 거다."

"챠쉭이 왜 갑자기 이렇게 쪼잔해졌지."

"마음대로 생각해라."

나는 갑자기 필도녀석이 낯설어 보이기 시작했다. 고등학교 때부터 정물화를 그리기 위해 정돈해 놓은 과일을 베어 먹거나 북어의 눈알을 빼먹는 일을 천인공노할 범죄처럼 생각하던 녀석이었다. 대학을 다닐 때는 누드 모델의 접힌 뱃살이나 무성한 음모까지도 신의 숨결로 빚어낸 예술의 일부라고 숭고함을 표명하던 예술지상주의자였다. 그런 녀석이 얼마 전에는 섹스 파트너와 제주도 여행을 가기 위해 급조된 그림을 팔아먹었고 이제는 생활비를 조달해야겠다는 명분으로 개인전까지 열려고 든다는 사실을 나는 도저히 납득할 수가 없었다.

"그만 가봐야겠다."

"간만에 쐬주나 한잔 할까."

"생각 없다."

"삐쳤구나."

"혜연 씨가 매주 로또를 사니까 그거나 당첨되기를 기다려봐야지."

"정말로 미안하다."

녀석을 빈손으로 돌려보내면서 나는 몹시 마음이 언짢았다. 녀석은 지금까지 수시로 내게 손을 내밀었다. 그리고 나는 한번도 그 손을 뿌리쳐본 적이 없었다. 손을 내밀어야 10만 원 정도가 고작이었기 때문에 별로 부담스럽지도 않았다. 하지만 이번에는 너무 부담스러운 액수였다. 게다가 녀석의 계획이라는 것도 별로 마음에 들지 않았다.

가게로 나가보니 여전히 손님은 한 명도 들어오지 않았고, 제영이가 또 코수술 문제로 찬수녀석과 티격태격 말다툼을 벌이고 있었다. 그녀는 독서를 많이 할수록 뇌기능이 마비된다고 생각하는 반면, 텔레비전을 많이 시청할수록 뇌기능이 활발해진다고 생각하는 여자였다. 그녀는 세계명작소설 속에 등장하는 인물들에 대해서는 백지상태였지만 국내 연속극 속에 등장하는 인물들에 대해서는 백과사전급이었다. 오늘은 토요일. 때마침 가게에 비치되어 있는 텔레비전에서 〈브라보 웰빙라이프〉라는 신설 프로를 방영하고 있었다.

"너는 지금이 웰빙 시대라는 사실도 모르는 인간이야."

"도대체 웰빙 시대가 코수술하고 무슨 상관이야."

"돈만이 인간을 행복하게 만드는 것이 아니라는 생각이 웰빙의 출발이라고 했잖아."

"그렇다 하더라도 웰빙 시대에 코수술 안하면 불행해진다는 말은 못 들어봤다."

"내가 미인이 되는 꼴을 절대로 보고 싶지 않다 이거지."

"콧대 하나 높인다고 미인 되기는 틀린 얼굴이라는 거 너 자신도 잘 알고 있잖아."

"눈깔에 백태가 낀 놈하고 같이 사는 내가 미친년이지."

제영이는 코수술만이 진정한 웰빙의 구현이라고 주장하고 싶은 눈치였다. 하지만 웰빙은 외모지상주의나 물질만능주의와는 오히려 상반된 개념으로 출발한 단어였다. 정신의 허함에서 물질만능주의가 태어났고 내면의 부실에서 외모지상주의가 태어났다.

산업의 고도화는 인간에게 물질적 풍요를 가져다주기는 했지만 정신적 풍요를 가져다주지는 못했다. 현대 산업사회의 인간들은 대부분 물질적 풍요를 얻어내는 일에만 혈안이 되었고 정신적 풍요를 얻어내는 일에는 그다지 관심을 기울이지 않았다. 따라서 정신적 결핍이 심각한 공황상태를 야기시키는 단계에까지 도달했다. 우울증이 만연하고 자살자가 속출했다.

웰빙은 이러한 현대 산업사회의 병폐를 인식하고 육체적, 정신적 조화를 통해 건강하고 행복한 삶을 영위하겠다는 의지에서 만들어진 일종의 문화양식이다. 하지만 어떠한 문화든지 인간들에게 널리 퍼지기 시작하면 언제나 그 본질은 퇴색해 버리고 만다. 웰빙 식품, 웰빙 주택, 웰빙 의류는 그렇다 치고라도 웰빙 성형은 좀 억지스럽다. 결국 대부분의 인간들은 웰빙의 본질은 팽개쳐버리고 웰빙을 빙자한 돈벌이에만 심혈을 기울이거나, 육체적 건강에만 주력하는 작태를 일삼고 있다. 정신의 빈곤을 떨쳐버리겠다는 명분으로 창안한 문화가 정신의 빈곤을 불러들이는 문화로 전락해 버린 것이다.

대부분의 인간들은 변하지 않을 것이다. 남이야 어떤 피해를 당하든 상관하지 않고, 자기만 잘 살면 된다는 생각 하나로 온갖 잔머리를 굴리면서, 물질의 풍요를 거머잡기 위해 악착같이 살아갈 것이다. 인간들이 만들어가는 세상도 끝내 변하지 않을 것이다. 온갖 범죄들이 꼬리를 물고 일어나고, 온갖 이변들이 다투어 초목들을 말라죽게 만들 것이다. 인간들의 가슴에서 달이 사라져버리면서 마침내 하늘에서도 달이 사라져버렸다. 해파리떼의 내습. 메뚜기떼의 대이동. 흑색겨울독나방의 출몰. 고래들의 떼죽음. 조류독감의 확산. 달이 사라져버리면서 불길한 징후들이 속출하고 있지만 이제 인간들은 자연의 경고를 판독할 능력을 상실해 버렸다.

그러나 나는 아직도 달을 기억하고 있다. 보름이면 한 마리 시조새가 되어 달빛 속을 유영하던 소요도 기억하고 있다. 노인이 주고 간 백자심경선주병에는 달이 선명하게 염사되어 있다. 그렇다. 달은 어딘가에 존재하고 있다. 나는 달을 찾아내고야 말겠다. 그러기 전에 일단 물질이 의식을 점령하고 있는 세속을 벗어나야겠다. 세속은 시가 질식해 버린 공간이다. 시가 질식해 버린 공간은 소통이 단절된 공간이다. 이제 떠나야겠다, 라고 결심하는 순간 노인의 예언을 떠올렸다. 아직도 무슨 뜻인지 나로서는 판독할 재간이 없었다.

예쁜 꽃부리 하나
속이 바싹 말라서
재앙을 스스로 불러들이네
예쁜 꽃부리를
더욱 예쁘게 만들고 싶다면
목에 진주를 걸지 말고
가슴에 눈물을 적실 일이니
세상 만물이
겉보다는 속이 중함을 알아야 하네
속이 마르고 마르면
결국 겉이 타버리는 법
그 이치를 알아
가슴을 눈물로 적실 때
지척지간으로 다가온 재앙이
만리지간으로 물러가리라.

33

짜장면과 보름달

"환자복으로 갈아입으세요."

담당 간호사가 말했다.

나는 탈의실로 들어가 환자복으로 갈아입었다. 환자복으로 갈아입고 나니 정말 환자가 되어버린 느낌이었다. 물론 담당 의사는 나를 망상증 환자로 진단했다. 하지만 나는 의사의 진단을 부정하지는 않았다. 달에 대한 정보가 기억 속에서 완전히 사려져버린 의사의 입장에서는 그렇게 진단할 수밖에 없을 거라는 생각이 들었다.

탈의실을 나서자 간호사가 환자복에 명찰을 달아주었다. 그리고 환자복에 명찰이 부착되면서 나는 완전무결한 환자의 면모를 갖추게 되었다. 간호사는 간단한 신체검사를 끝내고 나를 개방병동으로 데리고 가서 사물함을 지정해 주었다. 그리고 병원생활에 대한 전반적인 설명을 끝낸 다음 환우(患友)들에게 나를 소개시켜 주었다.

작년에 한 번 방문을 했던 경험이 있기 때문인지 개방병동은 별로 낯선 느낌이 아니었다. 그러나 작년에 나와 면담을 했던 의사와 내게 꽃사슴이 있다고 가르쳐주었던 환자는 보이지 않았다. 그러나 꽃사슴은 그대로 사육되고 있었다. 간호사에게 물어보니 나와 면담을 했던 의사는 서울로 전근을 갔고 꽃사슴이 있다고 가르쳐주었던 환자는 병세가 호전되어 퇴실을 했다는 것이었다.

약간의 규칙과 제약이 따르기는 했지만 병동생활은 그다지 불편하지 않았다. 치료사들은 세심하면서도 친절한 태도로 나를 대했고 환우들은 소심하면서도 우호적인 태도로 나를 대했다. 환우들에게서 느껴지는 무채색 우울과 무채색 고독과 무채색 절망들은 내게도 오래도록 간직되어 있던 감정들이었다. 그래서 친근한 느낌이었다.

개방병동에서 자활치료를 목적으로 실시되는 프로그램들은 다양하면서도 재미있는 요소들을 갖추고 있었다. 문예요법, 그림요법, 원예요법, 체육요법, 서예요법, 무용요법, 공예요법, 음악요법, 연극요법. 바깥세상에서는 소홀하게 취급되는 정서들이 여기서는 어떤 치료제보다 영험한 영약으로 활용되고 있었다. 프로그램에 참여할 때는 환우들에게 묻어 있던 무채색 우울과 무채색 고독과 무채색 절망이 걷히는 시간이었다.

"나도 한때는 시인이 되고 싶었소."

환우들 중에서 내게 가장 적극적인 관심을 표명해 보였던 인물은 한도사라는 별명을 가지고 있는 남자였다. 본명은 한대규

(韓大奎). 나이는 마흔두 살. 환우들 중에서는 가장 나이가 많았으며 환우반장(患友班長) 역할을 담당하고 있었다. 그는 유명 광고기획사의 팀장으로 근무하다 말 못할 사정이 생겨 급작스럽게 개방병동 신세를 지게 되었노라고 자신을 소개했다. 겉으로 보기에는 지극히 정상적인 상태여서 환자복만 걸치지 않았다면 치료사로 착각했을 정도였다. 그러나 시간이 지나면서 미심쩍은 일면들이 조금씩 드러나기 시작했다.

"이선생 혼자만 알고 계시오. 사실 나는 친일파 일당들의 눈을 피해 여기 은둔해 있는 거요."

입실한 지 일주일이 지났을 때였다. 한도사가 주변을 유심히 경계하면서 은밀한 목소리로 내게 속삭였다. 자기는 어느 날 갑자기 직장에서 이유도 없이 해고를 당했으며 그것은 자기를 제거하려는 친일파 일당들의 일차적 공작이라는 것이었다. 그는 이선생 혼자만 알고 계시오, 라고 당부했지만 이미 모든 환우들이 알고 있는 사실이었다.

"친일파 일당들이 왜 한선생님을 제거하려고 들까요."

내가 물었다.

"내가 남다른 애국심을 가진 초능력자라는 사실을 놈들이 알았기 때문이오."

그는 아직도 친일파 일당들이 세상을 장악하고 있으며 비밀리에 인재들을 색출해서 제거해 버리는 프로젝트를 진행하고 있다고 주장했다. 그는 친일파 일당들이 얼마나 야비하고 간교하며 잔인한가를 내게 설명해 주기 시작했다. 그의 판단에 의하면 얼마 전까지만 하더라도 대한민국은 친일파 일당들에 의해 통치되고 있었다. 놈들은 과거 군부독재 세력들과도 연계되어 있으며 지금도 사회 전 분야에 걸쳐 막강한 실세를 유지하면서 나라를 말아먹을 짓거리만 일삼고 있었다. 하지만 놈들에게는 한도사가 난공불락의 걸림돌이었다. 무슨 수를 써서라도 제거해야 할 인물이었다.

한도사는 지금쯤 놈들이 자기를 색출하기 위해 전국적으로 킬러들을 풀었을 거라고 예측했다. 하지만 한도사는 전혀 불안해하는 기색이 아니었다. 자기는 초능력을 가지고 있기 때문에 놈들의 동태를 소상하게 파악할 수가 있다는 것이었다.

올봄에는 유난히 황사바람이 심하게 불었다. 환우들은 날씨에 따라 민감하게 감정이 변화되는 특질을 나타내 보였다. 황사바람이 불면 자유산책 시간에도 바깥으로 나가지 않고 대부분 휴게실에 앉아 유리창을 통해 흐리게 침몰하는 풍경들을 내다보고 있었다. 환우들의 이마에는 한 줄의 고백이 선명하게 각인되어 있었다. 지독하게 가슴이 황량해요.

하지만 한도사의 이마에서는 아무 고백도 읽어낼 수가 없었다. 그는 언제나 태연자약한 모습을 유지하고 있었다. 그의 주장을 액면 그대로 받아들이면, 그는 지구상에서 대적할 상대가 없는 초능력자였다. 마을마다 개나리꽃을 만발하게 만드는 능력, 이따금 봄비를 불러 목마른 대지를 적셔주는 능력, 삼신 할머니에게 부탁해서 자손이 없는 집안에 아기를 점지해 주는 능력, 파렴치한 정치가를 뇌졸중으로 쓰러지게 만드는 능력, 상습적으로 뇌물을 착복한 공무원을 감옥으로 보내는 능력, 가난한 사람들의 불치병을 치료해 주는 능력, 지구 온난화를 최대한 억제시키는 능력, 태풍과 해일의 진로를 변경시키는 능력, 지구가 대형 운석과 충돌하는 불상사를 미연에 방지하는 능력. 그가 입원하기 전에 남몰래 구현한 능력들만 열거해도 성경과 맞먹는 부피의 책을 몇 권은 만들고도 남음이 있다는 주장이었다. 인류가 아직 멸망하지 않고 가까스로 명맥을 유지하고 있는 이유도 순전히 그의 초능력 때문이었다.

"부시 저놈은 너무 전쟁을 좋아해서 강대국의 대통령으로는 실격이야. 후진국 빈민가에서 노점상이나 해먹으면 제격인 인물이지. 며칠 전부터 내가 염력을 보내고 있으니까 조만간 뇌졸중으로 쓰러져버릴 거야. 두고 보라구. 저놈이 업무수행 불능으로 대통령직에서 물러나면 그동안 은닉해 두었던 온갖 비리들이 들통 나서 미국 역사상 최초로 대통령 자격을 박탈당하는 사태가 발생할 거야. 불쌍한 마음도 없지는 않지만 세계평화를 위해서는 나로서도 어쩔 수가 없는 일이지."

그는 호언장담을 할 때가 많지만 그의 초능력들은 대개 뻑사리로 끝나버리는 경우가 많았다. 하지만 한도사는 자신의 뻑사리를 절대로 불발이라고 생각하지 않았다. 불발이라기보다는 약간의 오차에 불과하다는 주장이었다. 물론 나는 그의 말을 전적으로 신뢰하지는 않았다.

하지만 환우들은 잦은 뻑사리에도 불구하고 한도사를 전적으로 신뢰하는 기색들이 역력해 보였다. 무슨 문제가 발생하면 한도사에게 초능력을 발휘해 달라고 부탁하기를 잊지 않았다. 나로서는 이해가 안 되는 부분이었다. 환우들에게 물어보니 한도사가 언제나 뻑사리만 초래하지는 않는다는 대답이었다. 때로는 놀라울 정도로 효과를 나타내 보일 때도 있다는 것이었다. 그래서 뻑사리가 날 때는 나더라도 한도사에게 문제 해결을 부탁해 놓으면 어쩐지 마음이 편안해진다는 것이었다.

한도사는 개방병동에서 가장 박학다식한 인물이었다. 휴게실에서 텔레비전 퀴즈 프로를 시청할 때면 거의 모든 문제의 정답을 출연자들보다 먼저 도출해 내는 실력을 보유하고 있었다. 동물의 시체에서 구더기가 들끓는 장면을 목격하고 생물은 조상의 번식행위를 거치지 않고도 자연발생이 가능하다는 엉터리 학설을 발표한 철학자가 아리스토텔레스라는 사실도 알고 있었으며, 러시아의 이반 뇌제(雷帝)가 1555년 모스크바에 성 바실리 교회를 건립했고, 그 건물보다 더 아름다운 건물이 건립되는 것을 염려하여 고의로 설계자 포스토닉과 바르마의 눈을 멀게 만들었다는 사실도 알고 있었다. 그러한 박학다식함이 환우들에게 잦은 삑사리를 무시해 버리도록 만들고 한도사에 대한 신뢰감을 돈독하게 만들어주는지도 모른다는 생각이 들었다.

"내일은 전만혁 씨와 오희연 씨의 생일잔치가 있다는 거 다들 알고 계시겠지요."

토요일 저녁에 당직 간호사가 다음 날 환우들의 생일잔치가 있음을 공지해 주었다. 개방병동에서는 매월 마지막 일요일을 기해서 그달에 태어난 환우들의 생일잔치를 열어준다는 것이었다. 나는 입실하고 처음 맞이하는 생일잔치였기 때문에 기대감을 가지고 일요일이 오기를 기다리고 있었다. 다른 환우들도 기분이 약간씩 들떠 있었다.

"내일이 짜장면을 먹는 날이구나."

"일주일에 한 번씩 짜장면을 먹을 수 있도록 해 달라고 건의해 볼까."

"맞아, 그토록 맛있는 음식을 한 달에 한 번밖에 못 먹게 하다니 너무 가혹하다는 생각이야."

"퇴원하면 중국집 차리고 싶어."

환우들의 설명에 의하면 개방병동에서는 한 달에 한 번만 짜장면을 먹을 수 있었다. 평일에는 원칙적으로 외부음식 반입이 금지되어 있었다. 하지만 생일잔치가 있는 날은 중국음식을 주문할 수가 있었다.

"짜장면으로 발음하고 짜장면으로 표기하는 것이 맞습니다."

한도사의 주장에 따르면 짜장면은 짜장면이지 자장면이 아니었다. 짜장면은 무슨 까닭인지 군부독재 시절부터 자장면으로 표기되기 시작했다. 이는 특별한 까닭도 없이 국민정서를 무시한 처사다. 왜냐하면 국민들은 짜장면이 태어날 때부터 짜장면이라고 발음하고 짜장면이라고 표기했기 때문이다. 일부 학자들은 경음화 회피현상(硬音化回避現象)이라고 궁색한 변명을 갖다 붙이고 있지만 왜 경음화회피현상을 짜장면에만 적용시키는가. 일관성 있게 적용시키면 짬뽕은 잠봉으로, 쫄면은 졸면으로, 찌개는 지개로, 쌈밥은 삼밥으로, 깍두기는 각두기로, 떡볶이는 덕복이로, 갈비찜은 갈비짐으로, 장아찌는 장아지로 표기해야 마땅하지 않은가. 개방병동 환우들은 한도사의 문법적 이론에 기준해서 짜장면을 발음할 때는 반드시 '짜'에 악센트를 부여하는 습관을 가지고 있었다.

"요새는 왜 짜장면에 계란을 안 넣어줄까."

"그래, 짜장면에 계란이 없으면 왠지 허전하지."

"어떤 중국집은 메추리알을 넣어주던데."

"생일잔치 때 배달되는 짜장면에는 메추리알도 없어."

"요즘은 계란 값도 싸잖아."

"짜장면에 계란을 넣지 않는 것도 친일파 일당들의 음모가 아닐까."

"목적은?"

"영양가 높은 음식이니까."

"서민들이 허약해지기를 바라는 거지."

"치사한 놈들."

간호사가 생일잔치를 공지한 다음부터 환우들의 관심사가 짜장면으로 집약되더니 계란이 등장하면서 화제는 친일파 일당의 음모론으로 발전하기 시작했다.

"얼마 전 세상을 떠들썩하게 만들었던 미녀 탤런트 엘모양의 누드 사건을 기억하고 있소?"

여기서부터 한도사가 끼어들었다. 은밀한 목소리였다. 그는 친일파 일당에 대한 이야기를 꺼낼 때는 언제나 은밀한 목소리였다.

"얼마나 지났다고 기억을 못 하겠어요."

환우들도 은밀한 목소리로 돌변해 있었다.

"나도 기억은 하고 있지만 사진은 한 장도 본 적이 없어요."

"모조리 불태워버렸으니까 사진을 못 보는 건 당연해요."

"아까버라."

환자 하나가 짤막하게 탄식을 뱉어내고 있었다.

"사실은 친일파 일당들이 선두에서 탤런트 엘모양을 쳐죽여야 한다고 목소리를 드높였다는 설이 있소."

"왜 그랬을까요."

"자기들이 받아야 할 지탄을 일시적이나마 엘모양 쪽으로 돌리겠다는 속셈이었을 거요."

미녀 탤런트 엘모양이 위안부를 소재로 누드집을 발간하겠다는 계획이 발표되자 세상은 분노의 목소리로 들끓기 시작했다.

특히 네티즌들은 연일 입에 담지도 못할 욕설로 그녀를 성토하기에 여념이 없었다. 매스컴들도 마찬가지였다. 날마다 누드집 출간에 대한 성토 퍼레이드를 벌이고 있었다. 어떤 프로는 마녀사냥을 방불케 할 정도로 공격적인 내용을 담고 있었다.

물론 자기 나라의 역사적 아픔까지 돈벌이의 소재로 삼으려 했던 기획사의 몽매한 처사는 어떤 허울 좋은 변명으로도 용서되지 않는다. 당연히 온 국민의 지탄을 받아야 한다.

어쩌면 천인공노(天人共怒)라는 말은 이럴 때 쓰라고 만들어졌는지도 모른다. 누드집 발간을 비난 저지할 목적으로 사이트 하나가 개설되자 불과 사흘 만에 4만여 명을 초과하는 네티즌들이 몰려들었다는 사실이 격분의 강도를 객관적으로 증명해 주고 있었다. 게시판에는 온갖 저주와 악담이 도배되기 시작했다. 급기야는 분노가 극에 달한 위안부 할머니들이 기획사로 몰려가는 사태까지 벌어졌다. 이에 모바일 업체들이 문제의 누드 사진을 보급하지 않겠다는 의지를 표명했고 출판사들도 눈치를 보다가 고개를 돌려버리는 영민함을 보였다. 결국 기획사는 고심 끝에 공식적인 사과문을 발표하고 문제의 필름을 모조리 불태우는 것으로 사건을 종결지었다. 물론 미녀 탤런트 엘모양도 전국민에게 눈물로 사죄를 올렸다.

그러나 한도사는 네티즌들의 극렬한 비난과 성토가 순수한 애국심의 발로라고는 생각지 않고 있었다. 그때의 분노들이 순수한 애국심의 발로였다면 벌써 친일파 일당들은 대한민국이라는 나라에서 모조리 척결되었어야 한다는 지론이었다. 민족의 반역자인 친일파 일당과 그놈들을 비호, 추종하는 무리들에 대해서는 관대할 정도로 미온적인 태도를 보이다가, 일개 여배우가 위안부를 소재로 누드집을 제작한다는 발상에 대해서는 어째서 그토록 맹렬한 관심과 증오심을 드러내 보였는지 자기로서는 도저히 납득이 안 된다는 것이었다.

"나는 그때 대중들이 자궁암은 대수롭지 않게 방치해 두고 생리통만 가지고 난리법석을 떠는 듯한 인상이 짙다는 생각을 했었소."

엘모양의 누드 파문은 친일파 일당을 척결해야 한다는 목소리가 한창 높아지고 있을 때 돌연히 부각되었고 그 때문에 그녀에 대한 지탄의 목소리가 더욱 높아졌다. 하지만 냉정하게 분석해 보면 엘모양의 누드 파문은 친일파 일당을 척결해야 한다는 중대사안을 파묻어버리는 결과를 초래했다. 그것이 한도사의 주장이었다. 그는 모든 부조리의 배후에 친일파 일당들이 포진되어 있다는 신념을 버리지 않았다. 심지어는 짜장면에 계란을 첨가하지 않는 소행도 틀림없이 친일파 일당들과 연관이 있을 거라는 판단이었다. 하지만 짜장면 속의 계란과 친일파 일당을 연계시킬 만한 과학적 근거나 논리적 합당성을 제시하지는 못했다.

"지금까지 환우들의 생일잔치 때 배달되는 짜장면에 한 번이라도 계란이 들어가 있는 걸 본 사람이 있으면 말해 보시오."

"한 번도 없어요."

"언제부터인가 계란이 사라져버렸어요."

"당신들은 왜 짜장면에서 계란이 사라져버렸다고 생각하시오."

"친일파 놈들은 조금이라도 서민들이 잘 되는 꼴을 못 보는 심사들을 가지고 있으니까."

나는 짜장면에 계란을 첨가하지 않는 문제에까지 친일파 일당의 음모가 도사리고 있다는 발상에 실소를 금치 못했지만 환우들은 그렇지 않았다. 한도사의 추론을 사실 그대로 받아들이고 있었다. 환우들의 확신은 의외로 견고해서 상반되는 의견이라도 제시하면 매국노로 간주되어 왕따를 당할 분위기였다.

"아무리 사소한 문제라도 자세히 들여다보면 그놈들의 마수가 뻗쳐 있소."

"그놈들은 남북통일을 민족의 숙원으로 생각하는 것이 아니라 한일합방 재실현을 민족의 숙원으로 생각하는 놈들이야."

환우들은 아마도 자신들의 정신적 열등감을 자부심으로 전환시켜 줄 선지자를 절실하게 필요로 하고 있는 것은 아닐까. 그런 관점에서라면 다양한 초능력과 박학다식을 겸비한 한도사가 적임자였다.

"두고 보시오."

한도사는 비장한 목소리로 환우들에게 예언했다.

"이번에는 내가 모든 중국집 주방장들한테 텔레파시를 보낼 거요. 그래서 내일은 대한민국에서 배달되는 모든 짜장면에 계란이 첨가되도록 만들 거요."

토요일. 한도사는 친일파 일당의 무계란 짜장면 관여설을 일축해 버리고 내일은 자신이 초능력을 발휘해서 계란이 들어간 짜장면이 전국적으로 배달될 수 있도록 만들겠다는 호언장담을 서슴지 않았다. 당연히 환우들은 환호성을 발했다. 그러나 나는 믿지 않았다.

이번 토요일은 유난히 외박 환우들이 많았다. 그래서 병동은 몹시 한산해 보였다. 나는 날이 갈수록 병동생활에 익숙해져 가고 있었다. 한 번도 바깥세상으로 돌아가고 싶다는 생각을 해본 적이 없었다. 개방병동에서는 환자가 치료에 필요한 프로그램을 거부할 경우에는 감점제도를 적용시키지만 투약을 거부할 경우에는 감점제도를 적용시키지 않는다. 환자의 선택에 맡기는 것이다. 그래서 나는 병원에서 제공하는 치료약을 한 번도 복용하지 않았다. 그런데도 두 주일 정도가 지나자 불면증과 두통이 사라져버렸다. 체중도 4킬로그램이나 증가했다.

일요일. 환우들은 한도사의 초능력이 자주 뻑사리를 초래한다는 사실을 익히 알고 있으면서도 짜장면에 계란이 들어 있을 거라는 호언장담에 일말의 의심도 표명하지 않았다. 도대체 그런 믿음은 어디에서 연유되는 것일까. 나로서는 불가사의한 일이었다. 어쩌면 환우들은 일반적인 치료를 담당하고 있는 의사들에 대한 믿음을 훨씬 능가하는 어떤 존재를 공통적으로 기대하고 있는지도 모른다는 생각이 들었다.

오전에는 대청소를 하고 캐비닛을 정리했다. 저녁이 되자 생일잔치가 벌어졌다. 환우들끼리 얼마간의 돈을 걷어 케이크와 음료수와 과자를 준비했다. 물론 짜장면도 배달되었다. 그런데,

놀랍게도 짜장면에 계란이 첨가되어 있었다. 반으로 잘라진 계란이었다. 환우들 앞에 놓여 있는 짜장면 그릇마다 축소된 보름달이 한 개씩 떠오르고 있었다. 오랜만에 보는 짜장면 속의 계란은 눈이 부실 지경이었다. 환우들은 환호성을 질렀지만 한도사는 대수롭지 않은 일이라는 표정으로 한눈을 팔고 있었다. 물론 전국의 모든 짜장면에 계란이 첨가되었는지를 확인해 볼 수는 없었다. 그러나 한도사의 호언장담은 적중했다. 나는 갑자기 노인의 모습을 떠올렸다. 어쩌면 한도사가 달을 알고 있을지도 모른다는 생각이 들었다. 그래서 슬그머니 한도사 곁으로 다가가 속삭이는 목소리로 물어보았다.

"혹시 달이라는 천체를 알고 계시나요."

"달?"

한도사는 금시초문이라는 표정으로 고개를 가로저어 보였다. 바깥을 내다보았다. 정문을 통과한 어둠이 운동장을 가로질러 성큼성큼 병동 쪽으로 걸어오고 있었다.

34

평강공주, 개방병동에 입실하다

환우들 중에 문보연(文寶延)이라는 여자가 있었다. 병동밥을 기준으로 서열을 따지자면 나보다 석 달 정도는 고참이었다. 방년 23세. 그녀는 서울에 있는 명문대학을 2학년까지 다니는 동안 휴학을 두 번이나 했으며 그때마다 개방병동 신세를 졌던 사연을 간직하고 있었다.

개방병동에 입실해 있는 환우들을 외형적으로 판단하면, 한눈에 심각하구나, 라고 생각하게 만드는 쪽과, 아무리 보아도 멀쩡한데, 라고 생각하게 만드는 쪽이 있다. 거기에 준한다면 문보연이라는 여자는 후자 쪽이다. 평소에는 병실규칙을 철저하게 준수하고, 모든 치료 프로그램에 적극적으로 동참할 뿐만 아니라, 감정의 기복도 심하지 않은 편이다. 그런데도 환우들은 그녀에 대한 경계의 눈빛을 소홀히 하지 않는다.

"이선생. 문보연이를 조심하시오."

어느 날 한도사가 내게로 다가와 은밀한 목소리로 말했다.

"문보연이도 친일파 일당인가요."

"아닙니다. 아무래도 이선생은 문보연이에게 바보온달로 지목될 가능성이 높습니다. 요즘 문보연이가 이선생을 심상치 않은 눈으로 관찰하고 있어요."

"괜찮습니다. 제가 실지로 멍청한 부분이 많거든요. 그러니까 바보온달로 생각할 수밖에 없습니다."

"그리 간단한 문제가 아니오. 문보연이는 자기를 환생한 평강공주라고 생각하는 여자요. 문보연이한테 바보온달로 지목되면 감점 받을 사건들이 연속적으로 일어납니다. 문보연이 때문에 감점을 너무 많이 받아서 전동을 간 친구까지 있을 정도지요."

전동(轉棟)은 개방병동에서 폐쇄병동으로 옮겨지는 상태를 말한다. 개방병동 환자들이 가장 끔찍하게 생각하는 극약처방이다. 어떤 난장판이라도 치료사들의 입에서 전동이라는 두 음절만 튀어나오면 즉시 사태가 수습될 정도로 환자들에게는 공포심을 유발시키는 특성을 가지고 있다.

"죄송합니다만 좀 자세하게 설명해 주시면 안 될까요."

"겉보기에는 정상인과 다름없어 보여도 일단 바보온달로 짐작되는 남자를 발견하면 그때부터 상태가 심각해지는 여자요."

한도사의 설명에 의하면, 그녀는 바보온달 전문 스토커였다. 일반 여자들이 흠모하는 꽃미남, 재벌 2세, 섹시남 따위는 거들떠보지도 않았다. 오로지 바보온달만이 그녀의 목표였다. 그녀는 일단 바보온달로 짐작되는 남자를 발견하면 장군으로 만들겠다는 일념으로 온갖 술수를 전개하는데 너무나 지능적이고 간교해서 아무리 경계를 해도 말려들지 않을 재간이 없었다.

최근 몇 년 동안 대한민국의 경제 성장률은 한사코 대가리를 땅바닥 쪽으로만 처박고 있었다. 실직자가 양산되고, 이혼율이 높아지고, 노숙자가 증가하고, 우울증이 확산되고, 자살자가 속출하고, 범국민적으로 희망이 문을 닫아버렸다. 희망이 문을 닫아버리면서, 국민들의 의식 속에는 물질만능주의가 확고부동한 신앙으로 자리를 잡았다. 그러면서 대다수의 젊은이들이 지독한 무력감 속에서 요행수나 사행심으로 인생역전을 꿈꾸는 악습에 물들어 있었다. 그 대표적인 증후군이 신데렐라 콤플렉스와 바보온달 콤플렉스였다. 대부분의 여자들이 백마를 탄 왕자님이 나타나 하루아침에 자신의 인생을 장밋빛으로 물들여주기만을 간절히 기다리고 있었으며 대부분의 남자들이 대궐을 뛰쳐나온 평강공주가 나타나 하루아침에 자신의 신분을 장군으로 승격시켜 주기만을 간절히 기다리고 있었다. 심지어는 신데렐라 콤플렉스에 걸린 유부녀도 있었고 바보온달 콤플렉스에 걸린 유부남도 있었다.

그러나 문보연은 일반적인 여자들과는 상반된 입장에 처해 있었다. 그녀는 자신의 신분을 상승시켜 줄 왕자를 간절히 기다리는 신데렐라가 아니라 자신이 신분을 상승시켜 줄 바보온달을 간절히 기다리는 평강공주였다.

"어쩌면 진짜 온달 장군이 현실사회에 적응을 못해서 정신병원에 입원해 있을지도 모른다고 식구들이 말했을 때 저는 일리가 있다고 생각했어요."

그녀는 고등학교 때 대학입시 문제로 엄마에게 이끌려 유명한 역술인을 찾아가게 되었다. 그리고 거기서 자신이 전생에 평강공주였다는 사실을 알게 되었다.

그녀는 대기업의 주요 간부인 아버지 덕분에 경제적으로는 그다지 부족감을 느끼지 않는 가정환경 속에서 성장할 수 있었다. 미모도 그만하면 자부심을 느낄 만한 수준이었고 성적도 그만하면 명문대학을 넘볼 만한 수준이었다. 역술인은 그녀가 지망하는 대학에 합격할 거라고 예언했다. 그러나 전생에 공주로 살았던 그녀의 습(習) 때문에 지나치게 고집이 세고 자존심이 강해서 가끔씩 부모님의 속을 썩이거나 당사자가 고초를 겪는 일이 생길지도 모르니 가급적이면 고집과 자존심을 죽이도록 하라는 충언도 덧붙였다.

그녀는 역술인의 예언대로 자신이 지망했던 대학에 합격했다. 대부분의 신입생들은 대학을 입신양명의 지름길로 생각했던 고등학교 시절의 망상을 그대로 간직하고 있다. 그래서 입학 초에는 온갖 기대와 희망으로 가슴이 부풀어 대학의 실체를 보지 못한다. 대학이 학문이라는 불가시적 상품을 고가로 팔아먹는 기업으로 전락해 버렸으며 졸업을 하더라도 입신양명이 보장되지 않는다는 사실을 확연히 깨달으려면 적어도 1학년 딱지 정도는 떨어져야 한다.

그녀 역시 입학 초에는 다른 신입생들처럼 온갖 기대와 희망으로 가슴이 부풀어 있었다. 그래서 지나친 고집과 자존심 때문에 부모님의 속을 썩이거나 당사자가 고초를 겪는 일이 생길지도 모르니 가급적이면 고집과 자존심을 죽이라는 역술인의 충언은 기억에서 완전히 사라져버리고 말았다.

팔봉산으로 신입생 환영 MT를 갔을 때였다. 군복무를 마치고 복학해서 3학년 과대표를 맡았다는 선배가 2학년 선배 몇 명을 거느리고 1학년에게 배당된 단체실로 들이닥쳤다. 그리고 전통이라는 명분으로 군기를 잡기 시작했다. 근엄하면서도 살벌한 분위기였다. 대학생 신분으로 MT를 온 것인지 해병대 신분으로 MT를 온 것인지 구분이 안 될 지경이었다. 선배들은 장황한 훈계를 끝마치고 후배들에게 우격다짐으로 술을 먹이기 시작했다.

하지만 그녀는 술을 마시지 못하는 체질이었다. 처음으로 소주 한 잔을 마셨는데 내장이 모조리 뒤집어지는 느낌이었다. 대학생만 보면 적개심이 불타오르는 어떤 정신병자가 소주병 속에 몰래 청산가리를 풀었을지도 모른다는 생각까지 들었을 정도였다. 시간이 지날수록 내장이 울렁거리고 머리가 지끈거려서 견딜 수가 없었다. 화장실에 가서 토하고 싶었으나 선배들은 그녀가 일어서기만 하면 엄살로 치부해 버리고 완력으로 그녀를 방바닥에 주저앉혀버리는 만행을 일삼았다. 토하고 싶으면 차라리 방바닥에 토하라는 것이었다.

두 번째 소주잔이 강제로 그녀의 코앞에 디밀어졌을 때 그녀는 반사적으로 토사물을 방바닥에 쏟아놓고 말았다. 손으로 다급하게 입을 틀어막아보았으나 허사였다. 그녀는 방바닥에 토사물을 쏟아놓으면서 견딜 수 없는 수치감에 치를 떨었다. 어처구니없게도 그녀가 방바닥에 토사물을 쏟아놓는 사건을 계기로 경직된 실내 분위기가 와해되면서 여기저기서 방자한 웃음소리가 터져 나오기 시작했다.

"결국 선배들은 사태를 대충 얼버무린 다음 퇴각해 버리고 말았소. 그런데 공교롭게도 그날 밤 그녀가 심한 두통을 진정시킬 목적으로 바깥으로 나갔을 때 군기잡기를 주도했던 복학생과 마주치게 되었지요. 그때 복학생은 제법 취해 있었고 미안한 마음을 객기로 무마시켜 볼 속셈이었는지 문보연을 붙잡고 기습 키스를 감행해 버렸소. 문보연으로서는 수치심이 극대화될 수밖에 없었을 거요."

그로부터 며칠이 지난 다음 엽기적인 사건 하나가 발생했다. 복학생이 강의를 받고 있을 때였다. 그녀가 강의실에 미리 잠입해 있다가 강의가 한참 고조될 무렵 슬그머니 복학생 곁으로 다가가서 느닷없이 만년필로 복학생의 머리통을 찍어버렸다. 강의실은 순식간에 아수라장으로 변해버리고 말았다. 하지만 그 사건은 가벼운 선전포고에 불과했다.

"극장에서 영화를 관람하고 있을 때 슬그머니 다가와서 만년필로 머리통을 찍기도 하고 카페에서 술을 마시고 있을 때 슬그머니 다가와서 만년필로 머리통을 찍기도 했답니다."

"특별히 만년필만 사용했던 이유라도 있나요."

"아버지에게 입학기념으로 선물받은 만년필로 알고 있소."

"저 같으면 소중하게 생각해서 다른 도구를 사용했을 것 같은데요."

"엠티에서 겪었던 사건으로 대학에 대한 기대가 한순간에 무너져버리면서 만년필에 대한 애착이 오히려 그런 식으로 표현된 거겠지요. 만년필로는 노트 필기 한 번 못 해보고 복학생 머리통을 찍는 데만 사용했답니다. 결국 그 복학생은 문보연 때문에 휴학을 해버리고 시골집으로 내려가 있었는데 급기야는 거기까지 만년필을 들고 찾아갔답니다."

"한도사님은 그런 사실들을 어떻게 그토록 소상하게 알고 계시나요."

"이선생이 입실하기 전에 문보연의 과거지사를 다섯 차례에 걸쳐서 사이코드라마로 공연한 적이 있소. 본인이 직접 대본을 썼지요. 단막극이 아니라 장막극이었소. 대단한 역작이었기 때문에 많은 가산점을 받았지요. 다른 환자들의 치료에도 많은 도움을 주었다는 평가였소."

결국 부모들은 전문시설에 그녀의 정신감정을 의뢰했고 개방병동에서 치료를 받으면 경과가 좋아질 수 있다는 처방이 내려졌다.

그녀는 첫 번째 치료를 통해 정상적인 상태를 회복했고 4개월 만에 퇴원해서 다시 순조롭게 대학을 다니기 시작했다. 그녀로서도 만년필 사건은 엽기적이었다는 생각이 들었다. 무슨 용기로 그런 끔찍한 사건을 저질렀는지 의아스러울 지경이었다. 학생들 사이에는 만년필 사건이 파다하게 퍼져서 모두들 가급적이면 그녀와의 안전거리를 확보하려고 노력하는 기색이 역력해 보였다. 그녀도 가급적이면 단체활동을 자제하고 혼자 있으려고 노력했다. 상황으로 보자면 왕따나 다름없는 신세였다. 하지만 그녀는 자업자득으로 받아들이고 그다지 억울해 하지는 않았다. 식구들도 그러한 그녀를 기특하게 생각하고 있었다.

그녀는 급우들로부터 미팅에 동참하자는 제의를 받아본 적도 없었고 남자친구를 소개시켜 주겠다는 제의를 받아본 적도 없었다. 물론 거리에서나 전철에서 그녀에게 말을 걸어오는 남자들은 있었다. 하지만 머리에 염색을 했거나 말솜씨가 교묘하거나 자신감이 넘치거나 처세술에 밝아 보이는 남자들뿐이었다. 그녀는 체질적으로 도시적인 남자들을 싫어했다. 한결같이 마음에 들지 않았다.

그런데 2학년 여름방학 때 요즘 애들이 즐겨 쓰는 말로 필이

딱 꽂히는 남자 하나를 발견했다. 컴퓨터가 버벅거려서 구입한 대리점에 전화를 걸었더니 작업복 차림에 공구가방을 지참한 AS기사가 나타났다. 그 남자를 보는 순간, 비로소 기억 저편에 잠들어 있던 평강공주가 화들짝 잠에서 깨어나, 바로 이 남자가 바보온달이야, 라고 마음속으로 부르짖게 되었다.

"혹시 컴퓨터 안에 지워지면 안 되는 파일이 있나요."

바보온달이 처음으로 그녀에게 던진 질문이었다. 어눌한 목소리였다. 하지만 그녀는 가슴이 울렁거려서 무슨 말인지 도무지 알아들을 수가 없었다.

"혹시 컴퓨터 안에 지워지면 안 되는 파일이 있나요."

"혹시 컴퓨터 안에 지워지면 안 되는 파일이 있나요."

바보온달은 똑같은 질문을 똑같은 억양으로 세 번이나 반복했다. 그제서야 그녀는 몇 가지 중요한 파일이 있다고 대답했다.

"그러면 일단 모든 파일을 노트북에다 옮겨놓아야 하는데요. 죄송합니다. 노트북을 차에다 두고 왔네요. 출장은 처음이거든요. 노트북을 가지고 와야 하니까 잠시만 기다려주세요."

컴퓨터는 신종 바이러스에 감염된 상태였다. 바보온달은 포맷을 다시 하는 수밖에 없다는 결론을 내렸다. 그녀가 보기에도 경험이 부족한 AS기사가 분명해 보였다. 포맷을 하면서도 수시로 누군가에게 전화를 걸어 방법을 물어보고 있었다. 에어컨을 틀어두었기 때문에 방 안 공기가 덥지는 않았다. 그런데도 바보온달은 자꾸만 비지땀을 흘리고 있었다. 두 시간을 소비한 끝에야 컴퓨터는 정상적인 상태를 회복했다. 바보온달이 명함 하나를 남겨두고 돌아간 다음에도 그녀는 한참 동안 울렁거리는 가슴이 진정되지 않아서 안절부절을 못했다.

그날부터 그녀는 바보온달을 집으로 불러들일 수 있는 온갖 방법들을 집요하게 연구하기 시작했다. 각종 커뮤니티를 돌아다니면서 버그에 대한 자문을 구하면 많은 정보들을 얻어낼 수가 있었다. 아버지가 다니는 회사에서 컴퓨터에 능통한 사람들을 물색하고 의도적으로 접근해서 여러 가지 트러블을 유발시키는 방법들을 입수하는 노력도 불사했다.

스피커 전원을 꺼버리고 갑자기 음악이 출력되지 않는다고 엄살을 쓰는 방법. 제어판에 들어가 의도적으로 프린트 기능을 〈사용안함〉으로 설정하고 급한 문서를 출력해야 하니 한 시간 이내로 고쳐 달라고 안달하는 방법. 고의적으로 프린터에서 잉크를 제거하고 다급한 목소리로 프린트가 안 된다고 난리법석을 피우는 방법. 종이를 반쯤 찢어서 프린터에 삽입하고 트러블을 일으켜 전혀 작동이 안 된다고 애절한 목소리로 하소연하는 방법. 컴퓨터에서 랜선, 스피커선, 키보드선, 마우스선 따위를 하나씩 제거하고 부분적으로 기능을 마비시킨 다음 절체절명의 위기에 처해 있으니 한 번만 살려달라고 간곡히 애원하는 방법. 처음에는 그런 방법들로 바보온달을 일주일에 한두 번씩은 집으로 불러들일 수가 있었다. 황당하면서도 단순한 방법들이었다. 바보온달은 올 때마다 난감한 표정을 지어 보이기는 했지만 그녀의 저의를 간파하지는 못한 눈치였다.

그러나 나중에는 바보온달을 십 분이라도 더 붙잡아두기 위해 난이도를 높여야겠다는 생각을 했다. 그녀는 바이러스 백신을 삭제해 버린 다음 여러 종류의 메신저를 통해 카페를 돌아다니면서 무작위로 다양한 프로그램들을 다운받기 시작했다. 당연히 컴퓨터는 각종 바이러스에 감염될 수밖에 없었다. 심지어는 자기가 직접 하드디스크를 포맷하고 윈도우를 다시 설치해서 바이러스를 유입시키는 방법까지 사용했다. 하드디스크를 포맷하고 윈도우를 다시 설치하면 자동적으로 바이러스가 유입된다. 그래서 컴퓨터 기사들은 필수적으로 보안 패치를 지참하고 다닌다.

"어떻게 쓰시면 컴퓨터가 이렇게 자주 고장을 일으키게 되나요."

바보온달은 어느 순간부터 의심하는 눈치를 보이기 시작했다. 하지만 그녀는 자제력을 상실해 버린 상태였다. 그래서 끊임없이 AS를 요구하는 문제들을 창출하는 일에 골몰해 있었다.

컴퓨터를 끈 상태에서 본체 옆구리를 안 찌그러질 정도로 여러 번 가격하는 방법도 있었다. 그렇게 하면 충격에 의해 램이나 그래픽 카드가 자리를 이탈해서 컴퓨터는 삑삑 소리만 연발하고 일절 작동되지 않는다. 본체를 열고 램이나 그래픽 카드를 꺼내 다시 고정시켜 주어야 제대로 작동된다. 전문가들도 속을 수밖에 없는 방법이었다. 물론 그녀는 고치는 방법도 알고 있었다. 하지만 미쳤다고 자기가 직접 고치랴.

아무튼 그해 여름방학 때부터 겨울방학 때까지 바보온달은 그녀의 집을 뻔질나게 드나들었다. 꼬리가 길지 않아도 자주 드나들면 밟히는 법이다. 결국 부모들은 그녀가 볼품없는 컴퓨터 수리공한테 미쳐 있다는 사실을 간파하고야 말았다. 집안이 발칵 뒤집어졌다. 하지만 그때쯤에는 바보온달도 자기가 농간을 당했다는 사실을 간파하고야 말았다. 그래서 아무리 AS를 요청해도 나타나지 않았다. 급기야 그녀는 스토커로 돌변해서 학교도 나가지 않고 날마다 바보온달을 쫓아다니는 일에 여념이 없었다.

그녀의 부모들은 세상의 잘난 남자들은 다 제쳐두고 하필이면 어벙하기 짝이 없는 컴퓨터 수리공을 쫓아다니느냐고 통탄을 금치 못했고 바보온달이 소속되어 있는 컴퓨터 대리점에서는 댁의 따님 때문에 우리 직원 하나가 정상근무를 할 수 없으니 제발 조처를 좀 취해 달라고 뻰질나게 전화를 걸어올 지경이었다. 그녀의 부모들은 숙고해 볼 필요도 없이 그녀를 다시 개방병동으로 보내자는 결론에 도달했다.

"그녀는 일주일 정도가 지나자 자신이 엉뚱한 남자에게 시간을 낭비하고 있었다는 사실을 깨달았소. 개방병동에는 컴퓨터 수리공보다 몇 배나 온달스러운 남자들이 많았던 거요."

도대체 어느 남자가 진짜 바보온달일까. 그녀는 점수체제를 이용해서 환우들의 지능을 테스트하는 방법으로 진짜 바보온달 찾기에 골몰하기 시작했다.

원내산책을 끝내고 인원점검 시간을 지키지 않을 때, 외출 외박 시 귀원시간을 지키지 않을 때, 개인위생을 소홀히 하거나 침상정리를 소홀히 할 때 10점이 감점된다. 거기에 준해서 문보연은 외출외박을 나가는 환우들에게 귀원시간이 한 시간 연기되었다는 거짓말을 하거나 정리된 환우들의 침상을 몰래 어질러놓는다.

병실 내에서 욕설이나 언어폭력을 자행했을 때, 흡연장 이외의 장소에서 흡연을 자행했을 때, 병실 프로그램 진행을 방해하는 행위를 저질렀을 때, 금지된 물품을 소지하고 있을 때, 산책 시 자율통제선을 벗어났을 때, 치료팀 몰래 음주나 자가약을 복용했을 때, 타 환자의 물건을 훔치거나 허락 없이 가져갔을 때 20점이 감점된다. 거기에 준해서 문보연은 환우들을 이간질해서 말다툼을 벌이게 만들거나 자신의 소지품을 환우들의 침구 밑에 감추는 방법으로 누명을 씌운다.

타 환자에게 폭력을 사용했을 때, 물품거래나 돈거래를 했을 때, 도박행위를 했을 때, 라이터를 분실했을 때, 타 환자 및 보호자에게 금품을 요구했을 때 30점이 감점된다. 거기에 준해서 문보연은 환우들이 자기에게 폭력을 사용했다는 누명을 씌우거나 금품을 강요했다는 누명을 씌운다.

타 환자를 가해했을 때, 야간에 흡연을 했거나 라이터를 소지했을 때, 이성환자와 신체접촉을 했을 때 40점이 감점된다. 거기에 준해서 문보연은 치료팀에게 특정한 남자 환우가 야간에 담배를 피우는 광경을 목격했다고 고자질을 하거나 자기에게 상습적으로 성희롱을 했다고 하소연한다.

처음에는 치료팀이나 환우들이 문보연의 지능적인 올가미에 걸려들어 오판을 저지르거나 불이익을 당하는 경우가 적지 않았다. 그러나 갑자기 환자들의 감점기록이 증가되는 현상을 이상하게 생각한 치료팀이 문보연의 농간 때문이라는 결론을 얻어내기에는 그리 오랜 시간이 걸리지 않았다. 치료팀은 문보연에게 각별한 주의를 기울였고 환자들에게도 각별한 경계심을 유도해서 요즘은 피해를 입는 사례가 현저하게 줄어들었다. 그러나 한도사는 아무래도 그녀가 나를 보는 눈빛이 심상치 않다는 판단을 내리고 있었다.

"제가 어떻게 대처해야 합니까."

"지적인 남자로 인식시키도록 노력해 보시오."

"자신이 없는데요."

"경계하지 않으면 틀림없이 귀찮은 일이 생길 거요."

하지만 나는 다른 환우들처럼 한도사의 예지력을 절대적으로 신뢰하거나 한도사의 초능력에 기대를 거는 추종자가 되고 싶지는 않았다. 아무튼 나는 모든 환우들에게 친근감을 느끼고 있었으며 병실이 바깥세상보다는 몇 배나 평온하다는 생각을 그대로 간직하고 있었다. 그래서 특별히 문보연을 경계하지는 않았다.

병실 바깥에는 날마다 눈부신 햇빛. 가까운 산비탈마다 산벚꽃이 무더기로 피어서 축제를 벌이고 있었다. 이따금 빛에 취한 나비들이 비틀거리는 몸짓으로 허공을 날아다니는 모습도 보였다. 하지만 아직도 내 시혼(詩魂)은 깊은 겨울잠에 빠져 있었다.

35

우습지 않습니까

"웃지 않는 관객도 코미디언을 고문하는 살덩어리에 불과하지만, 웃기지 못하는 코미디언도 관객을 고문하는 살덩어리에 불과합니다."

코미디언 오대단의 말이다. 그는 세인들에게 이름이 별로 알려지지 않은 코미디언이다. 오대단은 물론 예명이고 본명은 오대현(吳大鉉)이다. 치료사들이 그를 호명할 때는 주로 본명을 사용하고, 환우들이 그를 호명할 때는 주로 예명을 사용한다. 하지만 그는 전 인류가 자신을 오대단이라는 예명으로 불러주기를 소망한다. 그의 나이는 스물일곱 살이다. 그는 성격이 몹시 활달하다. 전혀 환자 같은 인상을 풍기지 않는다. 자기도 환자가 아니라고 주장한다. 환자들도 그가 멀쩡하다는 사실을 시인하고 있다. 나보다 일주일 늦게 개방병동에 영입된 기록을 가지고 있다.

고백에 의하면, 그는 국민학교 시절부터 대학을 졸업할 때까지 코미디언이 되겠다는 한 가지 열망만을 간직하고 살았다. 그는 가난한 집안의 외동아들로 태어났다. 아버지는 무명화가였는데 술을 너무 좋아해서 그가 일곱 살이 되던 해에 간암으로 세상을 떠나버렸고 어머니가 식당일을 거들면서 생계를 꾸려야 했다. 그는 어릴 때부터 어머니가 식당일을 끝내고 귀가할 때까지 혼자 반지하 단칸방을 지키면서 실내의 모든 사물들과 대화를 나누는 방법으로 코미디언의 초석을 다졌다.

중학교 2학년 때 어머니가 교통사고로 돌아가시자 그는 학업을 중단하는 수밖에 없었다. 그때부터 그는 본격적으로 고난을 끌어안고 살아가기 시작했다. 신문팔이, 구두닦이, 봉투 붙이기, 고물수집, 포스터 붙이기, 전단지 배포, 음식배달, 술집 종업원, 퀵서비스. 돈이 되는 일이면 무엇이든지 가리지 않았다. 그러면서도 공부를 게을리 하지는 않았다. 고입 자격이나 대입 자격을 모두 검정고시로 취득했다. 친구를 사귈 겨를이 없었다. 그는 언제나 고독했다.

"저는 지금도 코미디의 본질이 고독이라는 생각을 버리지 않고 있습니다."

그는, 진실로 고독해 본 적이 없는 인간은 타인과의 진정한 소통을 갈망해 본 적이 없으며, 타인과의 진정한 소통을 갈망해 본 적이 없는 인간은, 웃음의 궁극적인 가치를 깨닫지 못한다는 코미디 철학을 간직하고 있었다.

대학을 가서도 코미디언에 대한 그의 열망은 조금도 식어들지 않았다. 그는 대학 3학년 때 모 방송국에서 시행하는 코미디언 공개모집에 합격해서 오대단이라는 예명을 사용하기 시작했다.

그러나 별다른 두각을 나타내지는 못했다.

그는 코미디언도 시대적 사명감이 있어야 한다는 생각을 가지고 있었다. 백지를 소금물에 절여서 백김치라고 팔아먹을 수는 없다. 사회적 모순이나 부조리에 일침을 가하는 요소가 가미되지 않은 코미디는 일종의 고문이다.

그는 소재가 빈곤하고 창의력이 부족한 코미디언들이 주무기로 사용하는 성대모사나 바보 흉내를 답습하고 싶지는 않았다. 가급적이면 끊임없이 연구하고 노력해서 심오한 해학과 예리한 풍자를 구사하는 코미디언으로 성장하고 싶었다.

"곤충학자들에 의하면 호박벌은 도저히 비행을 할 수 없는 신체적 구조를 가지고 있는 동물이라고 합니다. 몸통은 지나치게 크지만 날개는 지나치게 작기 때문이라고 합니다. 과학적으로는 그 날개로 도저히 그 몸통을 공중에 띄워 올릴 수가 없다는 겁니다. 그러나 호박벌은 꿀을 채취하기 위해 하루에 약 일천 킬로미터 정도의 거리를 날아다닌다고 합니다. 어떻게 그럴 수가 있을까요. 곤충학자들에 의하면 호박벌은 자신의 몸통에 비해 날개가 작다는 사실을 일절 의식하지 못한다고 합니다. 자신의 결함을 일절 의식하지 못하기 때문에 그런 기적을 행할 수가 있다는 겁니다. 오로지 꿀만 채취하겠다는 열망 하나가 하루에 일천 킬로미터를 날아다닐 수 있는 에너지를 만들어주는 거지요."

그는 코미디에도 감동과 교훈이 있어야 한다고 생각했다. 그래서 감동이나 교훈이 있는 소재를 발굴하기 위해 끊임없이 책을 읽었다. 그리고 거기서 얻은 소재들로 새로운 기법의 코미디를 만들었다.

"호박벌에만 해당되는 이야기가 아닙니다. 인간도 얼마든지 그런 기적을 일으킬 수가 있습니다. 자신의 신분이나 체면을 완전히 망각해 버리고 오로지 돈에 대한 열망 하나로 호박벌이 날개를 움직이듯 혼신을 다해서 발버둥을 쳐보십시오. 얼마든지 놀라운 기적을 만들어낼 수가 있습니다. 도대체 어떤 기적을 만들어낼 수가 있을까요. 결과는 자명합니다. 만물의 영장이었던 인간이 오로지 돈에 대한 열망 하나 때문에 돼지나 개라는 가축으로 변해버리는 기적을 만들어낼 수가 있습니다."

그는 기괴한 동작이나 과장된 표정으로 웃음을 구걸하는 구닥다리 코미디를 좋아하지 않았다. 가급적이면 진실하면서도 참신한 스탠딩 코미디를 개발하는 일에 심혈을 기울였다. 그러나 그의 코미디는 사유를 기피하는 단세포적 인간들에게는 전혀 먹혀들지 않는 단점을 가지고 있었다. 그래서 그가 창안해 낸 아이디어들은, 관객들의 미각 맞추기에 익숙해져 있는 PD들이나 선배들에 의해 번번이 퇴짜를 맞기 일쑤였다. 코미디는 가볍게 웃어넘기면 그만이지 절대로 심오할 필요가 없다는 중론이었다.

"군대는 갔다 오셨나."

"저는 부모님이 일찍 돌아가셨기 때문에 병역의무를 면제 받았습니다."

그는 군복무를 마쳐야 하는 입사 동기들에 비해 자신이 유리한 고지를 점령하고 있다고 생각했다. 그들이 제대할 때쯤에는 최소한 무명이라는 딱지를 벗어날 줄 알았다. 그러나 아니었다. 몇 번 방송에 얼굴을 비칠 기회가 오기는 했지만 비중 있는 배역은 돌아오지 않았고 하루 종일 번화가를 돌아다녀도 그를 알아보는 사람은 아무도 없었다. 결국 입사 동기들이 군복무를 마치고 방송에 귀환할 때까지 그는 무명이라는 딱지를 떼어내지 못하고 있었다. 물론 그 바닥에는 변수가 많아서 녹화장 화장실도 못 찾을 정도로 새까만 후배가 하루아침에 스타로 급부상하는 경우도 있었지만 방송국 간부들의 승용차 번호를 모조리 외울 정도로 짬밥이 쌓인 고참들도 그다지 두각을 나타내지 못하는 경우가 허다했다.

출연료만으로는 굶어 죽기 십상이었다. 밤무대를 뛰는 수밖에 없었다. 그는 잘 나가는 선배 코미디언 하나를 줄기차게 물고 늘어진 끝에 가까스로 밤무대 하나를 뚫었다. 의정부에 소재한 일종의 극장식 카바레였다. 삼십대 전후의 손님들이 주류를 이루고 있었다.

"다행스럽게도 밤업소에서는 제법 인기가 있었습니다."

"호박벌 방식의 코미디라면 거기서는 별로 환영을 받지 못했을 것 같은데."

"방송국이 안방이라면 밤업소는 정글이지요. 정글에서 안방의 방식을 고집할 정도로 제가 사고의 유연성이 없는 놈은 아니거든요. 거기서는 주로 술꾼들이 좋아할 만한 와이담을 풀어놓습니다."

덕분에 그는 경제적 궁핍만은 면할 수가 있었다. 하지만 거기서도 끊임없이 새로운 소재를 발굴하지 않으면 살아남기가 힘이 들었다. 손님들이 이미 알고 있는 와이담이나 도덕적인 인간이 되기를 요구하는 내용의 와이담을 풀어놓았다가는, 저 술맛 떨어지는 새끼를 어디서 데려왔냐, 당장 끌어내서 아가리를 틀어막아라, 안주접시에 놓여 있던 과일 조각들과 욕지거리들이 무대 위로 빗발치듯 날아오기 십상이었다. 물론 손님들이 배꼽을 잡고 뒤집어질 때는 어느 정도의 성취감이 느껴지기도 하지만 도대체 언제까지 변강쇠 옹녀 잡아먹는 소리나 하면서 살아야 할까를 곰곰이 생각해 보면 장래가 암울하기 짝이 없었다.

"저도 재충전이 필요하다는 생각을 했습니다."

인기 연예인들은 딜레마에 빠질 때마다 재충전을 한다는 핑계로 3년 정도 외국에서 유학생활을 하다가 돌아온다. 무명의 코미디언에 불과한 그로서는 엄두도 내지 못할 형편이다. 하지만 그도 딜레마에 빠져 있었다. 이쯤에서 재충전을 하지 않으면 한평생 삼류 코미디언으로 밤업소나 떠도는 신세로 전락하게 될지도 모른다는 불안감이 수시로 고개를 처들었다. 그는 심사숙고를 거듭한 끝에 한 삼 개월 정도만이라도 정신병동 환자들과 같이 생활해 보면 어떨까 하는 생각을 하게 되었다.

인간은 희극적인 요소보다 비극적인 요소를 더 많이 간직하고 있는 동물이다. 그래서 울음소리는 지속적으로 길게 발하고 웃음소리는 단발적으로 짧게 발한다. 대체로 울음은 비극적인 요소와 결합해서 생성되고 웃음은 희극적인 요소와 결합해서 생성된다.

하지만 인간은 자신들이 비극적인 요소를 더 많이 간직하고 있는 동물이라는 사실을 잘 알고 있으면서도 가급적이면 비극의 부산물인 울음보다 희극의 부산물인 웃음을 더 많이 갈구하는 특성을 가지고 있었다. 그리고 코미디언 오대단은 자신이 전 인류를 웃겨야 하는 역사적 사명을 띠고 이 땅에 태어났다고 생각하는 인물이었다.

"여러분 정말로 반갑습니다. 오늘부터 여러분과 함께 생활하게 된 코미디언 오대단입니다. 솔직히 말씀드리면 저는 환자가 아닙니다. 하지만 의사 선생님은 저를 환자로 진단했습니다. 언제부터

인가 사람을 만나기가 두렵고 매사에 의욕을 느낄 수가 없으며 이유 없는 불안과 초조에 시달린다고 하소연했기 때문입니다. 물론 위장입원을 하기 위해 제가 지어낸 거짓말이었습니다."

오대단이 개방병동에 입실하면서 환자들에게 던진 인사말이었다. 그는 우울함과 쓸쓸함을 어깨에 젖은 빨래처럼 걸치고 있는 환자들의 모습을 바라보면서, 마침내 자신의 노력과 재능을 마음껏 발휘할 수 있는 장소와 대상을 제대로 찾았다는 희열에 들떠 있었다. 그는 기분이 고조된 김에 환자들 앞에서 일장연설까지 늘어놓았다.

"여러분은 일본의 신흥종교 교주로 알려진 구라니까 미찌마라를 아십니까. 모르신다고요. 구라니까 미찌마라는 지금 전세계가 신종 바이러스의 위협에 노출되어 있으며 앞으로 자신의 종교를 숭배하지 않으면 전 인류가 괴질에 의해 멸망하게 될 것이라는 예언을 했지요. 물론 인류는 지금 사스니 에이즈니 조류독감이니 하는 질병들로 골치를 썩고 있습니다. 그렇다면 우리도 구라니까 미찌마라의 종교를 숭배해야 할까요. 결론부터 말씀드리지요. 여러분은 안심하셔도 됩니다. 웃을 줄만 알면 어떤 질병도 물리칠 수가 있습니다. 과학자들은 웃음이 인간의 순환기를 청결하게 만들어 주며 소화기관을 자극하여 혈압을 낮추는 효과를 나타낸다는 사실을 입증했습니다. 뿐만 아니라 병균을 막아주는 인터페론감마의 분비를 증가시켜 바이러스에 대한 저항력을 강화시키고 아울러 세포증식에도 지대한 도움을 준다는 사실도 입증했습니다. 웃음이 종양 세포를 공격하는 킬러 세포를 증식시켜 암을 치료한다는 주장도 있습니다. 심지어 어떤 의사는 인간이 하루 십오 초씩만 웃어도 수명이 이틀이나 연장된다는 학설을 발표하기도 했습니다. 따라서 사이비 교주인 구라니까 미찌마라의 당치도 않는 예언 따위에 신경을 쓰실 필요가 없습니다. 웃을 줄만 알면 절대로 죽을 염려는 없습니다. 웃음이 바로 불로장생의 지름길이요 만병통치의 대명사지요. 물론 비웃음이나 헛웃음은 아무 효과가 없습니다. 불량식품에 불과하지요. 자, 불로장생의 지름길이요 만병통치의 대명사인 웃음. 그 웃음을 여러분은 어디서 구하십니까. 어떤 약방이나 어떤 수퍼에서도 판매하지 않는 웃음. 하지만 여러분은 기대하셔도 좋습니다. 지금 여러분 앞에 서 있는 코미디언 오대단이 삼백 년 묵은 산삼과 맞먹는 웃음을 하루에도 몇 뿌리씩 여러분께 공짜로 선물해 드리겠습니다."

환자들은 오대단의 일장연설만으로도 그가 자신들과 다르다는 사실을 인정하지 않을 수 없었다. 그렇다. 환자들 중에서는 아무도 그렇게 긴 이야기를 신바람 나게 떠벌릴 수 있는 사람이 없었다. 그는 자신의 말대로 분명히 환자가 아니었다.

삼백 년 묵은 산삼과 맞먹는 웃음을 하루에도 몇 뿌리씩 여러분께 공짜로 선물해 드리겠습니다, 라고 그는 호언장담을 했지만 환자들은 별로 기대하는 눈치들이 아니었다. 아무리 산삼이라도 여기서는 자가약을 복용하면 이십 점 감점이야, 라고 누군가 시큰둥한 목소리로 그렇게 중얼거렸을 뿐이었다. 그는 대부분의 환자들이 웃음 불감증에 걸려 있다는 사실을 모르고 있었다. 그래서 틈만 있으면 코미디 보따리를 풀어놓기에 여념이 없었다.

"일본 야쿠자 오야붕과 이태리 마피아 두목과 한국 조폭 두목이 아프리카 야생동물원에서 부하들을 일렬횡대로 정렬시켜 놓고 서로 자기 똘마니들의 깡다구가 세계 최고라고 자랑을 해대고 있었습니다. 말로는 안 되겠다고 생각한 일본 야쿠자 오야붕이 부하 한 놈을 선발해서 명령을 하달했습니다. 너는 지금부터 저기 앉아 있는 수사자 앞에서 기다리고 있다가 그놈이 하품을 하면 즉시 아가리에 대가리를 디밀고 헤드뱅잉을 크게 세 번 실시한 다음 대가리를 꺼내도록 하라. 물론 야쿠자 부하는 오야붕의 명령을 그대로 수행했습니다. 그러나 도중에 사자가 입을 다물어버리는 바람에 두개골이 처참하게 으깨져 즉사해 버리고 말았습니다. 절대로 꿀릴 수 없다고 생각한 이태리 마피아 두목도 부하 한 놈을 선발해서 명령을 하달했습니다. 너는 저기 엎드리고 있는 악어의 아가리를 강제로 벌리고 대가리를 디밀어라. 그리고 입천장을 세 번 물어뜯은 다음 대가리를 꺼내라. 마피아 부하도 두목의 명령을 그대로 수행하다가 두개골이 처참하게 으깨져 즉사해 버리고 말았습니다. 마지막으로 한국 조폭 두목도 도저히 꿀릴 수 없었습니다. 즉시 부하 한 놈을 선발해서 명령을 내렸지요. 팔뚝에, 차카게 살자, 라는 문신을 새겨넣은 부하였습니다. 너는 사자가 하품을 할 때 대가리를 디밀고 헤드뱅잉을 세 번 실시하고 다시 악어의 아가리를 강제로 벌려서 입천장을 세 번 물어뜯은 다음 담배를 한 대 피우고 대가리를 꺼내도록 해라. 그러자 차카게 살자가, 조금도 망설이지 않고, 두목을 똑바로 쳐다보면서, 이렇게 말했습니다. 조까. 결국 짤막한 그 한마디로 일본 야쿠자 오야붕도 이태리 마피아 두목도 한국 조폭 똘마니들의 깡다구가 세계 최고라는 사실을 인정하지 않을 수 없었습니다."

오대단은 틈만 있으면 환자들을 상대로 개그 보따리를 풀어놓았다. 그러나 환자들은 전혀 기대했던 반응을 나타내 보이지 않았다. 정색을 하면서, 정말 그런 일이 있었나요, 라고 물어보는 환자는 있었지만 웃음을 터뜨리는 환자는 아무도 없었다.

"프랑스의 어떤 공처가가 부인의 생일을 하루 앞두고 시장을 보러 갔습니다. 아내의 생일을 맞이해서 아내가 가장 좋아하는 달팽이 요리를 해줄 목적이었죠. 그런데 시장에서 달팽이를 사들고 돌아오는 길에 어떤 글래머의 유혹을 받게 됩니다. 할렐루야. 공처가는 이럴 때 사양하면 하나님의 은총을 묵살하는 일이라 생각하고 글래머와 하룻밤을 같이 즐겼습니다. 다음 날 아침은 아내의 생일. 공처가는 눈을 뜨자마자 달팽이 봉지를 들고 허겁지겁 집으로 돌아갔지요. 하지만 외박을 어떻게 해명해야 할지 걱정이 태산 같았습니다. 한참을 궁리하던 끝에 공처가는 달팽이들을 현관 앞에 쏟아 붓고는 봉투를 소각해 버린 다음 현관의 초인종을 눌렀습니다. 초인종을 누르자 화가 머리끝까지 치밀어 오른 아내의 얼굴이 나타났지요. 공처가는 현관 앞에 널려 있는 달팽이들을 향해 소리쳤습니다. 자, 이제 다 왔어. 모두들 조금만 더 힘을 내자구."

밤업소용 개그도 먹혀들지 않았다.

"어떤 선지자가 있었습니다. 그 선지자는 하나님께 독생자 예수 그리스도를 다시 세상에 내려보내 달라고 날마다 열심히 기도를 드렸습니다. 어느 날 하나님께서 그의 소원을 들어주겠노라고 응답했습니다. 선지자가 물었습니다. 아버지시여, 저는 영혼의 눈이 멀어 예수 그리스도가 이 땅에 재림을 하셔도 알아볼 수가 없을 것 같사옵니다. 어떻게 하면 예수 그리스도를 알아볼 수가 있을까요. 그러자 하나님께서 간단한 방법을 가르쳐주셨습니다. 내 아들 예수는 인류의 죄를 사하기 위해 손발에 못이 박히는 아픔을 겪었으며 아직도 손발에 못자국이 그대로 남아 있으니 그것을 증거로 삼도록 하라. 그 말을 들은 선지자는 재림예수를 만나기 위해 온 세상을 떠돌아다니기 시작했습니다. 그러다 마침내 손발에 못자국이 있는 인격체 하나를 발견하고 발밑에 엎드려 경건한 마음으로 경배를 드렸습니다. 그때 노인 하나가 나타나 선지자에게 물었습니다. 우리 피노키오가 도대체 선생께 어떤 거짓말을 했길래 길바닥에서 이러고 계시는가요."

방송국용 개그도 먹혀들지 않았다.

왜 먹혀들지 않는 것일까. 그는 명색이 코미디언이었다. 환자들이 자신의 코미디에 전혀 반응을 보이지 않는다는 사실에 자존심이 몹시 상할 수밖에 없었다. 니들이 끝까지 안 웃고 배기나 보자. 그는 자기가 알고 있는 모든 코미디 보따리를 환자들 앞에 풀어놓기 시작했다. 그러나 환자들은 어떤 보따리를 풀어놓아도 웃음을 보여주지 않았다. 저런 시시껄렁한 이야기를 왜 신바람 나게 떠벌리고 있는 거지, 하는 표정으로 그저 시큰둥하게 그를 바라볼 뿐이었다.

하지만 그는 포기할 수 없었다. 나는 전 인류를 웃겨야 하는 역사적 사명을 띄고 이 땅에 태어난 오대단이다. 안으로는 박장대소의 자세를 확립하고 밖으로는 요절복통에 이바지할 만반의 준비를 갖추어야 한다. 좌절은 금물이다. 노력하는 자에게는 악조건이 오히려 호조건이다. 내가 여기서 환자들을 웃기지 못한다면 밖에서도 결코 성공할 수 없을 것이다. 분발하자. 웃음으로 민족의 숙원인 남북통일을 이룩할 영재는 오직 오대단 너 하나뿐이다. 분발하자. 분발하자. 그는 날마다 자신을 부추기면서 온갖 코미디로 환자들을 웃겨보려고 노력했다. 하지만 환자들은 끝내 기대했던 반응을 나타내 보이지 않았다.

36

당신이 세상에서 사라져버려도
세상은 아무것도 변하지 않는다

개방병동에서 생활한 지 한 달이 지났다. 그러나 나를 면회 오는 사람은 아무도 없었다. 찬수녀석에게 전화를 걸면 온갖 핑계를 늘어놓았다. 면회를 회피하는 기색이 역력했다. 필도녀석은 무슨 영문인지 전화를 걸 때마다 핸드폰이 꺼져 있었다. 하지만 괘씸하다는 생각도 들지 않았고 궁금하다는 생각도 들지 않았다. 지금 생각해 보면 어차피 나는 녀석들의 들러리에 불과한 존재였다.

"이선생은 집이 춘천이라면서요."

"그렇습니다."

"그런데 왜 외출 외박도 나가지 않고 병실에만 붙어 있소."

"저는 여기가 좋습니다."

"한 달이 지나도록 면회 오는 친구들도 없고."

"제가 여기 있다는 사실을 친구들은 아무도 모를 겁니다."

"그래도 가족들은 알고 있을 거 아니오."

"가족들은 오히려 제가 보살펴주어야 할 입장들입니다."

"혹시 시내에 나가도 반겨줄 데가 없으면 나하고 영화라도 한 편 핥아먹고 옵시다."

"말씀은 감사합니다만 저는 아직도 바깥세상이 지겹습니다."

한도사는 외출이나 외박을 할 때마다 나를 걱정해 준다. 그는 환우반장답게 모든 환우들을 자상하게 보살핀다. 친일파 일당들에 대한 극단적 적개심만 제외하면 그는 대인관계 부문에서 표본이 될 만한 인물이다.

춘천은 도시 한복판에 미군부대가 있다. 그리고 미군부대 주변은 함부로 건물을 신설하거나 개축할 수 없도록 규제되어 있다. 그래서 70년대 풍경 그대로다. 영화나 방송에서 70년대 풍경이 필요할 때는 상투적으로 춘천을 이용한다.

최근 한류열풍을 타고 〈겨울연가〉라는 연속극이 일본에서 대히트를 기록하면서 일본 사람들이 줄지어 춘천을 찾아온다. 춘천은 〈겨울연가〉의 촬영지로 알려져 있다. 한도사는 최근 일본 사람들이 줄지어 춘천을 찾아오는 현상에 대해서도 친일파 일당들의 음모가 도사리고 있다고 생각한다. 그가 생각하는 친일파 일당들의 음모는 언제나 국가전복으로 귀결된다. 나는 한도사가 시내로 외출이나 외박을 나갈 때마다 일본 사람들이 많이 모인 장소에서 도시락 폭탄을 던질지도 모른다는 기우에 사로잡힌다.

개방병동에서도 아침이면 신문을 읽을 수가 있다. 자유시간에는 휴게실에서 텔레비전도 시청할 수가 있다. 그래서 바깥세상에 어떤 일들이 일어나고 있는지도 대충은 알 수가 있다.

경찰관들이 미성년자와 집단 성관계를 가지는가 하면, 어떤 경찰관은 장례식에 참석하느라 집을 비운 가정을 물색해서 금품까지 털었다. 신문과 방송이 떠들썩했었다. 그때도 한도사는 친일파 일당들이 국가전복을 목적으로 민중의 지팡이를 민중의 곰팡이로 만들고 있다는 음모설을 꺼내놓았다.

교사가 학부모와 결탁해서 학생의 시험답안을 대리작성하는가 하면, 대입 가산점을 만들어주기 위해 특정학생을 학생회장 선거에 출마시키고 다른 학생의 출마를 포기토록 종용한 사건이 보도된 적도 있었다. 도대체 어느 세상물정 모르는 인간이 행복은 성적순이 아니라고 단언했는가. 어떤 여고생은 시험지를 유출하기 위해 인쇄소 아저씨에게 몸을 헌납했다는 기사가 보도된 적도 있었다.

한국을 대표하는 사찰의 주지스님이 해외로 나가 도박으로 거액을 탕진해서 물의를 빚는가 하면, 한국을 대표하는 교회의 담임목사가 거액의 헌금을 횡령해서 물의를 빚기도 했다는 뉴스도 있었다. 교사도 경찰도 목사도 스님도 스스로 정도(正道)를 지키고 남들을 교화해야 할 사람들이었다. 그러나 이제 세상은 그야말로 믿을 놈 하나 없는 동물의 왕국으로 변해가고 있었다.

한도사는 경찰비리, 사학비리, 종교비리가 모두 친일파 일당들의 국가전복 음모와 연관이 있다는 확신을 가지고 있었다. 하지만 나는 한도사의 주장을 액면 그대로 받아들이지는 않았다. 나는 세상이 그토록 극단적으로 썩어 문드러지는 이유가 친일파 일당들의 음모보다는 달의 실종과 더 깊은 연관이 있을지도 모른다는 추측을 하고 있었다. 아무튼 나는 다시금 동물의 왕국으로 귀환할 자신이 없었다. 내게는 차라리 개방병동이 영혼의 안

식처요 마음의 도량처였다. 온갖 부정과 비리가 성행하고, 온갖 범죄와 암투가 만연해 있는 저 동물의 왕국에서 지금까지 내가 어떻게 견딜 수 있었는지 의아스러울 지경이었다.

개방병동 환자들은 대부분 소심한 성격들을 가지고 있었다. 자유시간에도 무리를 짓는 법이 없었다. 각자가 멀찍이 떨어져서 시간을 보내기 일쑤였다. 그러나 그들은 많은 대화를 나누지 않아도 서로의 내면을 잘 간파하고 있는 분위기였다. 그들은 대체로 마음이 섬약해 보였고, 전신에 우울을 주렁주렁 매달고 있었으며, 가급적이면 자신의 내면이 노출되는 대화를 회피하려는 성향을 나타내 보였다. 비리니 부정이니 범죄니 암투니 하는 단어들과는 너무도 거리가 멀어 보였다.

그러나 예외적인 인물도 있었다. 한도사, 평강공주, 오대단. 그 중에서 한도사는 가장 감정의 기복이 심한 편이어서 치료사들에게 자주 지적을 받는다. 때로는 친일파에 대한 극심한 적개심 때문에 감점을 받기도 했고 때로는 지나친 성실성 때문에 가산점을 받기도 했다.

"이 새끼 친일파 아냐."

한도사의 입에서 이 말이 튀어나오면 병실 분위기가 험악해진다. 이 새끼 친일파 아냐. 환우들이 얼떨결에 일본어를 섞어 쓰면 튀어나오는 말이다. 그 말이 튀어나오는 순간에 멱살잡이가 벌어진다. 때로는 주먹질도 불사한다. 평소에는 환우들의 지킴이를 자처하는 한도사지만 얼떨결에 튀어나온 일본어를 들으면 갑자기 헐크로 돌변해 버린다. 그래서 신입환자가 들어오면 한도사는 제일 먼저 얼떨결에 일본어를 사용하는 실수를 저질러서는 안된다는 개인수칙부터 전달한다. 물론 한도사가 만든 개인수칙이다. 그러나 일본어를 사용한다고 무조건 광분하지는 않는다. 고유명사일 경우나 문맥상 사용이 불가피한 경우에는 그대로 지나친다. 그놈의 '얼떨결에'가 문제다. 한도사는 얼떨결에 튀어나오는 일본어에 대해서는 초감각적 과민반응을 나타내 보인다.

"얼떨결에 일본어가 튀어나오는 놈들은 그만큼 침략에 대한 경계심이 희박해져 있다는 증거야."

한도사는 얼떨결에 일본어가 한 단어씩 튀어나올 때마다 땅덩어리가 한 평씩 일본놈에게 넘어간다고 생각하는 사람 같았다.

"너는 벌레만도 못한 놈이야. 선열들이 목숨을 바쳐 나라를 되찾은 지 육십 년이 지났는데 아직도 일본놈의 잔재를 의식 속에 그대로 간직하고 있어. 그러지 않아도 친일파 일당들이 이 나라를 전복시키려고 온갖 술수를 다 부리고 있는 마당에 도대체 너는 정신상태가 어떻게 돼먹은 놈이야. 솔직히 말해서 나는 지금 네가 인간으로 보이지 않아."

평소 한도사는 나이가 한결 어린 환우들에게도 반말을 쓰는 법이 없다. 하지만 누구라도 얼떨결에 일본어를 쓰게 되면 적어도 그 순간만은 인간 이하로 취급받을 각오를 굳혀야 한다. 아무도 한도사의 광분을 말릴 재간이 없다. 온갖 욕설과 주먹질이 난무한다. 그 때문에 두 번이나 보호동 신세를 지기는 했지만 아직 안심할 단계가 아니라는 중론이다.

타 환자에게 폭력을 사용했을 때, 물품거래 및 금전거래를 했을 때, 도박행위를 했을 때, 라이터를 분실했을 때, 타 환자나 보호자에게 물품 및 금전을 요구했을 때 보호동으로 보내진다. 때로는 밴드를 착용한 상태로 관찰과정을 거쳐야 하기 때문에 개방병동 환자들에게는 폐쇄병동으로 이송되는 상황과 거의 맞먹는 처벌에 해당한다. 그래서 한도사도 각별히 조심을 하는 기색이 역력해 보인다.

하지만 일본어는 한국인들의 목구멍 속에 은밀하게 숨어 있는 낱말의 바퀴벌레다. 끈질긴 생명력을 가지고 있어서 어떤 구충제로도 완전박멸이 불가능하다. 대화를 하다 보면 얼떨결에 한 마리씩 목구멍 밖으로 잽싸게 출몰한다. 니미럴, 하고 실수를 자각하는 순간에는 이미 때가 늦었다. 한도사의 표정이 공포를 느낄 정도로 험악하게 일그러져 있는 것이다.

일본산 낱말의 바퀴벌레들 중에서도 유독 목구멍 밖으로 자주 출몰하는 놈들이 있다. 기억 속에서 그놈들만 꺼내 맥주컵에 담아도 순식간에 맥주컵이 넘쳐나게 될 것이다. 바께쓰, 쿠사리, 다마, 소데나시, 빵꾸, 노가다, 사라, 분빠이, 다대기, 쓰레빠, 쇼부, 와루바시, 기지, 후까시, 이빠이, 다이, 방까이, 쓰메끼리, 다꾸앙, 가오, 도라무깡, 빠꾸, 다마네기, 사시미, 단도리, 뻥끼, 와꾸, 앗싸리, 무대뽀, 기리, 스끼다시, 요지, 오야붕, 아나고, 기스, 야마, 구루마, 오뎅, 시다, 찌라시, 뗑깡, 데끼리, 쓰리, 시야게, 도꾸다이, 마세이, 아까징끼, 후로꾸, 함바, 다라이, 아다라시, 와사비, 작꾸, 에리, 나까마, 유도리. 이놈들은 특히 활동성이 강하다. 각별히 유념하지 않으면 아차 하는 순간에 목구멍 밖으로 튀어나와 한도사로 하여금 울화통을 터뜨리게 만든다.

한도사보다는 기질이 활달하지 않지만 평강공주도 다른 환우들과는 차별화되는 기질을 가지고 있었다. 그녀는 사교적인 일면을 가지고 있어서 모든 환자들에게 말을 자주 거는 편이었다. 그리고 자신의 감정을 숨김없이 표현하는 편이었다.

한도사의 예견대로 그녀는 한때 나를 온달 후보로 점지하고 접근을 시도했었다. 최근 그녀는 온달 후보를 물색하는 방법을 바꾸었다. 일차적으로는 간단한 암산문제를 출제해서 지능지수를 테스트한다. 예를 들자면, 초등학교 2학년 정도면 풀 수 있는 암산문제를 출제하고 그 다음에는 4학년 정도면 풀 수 있는 암산문제를 출제한다. 그리고 최종적으로 6학년 정도가 되어야 풀 수 있는 암산문제를 출제한다. 이때 오답을 제시하면 온달 후보로 찍혀서 골탕을 먹을 가능성이 짙다. 그 정도 수준밖에 안 되는 문제의 정답을 맞히고 좋아하는 낯색을 보이거나 으쓱해 하는 꼴을 보여서도 안 된다. 당연히 바보일지도 모른다는 의심을 받게 된다. 그녀는 편집증 환자이기 때문에 한번 찍히면 그림자처럼 따라다니면서 바보온달이 환생했다는 확신을 가질 때까지 계속적으로 테스트를 실시한다. 그녀가 암산문제를 출제할 때 딴 생각을 하다가 오답을 산출했던 친구 하나가 시달림을 당하던 끝에 전동되었다는 사실을 명심하라. 그녀가 접근해 오면 정신을 바짝 차려야 한다. 일차적인 테스트를 통과해도 안심할 수는 없다. 그녀는 수시로 의심을 발동시켜 여러 가지 방법으로 테스트를 실시한다.

물론 나는 일차적인 테스트를 무난히 통과했다. 하지만 그 다음에도 몇 번의 테스트를 거쳐야 했다. 편지를 부치려면 어디로 가야 할까요. 잠자리는 다리가 몇 개일까요. 솔방울은 무슨 나무의 열매일까요. 무지개 색깔을 모두 말씀해 보세요. 나는 조금씩 짜증이 치밀어 오르기 시작했다. 그래서 어느 날부터인가 그녀가 접근해 오기만 하면 내가 먼저 질문을 던지기로 작정해 버렸다.

"나비처럼 날아서 벌처럼 쏜다고 말한 권투선수의 이름을 말해 보십시오."

"알고 있었는데 금방 생각이 나지 않는군요."

"손으로 감싸고 있으면 녹는 금속이 있는데 원소명을 아십니까."

"설마 그런 금속이 있을라구요."

"태양계 바깥에 존재하는 별 중에서 지구와 가장 가까운 별 이름을 말해 보십시오."

"모르겠는데요."

"인체에서 발생되는 생리현상 중에서 가장 강력한 분사력을 가진 생리현상은 무엇일까요."

"방귀 아닌가요."

나비처럼 날아서 벌처럼 쏜다고 말한 권투선수는 클레이(무하마드 알리)다. 그의 고조할아버지는 노예 출신으로 미국 대사를 지낸 러시아의 케시우스 마세우스 클레이에게서 이름을 얻었다. 그는 세계 헤비급 챔피언으로 유명하지만 시인이라는 사실을 알고 있는 사람은 드물다. 손으로 감싸고 있으면 녹는 금속의 원소명은 갈륨이다. 섭씨 30도에서 녹는다. 손으로 갈륨 조각을 감싸고 있으면 순식간에 녹는다. 만져도 해롭지 않다. 태양계 바깥에 존재하는 별 중에서 지구와 가장 가까운 별은 프록시마 센타우리다. 지구로부터 4광년 정도의 거리다. 시속 4만 킬로미터 속도로 달리는 우주선을 타고 가면 7만 5천 년이 걸린다. 그리고 인체에서 발생되는 생리현상 중에서 가장 강력한 분사력을 가진 생리현상은 방귀가 아니라 재채기다. 재채기를 할 때 분사되는 침방울은 시속 160킬로미터의 속도를 가지고 있다. 조심해야 한다. 재채기를 할 때 틀니가 튀어나온다면 바로 앞에 앉아 있는 사람의 두개골을 관통해 버릴지도 모른다.

전부 잡학의 대가인 필도녀석으로부터 전해 들은 상식들이다. 평강공주가 내게 질문을 던지기 전에 내가 먼저 질문을 던지고 해답을 소상하게 설명해 주는 처방은 특효였다. 그녀는 나를 온 달 후보에서 완전히 제명시켜 버렸다. 그리고 이따금 내게 자문을 구하기 시작했다.

"여기서 가장 바보 같은 환자가 누구라고 생각하세요?"

"제 눈에는 그렇게 물으시는 그대가 가장 바보 같아 보이는데요."

"바보가 어떻게 대학을 다녀요."

"대학 자체가 바보를 만드는 기관인지도 모르지요."

하지만 평강공주는 환자들 전부가 온달 후보라는 즐거움 때문인지 언제나 활달한 성격을 유지하고 있었다. 문제는 상대편의 기분을 전혀 고려하지 않고 끊임없이 초등학생 수준의 질문을 던진다는 것이었다.

마지막으로 환자들과 판이하게 다른 면모를 보였던 인물은 오대단이었다. 그는 분명히 자기를 소개할 때 환자가 아니라고 말했다. 그렇다. 그는 누가 보아도 정상인 그대로였다.

"아, 이게 바로 메리의 차로군요, 라는 문장은 모두 몇 글자로 만들어졌습니까."

"열두 글자요."

"그렇습니다. 열두 글자입니다. 그것을 네 글자로 줄여보세요."

"왜 줄여요?"

"재미로."

"글쎄요."

"모르시면 제가 가르쳐드리지요."

"뭔데요."

"아메리카입니다."

"무슨 소립니까."

"외국어를 필요로 하는 코미디는 안 통하는군요. 그러면, 니놈이 독도를 일본땅이라고 말했냐, 라는 문장은 모두 몇 글자로 만들어졌습니까."

"열다섯 글자요."

"맞습니다. 그 열다섯 글자를 네 글자로 한번 줄여보세요."

"못 줄이겠는데요."

"그럼 제가 줄여볼까요."

"그러세요."

"죽고 잡냐, 입니다."

오대단은 여전히 환우들을 상대로 코미디를 시도해 보지만 역시 별다른 호응을 얻어내지 못하고 있었다. 그는 시간이 지날수록 자신감을 상실해 가고 있었다.

그는 그동안 환우들을 웃기기 위해 실로 눈물겨운 노력들을 보여주었다. 처음에는 그가 개발한 코미디를 모조리 풀어놓았고 나중에는 유행을 거친 코미디까지 모조리 풀어놓았다. 그러나 환우들은 웃지 않았다. 참새 시리즈. 정신병 시리즈. 김선달 시리즈. 식인종 시리즈. 욕쟁이 시리즈. 최불암 시리즈. 덩달이 시리즈. 만득이 시리즈. 사오정 시리즈. 온갖 코미디를 총망라해도 환우들은 웃지 않았다.

결국 그는 입을 다물어버리고 말았다. 그리고 다른 환우들과 마찬가지로 따로 멀찍이 떨어져서 기력 없는 모습으로 멀거니 먼 산을 바라보는 신세가 되고 말았다. 어느 날 그는 자진해서 의사와의 면담을 요청했다. 그리고 자신이 코미디 소재를 얻기 위해

의도적으로 정신병원을 찾아온 사실과 현재 자신이 지독한 절망
감에 빠져 있다는 사실을 고백했다.

그날 면담을 마치고 병실로 돌아온 그의 표정은 심각해 보였다.

"제가 진짜 우울증 환자로 변해버렸답니다. 당분간 코미디 같
은 건 잊어버리고 더 악화되기 전에 본격적으로 치료부터 받도
록 하랍니다."

오대단이 내게만 은밀한 목소리로 전해준 의사의 소견이었다.

37

식물들, 가시를 만들다

비닐하우스에서 재배되는 화초들이 돌연변이를 일으켜 관계자들에게 당혹감을 안겨주고 있다. 충북 진천의 한 농가 비닐하우스에서 재배되는 백합들이 줄기 전체에 가시를 돌출시키는 변이현상을 나타내 보였다. 이 가시들은 모양과 크기가 장미 줄기에 부착되어 있는 가시들과 흡사했으며 재배자들은 그 때문에 채화 과정에 소요되는 시간과 인력이 몇 배로 늘어나 경제적 손실이 막대하다고 울상을 지었다. 뿐만 아니라 경기도 여주의 한 농가 비닐하우스에서 재배되는 딸기도 이파리 가장자리에 억센 가시들이 생겨서 수확기에는 적지 않은 악영향을 끼칠 것으로 예상된다. 그러나 식물들의 반란은 농가에만 국한된 현상이 아니라는 의견도 있다. 야생화의 매력에 심취되어 5년 동안 전국을 떠돌아다니며 야생화를 카메라에 담아온 사진작가 오진혁 씨

(43)에 의하면, 작년부터 전국적으로 마을 인근에 서식하는 야생화에서도 변이현상이 나타나기 시작했다고 한다. 평소 가시가 없던 야생화에서도 가시가 발견되기 시작했다는 것이다. 식물들이 극단적 위기상황을 반복해서 경험하게 되면 종족을 보존하기 위한 방어수단으로 가시를 개발할 가능성이 있으며 명확한 원인을 규명하기 위한 체계적이고 전문적인 조사연구가 시급하다는 의견이 학계의 중론이다. (종합통신)

38

한 번도 서울에 가본 적이 없는 사람이
동대문에 문지방이 있다고 우길 때
서울 사람들은 동대문에 문지방이 없다는 사실을
어떻게 증명할 수 있을까

"투약을 계속 거부하실 건가요."

황기환(黃基煥) 박사가 물었다.

나는 황기환 박사의 집무실로 호출되어 상담에 임하고 있는 중이었다. 추궁하는 어투는 아니었다. 그런데도 나는 무슨 답변이라도 해야 할 것 같은 부담감에 사로잡혀 있었다. 하지만 그가 수긍할 만한 답변은 떠오르지 않았다.

어제는 한차례 비가 내렸고 오늘은 햇빛이 눈부셨다. 나는 유리창을 통해 햇빛이 눈부신 바깥 풍경들을 내다보고 있었다. 바깥 풍경들은 어디에 시선을 두어도 현기증을 느낄 정도로 말끔하게 세척되어 있었다. 어느새 수목들은 초록빛이 짙어져가고 있었다.

집무실은 방음장치라도 되어 있는지 아무 소리도 들리지 않왔다. 모든 인간들이 다른 별로 이주해 버리고 두 사람만 집무실에 남아 있는 듯한 분위기였다. 황기환 박사가 담배 한 개비를 꺼내 내게로 내밀었다. 환자는 지정장소에서만 담배를 피울 수 있었다. 긴장을 풀어주기 위한 배려 같았다. 괜찮습니다, 라고 나는 가볍게 사양의 뜻을 표명했다.

황기환 박사는 개방병동 담당 전문의였다. 사십대 중반의 나이로 호남형의 얼굴에 부드러운 성품을 가지고 있었다. 언제나 얼굴 가득 미소를 머금고 있었다. 개방병동 환자들 사이에는 뢴트겐이라는 별명으로 통하고 있었다. 환자들의 마음속을 훤하게 들여다본다는 의미로 붙여진 별명이었다.

"약을 먹지 않아도 나을 자신이 있는 것 같아서요."

나는 자신감이 서려 있는 목소리로 그렇게 대답하는 수밖에 없었다. 하지만 의사의 입장에서 보면 나는 달이라는 천체가 실재했다는 망상 때문에 사회생활에 장애를 겪고 있는 정신질환자였다. 투약을 거부한다는 사실은 치료를 거부한다는 사실과 진배없었다. 하지만 황기환 박사는 내가 투약을 거부하고 있다는 사실에 대해서는 그다지 신경을 쓰고 있는 것 같지 않았다.

"달이라는 천체에 대해서 한 번 더 자세히 설명해 주시겠습니까."

"지난번 상담시간에 충분히 설명해 드린 걸로 기억하고 있습니다. 죄송합니다만 저로서는 더 이상 자세하게 설명해 드릴 방법이 없습니다."

"좋습니다. 그렇다면 달이 실지로 존재했었다는 사실을 과학적이고 논리적인 방법으로 증명하실 수 있습니까."

"저로서는 불가능합니다."

"달과 연관해서 특별히 떠오르는 사건이나 추억이 있으면 서슴지 말고 말씀해 보십시오."

나는 그의 요구에 어떻게 대처해야 현명할까를 생각해 보고 있었다. 달에 관한 기억들을 열거하면 열거할수록 상태가 심각하다는 확신만 증대시킬 것이다. 하지만 개방병동에서 생활하는 동안 두통도 사라져버렸고 불면도 사라져버렸다. 신체적으로나 정신적으로 많이 좋아졌다는 느낌을 가지고 있었다. 내가 달과 연관된 사건이나 추억들을 그대로 말해 버리면 전혀 차도가 없는 환자로 분류해서 폐쇄병동으로 전동시켜 버릴지도 모른다는 생각이 들었다.

"물론 과학적으로나 논리적으로 설명할 수 없는 현상들이 우리 주변에 산재해 있다는 사실을 저도 부인하고 싶지는 않습니다."

황기환 박사는 뢴트겐이라는 별명답게 내 심중을 훤히 들여다보고 있음이 분명했다. 부인하고 싶지는 않습니다, 라는 말 다음에는 그러니까 한번 말씀해 보세요, 라는 말이 생략되어 있었다. 하지만 나는 입을 다물고 있었다.

"혹시 달이라는 천체를 같이 목격한 사람이 있습니까."

나는 소요를 생각했다. 그러나 소요의 실체도 증명할 방법이 없었다. 섣불리 입을 열었다가는 의식 전체가 망상으로 가득 차 있다는 심증을 안겨줄 가능성이 짙었다. 억울하다는 생각이 들었다. 진실이 망상으로 오진되고 있다는 사실만은 수정하고 싶은 심경이었다.

한때 인간들은 프톨레마이오스의 천동설(天動說)을 믿었다. 그리고 천동설은 1천 4백여 년 동안 태양계의 운동을 설명하는 유일한 이론으로 존속되었다. 천동설은 당시 교황청의 공인교리였다. 코페르니쿠스는 프라우엔부르크 성당의 신부였다. 하지만 천동설을 부정하고, 지구가 자전하는 행성이며 태양을 중심으로 공전하고 있다는 지동설(地動說)을 발표했다. 코페르니쿠스의 지동설은 당시 교황청의 공인교리를 전면적으로 부정하는 도전장이나 다름이 없었다. 얼마나 많은 지탄의 돌들이 코페르니쿠스의 머리 위로 떨어져 내렸을까.

당시에도 인터넷이 있었다면 마녀사냥을 좋아하는 네티즌들이 온갖 욕설로 코페르니쿠스를 성토하기에 여념이 없었을 것이다.

신부가 되더니 겁대가리가 없어졌구나 코페르니쿠스.

니 이론대로 지구가 돈다고 치자, 하지만 어지럽지 않은 이유는 어떻게 설명할 거냐.

엉터리 신부야 아가리 닥치고 딸이나 잡다가 자빠져 자거라.

즐이다 씹새야.

너의 무뇌아적(無腦兒的) 발상에 나는 심장마비를 일으킬 뻔했어.

개쉐이, 그렇게 뜨고 싶었냐.

그러나 진실을 세상에 알리고자 하는 자에게는 언제나 적군만 있는 것이 아니다. 후일 갈릴레이가 자신의 천문관측에 의거하여 코페르니쿠스의 지동설에 대한 믿음을 피력했고 그것이 로마 교황청의 반발을 사기 시작했다. 그리고 지동설에 관해 자신이 섬기는 대공(大公)의 어머니와 제자들에게 편지 형식으로 자신의 생각을 전달했는데 그로 인해 갈릴레이는 재판에 회부되어 앞으로 지동설을 일절 발설하지 말라는 경고를 받았다. 그러나 갈릴레이는 계속적인 집필을 통해 지동설을 확립하려는 노력을 게을리 하지 않았다. 그로 인해 심문관으로부터 몇 번이나 신문을 당했으며 결국 울며 겨자 먹기 식으로 자신의 위법행위를 자인하지 않을 수 없었다. 후일 갈릴레이는 알체토리의 옛집으로 돌아와 시력을 잃어버린 상태로 저술에 힘쓰다 세상을 떠나고 말았지만, 장례를 치르는 일과 묘소를 마련하는 일조차도 허용되지 않았다.

어느 시대를 막론하고 그 시대의 권력은 진실을 전파하려는 자들을 매장시키고 싶어하는 특성을 나타내 보인다. 그들이 전파하려는 진실이 어떤 분야에 해당하는 것이든 무조건 적대적인 관계로 해석해 버리는 것이다. 그것은 권력의 실체가 진실을 바탕으로 이루어진 것이 아니라 가식을 바탕으로 이루어진 것이라는 사실을 증거한다. 하지만 수많은 지탄의 돌들이 코페르니쿠스의 머리 위로 떨어져 내리는 그 순간에도 지구는 돌고 있었다. 갈릴레이가 시력을 잃어버린 채로 집필에 몰두하던 그 순간에도 지구는 돌고 있었다. 그리고 온 인류가 그들의 이름을 기억하지 못하는 먼 미래에도 지구는 돌고 있을 것이다.

한 번도 서울에 가본 적이 없는 사람이 동대문에 문지방이 있다고 우길 때, 서울 사람들은 동대문에 문지방이 없다는 사실을 어떻게 증명할 수 있을까. 게다가 어떤 놈들은 곁에서 맞장구를 친다. 동대문 문지방은 재질이 박달나무다. 동대문은 인구가 조밀하기로 소문난 서울에서도 특히 사람들이 뻔질나게 드나드는 사대문 중의 하나다. 박달나무같이 단단한 재질이 아니면 금방 닳아 없어진다. 그래서 나무 중에서도 가장 목질이 단단한 박달나무로 문지방을 만들었다. 이런 식으로 맞장구를 치는 놈들이 늘어갈수록 동대문을 직접 가본 사람은 복장이 터질 수밖에 없을 것이다.

하지만 문제는 간단하다. 서울로 데리고 가서 동대문을 직접 보여주면 된다. 달의 존재 여부에 대해서도 마찬가지다. 달이 없다고 우기는 사람에게는 달을 직접 보여주면 된다.

그러나 어쩌겠는가. 어처구니없게도 달은 하늘에서도 사라져버렸고 인간들의 기록에서도 사라져버렸다. 소요도 사라져버렸다. 소요는 유일한 증인이자 아군이었다. 하지만 그녀가 존재했다는 사실 또한 증명할 방법이 없었다. 나는 무력감에 진저리를 치다가 어느 날 자진해서 개방병동을 찾아온 신세였다. 내 보잘것없는 능력으로는 과학적으로도 논리적으로도 달이 실재했음을 증명할 방법이 없었다. 증명할 방법이 없었지만, 진실을 허구라고 번복할 생각은 추호도 없었다.

"목이 마른데요."

내가 말했다.

황기환 박사는 일단 내게 냉수를 한 컵 따라주었다. 그러더니 문득 생각났다는 표정으로, 오늘 경남 하동에서 보낸 햇차가 도착했는데 같이 한잔 마셔보지 않겠느냐고 제의했다. 나는 대답하지 않았다. 대답하지 않았는데도 황기환 박사는 서가 한쪽에 설치되어 있는 서랍장에서 다기들을 꺼낸 다음 전기 포트에 물을 끓이기 시작했다.

"녹차를 신봉하던 완치환자가 직접 법제해서 보낸 겁니다."

황기환 박사는 물이 끓기를 기다리면서 녹차에 대해 설명하기 시작했다. 주탁차청(酒濁茶淸), 술은 마실수록 정신이 탁해지고 차는 마실수록 정신이 맑아진다. 자기는 차를 벗기기 전에 술을 벗한 경력을 가지고 있다. 그러나 지금은 술을 멀리하고 차를 가까이 한다. 처음에는 차에 관심이 없었는데 작년에 자신이 치료했던 환자 때문에 차에 관심을 가지기 시작했다. 그 환자는 삼십 대 중반이었고 차를 무슨 종교처럼 신봉하고 있었다.

물론 차는 종류를 열거하기 힘들 정도로 다양하다. 솔잎차, 허브차, 국화차, 댓잎차, 마로니에차, 설연차, 대추차, 모과차, 감잎차, 오가피차, 율무차, 레몬차, 매화차, 재스민차, 뽕잎차, 쑥차, 쌍화차, 칡차, 계피차, 당귀차, 인삼차, 둥글레차, 유자차, 생강차, 결명자차, 산수유차, 호도차, 귤피차, 동규자차, 들깨차, 커피. 식물의 잎이나 뿌리나 열매는 모두 차가 될 수 있다.

그러나 그 친구는 오로지 녹차만을 신봉했다. 녹차 중에서도 야생 녹차만을 신봉했다. 인간이 사업을 목적으로, 대규모 재배단지를 조성하고, 비료와 농약을 뿌려가면서 생산한 녹차는, 별로 탐탁지 않게 생각했다. 그 친구는 차나무를 지구상에서 가장 신성한 식물로 생각하고 있었다.

녹차는 비만을 치료한다. 녹차는 피부미용에 좋다. 녹차는 스트레스를 해소시킨다. 녹차는 충치를 예방한다. 녹차는 무좀을 퇴치한다. 녹차는 알코올을 해독한다. 녹차는 당뇨를 치료한다. 녹차는 니코틴을 분해시킨다. 녹차는 중금속의 흡수를 막아준다. 녹차는 고혈압을 예방해 준다. 녹차는 암세포의 성장을 억제시킨다. 그 친구의 말을 액면 그대로 받아들이면 녹차를 마시는 행위는 생명수 자체를 마시는 행위였다.

그런데 그 친구는 어처구니없게도 차나무의 신(神)이 있다는 믿음을 간직하고 있었다. 그래서 차나무를 숭배하는 종교를 만들겠다는 망상에 빠져 있었다. 급기야는 차나무의 신과 대화를 나눈답시고 하루에도 몇 번씩 알아들을 수 없는 방언을 쏟아내기도 했다. 가족들이 정신과 치료를 의뢰할 수밖에 없었다.

"나중에 조사해 보니 그 친구가 말한 녹차의 효능은 거의가 과학적으로 입증된 결과에 근거를 두고 있었지요. 하지만 역기능도 있습니다. 건조하고 냉한 체질을 가진 사람이 녹차를 많이 마시면 소화불량증이나 혈압저하현상이 나타날 수도 있습니다. 그리고 녹차에는 카페인이 함유되어 있기 때문에 불면증이 있는 사람에게는 좋지 않습니다. 특히 재배된 녹차일 때는 농약제거 여부도 생각해 보아야 합니다. 물론 농약이 제거된 녹차라면 몸이 건조하고 냉한 사람도 가끔 한두 잔씩 마시는 건 무방하겠지요. 그런데 대한민국이 종교의 자유를 헌법으로 보장하는 나라이기는 하지만 차나무의 신을 숭배하는 종교를 만들겠다는 발상은 아무래도 수많은 문제들을 야기시킵니다. 그 친구는 가족들의 강요에 따라 개방병동에서 석 달간 치료를 받았지요. 처음에는 다소 치료에 어려움을 겪었는데 시간이 지날수록 경과가 좋아서 석 달 만에 정상적인 사회생활을 할 수 있는 상태로 호전될 수 있었습니다. 하지만 그 친구가 직접 법제한 녹차를 보내올 때마다 저는 어쩌면 치료팀이 그 친구한테 감쪽같이 속았는지도 모른다는 생각을 합니다. 두뇌가 아주 명석한 친구였거든요. 그 친구는 차를 보내면서 저를 신도로 포섭하고 있는 중인지도 모릅니다."

황기환 박사가 장난기 섞인 웃음을 한입 베어 물고는 내게 녹차 한 잔을 따라주었다. 마셔보니 시중에서 마시던 녹차와는 비교할 수 없는 맛과 향을 느낄 수 있었다.

"저는 녹차 때문에 망신을 당한 기억이 있습니다."

소요와 어떤 찻집에 들어간 적이 있었다. 소요의 단골 찻집이었다. 그녀는 자기가 차를 마시러 그 찻집을 찾아가는 손님이 아니라 추사(秋史)의 글씨를 감상하러 그 찻집을 찾아가는 손님이라고 말한 적이 있었다. 한쪽 벽에 송로지실(松爐之室)이라는 액자가 걸려 있었다. 소요는 송로(松爐)라는 단어가 차를 달일 때 물이 끓는 소리가 솔숲에서 바람이 일어나는 소리를 연상시킨다는 연유로 쓰여졌으며 아마도 차를 즐기는 어느 선비의 방문 앞에 현판으로 선물한 글씨일 거라고 추정했다. 차를 달일 때 물이 끓는 소리를 솔숲에 바람이 일어나는 소리로 표현하다니, 그 경지에 비교하면 나는 아직 멀었다는 생각이 들었다.

주인이 와서 무슨 차를 드시겠느냐고 물었을 때 소요는 메뉴판을 보지도 않고 녹차요, 라고 말했다. 그때 나는 메뉴판을 보기가 귀찮아서, 같은 걸로, 라고 말해 버리고 말았다. 거짓말 같지만 나는 녹차가 처음이었다. 소요가 화장실에 가기 위해 잠시 자리를 비운 사이 공교롭게도 주인이 와서 뜨거운 물 한 잔과 조그만 티백 하나가 놓여 있는 접시를 갖다 주었다. 그리고 좋은 시간 되십시오 라는 인사를 남기고 돌아갔다.

사실 나는 그 이전까지 차라면 무조건 커피만을 연상했다. 어디를 가서도 다른 차를 시켜본 적이 없었다. 간혹 식당이나 가정집에서 식사를 끝내고 디저트로 모과차나 대추차 따위를 내오면 예의상 한 모금 정도를 마셔보기는 했지만 그것을 차로 인식하지는 않았다. 어디 가서 무슨 차 드시겠어요, 라는 질문을 받으면 당연히 커피요, 라고 대답했다. 찻집에서 녹차를 시켜보기는 그때가 처음이었다.

나는 일단 티백을 컵에다 집어넣었다. 티백을 언제쯤 꺼내야 할까. 그러나 홍차를 접해본 적은 있었으므로 별로 다르지 않을 거라는 생각을 하고 있었다. 컵 속의 찻물이 점차 노란 빛깔로 물들어가고 있었다. 나는 티백을 꺼내지 않은 상태로 찻잔을 입술 끝에 갖다 대고 차를 조금만 마셔보았다. 구정물처럼 맛대가리가 없었다. 코끝으로는 김 비린내와 흡사한 향이 맡아졌으며 혀끝으로는 약간 떫은맛이 느껴졌다. 나는 이런 맛이라면 더 우려내보았자 맛이 나아질 리가 없다는 판단에서 티백을 꺼내버렸다. 그리고 설탕용기를 찾아 티스푼으로 설탕을 두 스푼만 찻잔 속에 풀었다. 그때까지도 나는 그렇게 맛대가리가 없는 차를 설탕도 타지 않고 그냥 마신다는 생각을 할 수가 없었다.

내가 티스푼으로 설탕을 휘젓고 있을 때 소요가 나타났다. 소요는 자리에 앉아 티백을 찻잔 속에 집어넣었다. 그리고 조금 기다렸다가 티백을 건져낸 다음 설탕을 타지 않은 채로 마시기 시작했다. 젠장, 나는 그제서야 녹차에는 설탕을 타지 않는다는 사실을 알게 되었다.

"어, 나는 녹차가 처음이라서 설탕을 타버렸어."

"녹차에 설탕을 타 드셔도 국가발전에 그다지 저해되지는 않을 거예요."

"하긴, 티비 보니까 콜라에 밥 말아먹는 사람도 있더구만."

"그 음식 이름이 궁금하네요."

"콜밥 아닐까."

소요는 티백이 녹차의 기품이나 운치를 감안하지 않고 오로지 대중적인 보급만을 목적으로 도입한 포장법이라고 말했다. 그리고 전통적으로 녹차를 마시려면 어떤 다구(茶具)들이 있어야 하며 어떤 자세로 마셔야 기품과 운치가 살아나는가를 소상하게 설명해 주었다.

그날 나는 소요를 통해 초의선사(草衣禪師)가 녹차를 마시다 홀연히 깨달음을 얻었다는 사실도 알게 되었다. 어느 날 한 제자가 최상의 차맛이 어떤 것이냐고 초의선사에게 물었을 때, 차맛은 천차만별이어서 어떤 맛이 최상이라고 단정할 수는 없지만 자기는 봄빛이 언뜻 지나간 맛을 즐긴다고 대답했다는 일화도 전해 들었다. 나는 봄빛이 언뜻 지나간 차맛을 한 번도 느껴본 적이 없지만 초의선사의 답변은 선시(禪詩)와 버금가는 오묘함을 내포하고 있었다.

"설마 지금 마시는 이 차에서 그런 맛을 기대하시는 건 아니겠지요."

황기환 박사가 말했다.

"어떤 차라 하더라도 저는 갈증해소로 만족하겠습니다."

"그렇게 말씀해 주시니 한결 부담감이 덜어집니다. 그런데 그 여자분과는 어떤 관계였나요."

"저도 어떤 관계라고 명확히는 말씀드릴 수가 없습니다."

"그렇게 말씀하시니까 더욱 궁금해지는데요."

"사실대로 말해도 믿어줄 사람이 없습니다."

그녀는 유일한 달의 증인이자 목격자였다. 그러나 그녀는 어느 날 홀연히 달과 함께 잠적해 버리고 말았다. 나는 그녀를 한시도 잊어본 적이 없었다. 새벽녘 선잠결에 들려오는 벽시계의 초침소리. 머리맡에 산재해 있는 파지들. 월요일이 사라져버린 달력. 골목마다 잠복해 있는 안개의 복병들. 숙취를 달래기 위해 혼자 끓여 먹는 아침 컵라면. 빨간색 우체통. 황사가 범람하는 거리. 나른한 햇살. 벚꽃이 만발한 봄날의 공지천. 물비늘. 삼악산을 넘어가는 뭉게구름. 해거름녘. 이별이라는 단어가 들어 있는 대중가요. 흐린 날의 첼로 조곡. 한밤중의 빗소리. 환절기의 독감. 가을

날의 기적소리. 이하(李賀)의 한시(漢詩)들. 겨울비. 구봉산 전망대에서 바라보는 시가지의 젖은 불빛들. 밤마다 찾아오는 참혹한 불면. 들리는 모든 것들이 그녀와 결부되어 있었고 보이는 모든 것들이 그녀와 결부되어 있었다.

"연인 사이였습니까."

"그렇다고 하기에는 합당치 않은 요소들이 너무 많습니다."

나는 그녀와의 관계를 표현할 수 있는 단어를 쉽사리 찾아내지 못하고 있었다. 황기환 박사가 내 찻잔에 녹차를 따르고 있었다. 석 잔째였다.

"혹시 그 여자분이 이곳으로 면회를 오신 적이 있습니까."

"지금은 종적이 묘연합니다."

"말씀하시기 곤란한 점이 있으시다면 말씀하지 않으셔도 상관이 없습니다. 오늘은 같이 차를 마시는 걸로 면담을 대신하기로 하지요."

"믿어만 주신다면 말씀드릴 수도 있습니다."

소요에 대해서 말해 주면 과연 황기환 박사는 어떤 진단을 내릴까. 달이 존재했다는 사실도 내게는 명료한 진실이었고 소요가 존재했다는 사실도 내게는 명료한 진실이었다.

나는 임금님 귀가 당나귀 귀라는 사실을 알고 있었다. 하지만 사실대로 말해도 믿어줄 사람이 아무도 없었다. 동화 그대로 땅에 구멍이라도 파고 소리치면 어떨까. 임금님 귀는 당나귀 귀. 임금님 귀는 당나귀 귀. 동화에서는 구멍 주변에 대나무들이 무성하게 자라나서 바람이 불 때마다 임금님 귀는 당나귀 귀라고 소리친다. 동화는 어떤 경로를 통해서든 진실은 반드시 밝혀지기 마련이라는 교훈을 담고 있다. 하지만 현실적으로는 내가 간직하고 있는 진실이 밝혀질 가능성은 희박하다.

세상이 판이하게 달라져 있었다. 진실은 중요한 문제가 아니었다. 사람들은 자신과 직접적인 손익관계가 없다면 임금님 귀 따위는 일절 상관할 필요가 없다는 태도로 살아가고 있었다.

"제가 오늘부터 임금님 귀는 당나귀 귀라고 소리치는 대나무가 되어드리면 어떨까요."

황기환 박사가 진지한 표정으로 말했다. 환자의 심중을 간파하기 위해 사무적으로 던져본 말은 아닌 것 같았다. 진정성이 내포되어 있었다. 느낌이 그랬다. 그의 이러한 일면이 개방병동 환자들의 신뢰감을 유발시키는 요인으로 작용하고 있는지도 모른다는 생각이 들었다. 마음속에 도사리고 있던 경계심 한 덩어리가 흐물흐물 맥없이 풀어지고 있었다.

"그 여자는 소요라는 이름을 가지고 있었습니다."

나는 마침내 입을 열었다. 그리고 소요를 처음 만나던 날부터 지금까지의 기억들을 모조리 털어놓기 시작했다. 당연히 달이라는 천체가 자주 언급될 수밖에 없었다. 그러나 황기환 박사는 반론을 제기하거나 의문을 표명하지 않았다. 소요가 잠적하고 달이 실종되는 대목에 이르렀을 때였다. 황기환 박사의 핸드폰이 울렸다. 황기환 박사는 받지도 않고 배터리를 제거시켜 버렸다.

"이렇게 해보면 어떨까요."

내 이야기를 다 듣고 난 황기환 박사가 입을 열었다.

"지금까지 제게 들려주신 이야기를 연극으로 만들어서 개방병동 환자들에게 보여줍시다. 그러면 환자들이 모두 대나무가 되어서 저 하늘에 달이라는 천체가 있었다고 소리쳐줄지도 모릅니다."

39

길섶에 조팝나무 꽃들이 무더기로 피어 있었다

"이만하면 충분하지 않을까요."

오대단이 이마에 맺힌 땀을 손바닥으로 닦아내며 작업을 끝내자는 의사를 비쳤다.

"그만할까."

나도 일손을 멈추었다.

우리는 병원 근처 야산에 올라 꽃사슴의 먹이로 쓰일 산야초를 채취하고 있었다. 그날은 오대단과 내가 꽃사슴 당번이었다. 환우들이 하루에 두 명씩 번갈아가면서 꽃사슴을 돌보고 있었다. 꽃사슴의 우리를 청소하거나 먹이를 공급하는 일이 당번들에게 주어진 임무였다. 당번들은 봄철로 접어들면서 근처 야산에서 꽃사슴의 먹이로 쓰일 산야초들을 채취해 오기도 했다.

치료팀은 꽃사슴을 돌보게 하는 일도 정서적 치료의 일환이라고 생각하고 있었다. 적극성을 가지고 꽃사슴을 돌보면 가산점이 부여되기 때문에 환우들은 대부분 꽃사슴에 대해서라면 전문가와 버금가는 지식들을 습득하고 있었다.

"아무리 생각해도 환우들을 이해할 수가 없어요."

오대단이 말했다.

그는 아직도 틈만 있으면 코미디의 소재를 발굴하는 일에 주력했지만 예전보다는 의욕이 많이 떨어져 있는 느낌이었다. 다른 환자들과 마찬가지로 그의 어깨에도 이따금 무채색 우울이 흐린 날의 빨래처럼 펄럭거리곤 했다.

"정상인의 시각으로 보면 환우들을 이해하기 힘들겠지."

내가 말했다.

채취한 산야초 더미는 그대로 끌어안고 야산을 내려갈 수 있는 부피가 아니었다. 나는 칡넝쿨을 적당한 길이로 잘라서 산야초 더미를 단단히 묶었다. 그래도 부피가 상당했다.

"저도 이제는 정상인이 아니고 우울증 환자잖아요. 그런데도 환우들을 이해할 수가 없다니까요."

"환우들의 어떤 점을 이해할 수가 없다는 거지?"

"요즘 갑자기 환우들이 가벼운 농담을 던져도 폭소를 터뜨리는 현상을 보이기 시작했어요."

"바라는 대로 된 거 아닌가."

"제가 우울증이 걸리기 전에 좀 웃어주지 않고 왜 이제서야 웃어주느냐 이겁니다."

처음에 환우들은 한동안 오대단이 어떤 코미디를 늘어놓아도 아무런 반응을 나타내 보이지 않았다. 그가 알고 있는 코미디를 있는 대로 총망라해 보았지만 전혀 반응이 없었다. 마치 웃음 불감증 환자들 같았다. 그런데 어느 순간부터 가벼운 농담에도 폭소를 터뜨리는 기현상을 나타내 보이기 시작했다. 심지어는 이미 들려준 적이 있는 코미디를 재탕해도 박장대소를 터뜨렸다. 오대단은 그것을 이해할 수가 없다는 것이었다.

"환우들이 언제부터 그런 기현상을 보이기 시작했지."

"어느 날 투약시간에 제가 약을 지급 받으니까 한도사가 무슨 약이냐고 묻더군요. 제가 우울증 치료제라고 솔직하게 대답했지요."

그러자 한도사가 다른 환자들에게, 오대단도 우울증을 앓고 있답니다, 라고 소문을 퍼뜨렸고 그때부터 환자들이 자기에게 측은한 눈빛을 보이기 시작했다는 것이다. 그리고 가벼운 농담만 던져도 폭소를 터뜨리기 시작했다는 것이다.

"비로소 환우들과 코드가 일치했기 때문이 아닐까."

내가 말했다.

오대단은 처음으로 환자들 앞에서 자기를 소개할 때, 자기는 환자가 아니라고 분명히 못을 박았다. 짐작건대, 그 순간부터 오대단과 환자들 사이에는 보이지 않는 칸막이가 만들어졌다. 칸막이는 소통을 방해하는 요인이 되었고 당연히 그의 코미디는 환자들에게 먹혀들지 않았다.

오대단에게는 코미디가 인생의 절대적 무기이자 전술이었다. 그는 필살기를 만들기 위해 자기 발로 개방병동을 찾아온 정상인이었다. 환자들 앞에서 자기를 소개할 때 자기가 정상인이라는 사실을 밝힌 것은 결정적인 실수였다. 환자들은 정신적 결함이라는 공통분모를 가지고 있었다. 그러나 오대단은 독립변수(獨立變數)였다. 환자들의 입장에서 보면 함수적으로 아무 관계가 없는 존재였다. 자기들과 판이하게 다른 목적으로 자기들 속에 끼어든 인물에 불과했다.

"그래, 분명히 코드가 일치했기 때문이야."

"무슨 말씀이신지 이해가 잘 안 되는데요."

"코드가 일치했다는 말은 마음의 빛깔이 같아졌다는 말과 대동소이하지. 마음의 빛깔이 같아지면 정서의 합일이 이루어지고 정서의 합일이 이루어지면 비로소 소통이 가능해지는 법이야. 코드가 일치하기 전에는 서로 마음의 빛깔이 판이하게 달랐던 거야. 환자들은 회색조의 빛깔을 가지고 있었는데 오대단은 청색조의 빛깔을 가지고 있었다고나 할까. 아무튼 한쪽은 무채색 계열이고 한쪽은 유채색 계열이었어. 그래서 소통이 불가능했던 거지."

"그렇다면 요즘은 어떤 이유로 소통이 가능해졌을까요."

"오대단의 정서가 회색조의 빛깔로 변해버렸다는 사실을 환우들이 알게 되었기 때문이겠지."

"그렇군요. 이제서야 이해가 됩니다. 오늘 엄청난 진리 하나를 깨달았습니다. 정말로 감사합니다."

"감사는 무슨."

"아무리 생각해도 풀리지 않았던 화두가 한순간에 풀려버렸습니다. 지금까지 저는 코미디의 질적 향상만을 생각했지 관객과 코드를 맞추는 일이 얼마나 중요한가는 생각지도 못했습니다. 코드의 일치. 마음의 빛깔. 정서의 합일. 마음속에 깊이 새겨두겠습니다. 말씀을 들으니 막혔던 시야가 활짝 트이는 느낌입니다. 정말로 감사합니다."

오대단은 진심으로 감명을 받은 모양이었다. 목소리에 생기가 넘치고 있었다.

우리는 칡넝쿨로 묶은 산야초 더미를 어깨에 둘러메고 오솔길을 따라 야산을 내려오기 시작했다. 곤줄박이 한 마리가 나뭇가지에 앉아 우리를 보고 있다가 포르륵 날아서 잡목숲 속으로 사라져버렸다. 길섶에 조팝나무 꽃들이 무더기로 피어 있었다. 어찌나 희고 눈부신지 잠깐만 바라보고 있어도 멀미가 날 지경이었다. 허공 어디선가 꿀벌들이 닝닝거리는 소리가 들리고 있었다.

"이게 무슨 꽃인가요."

"조팝나무 꽃이야."

"농담이시겠죠."

"농담이라니?"

"좁밥나무 꽃이 있다는 소리는 처음 들어보는데요?"

"좁밥나무 꽃이 아니라 조팝나무 꽃이라니까."

"그렇겠지요. 어쩐지 생김새에 비해서 이름이 너무 무식하다 싶었어요."

오솔길은 비좁고 가파르기는 했지만 걷기에 그다지 불편하지는 않았다. 그런데도 오대단은 불과 오십 미터도 넘기지 못한 지점에서 어깨에 둘러멘 산야초 더미를 털썩 내려놓고 말았다. 나보다 한결 나이도 어리고 나보다 한결 덩치도 좋아 보였다. 하지만 지구력은 턱없이 부족한 것 같았다. 그는 길섶에 맥없이 주저앉아 가쁜 숨을 몰아쉬고 있었다.

"저기 분홍빛 꽃은 이름이 뭔가요."

오대단은 호흡이 진정되자 주변에 피어 있는 야생화들에게 관심을 기울이기 시작했다.

"금낭화야."

"그럼 저건요."

"은방울꽃이지."

계절이 계절인지라, 여기는 산벚꽃 저기는 현호색, 초목들이 다투어 꽃을 피우고 있었다.

"꽃 이름을 참 많이 아시는군요."

"춘천에 살고 있는 사람이라면 누구나 이 정도의 꽃이름 정도는 알고 있어."

"설마요."

춘천은 도심에서 십여 분 정도만 외곽으로 걸어 나가도 자연을 만날 수 있는 도시였다. 나는 어릴 때부터 아버지를 따라다니면서 제법 많은 꽃들을 만났고 아버지는 그때마다 그것들의 이름을 가르쳐주었다.

"어릴 때부터 서울에서만 살면 저처럼 아파트 화단에 피어 있는 꽃들의 이름조차도 모르게 됩니다."

"그만큼 눈길을 빼앗는 것들이 많아서겠지."

"저는 실내를 플라스틱 꽃으로 장식하는 사람들의 심리를 이해할 수 없어요."

"죽어버린 낭만을 애도하는 조화가 아닐까."

조화(造花)는 조화(弔花)다. 인간이 만든 것들은 어떤 경우에도 자라지 않는다. 자라지 않을 뿐만 아니라 번식하지도 않는다. 그것들은 모두 죽어 있다. 플라스틱 꽃에는 향기가 없다. 그래서 아무리 빛깔이 고와도 벌나비가 날아오지 않는다.

"요즘 틈만 나면 노트에 무엇인가를 열심히 쓰시는 것 같던데 내용을 물어보면 실례가 되나요."

"사이코드라마 대본을 하나 만들고 있어."

나는 달에 관한 이야기를 연극으로 만들어보지 않겠느냐는 황기환 박사의 제의를 호의적으로 받아들였다. 그래서 '달을 알고 계십니까'라는 제목으로 대본을 쓰고 있는 중이었다.

환자들이 모두 대나무가 되어서 저 하늘에 달이라는 천체가 있었다고 소리쳐줄지도 모릅니다, 라는 황기환 박사의 말을 떠올리기만 하면 나는 아직도 가슴에 보름달이 환하게 떠오르는 기분이었다. 물론 환자들이 모두 대나무가 되어서 저 하늘에 달이라는 천체가 있었다고 소리쳐주는 기적은 일어나지 않을 것이다. 하지만 나는 대본 속에 간절한 소망을 적어 넣을 계획이었다. 소요를 다시 만날 수 있도록 해달라는 소망과 우리들의 가슴에 빛이 가득하도록 해달라는 소망이었다.

황기환 박사의 조언에 의하면, 사이코드라마는 어느 정도 즉흥성이 허용되기 때문에 완전무결한 대본을 필요로 하지는 않는다. 그리고 등장인물이 많으면 산만해질 우려가 있다. 가능하면 달이 있다고 주장하는 인물과 달이 없다고 주장하는 인물의 대립적 갈등을 선명하게 부각시키도록 해야 한다.

태어나서 처음으로 써보는 대본이었다. 수십 번을 고쳐도 마음에 들지 않았다. 나는 언어도 생명체라는 견해를 가지고 있었다. 언어가 단순하게 의사만 전달하는 도구로 쓰여지면 기호에 불과하다는 생각이었다. 하지만 언어를 생명체로 만들기 위해서는 단어마다 쓰는 사람의 정신과 영혼을 전이시켜야 한다는 어려움이 기다리고 있었다.

등장인물은 정해졌다. 달을 기억하고 있는 무명시인. 달을 철저하게 부정하는 현실주의자. 달빛 중독자를 자처하는 소요. 의식이 물질에 어떻게 반응하는가를 설명해 주는 현자(賢者). 나는 그들을 통해 사람들의 가슴에 보름달이 환하게 떠오르도록 만들어주고 싶었다.

스토리도 정해졌다. 닭들의 비극적 종말을 노래하는 무명시인이 달빛 중독자를 자처하는 소요를 만난다. 소요는 무명시인에게 잃어버린 감성과 낭만을 되찾아주고 어느 날 홀연히 자취를 감춘다. 현실주의자가 나타나 달은 무명시인이 만들어낸 망상의 소산물에 불과하다고 주장한다. 현자가 나타나 인간의 가슴에서 빛이 사라졌기 때문에 하늘에서도 달이 사라졌다고 설명해준다.

황기환 박사의 조언에 의하면, 사이코드라마는 각본에 의해서 스토리가 전개되는 것이 아니라 즉흥적으로 스토리를 만들어가면서 전개되는 일종의 집단심리요법이다. 따라서 대본에 그다지 심혈을 기울일 필요가 없다. 자유롭게 개인적 경험을 재구성하고 자발성과 창조성을 통해 인간 내면을 탐구할 기회를 제공하면 된다. 하지만 나는 대본에 심혈을 기울일 수밖에 없었다. 소요를 다시 만날 수 있게 해 달라는 소망과 우리들의 가슴에 빛이 가득하도록 해 달라는 소망 때문에 심혈을 기울일 수밖에 없었다.

"기대가 큽니다."

시놉시스를 검토해 본 황기환 박사는 대단히 흡족한 표정을 지어 보였다. 그는 사이코드라마 예찬론자였다. 한 달에 한 번씩 공연하기도 벅찬 사이코드라마를 일주일에 한 번씩 공연해야 한다고 주장하는 마니아였다.

"박사님은 한 편의 사이코드라마가 백 명의 치료사를 능가하는 위력을 가지고 있다고 생각하시는 분이지요."

수간호사의 말이었다.

그러나 나는 치료를 목적으로 대본을 쓸 생각이 아니었다. 진실을 목적으로 대본을 쓸 생각이었다. 환자들만을 대상으로 진실을 전달할 계획이 아니라 전 인류를 대상으로 진실을 전달할 계획이었다. 외람되지만 그렇게 하고 싶었다. 하지만 나는 대본을 쓰면서 몇 번이나 자신의 빈곤한 표현력에 치를 떨어야 했다. 입술이 허옇게 부르트고 식욕도 천리 밖으로 도망쳐버렸다. 식사를 할 때마다 밥알이 입 안에서 왕모래 같은 감촉으로 서걱거렸다.

"그만 내려가볼까."

"그럴까요."

우리는 다시 산야초 더미를 어깨에 둘러메고 오솔길을 내려가기 시작했다. 어디선가 팔락나비 한 마리가 나타나 우리보다 앞질러 야산을 내려가고 있었다.

"저 나비는 입원을 하러 가는 걸까요, 아니면 면회를 하러 가는 걸까요."

"치료를 해주러 가는 걸 거야."

봄이 막바지로 치달아가고 있었다.

40

아무리 기다려도 천사가 그대에게
손을 내밀지 않는다면
차라리 그대 자신이 천사가 되어
불행한 자들에게 손을 내밀어라

잠결에 빗소리를 들었다.

몇 시나 되었을까. 밀도 높은 어둠이 병실을 가득 메우고 있었다. 적막했다. 나 혼자 깨어 있는 것 같았다. 아무리 예민한 환자라 하더라도 빗소리 정도에 잠을 깨지는 않는다. 치료약 때문이다.

하지만 나는 빗소리에 잠을 깨버리고 말았다. 이별 끝에 못다 한 말들은 모두 하늘로 가서 구름으로 떠돌다가, 아픔이 사라질 무렵이면 빗소리로 떨어진다. 빗소리는 아물어가는 상처를 도지게 만든다. 그래서 빗소리가 들리면 기억의 서랍을 열지 말아야 한다. 나는 기억의 서랍에 자물쇠를 굳게 채운다. 시간이 지날수록 의식이 투명해지고 있다. 다시 잠을 자기는 틀린 일이다. 날이 샐 때까지 어떻게 시간을 보내야 좋을지 난감했다.

빗소리 속으로 상념의 바다가 열리고 있었다. 상념의 바다 표충에 사자성어(四字成語)로 만들어진 물고기들이 배를 까뒤집은 채 표류하고 있었다. 한 마리씩 잡아서 자세히 들여다보았다. 홍익인간(弘益人間). 정의구현(正義具現). 국가발전(國家發展). 청렴결백(淸廉潔白). 인권존엄(人權尊嚴). 충효사상(忠孝思想). 인격도야(人格陶冶). 권선징악(勸善懲惡). 대의명분(大義名分). 근면성실(勤勉誠實). 정서함양(情緖涵養). 양심정치(良心政治). 애국애족(愛國愛族). 박애정신(博愛精神). 만민평등(萬民平等). 삼강오륜(三綱五倫). 세계평화(世界平和). 인의예지(仁義禮智). 모두 죽어 있었다. 시신을 살펴보니, 어떤 놈은 눈알이 빠져 있었고 어떤 놈은 옆구리가 터져 있었다. 어떤 놈은 아가미가 뒤집혀 있었고 어떤 놈은 지느러미가 찢겨 있었다. 그놈들을 꺼내 오래도록 빗소리에 담가 보았다. 그래도 살아나지 않았다.

　그러나 내 사유의 바다에는 아직도 시퍼런 미역 수풀이 흔들리고 각양각색의 물고기들이 이파리마다 몽상의 시어들을 산란하고 있었다. 바람의 지문(指紋). 금관악기진혼곡(金管樂器鎭魂曲). 저녁놀. 시체놀이. 개구리밥. 황폐한 도시로 보내는 영혼의 초현실 각서. 생존법(生存法). 대숲에 뜨는 보름달. 광시곡(狂詩曲). 금박지 구겨지는 소리. 수취인불명(受取人不明). 겨울예감. 발톱. 밤마다 허기진 영혼으로 돌아오는 남춘천 완행열차. 인간실종(人間失踪). 함박눈 내리는 날의 흑백사진. 벙어리 뻐꾹시계. 미래일기(未來日記). 소요회상(逍遙回想). 치통. 황사바람. 얼음칼. 입술. 무당벌레. 일몰. 산소자판기. 술래. 시간퇴행(時間退行). 낙타. 병실일지(病室日誌). 달맞이꽃. 염화시중(拈華示衆). 초승달. 아시안 랩소디. 먼지. 회상수첩(回想手帖). 공간소묘(空間素描). 흔들림. 낭만멸종구역(浪漫滅種區域)에서 타전(打電)하는 어느 무명시인의 긴급구조신호(緊急救助信號). 달빛 중독자. 안개로 지은 도시. 콘크리트 상자 속에 갇힌 영혼. 나는 그것들을 꺼내 빗소리에 담가보았다. 그것들은 모두 살아서 태동(胎動)하고 있었다.

빗소리가 조금씩 기세를 더해가고 있었다. 빗소리 속에서 사념의 벌레들이 시간을 갉아먹고 있었다. 그러나 어둠의 밀도는 그대로였다. 빗소리 속에서는 시간이 미래로 흐르지 않고 과거로 흐른다. 과거로 흘러서 추억을 소급한다. 빗소리를 듣고 있자니 언젠가 소요가 내게 들려주었던 천지교감강우설(天地交感降雨說)에 대한 이야기가 생각난다.

"우리는 흔히 우림 지역에는 비가 많이 내리기 때문에 온갖 초목이 울창하고 사막 지역에는 비가 적게 내리기 때문에 소수의 초목밖에 자라지 않는다고 생각하지요. 하지만 그 반대가 아닐까요. 우림 지역에는 온갖 초목이 울창하기 때문에 비가 많이 내리고 사막 지역에는 소수의 초목밖에 자라지 않기 때문에 비가 적게 내리는 것은 아닐까요."

하늘이 비를 내려보냈을 때 그 지역에 기쁨을 느끼는 생명체들이 많은가 적은가에 따라 강우량도 적절하게 조절된다는 지론이었다. 기쁨을 느끼는 생명체들이 많으면 강우량도 증가하고 기쁨을 느끼는 생명체들이 적으면 강우량도 감소된다는 설명이었다. 고대문명이 번성했던 지역은 대부분 사막현상을 드러내 보이는데 이는 인간이 자연을 보살피는 일에는 주력하지 않고 이용하는 일에만 주력해서 수많은 생명체들을 급속히 감소시켜 버렸기 때문이라는 것이었다.

나는 그때 인간의 가슴에 대해서 생각했었다. 인간의 가슴도 소망의 나무들이 울창하게 자라는 가슴이 있고 소망의 나무들이 말라비틀어지는 가슴이 있다는 생각을 했었다. 소망의 나무들이 울창하게 자라는 가슴에는 축복이 소나기처럼 쏟아지고 소망의 나무들이 말라비틀어진 가슴에는 축복의 비가 인색하게 내린다는 생각을 했었다.

인간의 모습과 자연의 모습은 대체로 일치한다. 사막국가들의 전설이나 신화나 동화에는 모반과 약탈과 사기와 절도가 성행한다. 사막국가에서는 자연이 척박하기 때문에 인간의 가슴도 척박해서 그런 결과를 초래했다고 생각하겠지만 소요의 지론은 정반대였다. 인간의 가슴이 척박해졌기 때문에 자연이 척박해졌다는 것이었다.

"한국도 낙관할 나라가 아니라는 생각이 들었어요."

국회에서 빽하면 이종격투기나 일삼는 정치가들. 치매에 걸린 노모를 부양하기 싫어서 이국 만리에다 쓰레기처럼 내다 버리고 오는 자식들. 친딸을 상습적으로 간음하는 아버지. 거액의 금품을 수뢰하고 범죄자를 풀어주는 법관. 이유없이 불특정다수에게 흉기를 휘두르는 연쇄살인범. 불로소득이나 꿈꾸면서 꽃다운 나이를 빈둥거림으로 일관하는 젊은이들. 자신의 영달을 위해서라면 남이야 굶어 죽든 말라 죽든 상관치 않겠다는 세태풍조. 소요는 이대로 방치하면 무궁화 삼천리 화려강산도 언젠가는 사막으로 화해버릴 거라는 생각을 가지고 있었다.

빗소리가 기세를 죽이고 있었다. 빗소리가 기세를 죽이면서 조금씩 어둠이 희석되고 있었다. 나는 사이코드라마의 대본을 한번 점검해 보고 싶었다. 그러나 이 시간에 개인적인 이유로 불을 켤 수는 없었다. 나는 날이 새기만을 기다리고 있었다.

"축하드립니다."

아침에 세면장에서 세수를 하고 있는데 한도사가 느닷없이 그렇게 말했다.

"축하라니요?"

"내 예지력에 의하면 오늘 어떤 여자가 이선생을 면회하러 올 거요."

"면회 올 사람이 없는데요."

나는 한도사의 말에 부정적인 반응을 나타내 보이면서도 일말의 기대감을 떨쳐버릴 수가 없었다. 여자라면 누굴까. 일단 나는 누나가 아니기를 빌었다.

누나는 중세 기독교인들의 종교적 무지와 독선을 동해물과 백두산이 마르고 닳도록 버리지 않을 광신도였다. 누나가 생각하는 인간은 지구상에 딱 두 종류밖에 없었다. 한 종류는 기독교인이고 다른 한 종류는 악마의 하수인들이었다. 누나는 악마의 하수인들이 노골적으로 정체를 드러낼 때 정신질환 증세가 나타난다고 생각하는 여자였다. 천지개벽을 하는 날이 오더라도 누나가 나를 면회하러 오는 날은 오지 않을 것이다.

혹시 제영이는 아닐까. 그러나 제영이가 단독으로 면회를 올리는 만무하다는 생각이었다. 나는 한도사의 예지력이 삑사리를 낼지도 모른다는 생각을 하고 있었다.

"저를 면회 오는 여자의 나이가 어느 정도나 됩니까."

"대개 예지력은 어떤 느낌으로 올 때가 많지요. 물론 구체적인 영상이 보일 때도 있기는 하지만 이번에는 느낌만 스치고 지나갔소. 그래서 확신은 가지고 있지만 구체적인 말씀을 드릴 수가 없는 거요."

"누굴까."

나는 소요를 떠올리고 있었다. 그녀가 아니라면 누가 면회를 오더라도 내게는 아무 의미가 없다는 생각이 들었다. 그녀를 떠올리면 언제나 가슴 안에 등불 하나가 환하게 자리를 잡는다. 등불은 내 늑골을 적시고 내 허파를 적신다. 내 혈관을 적시고 내 세포를 적신다. 하지만 등불에는 약간의 슬픔이 함유되어 있다. 슬픔도 내 늑골을 적시고 내 허파를 적신다. 내 혈관을 적시고 내 세포를 적신다. 하지만 가급적이면 그녀와의 재회는 기대하지 말아야 한다. 만약 한도사의 예지력에 삑사리가 났을 때 실망을 감내할 자신이 없다.

나는 한도사의 예지력을 묵살해 버렸다. 아침식사를 끝내고 사물함을 정리했다. 비는 오늘 중으로 끝날 기세가 아니었다.

날씨 때문인지 병실 분위기가 무겁게 가라앉아 있었다. 나는 점심식사를 끝내고 휴게실에서 봄내 지를 뒤적거리고 있었다. 봄내 지는 국립춘천병원에서 월간으로 발행하는 일종의 문예회보(文藝回報)였다. 모조 16절지로 8페이지 분량이었다. 원고가 채택된 환우에게는 생활점수 20점이 가산된다는 규정이 있었다. 공지에는 일반인들의 원고도 환영한다는 언급이 있었지만 처음부터 끝까지 환우들의 글로만 편집되어 있었다.

저는 오늘도 당신을 기다리고 있습니다. 그러나 당신의 모습은 보이지 않습니다. 봄입니다. 저는 이 봄이 가기 전에 당신이 나타나기를 간절히 기도하고 있습니다. 나는 평강공주 문보연의 글을 읽고 있었다. 여기서도 그녀는 바보온달에 대한 연모의 정을 버리지 못하고 있었다.

"안녕하세요. 이선생님."

누군가 내 곁으로 다가와 상냥한 목소리로 인사를 했다. 여자 목소리였다. 한도사의 예지력이 현실로 증명되는 순간이었다. 나는 천천히 고개를 들었다. 백하연이었다. 생각지도 못했던 일이었다. 환우들이 호기심에 찬 눈초리로 이쪽을 주시하고 있었다. 나는 그녀를 데리고 지하매점으로 내려갔다.

"언니한테 이따금 이선생님 안부를 묻곤 했는데 그때마다 언니는 잘 있다고 대답했어요. 그래서 저는 언니 말만 믿고 별다른 일이 없는 줄 알았어요."

"그런데 여기 있다는 건 어떻게 아셨습니까."

"오랜만에 이선생님하고 소주나 한잔 같이 할까 해서 금불알에 들렀다가 동생분한테 입원해 계신다는 소식을 들었지요."

"여기는 술이 금지되어 있는데 어쩌지요."

"사이다를 술 삼아 마시면 안 될까요."

그리하여 우리는 매점에서 사이다를 사다가 유리컵에 따라서 술 삼아 조금씩 홀짝거리기 시작했다. 나는 사이다를 홀짝거리면서 그녀가 무슨 용무로 나를 면회 오게 되었는가를 추정해 보고 있었다. 전혀 감이 잡히지 않았다.

"이번에는 제가 퀴즈 하나를 출제해 볼 테니까 정답을 한번 맞혀보세요."

백하연이 말했다.

"설마 정신이 얼마나 오락가락 하는지 테스트 하시는 건 아니겠지요."

"제가 볼 때는 지극히 정상이신데요."

"그럼 한번 출제해 보세요."

"유치원에 다니는 아이 하나가 있었어요. 어느 무더운 여름날 아이는 이모에게 사이다를 사 달라고 졸랐어요. 이모는 사이다를 사다가 유리컵에 따라주었어요. 이모는 아이의 컵에 사이다를 따라주고 남은 사이다를 자기의 컵에 부어서 입으로 가져갔어요. 그 때였어요. 이모가 막 컵에다 입을 대기 직전, 아이가 다급하게 소리쳤어요. 이모, 지금 사이다 먹지 마. 지금 사이다를 먹으면 큰일 나. 그런데 왜 어린 조카는 이모에게 지금 사이다를 먹으면 안 된다고 다급하게 소리쳤을까요."

왜 그랬을까. 유리컵 속에 머리카락이라도 빠져 있었을까. 머리카락보다 코딱지는 어떨까. 코딱지라면 분명히 다급하게 먹지 말라고 소리쳤을 것이다.

"기도를 안 했기 때문이 아닐까요."

나는 자신 없는 목소리로 말했다.

"정말 썰렁한 오답을 찾아내셨군요."

"힌트를 주십시오."

"힌트는 지금 선생님 앞에 놓여 있는 사이다 속에 들어 있어요."

그러나 아무리 들여다보아도 사이다는 평범한 사이다였다. 먹지 말라고 다급하게 소리칠 이유가 없었다. 도저히 정답을 찾아낼 수가 없었다. 정답은커녕 힌트조차 찾아낼 수가 없었다. 그렇다고 그녀처럼 정답을 가르쳐 달라고 보름 동안 하나님께 간절히 기도를 드릴 수도 없는 노릇이었다.

"모르겠는데요."

나는 정답 찾기를 포기해 버리고 말았다.

"이모가 왜 사이다를 먹으면 안 되느냐고 아이에게 물었어요. 그러자 아이가 이렇게 대답했어요."

여기서 백하연은 잠시 말을 멈추고 사이다가 담긴 유리컵을 집어 들었다. 그리고 사이다를 한 모금 마신 다음 정답을 말해 주었다.

"이모, 지금 사이다가 알을 까고 있잖아."

백하연은 라디오에서 들은 이야기인데 사이다를 보니까 생각이 나더라는 설명을 덧붙였다. 사이다에서 발생한 기포를 보고 사이다가 알을 깐다고 표현하다니, 내가 생각했던 머리카락이나 코딱지에 비하면 얼마나 거룩한 발상인가. 아이들은 모두가 천사요 시인이다. 그러나 학교라는 이름의 빵틀 속에 들어가면 그때부터 천사로서의 자질이나 시인으로서의 자질은 묵살되고 오로지 붕어빵으로 전락하는 방법만 이수된다.

"정답을 알고 나니까 사이다를 마시기가 죄스럽다는 생각이 듭니다."

사이다가 담긴 유리컵 내벽에는 아직도 수많은 알들이 착생해 있었다.

"어쩌지요. 저는 정답을 알면서도 아무 생각 없이 사이다를 마셔버렸는데요."

"괜찮습니다. 지금 생각해 보니 우리가 마신 사이다의 알들은 무정란입니다."

"어떻게 아세요."

"저는 계란이 유정란인지 무정란인지를 구분하는 방법을 알고 있습니다. 계란에다 빛을 투과했을 때 빛이 투명하게 투과되면 무정란이고 불투명하게 투과되면 유정란입니다. 그 방법에 따르면 이 사이다의 알들은 무정란입니다. 보십시오. 빛이 투명하게 투과되고 있지 않습니까."

"말씀을 듣고 보니 죄를 사한 기분이 드네요."

유럽에서는 사과를 발효시켜 만든 알콜성 음료를 사이다라고 말한다. 미국 등지에서는 레몬라임 음료라고 부르기도 한다. 그러나 한국에서는 무알콜 탄산음료로 시판되고 있다. 식사를 끝내고 속이 더부룩할 때 사이다를 마시면 소화가 잘 된다는 속설이 있다. 톡 쏘는 특유의 청량감 때문에 기름진 음식을 먹고 난 후에는 입가심으로 사이다를 곁들인다. 닭갈비를 즐기는 손님들도 많이 찾는다. 하지만 특별한 의학적 효능은 없고 단지 청량감을 더해주는 음료에 불과하다. 사이다에 대해서 내가 알고 있는 상식은 여기까지가 전부였다. 그런데 오늘부로 사이다가 알을 깐다는 상식 한 가지가 첨가되었다.

"혹시 저를 면회 오신 특별한 이유라도 있으신가요."

나는 그녀가 이유 없이 면회를 오지는 않았을 거라는 생각을 하고 있었다. 누나의 부탁이나 찬수녀석의 부탁으로 면회를 왔을지도 모른다는 생각을 하고 있었다.

"우리는 비록 한 번밖에 만나지 않은 사이지만 서로 아는 사이가 분명하지요?"

"그렇기는 합니다만."

"제가 아는 분이 입원하셨다는 소리를 들었으면 문병을 오는 것이 당연지사 아닌가요."

내가 국민학교를 다니던 시절만 하더라도 그녀의 답변은 누구에게나 백번 지당하신 말씀으로 받아들여졌을 것이다. 그러나 지금은 세상이 달라졌다. '남의 불행은 나의 행복'이라는 고도리판 농담이 세간에서는 진담으로 통용되는 시대다. 부연설명이 없다면 그녀의 면회는 쉽사리 납득이 되지 않는 상황이었다. 그녀는 내 심중을 들여다보고 있기라도 했는지 이내 부연설명을 덧붙이기 시작했다.

"이선생님은 저를 어떻게 생각하시는지 몰라도 저는 이선생님을 매우 특별한 분으로 생각하고 있어요. 저로 하여금 하나님의 음성을 들을 수 있는 계기를 만들어주셨을 뿐만 아니라 종교적 본질이 무엇인가도 확연히 깨달을 수 있도록 만들어주신 분이니까요."

그녀는 나를 특별한 존재로 생각하고 있다지만 나는 그녀가 오히려 특별한 존재 같아 보였다. 내가 두 달 남짓 국립춘천병원에 입원해 있는 동안 외부에서 관심을 표명해 준 사람은 아무도 없었다. 친구도 가족도 종무소식이었다. 궁금하다거나 괘씸하다는 생각은 들지 않았지만 수시로 자괴감이 고개를 쳐들었다. 나는 그들에게 그저 불편한 존재에 불과했던 것일까. 나는 바깥세상에 대해 지독한 소외감을 느끼고 있었다. 그러나 뜻밖에도 그녀가 나타났다. 아는 사람이 입원했다는 소리를 들었으면 문병을 오는 것이 당연지사라고 그녀는 말했지만 아무래도 바깥세상에 대한 나의 소외감을 어느 정도는 짐작하고 있는 눈치였다.

나는 그녀에게 사이코드라마에 대한 이야기를 했고 거기에 내가 어떤 소망을 불어넣었는가를 이야기했다. 하지만 그녀에게 혼란을 주고 싶지 않은 심경에서 달에 대한 이야기는 회피했다.

"한시라도 빨리 이선생님의 소망이 이루어질 수 있도록 하나님께 도와 달라고 간절히 기도 드리겠어요."

그녀는 사이다 한 컵을 앞에 놓고 한 시간 남짓 나와 부담 없는 대화를 나누다 돌아갔다. 그녀는 하얀색 아반떼를 몰고 빗속으로 사라졌다. 나는 그녀가 사라져버린 다음에도 오래도록 국립춘천병원 정문을 바라보고 있었다. 사이다가 알을 까고 있잖아. 사이다가 알을 까고 있잖아. 아이의 목소리가 귓전을 맴돌고 있었다.

41

사이코드라마
— 달을 알고 계십니까

"사람들은 습관적으로 육신을 세척하기는 하지만 습관적으로 영혼을 세척하지는 않아요. 습관적으로 손발을 씻거나 머리를 감거나 세수를 하거나 샤워를 하지 않으면 견딜 수가 없다고 생각해요. 그러면서도 영혼이 얼마나 탁해져 있는가에 대해서는 전혀 관심을 기울이지 않아요. 대부분의 사람들이 육신을 세척하는 일에 주력하는 것만큼 영혼을 세척하는 일에 주력하면 얼마나 세상이 아름다워질까요. 영혼이 탁해져 있는 사람들과 같이 살다보면 저도 조금씩 영혼이 탁해져요. 그래서 한 달에 한 번씩 달빛으로 영혼을 세척하는 거예요."

사이코드라마는 중반부로 접어들고 있었다.

황기환 박사가 기획과 연출을 담당하고 있었다. 무대에는 아무런 장치도 없었다. 출연자들도 환자복 그대로였다. 나는 허공에 보름달이라도 하나 걸어두면 어떻겠느냐고 건의해 보았지만 황기환 박사는 아무것도 없는 편이 효과적이라는 견해를 가지고 있었다. 원래 사이코드라마는 일정한 대본이 없으며 배역과 상황만 부여하고 출연자가 생각나는 대로 연기를 구사해서 억압된 감정과 갈등을 표출하는 일종의 치료요법이었다. 연습도 필요 없으며 소품도 필요 없었다.

그러나 이번 사이코드라마는 계획적인 의도로 대본이 만들어졌다. 내가 간직하고 있는 진실과 소망을 환우들에게만이라도 전달해 보겠다는 의도였다. 물론 황기환 박사의 동의가 있었다. 따라서 출연자들은 가급적이면 대본을 크게 벗어나지 않는 범주에서 연기를 펼치도록 하라는 조언이 있었다.

"현대인들은 마치 영혼이 없다고 생각하는 사람들 같아요."

"육신은 눈에 보이는 것이니까 있다고 생각하고 영혼은 눈에 보이지 않으니까 없다고 생각하겠지."

"정말로 영혼이 눈에 보이지 않을까요."

"보인다면 사진에 찍히겠지."

"영안이 열린 사람들에게는 영혼이 보여요."

소요 역을 맡은 여자는 탤런트 지망생으로 가짜 영화감독에게 사기를 당하고 나서 극심한 우울증에 시달리다 입원한 내력을 가지고 있었다. 황기환 박사는 이번 드라마를 계기로 그녀가 상당한 호전을 보일 것이라는 확신을 가지고 있었다. 그녀는 놀랍게도 소요 역을 완전무결하게 소화해 내고 있었다. 물론 대본 그대로 대사를 구사하지는 않았지만 의도를 크게 벗어나지는 않았다.

관객들은 완전히 사이코드라마에 몰입해 있었다. 소요가 잠적하고 달이 실종되는 대목에 이르자 관객들의 얼굴에는 극도의 불안감이 감돌기 시작했다. 나는 달이 무엇인지를 전혀 모르고 있는 관객들이 달의 실종에 불안감을 느끼고 있다는 사실을 기이하게 생각하고 있었다.

나는 극중의 무명시인으로 출연하고 있었다. 하지만 무대 경험이 전혀 없었으므로 계속 식은땀을 흘리고 있었다. 그러면서도 최대한 진실을 부각시키려는 노력만은 포기하지 않았다.

소요가 잠적하고 달이 실종되고 나는 무대에 홀로 남아 독백을 읊조리고 있었다. 얼마나 많은 날들을 방황으로 소일했으며 얼마나 많은 밤들을 불면으로 보냈는가를 영탄조로 회상하는 장면이었다. 불쌍해 죽겠어. 객석에서 여자 하나가 손등으로 눈물을 닦아내고 있었다. 그것을 시발점으로 이내 여기저기서 여자들이 훌쩍거리는 소리가 들리기 시작했다. 환우들은 이상하게도 극중 인물이 표출하는 감정에 쉽게 동화되는 특질을 나타내 보이고 있었다.

내가 독백을 끝내자 대본대로 현실주의자 하나가 무대로 등장해서 무명시인에게 비난의 화살을 퍼붓기 시작했다. 관객들이 곤혹스러운 표정으로 현실주의자의 비난을 경청하고 있었다.

"달은 처음부터 존재하지 않았어. 물론 소요라는 여자도 처음부터 존재하지 않았지. 그것들은 모두 당신이 무능력과 불성실에 대한 책임을 전가시킬 목적으로 온갖 상상력을 동원해서 만들어낸 허구적 산물들에 불과한 거야. 당신은 문학에도 실패하고 생활에도 실패했어. 하지만 인정하고 싶지 않았겠지. 그래서 달이라는 이름의 허무맹랑한 천체와 소요라는 이름의 허무맹랑한 인물을 만들어서 마치 그것들 때문에 자기가 낙오병으로 전락해 버린 것처럼 떠벌리고 다니는 거야."

한 도사가 현실주의자 역을 맡고 있었다. 연기력은 그다지 신통치 않았다. 그러나 대본의 요지를 확실히 파악하고 있는 것만은 분명해서 감정표출만은 나무랄 데가 없었다. 관객들도 출연자의 연기는 눈여겨보지 않고 있었다.

"당신은 치열한 생존의 정글에서 낙오된 패잔병이야. 물질만능으로 치달아가는 세상을 가슴 아파하는 척 엄살을 떨고 있지만 내가 보기에는 패잔병의 치졸한 자기변명에 불과하지. 모두들 황금에 목숨을 걸고 살아가는 이 세상에서 도대체 시 나부랭이가 무슨 쓸모가 있다는 거야. 당신은 살아 있을 가치가 없어. 당신은 밥이나 축내고 살아가는 잉여인간이야."

현실주의자는 계속해서 무명시인을 몰아붙이고 있었다. 그는 몰아붙이면서 조금씩 흥분을 고조시키고 있었다. 대본에는 분명히 무명시인이 자신의 입장을 설명하는 대사가 있었지만 현실주의자는 기회를 주지 않았다. 급기야는 바싹 다가와서 손가락으로 어깨를 찌르기도 하고 주먹으로 머리통을 쥐어박는 시늉도 해보였다. 그런데 갑자기 객석이 술렁거리기 시작했다.

"저놈이 왜 불쌍한 시인을 못살게 굴고 지랄이야."

"남들처럼 황금에 목숨을 걸고 살아가지 않는다고 지랄하는 거야."

"도대체 말이나 되는 소리냐."

"물질에 영혼을 팔아먹은 놈이 시인의 아픔을 어찌 알겠냐."

"싸가지 없는 놈아, 개소리는 접고 빨리 무대에서 퇴장해라."

관객들은 격분하고 있었다.

내가 생각하기에 그 정도로 격분할 사안이 아니었다. 그러나 관객들은 노골적으로 현실주의자를 성토하기 시작했다. 씨팔놈아. 너만 인간이냐. 급기야는 욕지거리까지 서슴지 않았다. 사이코드라마가 전개되는 동안 관객들은 극심한 감정의 기복을 드러내 보이고 있었다. 병실에서 생활할 때와는 판이하게 다른 모습들이었다. 나는 비로소 그들이 환자라는 사실을 실감하고 있었다. 황기환 박사는 관객들이 감정의 기복을 보일 때마다 무엇인가를 열심히 노트에 끄적거리고 있었다.

"여러분. 이놈은 친일파입니다. 여러분은 순진하게도 지금까지 이놈의 유언비어에 속고 있었습니다. 이놈은 낭만이 사라져버렸기 때문에 세상이 척박해졌다는 억지주장을 펼치고 있지만 그것은 친일파에 대한 적개심을 희석시키기 위해 만들어낸 낭설에 불과합니다. 낭만은 인간을 나약하게 만드는 마약입니다. 중독되면 친일파에 대한 적개심은 사라져버리고 유치찬란한 센티멘털리즘만 남게 됩니다. 이놈의 얕은 속임수에 놀아나서는 안 됩니다."

관객들의 동요를 의식한 현실주의자가 갑자기 무명시인을 친일파로 몰아세우기 시작했다. 어처구니가 없었다. 나는 그때까지 한마디도 대사를 내뱉지 못하고 있었다. 관객들은 무명시인이 친일파라는 주장에 잠시 주춤거리는 기색이었다.

사이코드라마는 항로를 이탈해서 제멋대로 표류하고 있었다. 현실주의자는 기회를 놓치지 않고 왜놈들의 온갖 만행을 폭로하기 시작했다. 젊은 남자들이 학도병으로 끌려가 개죽음을 당하고 젊은 여자들이 정신대로 끌려가 만신창이가 되었다. 수없는 문화재들이 도굴당하고 수없는 애국지사들이 처형당했다. 왜놈이라는 말은 짐승이라는 말과 이음동의어(異音同意語)였으며 왜놈이라는 종자는 악마라는 종자와 동족지간(同族之間)이었다. 한동안 무대는 왜놈들의 무자비한 만행으로 유혈이 낭자했다. 그러다가 일본이 무릎을 꿇었고 조국은 해방을 맞이했다.

그러나 완전한 해방은 아니었다. 아직도 친일파 일당들이 사회 일선에서 요직을 차지하고 국가전복의 음모를 꿈꾸고 있었다. 왜놈들은 대한민국을 통째로 먹어치우겠다는 야욕을 버리지 못하고 있었다. 자기들이 다른 민족에게 저지른 범죄를 선행으로 미화시키고 역사를 왜곡해서 교과서에 수록하는가 하면 독도가 자기네 영토라는 억지주장을 서슴지 않고 있었다.

극중의 현실주의자는 한도사로 배역이 전환되어 있었다. 그는 자신의 초능력을 배경으로 구국결사대를 조직하고 친일파를 모조리 섬멸할 계획을 세우고 있었다. 사이코드라마는 항로를 이탈해서 암초지대로 진입하고 있었다. 그러나 황기환 박사는 사태를 수습할 의지를 보이지 않고 있었다.

나는 어쩔 수 없이 꾸어다 놓은 보릿자루로 돌변해서 무대 복판에 멀거니 서 있었다. 관객들은 모두 독립투사로 돌변해서 주먹을 부르쥐고 구국의 의지를 불태우고 있었다. 나는 당혹감에 사로잡혀 있었다. 차라리 퇴장해 버리고 싶은 심경이었다. 그대로 서 있으면 공개처형을 당할지도 모른다는 생각이 들었다.

그제서야 황기환 박사가 항로를 이탈한 사이코드라마에 예인신호(曳引信號)를 보냈다. 경험치료의 기회를 다각적으로 제공하기 위해 배역을 한번 바꾸어보자는 의견이 제시되었다. 황기환 박사는 한도사를 무대에서 퇴장시키고 평강공주 문보연을 현실주의자로 등장시켰다. 그래서 나는 사이코드라마의 정상적인 항해를 기대하고 있었다. 그러나 아니었다.

"저는 달이라는 천체가 온달 장군의 영혼을 상징한다는 사실을 알고 있었어요. 이름에서 겨우 글자 한 자를 빼버린다고 제가 모를 턱이 없잖아요. 바보온달을 장군으로 만든 여자가 누군데요. 그래요. 온달 장군은 죽어서도 밤하늘에 높이 떠서 온 세상을 환하게 밝혀주었을 거예요. 하지만 당신은 안타깝게도 온달 장군이 환생했다는 사실을 모르고 있어요. 온달 장군은 다시 이 세상에 환생해서 제가 나타나기만을 학수고대하고 있을 거예요."

이건 또 무슨 달밤에 뺑덕어멈 빈대떡 부쳐먹는 소린가. 문보연 역시 대본과는 무관하게 대사를 읊조리려대고 있었다. 그녀는 평강공주가 세계 최초의 페미니스트였다는 사실을 강조하면서 자신이 환생한 바보온달을 만나면 역사를 어떻게 바꿀 계획인가를 웅변조로 토로하고 있었다. 그녀는 어처구니없게도 온달 장군과 한도사를 결탁시켜 국가발전의 암적 존재인 친일파 일당을 섬멸하고야 말겠다는 공약까지 남발하고 있었다.

사이코드라마는 결국 전반부만 대본을 크게 벗어나지 않았고 나머지는 모두 중구난방이었다. 될 대로 되라지. 나는 자포자기 상태로 막이 내리기만을 기다리고 있었다.

다행스럽게도 현자의 배역을 맡은 오대단이 마지막에 출연해서 주제를 확실하게 상기시켜 주었기 때문에 가까스로 위안을 삼을 수가 있었다. 그는 프로였다. 오랜 무대 경험을 바탕으로 관객들을 순식간에 자기 페이스로 끌어들였다. 그리고 내가 전달하고자 하는 진실과 소망이 어떤 의미를 가지는가를 효과적으로 설파해 주었다.

사이코드라마가 끝나자 황기환 박사는 매우 흡족한 표정으로, 모두들 정말로 훌륭했어요, 라는 찬사를 연발하면서 힘차게 박수를 쳐대고 있었다. 도대체 사이코드라마가 어떤 작용을 했는지 모르지만 참가자들의 안면에는 행복감이 콜드크림처럼 번들거리고 있었다. 하지만 나는 사기라도 당한 듯한 느낌이었다.

42

가슴에 소망을 간직한 자여
하늘에 있는 모든 것들이
그대를 향해 열려 있도다

"이 그림 한번 봐주실래요."

그날 아침은 유난히 청명했다. 나는 아침식사를 끝내고 조간 신문을 뒤적거리고 있었다. 그때 한 여자가 내게 다가와 말을 걸었다. 그녀는 이십대 후반의 나이였고 깡마른 체형에 창백한 얼굴을 가지고 있었다. 미술학원을 운영하다가 신경이 극도로 쇠약해져서 개방병동 신세를 지고 있다는 여자였다.

그녀는 환우들과 잘 어울리지 못하는 성격이었다. 혼자 후미진 자리를 차지하고 스케치북에 그림을 그릴 때가 많았다. 다른 환자들과는 가급적이면 대화를 회피하는 성향을 가지고 있었다. 그녀가 무슨 이유로 내게 말을 걸었을까. 나는 뒤적거리던 조간 신문을 접었다. 그리고 의아한 표정으로 그녀를 쳐다보았다. 이 그림 한번 봐주실래요. 그녀가 다시 한 번 내게 말했다.

"무슨 그림인가요."

내가 물었다.

그러나 그녀는 대답 대신 자신이 스케치북에 연필로 그려놓은 그림 한 장을 내게 펼쳐 보였다. 나는 한눈에 그녀의 솜씨가 예사롭지 않다는 사실을 간파할 수 있었다. 그러나 그녀는 지금까지 자신의 그림을 다른 환우들에게 한 번도 보여준 적이 없었다.

"이 그림 본인이 직접 그리신 건가요."

"그런데요."

나는 그녀의 그림을 보는 순간 심장이 멎어버리는 듯한 충격에 사로잡혔다. 혹시 잘못 보지는 않았을까, 나는 다시 한 번 그림을 자세히 들여다보았다. 예술적인 목적에서 그려진 그림이 아니라 기록적인 목적에서 그려진 그림 같았다. 그만큼 표현이 사실적이었다. 하지만 내가 충격에 사로잡힌 이유는 그녀의 묘사력 때문이 아니었다. 그림 속에 들어 있는 초승달 때문이었다.

그림 속에서 한 여자가 창문을 열고 바깥을 내다보고 있었다. 창문 밖으로 보이는 하늘에는 초승달이 떠 있었다. 밤이었다. 하늘이 새까맣게 칠해져 있었다. 그래서 초승달이 더욱 선명해 보였다. 그렇다. 전 인류가 달에 대한 기억을 망실했다 하더라도 나는 달에 대한 기억을 그대로 간직하고 있었다. 내 기억에 의하면 그것은 분명히 초승달이었다.

"혹시 달이 이렇게 생기지 않았나요."

그녀의 검지손가락이 초승달을 짚어 보이고 있었다.

"맞습니다. 언제나 이런 형상으로 하늘에 떠 있지는 않지만 달이라는 사실은 분명합니다. 이런 형상으로 떠 있을 때는 초승달이라고 하지요. 그런데 어떻게 초승달을 그리게 되셨습니까."

나는 애써 흥분을 가라앉히면서 그녀에게 물었다.

"사이코드라마를 보면서 정말로 밤하늘에 달이라는 천체가 있었으면 좋겠다는 생각을 했었거든요. 얼마나 낭만적이에요. 그런데 어젯밤에 꿈을 꾸었어요. 저는 혼자 집을 지키고 있었지요. 그러다가 너무 가슴이 답답해서 창문을 열었어요. 그러자 하늘에 이상한 물체가 걸려 있는 광경을 보게 되었어요. 그 물체는 잘라낸 손톱 같은 모양을 하고 있었어요. 하지만 크기는 손톱보다 몇 배나 컸지요. 휘어진 곡선이 매끄럽고 날렵해 보였어요. 신비하게도 은은한 빛을 발하고 있었지요. 저는 한 번도 달이라는 천체를 본 적이 없지만 대번에 그 이상한 물체가 달이라는 천체라고 생각했어요."

그녀 역시 흥분된 어조로 그림을 그리게 된 경위를 설명하고 있었다. 평소 창백하기 그지없던 그녀의 두 볼이 흥분으로 발그레하게 상기되어 있었다. 그녀가 어떻게 초승달의 형상을 이토록 자세하게 묘사할 수 있었을까.

"사이코드라마에서는 둥글게 생긴 보름달에 대해서만 이야기했는데요."

그랬다. 달의 형상이 나날이 변화된다는 사실을 말해 주면 관객들에게 혼란과 불신을 심어줄 것 같아서 대본에는 보름달에 대해서만 언급했었다. 달이 지구의 그림자에 의해서 날마다 형태가 변한다는 사실은 일체 언급한 바가 없었다.

내가 알기로 지구상에는 달에 관한 기록이 전무하다. 달에 관한 기억을 대뇌에 간직하고 있는 사람도 세 명을 초과하지 않는다. 그런데 이 여자는 아무런 정보도 없이 어떻게 꿈에 초승달을 보게 되었을까. 내가 모르는 사이 달이 다시 회귀한 것은 아닐까.

하늘을 한번 살펴보고 싶었다. 그러나 지금은 아침이었다. 달이 회귀했다고 하더라도 눈에 포착될 시간이 아니었다. 빨리 밤이 되었으면 좋겠다는 생각이 들었다.

아무튼 나는 좀처럼 흥분을 가라앉힐 수 없었다. 만고풍상을 고아신세로 견디다가 우여곡절 끝에 개방병동에서 피붙이 하나를 만난 기분이었다. 부둥켜안고 울음이라도 터뜨리고 싶은 심경이었다.

"지난밤 꿈에 저도 달이라는 걸 보았어요."

그런데 무슨 조화일까. 놀랍게도 다음 날부터 꿈에 달을 목격했다는 환우들이 한두 명씩 늘어나기 시작했다. 어떤 환우들은 반달을 목격했다고 증언했고 어떤 환우들은 보름달을 목격했다고 증언했다. 그들은 모두 그것을 목격하는 순간 달이라는 천체임을 확신하게 되었노라고 증언했다.

꿈속에서 달을 목격했노라고 증언한 환우들은 한 가지 공통분모를 간직하고 있었다. 사이코드라마를 보면서 한결같이 밤하늘에 달이라는 천체가 실제로 존재한다면 세상이 훨씬 아름다울 거라는 생각을 했었다는 점이었다. 따라서 환우들이 꿈에 달을 목격하게 된 계기가 사이코드라마와 어떤 연관성이 있다는 사실만은 확실했다. 그러나 나로서는 어떤 연관성이 있는지 도무지 짐작해낼 재간이 없었다.

"하늘에 둥근 거울이 하나 떠 있는 것 같았어요."

"보름달입니다."

"내가 본 건 반쪽짜리였는데 어쩐지 슬퍼 보였어요."

"반달을 보셨군요."

환우들은 꿈에 달을 보고 나면 통과의례처럼 내게 감정을 의뢰했다. 꿈에 달을 보지 못한 환자들은 달을 UFO 정도로 생각하고 있었다. 그래서 외계인들이 탑승해 있느냐고 묻기도 했다.

"밤하늘을 쳐다보고 있을 때 구름 속에서 슬그머니 나타났어요."

"그럴 때도 있습니다."

"한참 동안 쳐다보고 있었지만 전혀 눈이 부시지 않았어요."

"달은 그렇습니다. 아무리 쳐다보아도 눈이 부시지 않습니다."

"정말로 신비했어요."

목격자들은 완전히 달에 매료되어 있었다. 그런데 기이하게도 사이코드라마에 출연했던 사람들이 꿈에 달을 목격했다는 사례는 없었다. 관객들만 목격자로 드러나고 있었다.

"비록 꿈속에서 달을 보기는 했지만 소요라는 여자분이 왜 달빛 중독자가 되었는지 이해할 수 있을 것 같아요."

"영혼에도 빛이 있다면 아마 달빛과 같을 겁니다."

"달이 한꺼번에 여러 개씩 뜨나요."

"아닙니다. 한 개만 뜹니다."

"그런데 왜 꿈에 달을 보았다는 사람들은 제각기 다른 생김새로 달을 표현할까요."

"달은 날짜에 따라 작아지기도 하고 커지기도 하는 천체이기 때문입니다."

환우들은 단지 꿈에 달을 목격했을 뿐인데도 실제로 달이 존재하고 있다는 사실을 확신하고 있는 눈치들이었다. 꿈에서 달을 목격했다는 사실을 마치 하늘이 자신에게 무슨 계시라도 내려준 사건쯤으로 받아들이고 있는 분위기였다.

"달이 실재하고 있는 천체니까 꿈에도 나타나는 거겠지?"

"사이코드라마에서 현자가 말하는 소리 들었지. 마음 안에 있는 빛이 사라져버렸기 때문에 마음 밖에 있는 빛도 사라져버렸다잖아."

"그럼 우리는 꿈에 달을 보았으니까 마음 안에 빛이 조금은 남아 있다고 보아도 무방하겠네."

"그렇겠지?"

"어쩐지 자부심이 생기는 걸."

"꿈에서 보면 무슨 소용이 있어. 생시에 보아야지."

"이러다 보면 실제로 보이는 날도 오지 않을까."

한동안 개방병동은 달이라는 천체가 대화의 중심소재로 자리잡고 있었다. 그러나 한도사는 달의 실존설조차도 친일파 일당들의 음모설로 덮어씌우고 있었다. 달의 실존설은 정서적 혼란을 목적으로 친일파 일당들이 유포한 유언비어일 가능성이 농후하다는 주장이었다. 자신의 초능력으로 포착되지 않는 사물은 우주 어떤 공간에도 존재할 수 없다는 것이었다. 그러나 환우들은 밤이 되기만 하면 모두들 병실 유리창을 통해 하늘을 유심히 살펴보는 습관을 가지기 시작했다. 하늘에 실제로 달이 나타날지도 모른다는 기대감 때문이었다. 그러나 아무리 하늘을 유심히 살펴보아도 달은 나타나지 않았다.

치료팀은 도대체 이런 현상을 어떻게 받아들일까. 아마도 사이코드라마를 계기로 내가 가지고 있는 망상증이 다른 환자들에게 전이되었다고 판단하지는 않을까. 그러나 황기환 박사는 이번 현상을 다르게 해석할지도 모른다. 어느 날 나는 황기환 박사와 면담을 해보고 싶은 충동에 사로잡혔다.

"마침 퇴원문제를 의논하고 싶어서 만나야겠다는 생각을 하고 있었는데 시의적절하게 면담을 요청하셨군요."

"퇴원은 아직 생각해 본 적이 없는데요."

"이제는 사회에 적응하셔도 무방한 상태입니다."

"그래도 저는 자신이 없는데요."

"정상인들도 거의가 자신이 없는 상태로 저 개떡 같은 세상을 살아갑니다."

나는 황기환 박사가 이번 사태를 심각하게 받아들이고 퇴원과 전동을 저울질하다가 퇴원 쪽으로 결정을 내렸는지도 모른다는 생각을 하고 있었다. 그래서 환우들이 꿈에 달을 목격한 사실 때문에 그런 결정을 내리게 되셨느냐고 물어보았다.

"일반적으로 사이코드라마는 환자들의 잠재의식에 지대한 영향을 미칩니다. 때로는 환자들이 사이코드라마에서 얻어낸 정보나 정서를 바탕으로 꿈이라는 매개체를 통해 유사체험을 만들어내기도 합니다. 환자들이 꿈속에서 달을 목격하는 현상 정도라면 별다른 문제가 아닙니다. 일시적인 현상일 뿐이지요. 퇴원문제는 별개적인 사안입니다."

황기환 박사는 꿈속에서 달을 목격한 환우들이 늘어가고 있다는 사실을 대수롭지 않은 일로 받아들이고 있었다. 나는 사이코드라마에서 보름달에 관한 정보밖에 제공하지 않았다. 그런데도 환우들은 꿈속에서 초승달이나 반달을 목격했다. 달은 실재했을 때도 지구의 그림자가 겹쳐서 날마다 형태가 달라지던 천체였다. 당연히 환우들은 그 사실을 모르고 있었다. 모르고 있었는데도 꿈에 초승달이나 반달을 목격했다. 이러한 현상을 정신과 전문의로서는 어떻게 설명할 수 있는가. 나는 황기환 박사에게 물어보고 싶었다. 하지만 환우들에게 좋지 않은 영향을 미칠지도 모른다는 생각이 들었다. 그래서 입을 다물어버리고 말았다.

그러나 황기환 박사는 환우들이 대나무가 되어서 저 하늘에 달이 있다고 소리쳐줄지도 모른다는 말을 했었다. 어쩌면 그는 이번 현상을 대수롭지 않게 생각하고 있는 듯이 말하고 있었지만 그때 이미 사이코드라마 이후의 변화를 어느 정도 예측하고 있었던 것은 아닐까.

"입원을 연장할 수는 없나요."

"의사가 입원연장이 불가피하다고 판단했을 때는 환자의 동의를 얻어 입원을 연장할 수 있어도 환자가 마음대로 입퇴원을 결정할 수는 없습니다. 설마 이곳을 여관으로 생각하고 계시는 건 아니겠지요. 퇴원을 하셔도 무방할 정도로 건강이 회복되신 상태입니다. 바깥세상을 지나치게 부정적인 시각으로만 바라보지 마시고 측은지심을 가지고 바라보십시오. 그러면 적응에 그다지 어려움을 느끼지 않으실 겁니다."

하지만 내게는 바깥세상이 개방정신병동이다. 정체성과 가치관을 상실해 버린 정신병자들이 자신을 정상인으로 착각하면서 살아가는 아수라장이다. 온갖 부조리와 흉악범이 난무하는 저 동물의 왕국에서 정상인이라면 어떻게 태연자약하게 살아갈 수가 있겠는가. 그러니까 내게는 퇴원수속이 곧 입원수속이나 다름이 없다.

"오랜만에 차나 한잔 같이 할까요."

황기환 박사는 대답도 기다리지 않고 다기들을 주섬주섬 꺼내 놓기 시작했다. 그는 자신이 자각하지 못하는 사이 다신(茶神)을 숭배하는 신흥종교의 신도가 되어버렸음이 분명하다고 농담조로 투덜거리고 있었다. 아무튼 바깥세상 어디를 가더라도 정상인을 만나기는 어려울 거라는 생각을 하면서 나는 녹차를 달이는 황기환 박사를 바라보고 있었다.

43

달맞이꽃들은 모두
어디로 사라져버렸을까

찬수녀석은 퇴원하는 날에야 봉고차를 끌고 내 앞에 나타났다. 집으로 돌아가는 길에 녀석은 소홀히 해서 미안하다는 말을 몇 번이나 연발했지만 나는 아무 말도 하지 않았다. 제영이가 코수술을 했어. 하지만 부작용이 생겨서 코가 부풀어 오르기 시작했지. 그래서 재수술을 했는데 신통치 않았어. 씨파, 날마다 마스크를 쓰고 방 안에 틀어박혀 신경질만 부리고 있어. 밖에도 못 나가는 주제에 뻑하면 명품타령이야. 솔직히 말해서 어떨 때는 부풀어 오른 코를 꽉 밟아버리고 싶은 심정이야. 설상가상으로 가게도 고전을 면치 못하고 있어. 작년에 비하면 매출이 반이나 떨어졌어. 우리 가게만 그렇다는 건 아니야. 전체적으로 그렇다는 얘기야. 미치겠어. 사회생활이 이렇게 힘든 줄은 몰랐어. 받아만 준다면 차라리 군대로 다시 돌아가고 싶어. 찬수녀석은 내게 위로의 말이라도 기대하고 있는지 끊임없이 신세한탄을 늘어놓고 있었다.

나는 조수석에 앉아서 바깥 풍경을 내다보고 있었다. 춘천 지역의 모든 고지들을 완전히 점령한 초목의 군병들이 하늘을 향해 양팔을 높이 쳐들면서 짙푸른 함성을 질러대고 있었다. 달맞이꽃이 피지 않았을까. 나는 눈여겨 노변을 살펴보고 있었다. 그러나 달맞이꽃은 보이지 않았다. 노변에서 흔히 발견되는 식물이었다. 아직 개화기가 아니어서 꽃은 보이지 않는다고 하더라도 대궁은 보여야 정상이었다. 그러나 이상했다. 아무리 눈여겨 살펴보아도 대궁조차 보이지 않았다.

"형으로서 당연히 화는 나겠지만 무슨 말이라도 해주면 좋잖아."

하지만 나는 아무 말도 하고 싶지 않았다. 말은 공허의 껍질에 불과하다. 어떤 경우에도 마음 그대로를 표현할 수가 없다. 달이 사라져버리고 난 다음부터 자주 언어의 부질없음을 깨닫는다.

"잠깐 내리자 형."

원창고개에 이르자 찬수녀석이 봉고차를 노변에 바싹 정차시키고 차에서 내렸다. 그리고 밖에서 내게도 내리라는 손짓을 해보였다. 나는 영문도 모르고 차에서 내렸다.

춘천의 시가지가 한눈에 내려다보이는 장소였다. 기하학적인 형태로 일관된 콘크리트 건물들이 발악적인 기세로 녹지대를 잠식해서 마치 자연이 악성 피부질환을 앓고 있는 것처럼 흉물스러워 보였다. 한때는 안개의 도시였고, 몽상의 도시였고, 낭만의 도시였다. 그러나 지금은 안개도 없었고 몽상도 없었고 낭만도 없었다.

"형한테 죽도록 두들겨 맞고 싶어."

찬수녀석이 말했다. 죽도록 자기를 두들겨 패 달라는 주문이었다. 하지만 나는 녀석의 주문을 받아줄 수가 없었다. 물론 죽도록 두들겨 맞고 싶다는 녀석의 심중을 나도 어느 정도는 이해할 수 있었다. 하지만 녀석은 중국에서 흘러 들어온 싸구려 전자제품이 아니다. 본체를 두들겨 팬다고 기능이 정상적으로 작동되지는 않는다.

문제는 세상의 흐름이다. 양심이나 도덕을 밑천으로 살아가면 능력 없는 놈으로 간주되고 반칙이나 암수(暗數)를 밑천으로 살아가면 능력 있는 놈으로 간주된다. 인간답게 살면 문전걸식이 기다리고 있고 짐승같이 살면 부귀영화가 기다리고 있다. 도대체 어떤 미친놈들이 세상의 흐름을 이렇게 뒤집어놓았을까. 누나는 악마의 하수인들이라고 대답할 것이고 한도사는 친일파 일당들이라고 대답할 것이다. 그렇다면 세상이 이렇게 뒤집어질 때까지 하나님은 도대체 어디서 무얼 하고 계셨으며 순국선열 및 호국영령들은 도대체 어디서 무얼 하고 계셨단 말인가.

찬수녀석은 자신이 망가져 있다고 생각하는 모양이지만 아직은 지극히 정상적인 상태를 유지하고 있다. 정말로 망가진 놈은 죽도록 두들겨 맞고 싶은 충동을 느끼기보다 죽도록 두들겨 패고 싶은 충동을 느낀다. 물론 뒤집혀진 세상은 죽도록 두들겨 패고 싶은 충동을 느끼는 놈을 지극히 정상인 상태로 평가할 것이다.

"나 화난 거 아니다."

나는 한마디를 남기고 다시 조수석에 올랐다. 녀석은 도로변 풀섶에 쪼그리고 앉아서 두 팔로 한참 동안 머리를 감싸고 있다가 다시 운전석으로 돌아와 핸들을 잡았다.

나는 집으로 돌아가는 봉고차 안에서 내 시의 본질이 무엇인가를 생각해 보고 있었다. 소요를 만나기 전 내 시의 중심소재는 닭이었다. 그때까지만 하더라도 나는 어떤 대상이든지 자신과 흡사한 부분이 있어야만 정서적 소통이 가능하다는 주관을 가지고 있었고 정서적 소통이 가능해야만 시적 대상이 될 수 있다는 편견을 가지고 있었다. 닭이 간직하고 있는 비극적 요소들은 내가 간직하고 있는 비극적 요소들과 너무나 흡사해서 정서적 소통이 용이할 수밖에 없었다.

그러나 부모님이 돌아가시고 금불알을 떠맡기 시작하면서 나는 닭에게 염증을 느끼기 시작했다. 시적 대상으로서의 닭보다는 생계 밑천으로서의 닭이 더 크게 부각되기 시작했다. 그러면서 시적 감흥도 퇴색하기 시작했다. 소요를 만나지 않았더라면 나는 끝내 장사꾼으로 주저앉고 말았을지도 모른다.

그런데 적시에 소요가 나타났다. 그리고 어떤 대상이든지 흡사한 부분이 있어야만 정서적 소통이 가능하고 정서적 소통이 가능해야만 시적 대상이 될 수 있다는 내 주관을 완전히 해체시켜 버렸다.

소요를 통해서 내가 깨달은 바에 의하면 달빛 아래서는 삼라만상이 모두 아름답고 아름다움을 간직한 것들은 모두 사랑의 대상이 될 수 있으며 사랑의 대상이 될 수 있는 것들은 모두 시적 대상이 될 수 있었다.

소요를 만나고 내 시의 중심소재는 닭이라는 가축에서 달이라는 천체로 변환되었다. 문자상으로 따지면 닭에서 단지 기역 받침 하나가 떨어져 나갔을 뿐인데 정서적 차이는 그야말로 천양지차(天壤之差)였다. 나는 날마다 주체할 수 없는 시적 감흥에 사로잡혀 있었다. 심지어는 하루에 두 편씩이나 시를 쓴 적도 있었다. 소요가 내 곁에 존재했던 기간에는 어째서 세상이 그토록 아름답게 보였을까. 지금 생각해 보면 아름다움을 느끼는 가슴이 사랑을 느끼는 가슴이었고 사랑을 느끼는 가슴이 시를 느끼는 가슴이었다. 그런데 소요와 달이 사라져버리면서 그 가슴마저도 사라져버렸다. 그리고 나는 소요를 만나기 전의 시정잡배로 되돌아가고 말았다.

"필도한테 연락 없었냐."

"없었는데."

"챠쉭이 무슨 일이 있길래 전화를 걸 때마다 불통이야."

필도녀석이 궁금했다. 무슨 일이 생기지 않고서는 이렇게 오래도록 연락을 끊고 지낼 녀석이 아니었다. 가는 길에 원룸에 한번 들러보아야겠다는 생각을 했다.

"집으로 가는 길에 교동에 먼저 들러보자."

"그럴까."

봉고차는 팔호광장 쪽으로 핸들을 꺾었다. 불과 두 달 보름밖에 지나지 않았는데 간판을 바꾼 업소들이 적지 않았다. 그만큼 장사가 안 된다는 뜻일 것이다. 기절해서 땅바닥에 엎어져 있던 경제가 간판을 바꾼다고 벌떡 일어나서 살사댄스를 추지는 않는다. 하지만 장사꾼들은 장기간 손님들의 발길이 끊어지면 나름대로 손님들의 눈길을 끌 수 있는 방법을 생각하느라고 막말로 두 개골이 빠개진다. 간판을 갈아볼까. 단순한 생각을 가진 장사꾼이라면 일단 간판부터 갈아치울 궁리를 하게 된다.

하지만 남의 지갑에 있는 돈을 내 지갑으로 옮기려면 간판만 가지고는 어림도 없다. 생면부지의 손님일 경우에는 일단 간판만 보고 들어올 수도 있지만 일반적으로는 간판이 고객유치에 지대한 영향을 미치지는 않는다. 아버지의 가르침에 의하면 장사꾼이 망하지 않기 위해서는 세 가지 덕목을 지속적으로 갖추고 있어야 한다. 첫째는 가격이 합당한 양질의 상품이요, 둘째는 손님에 대한 관심과 친절이며, 셋째는 종업원의 능력에 걸맞은 예우와 신뢰다. 이것들은 돈을 벌고 싶은 욕심에서 만들어진 상술이 아니어야 하며 인격수양을 바탕으로 표현되는 진실이어야 한다. 지극히 상식적인 덕목이다. 그러나 갖추기도 힘들고 지키기도 힘들다. 각양각색의 손님들을 상대하다 보면 때로는 짜증이 치밀어 오르기도 하고 때로는 울화통이 치밀어 오르기도 한다. 그래서 아버지는 모름지기 장사꾼이라면 아침에 자리에서 일어나 제일 먼저 쓸개부터 떼내어 금고 깊숙이 보관해 두는 습관을 가져야 한다고 말씀하셨다.

"필도 형이 사는 데가 어디지?"

"한림대 정문 쪽이야."

"주차할 데가 있을까."

"밤에는 어렵지만 지금쯤은 괜찮을 거다."

그러나 막상 필도녀석이 살고 있는 원룸 골목에 들어서니 주차공간이 보이지 않았다. 나는 찬수녀석에게 한림대 병원 주차장에 차를 대기시켜 두라고 이른 다음 혼자 필도녀석의 원룸을 찾아갔다. 몇 번이나 문을 두드렸으나 기척이 없었다. 챠쉭이 또 여자 꿰차고 어디 여행이라도 떠나버렸나. 투덜거리면서 돌아서려는 찰나, 거기 아무도 없어요, 퉁명스러운 여자 목소리가 뒤통수를 때렸다. 계단 아래서 주인 아주머니가 못마땅한 표정으로 나를 쳐다보고 있었다.

"그런데 댁은 누구슈?"

"이 방에 살고 있는 사람 친군데요."

"친구 아닌 거 같은데."

"친구 맞습니다."

"그런데 친구가 깜방 간 것도 모른단 말이여?"

"깜방이요?"

"친구 아니로구만."

"제가 몇 달 동안 연락이 안 닿는 곳에 있었거든요. 이 친구가 깜방을 갔다니 도대체 무슨 말씀입니까."

주인 아주머니는, 필도녀석이 두 달 전쯤에 여자 문제로 누군 가에게 주먹질을 했는데 맞은 사람이 고소를 하는 바람에 형사들이 관리실에 잠복해 있다가 필도녀석이 나타나자 수갑을 채우고 연행해 갔다고 부재이유를 설명해 주었다. 무거운 납덩어리 하나가 가슴 밑바닥으로 쿵 하고 떨어져 내리는 소리가 들렸다. 폭행을 당한 사람이 여자냐고 물었더니 남자라는 대답이었다. 같이 있던 여자는 어떻게 되었느냐고 물었더니 역시 모르겠다는 대답이었다. 형사들이 연행해 갈 때 여자는 없었다는 것이었다. 주인 아주머니도 그 이상의 내용은 모르고 있는 것 같았다. 나는 무거운 납덩어리를 끌어안고 돌아서는 수밖에 없었다.

"필도 형은?"

"없더라."

"필도 형은 다음에 점심 같이 먹기로 하고 오늘은 우리끼리 먹자."

"차는 여기다 그대로 세워두고 근처에 육개장을 잘 하는 집이 있으니까 그리로 가자."

"형 육개장 별로 안 좋아했잖아."

"두 달 보름 동안 양순한 환자밥만 먹다가 바깥에 나오니 성깔 있는 음식이 먹고 싶어진다."

문병객들, 환자들, 조문객들. 한림대병원은 사람들로 북새통을 이루고 있었다. 병원 정문으로 끊임없이 차량들이 밀려들고 있었다. 정문이 비좁아 보일 지경이었다. 한 분씩 완쾌되실 때마다 한 송이씩 피어나 드리겠어요. 화단에 피어 있는 꽃들이 낭랑한 목소리로 소리치고 있었다. 그러나 꽃들에게 눈길을 주는 사람은 아무도 없었다.

찬수녀석과 병원 주차장을 빠져나오는 사이, 교통사고를 당했는지 앰뷸런스에서 피투성이 환자 두 명이 들것에 실려 급히 응급실로 옮겨지고 있었다. 검은 양복을 걸친 조문객들이 단체로 버스에서 내려 침통한 표정으로 영안실을 향해 걸어가는 모습도 보였다. 문병객들은 근심에 싸여 있고 환자들은 불안에 싸여 있고 조문객들은 슬픔에 싸여 있었다. 하지만 병원을 나서면 모두들 생존의 투사들로 돌변할 것이다.

"육개장과 보신탕이 사촌지간이라는 사실을 알고 있냐."

"설렁탕하고 사촌지간이 아닌가."

"설렁탕은 혈통이 다르니까 촌수를 따지면 안 되고 같은 지역에 사는 놈쯤으로 생각해야 된다."

병원에서 십 미터도 안 되는 거리에 육개장을 하는 한식집이 있었다. 나는 음식이 나오기를 기다리면서 찬수녀석에게 육개장과 보신탕에 대해서 설명하기 시작했다.

"육개장이라는 이름은 개장국에서 유래되었지."

물론 개장국은 보신탕을 말한다. 허준의 『동의보감』에는 개고기가 오장을 편안하게 해주며 혈맥을 조절하고 골수를 충족시켜서 허리와 무릎을 따뜻하게 만들어줄 뿐만 아니라 기력을 증진시킨다고 기록되어 있다.

그러나 육개장은 개고기를 쓰지 않는다. 개고기 대신 소고기를 쓴다. 소고기를 쓰지만 조리법이 개장국과 다르지 않다. 육개장의 독특한 맛은 고추기름에서 나온다. 한국 사람들은 이열치열(以熱治熱)이라는 말을 즐겨 사용한다. 열로써 열을 다스린다는 말이다.

한국의 음식들은 대부분 음양오행설(陰陽五行說)에 근거를 두고 상생(相生)과 상극(相剋)을 고려해서 만들어졌다. 복(伏)날 개고기를 먹는 것도 음양오행설에 근거한 것이다. 개[狗]는 화(火)의 기운을 가지고 있으며 복은 금(金)의 기운을 가지고 있다. 화극금(火剋金). 화는 금을 누른다는 뜻이다. 그러니까 개고기는 더위를 물리친다.

2002년 한일 월드컵 때 서양 사람들은 한국인이 개고기를 먹는다는 이유로 야만인이라는 비난을 서슴지 않았다. 서양 사람들은 물고기 한 마리를 갖다 주면 구워먹거나 쪄먹는 것이 고작이다. 그러나 한국 사람들은 회를 치거나 포를 뜨거나 끓이거나 굽거나 삶거나 데쳐 먹는다. 양념에 따라서 음식이 달라지고 지역에 따라서 음식이 달라진다. 심지어는 서양 사람들이 내버리는 내장까지 젓갈로 갈무리해서 먹는다. 이러한 문화적 깊이를 모르고 야만인 취급을 하는 것은 언어도단이다. 개고기를 먹는 놈이 야만인이면 개고기를 못 먹는 놈은 미개인이다. 한국 사람들도 식용으로 기르는 구(狗)는 먹지만 애완으로 기르는 견(犬)은 먹지 않는다.

영어로 개는 DOG라고 표기한다. 거꾸로 읽으면 신을 나타내는 GOD가 된다. 그야말로 극과 극이다. 무엇이든지 한쪽 방향에서만 보고 판단하면 편견과 아집에 치우치기 쉽다. 태양이 날마다 동쪽에서 떠서 서쪽으로 진다고 철썩같이 믿고 있는 사람들이 많을 것이다. 그러나 태양이 날마다 동쪽에서 떠서 서쪽으로 지는 것은 아니다. 북극점에서 관측하면 태양은 남쪽에서 떠올라 6개월 동안이나 하늘에 머물러 있다가 남쪽으로 진다. 남극점에서는 반대다. 태양이 북쪽에서 떠올라 6개월 동안 하늘에 머물러 있다가 북쪽으로 진다. 한국 사람들은 뜨겁고 얼큰한 국물을 먹을 때 시원하다는 표현을 쓴다. 뜨겁다[hot]는 말과 시원하다[cool]는 말은 서로 상반된 의미를 지니고 있다. 그런데 한국 사람들은 속을 풀어주는 음식을 먹을 때 동일한 의미로 쓴다.

서늘하다. 싸늘하다. 차갑다. 선선하다. 시리다. 차디차다. 춥다. 쌀쌀하다. 시원하다. 이 모든 표현들을 쿨(cool)이라는 단어 하나로밖에 쓸 줄 모르는 사람들이 과연 뜨겁고 얼큰한 국물을 먹을 때 시원하다고 말하는 문화의 깊이를 가늠할 수 있을까.

하지만 나는 개방병동에서 생활하는 동안 나름대로 마음을 정리했다. 달이 없다고 생각하는 사람들은 달이 없는 것이 진실이고 달이 있다고 생각하는 사람들은 달이 있는 것이 진실이다. 사이다가 알을 깐다고 생각하는 사람들에게는 사이다가 알을 까는 것이 진실이고 사이다가 기포를 발생시킨다고 생각하는 사람들에게는 사이다가 기포를 발생시키는 것이 진실이다.

"맛있게 드십시오."

성깔 있는 음식 육개장이 나왔다. 오랜만에 먹어보는 육개장이라 무척 맛이 있었다. 그러나 필도녀석 때문에 마음 한구석이 암울했다. 여자 문제로 주먹을 휘둘러 고소를 당했다니, 생각할수록 사건의 전말이 궁금해졌다. 어떤 여자가 개입되었는지, 주먹을 휘두른 이유가 무엇인지, 피해자의 상처는 어느 정도인지, 원룸 주인 아주머니의 말만으로는 사건의 추이를 가늠할 수가 없었다. 내일 경찰서로 한번 찾아가볼 예정이었다. 그러나 지금쯤은 교도소에 있을 가능성이 짙었다. 착잡했다.

"형이 왔는데 인사도 안 하냐."

집으로 돌아와 찬수녀석이 자기 방문을 열고 제영이에게 내가 퇴원했다는 사실을 알렸으나 제영이는 고개를 돌린 채 들은 척도 하지 않았다. 방 안에서도 마스크를 쓰고 있었다.

"잘 있었어?"

내가 인사를 던졌지만 함구무언이었다. 예상하고 있었던 사실이었다. 다시 무거운 납덩어리 하나가 쿵 하고 가슴 밑바닥으로 떨어져 내리는 소리가 들렸다.

44

대한민국에서는
사람을 때린 죄보다
합의를 볼 돈이 없는 죄가 더 크다

한국에 존재하는 건축물 중에서 검찰청이나 경찰서나 교도소
는 어떤 건축가의 솜씨를 빌려도 예술품이 될 수가 없다. 그 건
축물들은 아무런 잘못을 저지르지 않은 서민들에게도 위압감과
속박감을 안겨주는 무례함을 간직하고 있다. 그중에서도 교도소
는 공동묘지와 버금가는 공포심까지 불러일으킨다. 멀리서 바라
보아도 간담이 서늘해진다.

하지만 살다 보면 본의 아니게 그 기분 나쁜 건물들을 드나들
어야 하는 액운도 생기는 법이다. 나는 오전에 경찰서를 찾아가
필도녀석의 폭행사건을 담당했던 형사를 만났다.

"노혜연이라는 여자 알고 계시지요."

"친구 녀석과 같이 있을 때 몇 번 얼굴을 대면한 정도입니다."

"최근에 만나신 적은 없습니까."

"없는데요."

담당 형사는 내가 필도녀석의 친구임이 분명하다는 사실을 확인하자 무슨 까닭인지 노혜연에 대해서 지대한 관심을 나타내 보이기 시작했다.

"무슨 연락이라도 받으셨을 텐데요."

"글쎄요. 개인적으로는 그다지 가깝게 지낸 사이가 아닙니다."

"그래도 친구를 잘 부탁한다는 전화 정도는 걸 수도 있지 않을까요."

"두 달 보름 동안 친구 녀석조차도 연락이 두절된 상태였습니다."

"김필도와는 절친한 사이로 알고 있는데 두 달 보름 동안이나 연락이 두절된 상태였다니 믿기지 않는데요."

"제가 동산면에 있는 국립춘천병원에 입원해 있었거든요."

"정신병원 말씀인가요?"

"그렇습니다."

"혹시 노혜연한테서 무슨 연락이라도 오면 즉시 저한테 알려주셨으면 고맙겠습니다."

담당 형사의 말에 의하면, 피해자 허혁만(許赫萬)은 요선동에서 임마뉴엘이라는 카페를 운영하는 자로서 가해자 김필도의 동향(同鄕) 선배였다. 허혁만은 봄을 기해서 임마뉴엘의 분위기를 바꿀 계획으로 가해자 김필도에게 실내장식을 의뢰했다. 그런데 김필도가 실내장식을 하느라 교동에 소재한 원룸을 비운 사이 허혁만이 김필도의 동거녀 노혜연과 수차례 통정을 하는 사이로 발전했다. 어느 날 김필도는 실내장식에 필요한 사진자료를 출력하기 위해 원룸으로 되돌아갔다가 허혁만과 노혜연의 통정 장면을 목격했다. 그리고 격분한 나머지 주먹으로 허혁만의 안면을 가격하여 앞니를 두 대나 부러뜨리는 상해를 입혔다.

"피해자 허혁만은 김필도가 동거녀 노혜연과 모의하여 자기에게 돈을 뜯어낼 목적으로 꾸민 각본에 말려들었으며 자신이 오히려 피해자라고 주장하고 있는 실정입니다. 지금 이 시점에서는 가해자 김필도가 피해자 허혁만과 서로 합의를 보는 것이 중요합니다. 그런데 허혁만의 부인이 남편의 통정 사실을 알고 노혜연과 허혁만을 간통죄로 고발해서 허혁만 역시 지금 교도소에 수감된 상태입니다. 문제는 노혜연이라는 여자입니다. 허혁만은 김필도가 돈을 뜯어낼 목적으로 노혜연과 작당해서 자기를 유혹했다는 주장을 펼치고 있지만 김필도는 이를 강력하게 부인하고 있는 실정입니다. 그런데 중요한 열쇠를 가지고 있는 노혜연이 아직도 나타나지 않고 있는 겁니다."

"그 여자가 나타나지 않고 있다니요?"

"김필도에게 현장을 발각당하던 날 어디론가 도망쳐버리고 말았습니다. 물론 허혁만이 통정 사실을 전부 시인했기 때문에 노혜연은 간통죄가 성립되어 현재 피의자로 수배중에 있습니다."

김필도가 허혁만과 합의를 본다면 정상참작이 되겠지만 합의를 보더라도 노혜연이 나타나기 전까지는 교도소를 벗어나기 힘들 거라는 전망이었다.

경찰서를 나와 택시를 잡았다. 교도소로 가기 위해서였다. 여름이 시작되고 있었다. 건물들이 강렬한 햇빛 속에서 빈혈을 앓고 있었다. 나는 택시를 타고 교도소로 가면서 도대체 이 사태를 어떻게 수습해야 좋을지를 생각해 보기 시작했다. 난감했다. 시인이란 얼마나 나약한 존재인가. 국문과를 나온 것이 잘못이었다. 법대를 나왔으면 이럴 때 녀석에게 마음의 위안이라도 될 수 있었을 것이다. 지금까지 친구로 살아오면서 닭갈비집 주인으로 녀석에게 도움을 준 적은 있어도 시인이라는 이름으로 녀석에게 도움을 준 적은 없었다. 교도소 건물이 보이기 시작하자 가슴이 순식간에 시커먼 먹장구름으로 뒤덮여버렸다.

"무슨 용무로 오셨습니까."

정문에서 근무자가 용무를 물었다. 재소자를 면회하러 왔노라고 대답하니까 근무자가 신분증을 확인한 다음 접견자 대기실을 가르쳐주었다. 교도소 건물로 들어서는 순간 나도 수인(囚人)이 되어버린 기분이었다.

대기실은 면회객들로 들끓고 있었다. 화장발이 짙은 아가씨들과 깍두기 차림의 젊은이들이 제일 많이 눈에 띄었다. 농사꾼으로 보이는 사람도 있었고 막노동꾼으로 보이는 사람도 있었다. 그러나 양복에 넥타이 차림을 한 사람은 한 명도 보이지 않았다. 그래서 실내 분위기는 더욱 우중충해 보였다. 젊은 여자 하나가 아기에게 젖을 물린 채 하염없이 눈물을 흘리고 있었다. 노인 하나가 주름이 가득한 얼굴로 자꾸만 벽시계에 눈길을 던지고 있었다. 모두들 초조하고 불안한 표정들이었다. 벽면 한쪽에 수족관이 설치되어 있었다. 물고기들의 움직임까지 불안하고 초조한 느낌을 불러일으키고 있었다.

나는 접수창구로 가서 면회를 신청했다.

"접견하실 분 수인번호는?"

"모릅니다."

"그렇다면 성함을 말씀해 보세요."

"김필도입니다."

직원이 컴퓨터를 두드리더니 즉시 수인번호를 알려주었다.

"김필도씨 수인번호는 일삼공사번입니다."

"감사합니다."

"접견신청서를 접수하시고 주민등록증을 맡겨두세요. 안내방송이 나오면 지정하신 접견실로 가시면 됩니다."

나는 수속을 끝내고 담배를 피우기 위해 밖으로 나왔다. 남자들 몇 명이 재떨이를 선점하고 암울한 표정으로 연기를 뿜어대고 있었다. 담배를 태우고 있는 것이 아니라 속을 태우고 있는 것이라는 생각이 들었다. 재떨이는 이미 포화상태였다. 오바이트를 해놓은 꽁초들이 시멘트 바닥에 허옇게 흩어져 있었다. 나는 담배 한 대를 피우고 대기실로 들어가 안내방송을 기다리기 시작했다.

"일삼공사번 접견하실 분 오호실로 가주세요. 다시 한 번 말씀드립니다. 일삼공사번 접견하실 분 오호실로 가주세요."

접견실은 바깥으로 나가 도보로 5분 정도를 걸어야 되는 거리에 위치해 있었다. 접견실 담벼락에는 벽화가 그려져 있었다. 벽화 속에서 가족으로 보이는 사람들이 면회객들을 향해 환한 웃음을 던지고 있었다. 언젠가는 이런 날을 맞이하게 될 거라는 의미일까. 하지만 교도소 전체가 지나치게 위압감을 주고 있었기 때문에 벽화는 그다지 감동을 자아내지 못하고 있었다.

나는 지정된 접견실로 들어갔다. 일단 면회가 시급하다는 생각으로 여기까지 오기는 했지만 막상 녀석을 만나면 무슨 말부터 꺼내야 할지 난감한 기분이었다. 그러나 아직 녀석의 모습은 보이지 않았다. 의자에 앉아 기다리고 있는데 이내 맞은편 철문이 열리면서 녀석이 들어오는 모습이 보였다. 푸른 수의(囚衣)를 걸

치고 있었다. 수척해 보였다. 우리는 녹두알 크기의 통화용 구멍
이 인색하게 뚫어져 있는 유리벽 하나를 사이에 두고 마주 앉았
다. 단지 유리벽 하나 사이였다. 그래서 녀석의 실체를 확연하게
들여다볼 수가 있었다. 그러나 유리벽 안쪽은 전혀 다른 세상이
었다. 녀석과의 거리가 너무 멀게 느껴졌다. 나는 녀석에게, 그만
거기서 나와라, 집으로 돌아가자, 라고 말해 주고 싶었다.

"미안하다. 네가 여기 있다는 사실을 어제야 알았어. 그동안
동산면에 있는 국립춘천병원 개방병동에 입원해 있었다. 이따금
네 핸드폰으로 전화를 걸었는데 불통이더라."

"어느 날 혜연이가 시내에 볼일이 있다고 나갔는데 전화를 거
니까 불통이었어. 그래서 심하게 말다툼을 하게 되었지. 사건이
터질 무렵쯤에는 그런 일로 자주 말다툼을 했었다. 다음 날 아침
에 소변이 마려워서 화장실로 들어가보니까 변기에 핸드폰이 빠
져 있더라. 혜연이가 내 핸드폰을 변기에 처박아버린 거지."

"나는 그런 줄도 모르고 전화를 안 받길래 이번에는 어디 외국
으로 여행을 떠난 것이나 아닐까 생각했었지."

"내가 여기 있다는 건 어떻게 알았냐."

"어제 퇴원해서 원룸에 찾아갔었다. 주인 아주머니한테 대충
얘기를 들었지만 자세한 내막을 알고 싶어서 아까 담당형사를
만났어."

"핸드폰을 수리해 달라고 대리점에 맡겼더니 너무 오래 빠져
있었기 때문에 수리가 불가능하니까 추가금을 지불하고 다른
핸드폰으로 교체하라고 하더군. 그런데 핸드폰을 교체하기도 전
에 사건이 먼저 터져버린 거야."

"천금 같은 시간을 핸드폰 얘기로 다 소비하고 말 거냐."

"궁금한 거 있으면 물어봐라."

"도대체 허혁만이라는 작자가 누구냐."

"어릴 때 같은 동네에서 살았는데 지금은 요선동에서 임마뉴엘이라는 카페를 운영하고 있지. 여자를 무척 밝히는 성격인 줄 알면서도 경계하지 않던 내가 잘못이었다."

녀석의 말에 의하면, 제주도 여행을 가기 전에 그림을 한 점 사주었다는 선배가 바로 허혁만이었다. 허혁만은 그때부터 이미 노혜연에게 눈독을 들이고 있었다. 나중에 실내장식 관계로 카페에서 만나는 일이 잦아지면서 허혁만과 노혜연이 서로를 대하는 태도가 예사롭지 않았다. 나는 필도녀석의 말을 들으면서 순간적으로 모텔에서 노혜연이 자위를 하던 장면을 떠올렸다. 그녀는 삼력맨 취향이었다. 필도녀석보다는 허혁만이 한결 구미가 당기는 남자로 판단되었을 것이다.

유리벽 안에서 임석교도관이 우리의 대화를 열심히 기록하고 있었다. 면회시간은 5분으로 한정되어 있었다. 그러나 나는 그 짧은 시간을 요긴하게 쓸 방도를 찾아내지 못하고 있었다.

"부탁하고 싶은 것이 있으면 허심탄회하게 말해라."

"벡진스키의 화집이나 한 권 구해서 넣어주었으면 좋겠다. 내가 알기로 춘천에서는 구할 수 없을 거다."

"철창 안에서 만나기에는 너무 그림이 처절한 화가 아니냐."

"차라리 더 처절하고 싶다. 예술에 대한 치열성이 떨어졌으니까 속세가 나를 이런 함정으로 몰아넣을 수 있었겠지. 요즘은 가다밥을 주물러서 여자의 누드를 만들고 있다. 깜빵 동료들은 이 새끼가 아직도 정신을 못 차렸다고 힐난하지만 나로서는 예술에 대한 열정을 꺾고 싶지 않다는 의지의 표현이야."

이럴 때는 마피아 두목이라도 되었으면 좋겠다는 생각이 들었다. 그렇게만 된다면 당장이라도 무지막지한 부하 몇 놈을 데리고 와서 감옥을 폭파시켜 버리고 싶었다. 녀석만 탈옥시킬 수 있다면 조직이고 나발이고는 나중에 생각할 문제였다. 하지만 나는 일개 닭갈비집 주인에 불과한 존재였다. 감옥을 폭파시킬 만한 카리스마가 없었다.

"변호사는 구했냐."

"형들이 구했다. 부모님은 아직 모르고 계신다. 인격수양 잘 하고 있으니까 너무 걱정하지 말아라."

"언제쯤 나올 수 있을 거 같냐."

"변호사는 재판에 회부되기 전에 합의를 보는 일이 급선무라고 했지만 나는 합의를 보지 않겠다고 말했다."

"합의를 보지 않으면 불리하지 않을까."

"불리하겠지. 대한민국에서는 사람을 때린 죄보다 합의 볼 돈이 없는 죄가 더 크다는 말이 있지만 나는 어떤 일이 있더라도 합의는 보지 않을 생각이야."

"신중하게 생각해서 결정해야 할 문제 같다."

"허혁만이 요구하는 합의금이 자그만치 오천만 원이다. 이번 기회에 숫제 팔자를 고쳐보겠다는 속셈이지. 판사가 형량을 얼마나 때릴지는 모르지만 나는 얼마를 때리더라도 고스란히 몸으로 때우고 나갈 작정이다. 깜빵도 견딜 만하니까 너무 걱정하지 마라."

"먹고 싶은 건 없냐."

"육개장이 먹고 싶다."

이심전심이었을까. 내가 입원해 있을 때 가장 먹고 싶었던 음식도 육개장이었다. 하지만 나는 어쩐지 가슴이 아려서 사실대로 말할 수가 없었다.

"어떻게 하면 육개장을 사식으로 넣어줄 수 있냐."

"불행하게도 사식 메뉴에는 육개장이 빠져 있다."

"그럼 다른 걸로 선택해라."

"아직은 견딜 만하다. 더 살아보고 필요한 것이 있으면 부탁하겠다."

그때 교도관이 면회시간 종료를 선언했다. 쓸데없는 잡담으로 면회시간을 모조리 허비해 버린 듯한 기분이었다. 중요한 말이 남아 있을 것 같았는데 떠오르지 않았다. 녀석은 너무 걱정하지 말라는 말을 남기고 일어섰다. 철문을 열고 사라지는 녀석의 뒷모습을 보면서 나는 다시금 뼈저린 무력감에 젖어들고 있었다.

밖으로 나오니 매미가 전화벨 같은 소리로 어디론가 발신음을 보내고 있었다. 수신자는 부재중. 그리도 매미는 계속해서 어디론가 발신음을 보내고 있었다. 햇살이 눈부셨다.

45

땅꺼짐 현상

자동차가 전속력으로 달리고 있는데 갑자기 눈앞에서 도로가 땅속으로 사라져버렸다. 또는 아침에 잠에서 깨어나보니 앞집이 흔적도 없이 땅속으로 사라져버렸다. 믿기지 않겠지만 일부 지역에서 흔히 목격되는 땅꺼짐 현상이다. 영어로는 싱크홀(sink hole) 현상이라고 표현한다.

미국의 플로리다 지역에서는 해마다 싱크홀 현상이 몇 건씩이나 발생해서 주민들이 불안에 떨고 있다. 싱크홀 현상은 지반이 약해진 지역의 지표면이 느닷없이 땅속 깊이 함몰해 버리는 현상이다. 지질학자들은 지반의 밀도가 높지 않은 석회암 지대에서 싱크홀 현상이 자주 나타난다는 견해를 가지고 있다.

플로리다에 있는 싱크홀 중에서 가장 큰 것은 게인스빌 시의 데빌스 밀호퍼라는 이름의 싱크홀이다. 이 싱크홀은 직경 152미터에 37미터의 깊이를 가지고 있다. 지질학자들은 매년 수많은 싱크홀들이 생겨나고 있으며 드러난 싱크홀보다는 숨겨진 싱크홀이 훨씬 많다고 주장한다.

지난 몇 년 동안 싱크홀로 인해 주택이 피해를 입은 보고 사례는 수백 건에 달한다. 윈터파크에서 발생한 싱크홀은 고급승용차 정비소에 주차되어 있던 다섯 대의 포르셰를 잡아먹고 수백만 불의 피해를 입히는 기록을 보유했다. 브룩스빌 근처에서 발생한 싱크홀은 공사장 부근의 굴착기와 트레일러와 트럭들을 순식간에 집어삼켜버렸는데, 레이더를 이용해 추적해 본 결과 30미터 지하까지 끌고 들어간 사실이 밝혀졌다.

플로리다는 최근 3개월에 걸쳐서 4차례의 허리케인을 겪었으며 이어 싱크홀로 인해 고층건물에 균열이 생기거나 일반주택 일부가 붕괴되는 사태가 속출했다.

이에 플로리다 주정부는 주택보험에 싱크홀 피해보상에 대한 조항을 추가하는 법안을 제정하고 민심을 수습하는 일에 다각적인 노력을 기울이고 있다. 그러나 보험회사 측에서는 건축물에 한해서만 보상이 가능하다고 밝혔으며 토지 부분에 대해서는 보상을 꺼리고 있어 가입자들과의 법정시비가 잦아지고 있다. 해마다 허리케인에 대한 공포로 시달림을 당해온 플로리다 주민들은 최근 땅꺼짐 현상까지 겹쳐 하늘의 재앙과 땅의 재앙 사이에서 샌드위치식 공포에 시달리고 있다.

그러나 미국 플로리다 주민들만 싱크홀 현상에 시달림을 당하고 있는 것은 아니다.

한국에서도 싱크홀 현상과 똑같은 땅꺼짐 현상이 일어나고 있다. 수년 전 전남 무안군 무안읍 성남리에 살고 있는 윤모 씨의 방앗간 창고가 불시에 흔적도 없이 사라져버린 사건을 계기로 지금까지 인근 가옥과 도로에도 심한 균열이 발생해서 주민들을 불안과 공포에 떨게 만들고 있다. 뿐만 아니라 교촌리 일대에서도 원인불명의 지반침하 현상이 발생해서 가옥, 창고, 도로에 심한 균열을 보이고 있다.

이에 무안읍 주민들은 읍내 전 지역이 안전지대가 아니라는 사실이 지질조사를 통해 밝혀진 시점에서도 관계당국이 예산부족을 핑계로 소극적인 태도를 보이고 있다는 비난과 함께 관계당국의 시급한 대책을 강력히 촉구하고 있다. 한편 무안군은 이번 사태를 계기로 5억 원의 예산을 투입해 피해지역 일대를 정밀 조사하고 지질조사 용역비 10억 원을 국고에서 지원토록 요청할 계획이다. (HBN 포커스 한대영 리포터)

46

아버지는 왜 껍질이 없는 계란을
의암호에 던지셨을까

"거덜 나기 직전이구나."

어느 날 통장을 점검해 보니 수입에 비해 지출이 너무 많았다. 가게 운영에 필요한 지출은 별다른 변동이 없었다. 그런데도 수차례에 걸쳐 몇백만 원이라는 거액이 통장에서 빠져나간 흔적이 보였다. 지난 달만 하더라도 3백만 원이라는 거금이 세 번에 걸쳐 빠져나간 흔적이 역력했다. 테이블 15개짜리 닭갈비집에서 재료구입비를 제외하고 한 달에 9백만 원이나 되는 거금을 집어삼킬 수 있는 괴물이 무엇일까. 없었다. 그래서 나는 은행직원이 전산처리를 잘못했을 거라고 생각했다. 그러나 아니었다.

내가 심각한 낯색으로 찬수녀석을 추궁하자 괴물의 실체가 금방 드러났다. 제영이의 명품구입비와 성형수술비 때문에 거액의 지출이 불가피했다는 것이었다. 그러나 명품구입이나 성형수술

412

은 불가피하다는 단어를 갖다 붙일 사안이 아니었다. 불가피하
다라는 말은 피할 수 없는 상황에서만 쓰여지는 말이었다. 명품
구입을 하지 않는다고 생명이 단축되는 것도 아니고 성형수술을
하지 않는다고 주민등록증이 말소되는 것도 아니었다. 그런데도
찬수녀석은 제영이 문제라면 언제나 불가피한 상황이라는 말을
갖다 붙였다.

　제영이는 요즘 코수술 실패를 계기로 명품중독증이 극도로 악
화되어 이틀이 멀다 않고 찬수녀석을 볶아대고 있었다. 찬수녀
석도 이제는 제영이가 악귀 같아 보여서 눈길을 마주치기조차
끔찍하다는 태도를 보이고 있었다. 격렬한 말다툼은 다반사였고
잠자리조차 같이 하지 않았다. 아예 찬수녀석이 가게에서 혼자
홑이불을 덮고 잠을 자는 경우가 대부분이었다. 그녀는 말다툼
을 할 때마다 혼인을 빙자한 간음죄로 찬수녀석을 고발하겠다고
으름장을 놓았다. 마치 자기 머리를 스스로 골대에 들이박은 축
구선수가 심판에게 레드카드를 꺼내 보이면서 퇴장을 명령하는
격이었다.

　"제영이 문제를 어떻게 해결할 생각이냐."

　"나도 모르겠어."

　"내 판단에 의하면 제영이는 폐쇄병동에서 치료를 받아야 할
정도로 심각한 환자야."

　"하지만 당사자는 자기가 지극히 정상적인 인간이라고 생각한
다니까."

　나를 언제까지 닭갈비집 시다로 취급할 생각이냐. 나도 여자
다. 자신을 아름답게 가꾸고 싶어하는 것은 여자의 본능이다. 여
자로 태어나 이쁜 얼굴에 명품 걸치고 거리를 활보하고 싶어 하

는 것이 무슨 죄냐. 돈이 없다면 몰라도 돈이 있는데 못 해준다면 나를 아직도 닭갈비집 시다로 생각한다는 증거 아니냐. 나를 쫓아다니는 남자들 정말 많았다. 그놈들 다 물 먹이고 닭갈비집 시다 취급이나 받고 살아가는 내가 미친년이다. 행복하게 해줄 자신이 있다고 말하지 않았느냐. 하지만 나는 명품이라도 안겨 주어야 행복해지는 여자다. 니놈의 감언이설에 속아서 대학까지 자퇴했는데 대접이 고작 이거냐.

말다툼이 시작되면 그녀는 30구경탄을 분당 900발로 쏘아대는 M240 기관총을 방불케 한다. 이 기관총의 치명적인 단점은 우아하지 못한 외모다. 실전에서는 많은 활약을 하지만 영화에서는 못생긴 외모 때문에 대부분 감독들이 출연시키기를 꺼린다. 나는 곁에서 그녀가 난사하는 총성만 들어도 전신에 벌집 같은 구멍이 뚫린 상태로 무참하게 사살당하는 느낌이다. 그럴 때는 나도 찬수녀석이 불가피하다는 말을 자주 쓰는 이유를 어느 정도는 이해할 수 있을 것 같다.

"너 혼자 시골에 들어가서 방이나 하나 얻어가지고 몇 달 동안 은둔해 있는 방법은 어떻겠냐."

"가게는 어떻게 하고."

"일하는 아줌마 하나 더 쓰면 되겠지."

"하긴 이대로 한 달만 더 버티면 내가 미쳐버리고 말 거야."

결국 찬수녀석은 시골로 가서 당분간 은둔해 있겠다는 결정을 내렸다. 어떤 일이 있더라도 제영이에게는 알리지 않기로 합의를 보았다. 거처가 정해지면 가평에 있는 여동생을 통해 서로 연락을 취하기로 모의한 다음 하루라도 빨리 실행에 옮기자는 결론에 도달했다. 찬수녀석이 없어진다면 제영이도 이 집에 끝까지 붙어 있지는 않을 거라는 판단이었다.

가게도 문제였다. 그동안 찬수녀석에게 맡겨두었더니 관리를 잘못해서 타 업소와의 경쟁력을 완전히 상실한 상태였다. 일대 수술을 단행하지 않으면 도태될 위기에 처해 있었다. 속칭 춘천의 닭갈비 골목은 자타가 공인하는 닭갈비의 메카였다. 휴가철만 되면 외지 손님들이 몰려들어 업소들마다 유치경쟁이 치열했다. 골목 안에 손님이 한 명이라도 나타나면 모든 업소의 종업원들이 달려와서, 우리집이 방송에 나온 집입니다, 우리집이 진짜 원조입니다, 유치경쟁이 전쟁터를 방불케 할 정도였다. 기본 서비스도 다양했다. 어떤 집은 아이스크림, 어떤 집은 주차권, 어떤 집은 열쇠고리, 심지어는 손님들에게 로또 복권을 한 장씩 서비스하는 집도 있었다.

그러나 금불알은 메카로부터 상당히 거리가 떨어진 장소에 위치해 있었다. 경쟁 면에서도 홍보 면에서도 불리할 수밖에 없었다. 찬수녀석처럼 안이하게 카운터에 앉아 오는 손님이나 기다리는 자세로는 살아남을 가능성이 희박했다. 나는 내부문제를 해결하기 위해서 일단 찬수녀석과 제영이를 격리시킬 필요가 있다는 결론에 도달했다.

이틀 후 찬수녀석은 제영이에게 부디 좋은 남자 만나서 행복하기를 빈다는 쪽지 한 장을 남겨두고 어디론가 종적을 감추어버렸다. 내가 제영이에게 쪽지를 갖다 보여주었지만 그녀는 무관심으로 일관해 버렸다. 이미 각오하고 있던 일이 벌어졌을 뿐이라는 태도였다.

그로부터 사흘이 되는 날부터 나는 끼니때마다 음식을 만들어 제영이에게 갖다 바쳐야 했다. 그녀는 손끝도 까딱하지 않았다. 그대로 내버려두면 앉은 채로 굶어 죽을 것 같았다. 무슨 팔자소관인지는 모르지만 부모님에게도 베풀어본 적이 없는 선행을 M240 기관총 같은 여자에게 베풀고 있었다.

며칠 후 나는 계획했던 대로 일하는 아줌마 하나를 더 영입시켰다. 동시에 웹디자인에 자신이 있다는 대학생 한 명도 영입시켰다. 대학생에게는 홈페이지 제작을 맡길 계획이었다. 외지까지 판로를 확장해서 택배로 닭갈비를 판매하겠다는 전략이었다.

하지만 닭갈비에 대한 자료가 턱없이 부족했다. 닭갈비는 춘천의 대표 먹거리였다. 그런데도 불구하고 춘천시 홈페이지에 들어가 보면 춘천 시민들이 호숫물만 퍼마시고 사는 줄 아는지 닭갈비에 대한 자료가 전무했다. 인터넷에서 검색해 보아도 하찮은 상식 정도만 언급되어 있었다. 몇 군데의 닭갈비 업소들이 홈페이지를 가지고 있기는 했으나 역시 이렇다 할 자료는 없었다. 나는 홈페이지에 아버지의 철학과 어머니의 비법을 크게 부각시키기로 마음먹었다.

일본에서는 대를 이어서 장사를 하면 그만큼 칭송도 따르고 관록도 붙는다. 2대를 이어서 라면을 파는 집과 3대를 이어서 라면을 파는 집이 있다면 당연히 3대를 이어서 라면을 파는 집으로 손님들이 모인다. 그러나 한국에서는 대를 이어서 장사를 하면 탐탁지 않게 생각하는 관습이 있다. 능력 없는 자식이 부모 재산이나 물려받아서 생계를 이어가는 것쯤으로 치부해 버린다. 3대를 이어서 라면을 파는 집이 있다면, 저놈의 집구석은 대대손손 라면장사를 벗어나지 못하고 있어, 라고 혀를 찰지도 모른다.

아버지는 장사꾼이 망하지 않기 위해서는 세 가지 덕목을 지속적으로 갖추고 있어야 한다고 내게 가르쳤다. 첫째는 가격이 합당한 양질의 상품이요, 둘째는 손님에 대한 관심과 친절이며, 셋째는 종업원의 능력에 걸맞는 예우와 신뢰. 나는 아직도 아버지의 가르침을 철두철미하게 실천하고 있다는 사실을 고객들에게 강조할 생각이었다.

홈페이지를 만드는 동안 가평에 있는 여동생이 찬수녀석의 근황을 알려주었다. 설악이라는 마을에 거처를 정했으며 잘 지내고 있으니 걱정하지 말라는 소식이었다.

제영이는 천지개벽을 하더라도 이 집을 떠나지 않겠다는 자세를 고수하고 있었다. 방 안에 틀어박혀 명품들이나 만지작거리다가 끼니때가 되면 내가 차려다 주는 음식으로 허기를 면하고 종일토록 텔레비전이나 들여다보면서 시간을 소일하고 있었다. 설거지조차 거들어주는 법이 없었다. 때로는 불쌍하다는 생각도 들었고 때로는 지겹다는 생각도 들었다. 하지만 나는 그녀에게 일절 말을 붙이지 않았다. 그녀도 역시 꿀 먹은 벙어리였다.

나는 한 달 정도의 기간을 허비해서 홈페이지를 개설했다. 그러나 열흘 정도가 지났는데도 외지 주문은 들어오지 않았다. 보름이 지나서야 주문이 들어왔다. 경기도 어느 교회로 닭갈비 40인분을 보내 달라는 주문이었다. 나는 입금을 확인한 다음 닭갈비 40인분을 아이스박스에 재우고 콜라 40캔을 서비스로 추가했다. 그리고 콜라 캔마다 명함을 부착했다. 물론 손해 보는 장사였다. 그러나 홍보전략의 일환으로 생각했다. 게시판에 올라오는 글들은 하나도 빠짐없이 리플을 달았다.

마침내 내 전략이 적중했다. 나흘이 지났을 때 같은 지역 사람이 홈페이지를 통해서 5인분을 주문했고 나는 똑같은 방법으로 닭갈비를 배송했다. 그 후로 조금씩 외지 주문이 늘어나기 시작했다.

그러나 가게는 여전히 한산했다. 특별한 대책을 세우지 않으면 살아남기 힘들다는 불안감을 떨쳐버릴 방도가 없었다. 그렇다고 수입닭을 쓸 수는 없는 일이었다. 수입닭은 값이 싸기는 하지만, 비린내가 심해서 깻잎을 많이 넣어야 하고 육질이 퍽퍽하며 기름기가 많다는 단점을 가지고 있었다. 하지만 국산닭은 육질이 쫄깃하고 기름기가 없으며 비린내가 풍기지 않는 반면, 수입닭에 비해서 가격이 현저하게 비싸다는 단점을 가지고 있었다.

단골들은 금불알이 수입닭을 쓰지 않는다는 사실을 잘 알고 있었다. 수입닭을 쓰면 단골을 잃어버릴 가능성이 농후했다. 그러나 국산닭을 쓰면 타산이 맞지 않았다. 설상가상으로 여름철을 맞이해서 닭 값까지 급등했다. 아무리 머리를 쥐어짜도 획기적인 방책은 떠오르지 않았다.

그러던 어느 날 나는 낮잠 속에서 아버지를 만났다.

아버지가 멀리서 나를 손짓해 부르고 있었다. 나는 아버지의 손짓에 빨려 들어가듯 천천히 걸음을 옮겨놓고 있었다. 아버지는 나를 데리고 의암호로 가고 있었다. 의암호는 꾸역꾸역 안개를 토해내고 있었다. 아버지는 털이 뽑힌 생닭 한 마리를 들고 있었다. 잘 보아라. 아버지가 말했다. 잘 보아라. 아버지는 말하면서 생닭의 뱃속에서 샛노란 계란을 한 개씩 꺼내 의암호로 던지기 시작했다. 껍질이 없고 노른자만 있는 계란이었다. 크기가 다양했다. 녹두알만 한 크기도 있었고 골프공만 한 크기도 있었다. 아버지가 의암호에 계란을 한 개씩 던질 때마다 커다란 잉어들이 몸을 뒤채면서 몰려들고 있었다. 잉어가 계란도 먹나요. 내가 물었다. 그러나 아버지는 대답하지 않고 안개 속으로 슬그머니 사라져버렸다. 아버지, 라고 부르는 내 목소리를 듣고 나는 잠에서 깨어나고 말았다.

너무도 기억이 선명해서 생시 같았다. 특히 껍질이 없는 계란이 인상적이었다. 분명히 어디선가 본 적이 있는 계란이었다. 하지만 어디서 보았던가를 기억해 내는 데는 그리 오랜 시간이 걸리지 않았다.

아주 어렸을 때였다. 내 분명한 기억에 의하면 그때는 닭갈비 속에도 계란이 들어 있었다. 산란된 계란이 아니라 산란되기를 기다리고 있는 계란이었다. 꿈에서 본 계란처럼 녹두알만 한 크기도 있었고 골프공만 한 크기도 있었다. 산란될 날짜별로 크기가 모두 다른 계란들이 알집 벽에 다닥다닥 붙어 있었다. 다음 날 산란될 계란 하나만 하얗고 말랑말랑한 껍질에 쌓여 있었고 나머지는 모두 껍질이 없었다. 그저 샛노란 빛깔의 노른자뿐이었다. 그때는 지금처럼 영계(嬰鷄)를 닭갈비 재료로 쓰지는 않았다.

그러나 지금은 양계장에서 부화된 지 45일밖에 안 되는 영계를 닭갈비 재료로 쓰고 있었다. 그래서 계란이 들어 있는 닭갈비를 구경할 수가 없었다.

만약 옛날처럼 뱃속에 샛노란 알이 다닥다닥 붙어 있는 암탉들을 닭갈비 재료로 쓴다면 어떤 효과가 있을까. 분명히 손님들은 좋아할 것이다. 영계에 비해서 질긴 육질은 얼마든지 부드럽게 처리할 수가 있었다. 그러나 영계에 비해 가격이 훨씬 비싸기 때문에 도저히 타산이 맞지 않았다. 4인분 이상을 시키는 손님들에게 계란이 들어 있는 암탉을 제공하면 어떨까. 그러면 어느 정도 타산이 맞는다. 나는 자리에서 벌떡 일어나 컴퓨터를 켜고 검색엔진에서 춘천 근교의 양계장들을 모조리 물색해 보기 시작했다.

47

고슴도치섬으로 가서
처음으로 소원을 빌다

알집 벽에 샛노란 계란들이 착생해 있는 닭갈비를 선보였을 때 대부분의 손님들은 환호에 가까운 반응을 나타내 보였다. 손님들은 양계장에서 사료를 먹여서 키운 닭을 재료로 쓰지 않고 시골에서 야생으로 키운 닭을 재료로 써서 몸보신에 좋다고 자기들끼리 터무니없는 가치를 부여해 버렸다.

물론 시골에서 야생으로 키운 닭이 아니었다. 양계장에서 사료를 먹여서 키운 닭이었다. 단지 닭갈비로 쓰기 위해 사육된 닭이 아니라 계란을 생산하기 위해 사육된 닭이었다. 하지만 나는 손님들의 곡해를 지적해서 몸보신에 대한 기대와 자발적으로 고무된 입맛을 떨어뜨리는 자충수를 두고 싶지는 않았다.

아버지가 의암호에 계란을 던지는 꿈을 꾸고 나서 양계장을 물색하고 계약을 체결하고 양념을 개발하느라고 두 달이 훌쩍 지나가버렸다. 나는 그동안 제영이를 한 끼도 굶기지 않았으며 네 번이나 교도소를 찾아가 필도녀석을 접견하기도 했다. 필도녀석은 아직 재판을 받지 않은 상태였지만 절대로 합의를 보지 않고 판결을 그대로 감수하겠다는 의지를 굽히지 않고 있었다.

오늘은 정기휴일.

밖에는 비가 내리고 있었다. 나는 홀가분한 기분으로 쉬고 싶었다. 다행스럽게도 가게는 조금씩 활력을 되찾아가고 있었다. 태평천하에 전화를 걸어 설렁탕 2인분을 주문했다. 태평천하는 24시간 음식배달을 하는 업소였다.

"저어,"

제영이에게 설렁탕을 갖다 주었을 때였다.

"구찌 썬글라스 하나만 사주실래요."

그녀가 먼저 내게 말을 걸었다. 나는 전혀 소통이 되지 않는 외계인 하나를 억지로 수발하고 있는 기분이었다. 공포감이 숨통을 틀어막고 있었다. 나는 아무 대답도 하지 않고 방문을 닫아버리고 말았다.

방 안에 틀어박혀 빗소리를 듣고 있자니 울적해져서 우산을 쓰고 밖으로 나와버렸다. 달맞이꽃이 보고 싶었다. 나는 고슴도치섬을 떠올렸다. 빗줄기는 별로 거세지 않았다. 나는 지천으로 피어 있는 달맞이꽃을 떠올리면서 고슴도치섬으로 가고 있었다.

고슴도치섬에는 소요와 자주 만나던 장소가 있었다. 그녀는 보름달이 떠오르면 구봉산에서 활공을 시작해서 한 마리 시조새처럼 보름달 주변을 선회하다가 천천히 시내를 가로질러 고슴도치섬으로 날아갔다. 구봉산이 그녀의 활공장이라면 고슴도치섬은 그녀의 착륙장이었다.

나는 봉의산에서 소요가 보름달을 선회하는 모습을 바라보다가 그녀가 진로를 바꿀 기미를 보이면 허겁지겁 봉의산을 내려왔다. 그리고 택시를 잡아타고 그녀의 착륙장인 고슴도치섬으로 달려갔다. 그러나 지금은 택시를 잡아타고 달려가도 그녀를 만날 수가 없었다. 도보로 가기에는 다소 먼 거리였지만 나는 걷기로 작정해 버렸다.

"할아버지한테 들은 얘긴데요, 고슴도치도 제 새끼는 이뻐한다는 속담이 이 섬에서부터 생긴 거래요. 하늘에서 내려다보면 섬 전체가 정말 고슴도치 형상을 빼닮았어요. 천 년 묵은 고슴도치가 신령이 되어 이 섬을 지키고 있는데 섬에 들어오는 사람들을 모두 자기 새끼로 생각해서 소원을 빌면 무조건 다 들어준다는 전설이 있대요. 저는 활공을 끝내고 이 섬에 착지할 때마다 온 세상 사람들의 가슴에 빛이 가득한 날이 오기를 빌었어요."

춘천시는 옛날 맥국의 고도(古都)로서 고려 태조 23년 춘주로 개편하였으며 조선 태종 3년에 춘천이라는 이름을 얻었다. 고슴도치섬은 북한강과 신영강 사이에 있는 네 개의 삼각주(三角洲) 중에서 가장 상류에 위치한 섬으로 태종 이전까지는 일반인들에게 지금처럼 고슴도치섬이라는 이름으로 불리워졌다.

그런데 지명개편의 기회를 틈타 탐관오리 하나가 고슴도치섬이라는 이름을 위도(蝟島)라는 이름으로 개편하는 음모를 꾸몄다. 사대주의가 만연해 있던 시대라 아무도 반대하거나 의심하지 않았다.

그 탐관오리도 음양오행의 기본원리는 알고 있어서 문자로 길흉(吉凶)을 조작하는 방법 정도는 터득하고 있었다. 위(蝟) 자는 고슴도치를 지칭하는 한자지만 지명(地名)으로 쓰여지면 분란에 휘말려 지기(地氣)가 쇠약해지고 인명(人名)으로 쓰여지면 질병에 휘말려 오장(五臟)이 쇠약해지는 글자였다. 그 관리는 위도를 자타가 공인하는 흉도(凶島)로 만들어 적당한 시기에 적당한 구실을 만들어 자기 소유로 삼을 속셈이었다. 그러나 무슨 조화였을까. 그 탐관오리는 어느 날 우중에 친지가 죽어서 문상(問喪)을 다녀오는 길에 예기치 못했던 산사태를 만났고 그 자리에서 유명을 달리하는 신세가 되고 말았다.

수년 전까지 고슴도치섬은 개인 소유로 등재되어 있었다. 물론 위도라는 이름을 그대로 간직하고 있었다. 그러나 수년 전에 어떤 노스님에 의해 고슴도치라는 옛이름을 되찾게 되었다.

섬 주인은 근면성실한 성품의 소유자였다. 그러나 위도는 부모로부터 물려받은 애물단지였다. 온갖 노력을 다 쏟아 부어도 침체상태를 벗어나지 못했다. 처분해 버리고 싶은 생각이 치밀어 오를 때가 한두 번이 아니었다. 그러나 마땅한 임자조차 나타나지 않았다. 그런데 어느 날 누더기를 걸친 노스님 하나가 관리실로 찾아와 섬 주인을 찾았다.

"무슨 일로 오셨습니까."

때마침 섬 주인이 관리실에 동석하고 있었다.

"소승이 오늘 중으로 쌍계사까지 가야 하는데 여비가 떨어져서 들렀습니다."

"얼마면 되겠습니까."

"마음이 내키시는 대로만 주시면 됩니다."

주인은 불교 신자가 아니었지만 지갑 속에 있는 현찰 12만 원을 아낌없이 노스님에게 적선해 버렸다. 노스님은 합장을 한 채 허리를 깊이 숙여 보이고는 출입문 쪽으로 몇 걸음을 옮겨놓았다. 그러다 무슨 생각을 했는지 고개를 돌려 벽에 걸려 있는 액자를 뚫어지게 쳐다보고 있었다. 위도창림(蝟島蒼林). 액자 속에는 위도창림이라는 붓글씨가 들어 있었다.

"아직도 위도라는 섬 이름을 쓰고 있소?"

"그렇습니다."

"어허."

"좋지 않은 이름인가요?"

"소승이 옛날 이야기 하나를 해드리고 가지요."

노스님은 고슴도치섬이 위도라는 이름을 가지게 된 내력을 소상하게 설명해 주었다. 섬 주인도 모르고 있었던 내력이었다.

"스님께서는 그런 내력을 어떻게 아셨습니까."

"젊었을 때 청평사에서 땡초로 살았던 적이 있는데 그때 은사 스님이 인연설을 설파하시던 중에 들려주신 이야기지요."

"춘천 사람들은 왜 아무도 그 사실을 모르고 있었을까요. 저까지 금시초문인데요."

"아는 일도 인연 따라 가는 법입니다."

"스님께서 좋은 이름 하나 지어주시면 안 되겠습니까."

"새 이름을 지어주기보다는 고슴도치섬이라는 원래 이름을 되찾아주는 것이 도리가 아니겠소."

노스님은 그렇게 말해 주고는 황망히 사라져버렸다.

때마침 국제마임축제가 위도에서 열리기로 내정되어 있었다. 그러나 섬주인은 위도라는 이름을 과감하게 내던져버렸다. 그리고 모든 보도자료에 고슴도치섬이라는 이름을 사용하기 시작했다. 해마다 국제마임축제가 열리면서 세인들의 머릿속에는 절로 고슴도치섬이라는 이름이 선명하게 각인되었다.

나는 고슴도치섬이 옛이름을 되찾은 내력을 떠올리면서 사우
삼거리를 통과했다. 소요에게 고슴도치섬의 내력을 들을 때만 하
더라도 전설이나 신화는 믿지 않았다. 그래서 한 번도 고슴도치
섬에서 소원을 빌어본 적이 없었다. 그러나 이제는 믿고 싶었다.

나는 신매대교(新梅大橋)를 건너면서 고슴도치섬을 내려다보
고 있었다. 고슴도치섬은 물안개에 잠겨 있었다. 몽환적인 분위
기였다. 모든 풍경이 물안개 속으로 흐리게 침잠하고 있었다. 조
금씩만 형체를 드러내 보이고는 이내 사라져버리는 사물들. 나무
들이 우거진 자리마다 초록빛 분말로 물안개가 번지고 있었다.
나는 물안개에 이끌려 섬으로 들어서고 있었다. 소요를 만나던
시절에는 그토록 많이 피어 있던 달맞이꽃이 지금은 한 송이도
보이지 않았다.

섬에는 시간이 젖은 채로 정지해 있었다. 나는 젖은 채로 정지
해 있는 시간을 밟으면서 소요의 착륙장으로 가고 있었다. 고슴
도치섬의 머리 부분에 해당하는 지점이었다. 삼각주를 만나 양
쪽으로 갈라져 흐르던 물이 전면에서 소용돌이를 이루며 합류하
고 있었다. 나는 거기에 이르러 합장을 하고 흐르는 물에게 간절
히 빌었다. 부디 소요를 만나게 해 달라고.

48

내가 그것들에게 눈길을 주는 순간
그것들도 내게 눈길을 준다

방 안에 누군가 들어와 있다.

나는 잠결에 그렇게 감지하고 있었다. 잠에서 완전히 깨어난 상태는 아니었지만 방 안에 누군가 들어와 있다는 사실만은 분명했다. 방 안에 들어온 사람의 접촉이나 소리가 포착되지는 않았다. 그러나 방 안의 밀도가 달라져 있었다.

누굴까. 수면 영역에 잠겨 있던 내 의식이 조금씩 현실 영역으로 부상하고 있었다. 찬수녀석은 부재중이었고 집 안에는 제영이밖에 없었다. 그러나 그녀는 한 번도 내 방에 들어와본 적이 없었다. 그렇다고 필도녀석이 탈옥을 했을 리도 만무했다. 아무도 들어오지 않는데 신경이 예민해져서 그렇게 느끼고 있는지도 모른다. 나는 불을 켜서 확인해 보아야겠다는 생각으로 자리에서 부시시 일어났다. 그때 어둠 속에서 목소리가 들렸다.

"불을 켜지 마시게."

노인의 목소리였다.

"어르신."

일주일 전부터 정체불명의 불안감이 가슴 밑바닥에 무슨 폭발물처럼 장착되어 있었다. 나는 노인의 예언을 떠올리고 있었다. 두 번째 재앙은 사람의 몸에서 연기가 피어오른다, 그것이 곧 재앙이다, 라고 노인이 암시했다. 하지만 나는 아직도 노인의 암시를 판독하지 못하고 있었다. 나는 날마다 불조심을 철저히 하는 것으로 재앙에 대한 방비를 대신하고 있었다. 날이 갈수록 불안감은 고조되고 있었다. 나는 노인이 나타나기만을 학수고대하고 있었다.

"불을 켜는 일과 재앙이 무슨 연관이라도 있습니까."

"그건 아닐세."

"그럼 왜 불을 켜지 말라고 하셨는지요."

"육안을 덮어버려야 선명하게 보이는 세상도 있는 법이니 오늘은 불을 끈 상태로 이야기를 나누어보자는 뜻이었네."

"알겠습니다."

"그동안 별고 없었는가."

"여전히 시를 한 줄도 쓰지 못했습니다."

"손바닥을 한 번 뒤집을 때마다 꽃잎이 펄럭거리면 그건 마술사지 시인은 아닐세."

노인은 시에 대한 내 조급증을 일격에 타파해 버렸다. 선조들은 마음에 드는 절구 한 줄을 얻기 위해 몇 년씩을 술로 보내기도 했고 심지어는 마음에 드는 절구를 찾아내지 못해서 애간장을 태우다가 지병을 얻어 세상을 하직해 버린 시인들도 있었다.

기록에 의하면 어떤 시인은 시마(詩魔)가 찾아와서 시를 불러주기도 했다. 시마는 시를 간절히 사랑하는 사람에게만 붙는 영적 존재다. 한 번 붙으면 탄복을 금치 못할 시들이 입에서 절로 쏟아져 나오는 신통력을 가지게 된다. 얼마나 시를 사랑하는 마음이 간절했으면 시마까지 찾아와서 시를 불러주었을까. 거기에 비하면 나는 아무것도 아니라는 생각이 들었다.

"어르신의 말씀을 듣고 나니 저는 아직 멀었다는 생각이 들었습니다."

방 안에는 농도 짙은 어둠이 빈틈없이 들어차 있었다. 어둠은 사물의 형상을 모조리 집어삼키고 소리만 방출해 내고 있었다. 나는 팬티 바람이었으므로 어둠 속에서 황급히 옷들을 챙겨 입기 시작했다.

"티셔츠를 뒤집어 입었네."

노인이 말했다.

나는 손으로 목언저리의 상표를 더듬어보았다. 노인의 지적대로 티셔츠를 뒤집어 입고 있었다.

"어떻게 아셨습니까."

"자네의 대뇌가 감지하지 못하는 사실을 자네의 세포는 감지할 수 있다네."

"미혹해서 무슨 말씀인지 이해할 수가 없습니다."

"내가 방 안에 들어와 있다는 사실을 자네의 대뇌는 모르고 있었지만 자네의 세포는 알고 있었네."

"제 세포가 알고 있는 사실을 어르신은 어떻게 아셨습니까."

"나도 세포들로 이루어진 인간이라네."

노인의 말에 의하면 현대인들은 지나치게 대뇌에 의존해서 살아가기 때문에 초감각적인 능력이 퇴화되고 말았다. 가령, 산길을 걷고 있는데 어쩐지 섬뜩한 느낌이 들어 걸음을 멈춘다. 알고 보니 몇 걸음 앞에 살모사가 또아리를 틀고 있었다. 이때 대뇌는 몇 걸음 앞에 살모사가 또아리를 틀고 있다는 사실을 모르지만 세포가 이를 감지하고 사고를 미연에 방지한다. 기다리던 버스가 도착했는데 어쩐지 마음이 내키지 않아서 탑승하지 않았다. 버스는 20여 분 후에 열차와 충돌했다. 탑승했으면 목숨을 잃었을지도 모른다. 이때도 세포가 사고를 미리 감지하고 탑승하지 않도록 거부감을 유발시킨 것이다.

하지만 인간은 이기적인 동물이기 때문에 대뇌를 활용하는 일에는 지대한 관심을 기울이지만 세포를 활용하는 일에는 그다지 관심을 기울이지 않는다. 대뇌도 지나치게 이기적인 방식으로만 활용한다. 자신들의 이득과 편리만 보장된다면 어떤 악행도 불사한다. 결국 세포의 기능이 퇴화되면서 자연과의 소통도 단절되어 버렸고 인간의 가슴도 황무지로 변해버리고 말았다.

"우주의 역사를 통틀어 인간만큼 의식과 물질이 잘 조화된 생명체를 만들어내기도 힘든 법이라네. 예전에는 대부분의 인간들이 가슴에 빛을 가득 품고 있었지. 그 빛은 자신 이외의 것들을 많이 사랑할수록 밝아지는 법이라네. 허나 작금의 인간들은 자신조차도 사랑할 줄 모르는 상태로 전락해 버리고 말았네. 인간들은 달이 태양빛을 반사해서 밤에도 빛난다고 생각하지만 그렇지 않네. 달은 인간들의 가슴에 간직되어 있던 빛을 반영하던 천체였네. 결국 인간들의 가슴에서 빛이 사라져버렸기 때문에 하늘에서 달도 사라져버린 거라네."

노인은 달만이 인간들의 가슴에 간직된 빛을 반영하는 것이 아니라 삼라만상이 모두 인간들의 가슴에 간직된 빛을 반영한 다는 견해를 가지고 있었다. 사물의 형체가 완전히 사라져버린 어둠 속에서 소리는 절대성을 드러낸다. 나는 비로소 하나님이 태초에 말씀으로 천지를 창조하셨다는 사실에 믿음을 가지기 시 작했다.

"자네가 산을 바라보는 순간 산도 자네를 바라보고 자네가 호수를 바라보는 순간 호수도 자네를 바라보고 자네가 달을 바라보는 순간 달도 자네를 바라본다네. 자네가 눈길을 주기만 하면 삼라만상이 모두 자네를 바라본다네. 자네가 하늘을 날아가는 한 마리 백로를 보았다고 하세. 그 순간 백로의 눈은 다른 곳을 보고 있겠지. 그러나 백로의 의식은 자네를 바라보고 있네. 하지만 인간은 예외일세. 인간은 의식이 육안에 갇혀 있는 경우가 많기 때문에 안타깝게도 자네가 바라본다는 사실을 감지하지 못한다네."

어느 순간부터 인간들은 하늘을 바라보지 않게 되었다. 호수도 바라보지 않게 되었다. 달도 바라보지 않게 되었다. 인간들에게 왜 그것들을 바라보지 않느냐고 묻는다면 어떻게 대답할까. 그것들을 바라보아서 돈이 된다면 왜 그것들을 바라보지 않겠느냐고 반문할지도 모른다.

"달은 어디로 사라져버렸을까요."

"알고 보면 달이 사라져버린 것이 아니라 인간들의 가슴에서 빛이 사라져버린 것일세."

노인은 인간이 정(精), 기(氣), 신(神)이라는 요소들의 삼합체 (三合體)로 이루어졌으며 그것들이 온전한 조화를 이루어야만 세상도 온전한 조화를 이룰 수가 있다고 설파했다.

"삼합체를 양초에 비유하면 정은 양초의 몸체에 해당하고 기는 양초의 심지에 해당하며 신은 양초의 불꽃에 해당하네. 그런데 현대인들은 몸체도 온전하고 심지도 온전하지만 불꽃이 없는 경우가 대부분일세. 이는 기꺼이 자신의 몸체를 녹여 심지를 태우고 그 불꽃으로 세상을 환하게 밝히려는 의지가 미약하기 때문이라네."

"앞으로 어떤 일이 벌어질지 두렵습니다."

"제일 먼저 바다의 동물들이 이변을 일으킬 것이고 그 다음에는 육지의 동물들이 이변을 일으킬 걸세. 연이어 식물들이 이변을 일으키고 급기야는 땅들이 이변을 일으키겠지. 그 이변들은 자신들을 보아 달라는 나름대로의 강력한 몸부림이라네. 하지만 인간들은 대부분 무관심으로 일관하고 있지. 이러다가는 결국 인간에게도 끔찍한 재앙이 도래하고야 말 걸세."

"이 집에서 일어날 재앙을 어르신께서 막아주실 수는 없는지요."

"길흉화복은 모두 자신이 천지만물과 함께 살아가면서 불러들인 필연지사인즉, 내가 끼어들어 고의적으로 순리를 바꿀 수는 없는 법일세."

"제발 암호를 푸는 방법만이라도 가르쳐주셨으면 합니다."

"그건 암호가 아닐세. 당사자라면 대번에 알아볼 수 있는 문장을 사용했고 불행을 미연에 방지할 수 있는 방법까지 명기해 두었네. 그리고 나름대로 최대한 방편을 써서 기일을 석 달 정도나 지연시켜 드렸네. 그것이 내가 순리를 그르치지 않고 자네를 도와줄 수 있는 최선의 방책이었네."

"사람의 몸에서 연기가 피어오른다, 그것이 곧 재앙이다, 라고 말씀하셨는데 혹시 이 집에서 화재가 발생한다는 뜻인가요."

"머리로써 알아내려고 애쓰지 말고 마음으로써 알아내려고 애써야 하네."

"재앙이 닥치는 시기는 언제쯤입니까."

"머지않았네."

"누구의 몸에서 연기가 피어오릅니까."

"그걸 가르쳐주는 일도 순리를 그르치는 일이라네."

나는 피할 방도가 없다는 뜻으로 받아들였다. 차라리 죽기를 각오하자. 나는 자포자기해 버리고 말았다. 그러니까 불안감의 무게도 한결 삭감된 기분이었다. 나는 소요를 떠올리고 있었다. 죽을 때는 죽더라도 소요를 한 번 만나보고 죽었으면 좋겠다는 생각이 들었다. 노인이라면 그녀가 어디 있는지 알아낼 방도가 있을지도 모른다는 생각이 들었다. 나는 어둠 속에서 자초지종을 털어놓았다.

"그 여자를 만날 방법이 없을까요."

나는 간곡한 목소리로 노인에게 물었다.

그러나 노인은 대답하지 않았다. 잠시 방 안에는 정적이 감돌고 있었다. 나는 어둠 속에서 노인이 천리안을 가동해서 소요가 어디 있는지 찾아보고 있는 것이나 아닐까 가슴을 두근거리기 시작했다. 도대체 소요는 어떤 방법으로 자신을 은폐시키고 있기에 노인조차도 쉽사리 찾아내지 못하고 있는 것일까. 나는 조바심을 치고 있었다. 침묵이 너무 길다는 생각이 들었다.

"어르신."

그러나 노인은 대답이 없었다.

"그 여자의 정체만이라도 알 수가 없을까요."

역시 노인은 대답이 없었다.

"어르신."

방 안에는 침묵만 계속되고 있었다. 공기의 밀도가 달라져 있었다. 나는 당혹감에 사로잡혀 형광등을 켜보았다. 아무도 없었다. 방문이 열리는 소리도 들리지 않았는데 노인은 어디로 사라져버렸을까. 황급히 바깥으로 달려 나가 대문을 열고 사방을 둘러보았다. 노인의 모습은 보이지 않았다. 지금까지 허깨비와 대화를 나누었던 것일까. 하지만 나는 곧 노인이 다녀갔다는 확실한 증거를 발견할 수 있었다. 백자심경선주병에 샛노란 달맞이꽃 한 송이가 꽂혀 있었다.

49

詩人에게

시인이여
바다가
허연 웃음을 베어 물고
떠나는 여름

지금쯤 그대가
나이테도 없이 썩은 등걸로
풀썩
쓰러진들 어떠리

뻘밭에 살면
누구든

본디 모습 비쳐볼 재간 없고
그대는 농게처럼
옆걸음을 치면서
자조의 시를 쓰고 있지만

문득
술잔에 떨어지는
서옹(西翁)의 흰 눈썹
한 올에도
한 하늘이 깨지는 소리
들리거늘.

50

타살도 아니고 자살도 아닌 죽음

날씨가 서늘해져 있었다.

그날도 나는 24시간 음식배달을 하는 태평천하에 전화를 걸어 설렁탕 두 그릇을 시켰다. 아침이라고 하기에는 너무 늦었고 점심이라고 하기에는 너무 이른 식사였다. 가게에 손님들이 늘어나기 시작하면서 자연히 일손이 바빠졌고 다음 날 잠에서 깨어나면 전신이 물에 젖은 솜뭉치 그대로였다. 만사가 귀찮았다. 내 손으로 음식을 차릴 여력이 없었다. 그래서 나는 제영이한테 물어보지도 않고 메뉴를 설렁탕으로 정해버렸다.

제영이는 음식에 대해서도 까탈스러운 편이었다. 한식이나 중식은 저급한 음식이고 일식이나 양식은 고급한 음식이라고 생각했다. 그래서 지난번에 갖다 바친 설렁탕도 외출에서 돌아와보니 숟가락질 한 번 하지 않은 상태 그대로 남아 있었다. 하지만 그

시간에 일식이나 양식을 배달하는 음식점은 없었다. 있다고 하더라도 따로 시켜줄 생각은 없었다. 설렁탕 알레르기가 있는 것도 아니고 단지 한식을 저급하게 생각해서 숟가락도 대지 않는 것이라면 굳이 비위를 맞출 필요가 없다는 생각이 들었다.

내가 막 세수를 끝마쳤을 때 설렁탕이 도착했다. 나는 개다리소반에 일인분을 따로 차렸다. 제영이에게 갖다 주기 위해서였다. 그런데 개다리소반을 들고 그녀가 기거하는 방문 앞에 이르렀을 때였다. 설렁탕에서 역겨운 냄새가 풍기고 있었다. 그랬다. 나는 그 냄새가 설렁탕에서 풍기는 냄새인 줄 알았다. 음식이 상했나. 나는 설렁탕 그릇에 코를 가까이 갖다 대보았다.

그러나 설렁탕에서 나는 냄새가 아니었다. 반찬들에도 코를 가까이 갖다 대보았다. 역시 별다른 이상이 없었다. 어디서 나는 냄새일까. 나는 궁금했지만 담 너머 어딘가에서 흘러 들어온 냄새일 거라고 생각했다. 나는 개다리소반을 방문 앞에 내려놓고 일단 노크를 했다. 그러나 방 안에서는 아무런 기척이 없었다. 그때까지도 그 역겨운 냄새는 계속적으로 후각을 자극하고 있었다. 나는 방문을 열었다.

으악!

방문을 여는 순간 처참한 장면이 심장을 강타했다. 나는 모든 혈관이 싸늘하게 얼어붙는 것을 의식하면서 그 자리에 풀썩 주저앉아버리고 말았다.

처음에 나는 어떤 짐승이 타죽은 상태로 방 안에 누워 있는 줄 알았다. 도저히 사람이라고 생각하기 어려운 형상이었다. 그러나 눈여겨보니 사람이었다. 양쪽 무릎 아래 부분은 타지 않은 상태로 남아 있었다. 제영이는 어제까지만 하더라도 초록색 매니

큐어로 발톱을 도포하고 발목에 순금 발찌를 착용한 상태였다. 하지만 초록색 발톱과 순금 발찌는 전혀 다른 색깔로 변색되어 있었다. 그래도 그것이 제영이의 시체라는 사실은 분명했다.

역겨운 냄새는 거기서 풍기고 있었다. 어떤 경로를 거쳐서 타 죽었을까. 얼굴이 새까만 해골로 둔갑해 있었다. 눈동자까지 완전히 연소되어 버렸기 때문에 눈동자가 있어야 할 부분은 커다란 구멍만 남아 있었다. 구멍은 검은 공허를 담은 채 어딘가를 응시하고 있었다. 악다문 이빨까지도 시커멓게 그을려 있었다. 타서 엉겨 붙은 살점들이 흉측하게 해골의 표피를 뒤덮고 있었다. 왼쪽 이마 상단만 타지 않은 살점 일부가 남아 있었지만 그것도 흉측한 흑갈색으로 변질되어 있었다. 가슴 부위에는 검은색 갈비뼈들이 드러나 있었고 갈비뼈 사이에도 구멍이 뚫어져 있었다. 타서 엉겨 붙은 살점들이 갈비뼈 일부를 감싸고 있었다. 복부는 아예 함몰해 있었다. 그리고 내장들은 완전히 연소되어 찌꺼기들만 바닥에 엉겨 붙어 있었다. 끔찍했다.

벽에는 끈적이는 진액이 누렇게 도포되어 있었다. 연소가 중단된 그녀의 다리에도 점액질 같은 진액이 번들거리고 있었다. 진액은 벽에 걸려 있는 액자며 거울에도 방울져 흐르고 있었고 그녀의 명품 핸드백에도 방울져 흐르고 있었다. 도대체 그 진액은 무엇일까.

특히 이해할 수 없는 부분은 그녀가 누워 있는 방바닥 주변으로 그을음이 약간 번져 있기는 했지만 가구들은 전혀 불길의 침해를 받지 않았다는 사실이었다. 어떻게 이런 사태가 벌어질 수 있을까. 나는 전신이 후들거리고 있었다. 도저히 사태의 진상을 가늠할 수가 없었다. 나는 엉금엉금 기어서 내 방으로 돌아와 다급한 목소리로 119에 사건을 신고했다.

"사, 사람이 주, 죽어 있어요."

"진정하시고요, 사고현장이 어딘지 말씀해 주세요."

"다, 닭갈비집 금불알 아, 안챈데요."

"신고해 주신 분은 누구신가요."

"다, 닭갈비집 주, 주인되는 사람입니다."

나는 통화를 끝내고 벌컥벌컥 냉수 한 사발을 들이켰다. 그래도 계속 목이 말랐다. 자꾸만 다리가 후들거리고 있었다. 나는 경찰서로 전화를 걸었어야 하는데 긴급구조대로 잘못 건 것이나 아닐까 걱정하고 있었다. 긴급구조대가 출동해도 이미 제영이가 죽어버렸으므로 구조할 건더기가 없을 것 같았다. 사람의 몸에서 연기가 나면 그것이 곧 재앙이니라. 노인의 예언이 귓전을 맴돌았다. 재앙을 당하는 장본인은 제영이였다. 비로소 모든 암호가 풀리기 시작했다.

예쁜 꽃부리 하나

(첫줄은 제영이의 이름이었다. 예쁠 제(娣) 꽃부리 영(英). 나는 그 한자의 음훈(音訓)을 알고 있었다. 하지만 그녀가 죽고 난 다음에야 생각이 나는 이유가 무엇일까.)

속이 바싹 말라서

(정서가 메말라 있다는 의미였다.)

재앙을 스스로 불러들이네

(그녀는 정서보다 물질에 지나치게 집착하고 있었다.)

예쁜 꽃부리를

더욱 예쁘게 만들고 싶다면

목에 진주를 걸지 말고

가슴에 눈물을 적실 일이니
겉보다는 속이 중함을 알아야 하네
(값비싼 장신구로 자신의 외모를 아름답게 치장하는 일보다 가슴을
적시는 일이 더 시급하다는 뜻이 아니었을까.)
속이 마르고 마르면
(정서가 극도로 고갈되면)
결국 겉이 타버리는 법
(결국 육신이 타버릴 수밖에 없으니,)
그 이치를 알아
가슴을 눈물로 적실 때
지척지간으로 다가온 재앙이
만리지간으로 물러가리라.
(그 이치를 알고 미리 가슴을 적셔두면 재앙을 당하지 않을 수도 있
다는 뜻이었다.)

첫줄이 제영이의 이름을 의미한다는 사실만 알았더라도 나머
지를 해석하는 일은 그리 어렵지 않았을 것이다. 당사자라면 대
번에 알아볼 수 있는 문장을 사용했노라고 노인이 말했지만 제
영이는 첫줄이 자신의 이름을 의미하고 있다는 사실을 모르고
있었다. 분명히 그녀도 첫줄 정도는 읽었을 것이다. 하지만 그녀
는 그것을 무시해 버렸을 것이다. 특히 그것들은 시적인 구조로
나열되어 있었다. 그녀의 관심을 끌었을 리가 만무했다. 신문보
도에 의하면, 요즘은 대학 문창과나 국문과 학생들도 시인을 지
망하거나 소설가를 지망하지 않는다. 거의가 드라마 작가나 시
나리오 작가를 지망한다. 젊은 세대들은 그만큼 실리에 민감해

졌다.

제영이는 오로지 명품에만 관심이 집약되어 있었고 문학이니 예술이니 하는 것들을 차라리 역겹게 생각하는 여자였다. 조금만 눈여겨 들여다보고 숙고해 보았다면 자기 이름에 해당하는 예쁜[제(姼)] 꽃부리[영(英)]를 그냥 치나쳤을 리가 만무했다.

그러나 재앙의 당사자가 자신이라는 사실을 알았다고 하더라도 과연 그녀가 물질에 대한 자신의 집착을 제어할 방도가 있었을까. 아무도 제어할 방도가 없었을 것이다. 나는 가평에 있는 여동생에게 전화를 걸었다. 찬수녀석에게 연락해서 제영이가 죽었으니 급히 오도록 하라는 전화였다. 잠시 후 긴급구조대가 도착하고 연이어 사복경관 두 명이 들이닥쳤다.

"신고하신 분이시오?"

"그렇습니다."

사복경관 하나가 내게로 다가와 재빨리 신분증을 제시해 보였다. 상대편에게 신분증을 오래 보여주다가 빼앗긴 경험이라도 있는 것일까. 미처 확인할 겨를도 없이 신분증을 주머니에 집어넣어버렸다. 날카로운 눈초리에 다부진 체격을 가지고 있었다.

"목격 당시의 상황을 가급적이면 소상하게 말씀해 주시오."

사십대 중반으로 보이는 나이였다. 부드러운 기색이라고는 털끝만치도 없어 보이는 인상을 소유하고 있었다. 나는 사복경관의 요구대로 목격 당시의 상황을 최대한 소상하게 전달해 주었다. 다른 사복경관은 현장을 살펴보는 일에 골몰해 있었다. 나는 시체를 보고 싶지 않았다. 그래서 가급적이면 현장 쪽으로 시선을 돌리지 않으려고 노력하고 있었다. 계속해서 다리가 후들거리고 있었다.

"현장은 그대로 보존된 상태겠지요."

"물론입니다."

"당신은 사망자와 어떤 관계였소."

나는 사복경관에게 그녀가 이 집에 기거하게 된 사유를 요약해서 설명해 주었다. 사복경관은 의심이 번뜩이는 눈초리로 내게 질문을 던지기 시작했다. 목격자에게 질문을 던지는 분위기가 아니라 범인을 심문하는 분위기였다. 이때 긴급구조대는 자기들이 수행할 업무가 없다고 판단되어 철수를 결정했으니 필요하면 다시 불러 달라는 말을 남기고 본부로 돌아가버렸다. 이상시체이기 때문에 검시가 끝나지 않으면 자기들이 손쓸 일이 없다는 것이었다.

"동생이라는 분은 어디 있소."

"한 달 전에 설악이라는 마을로 요양을 갔는데 급히 오라고 연락을 해두었습니다."

"당신은 저 여자가 어떻게 죽었다고 생각하시오."

"모르겠습니다."

"자살이라고 생각하시오 아니면 타살이라고 생각하시오."

"제가 어떻게 알겠습니까."

대부분의 여자들이 죽어서도 아름답게 보여지기를 소망한다. 하지만 지금 그녀는 너무나 처참한 모습으로 죽어 있다. 성형수술한 코도 숯덩이로 변해버렸다. 그런데 어떤 경로를 거쳐 그런 모습으로 타죽게 되었을까. 현장상황으로 추측해 보면 자살이라고 하기에도 석연치 않은 부분이 있었고 타살이라고 하기에도 석연치 않은 부분이 있었다.

"숨겨도 소용없어요. 수사해 보면 다 밝혀지니까."

"제가 무얼 숨겼다는 말씀입니까."

"영업이 끝난 후에는 당신도 밖에 나간 적이 없고 저 여자도 밖에 나간 적이 없다고 했는데 사실이오?"

"사실입니다."

"사람이 저 지경으로 타죽었는데 방 안의 가구들은 멀쩡하다. 당신은 말이 된다고 생각하시오?"

사복경관의 반문 속에는 내가 다른 장소에서 제영이를 살해하고 시체를 방 안에 옮겨놓았다고 자백해 달라는 의도가 확고하게 내재되어 있었다. 다시금 민중의 지팡이가 민중의 곰팡이로 보이는 순간이었다. 하지만 나는 반발할 기력조차 없었다.

"의문사로 보여지는데 검시의가 와야 확실한 가닥이 잡히겠어요."

"본서에 연락했나?"

"했습니다."

"보호자들한테는?"

"조금 전에 어머니라는 여자와 통화를 했는데 별로 놀라는 기색이 아니었습니다."

"사진은?"

"충분히 확보했습니다."

현장을 살펴보던 사복경관이 끼어들지 않았다면 방화살인 용의자로 지목되어 계속 심문을 당했을 것이다. 현장을 살펴보던 사복경관은 삼십대 중반의 나이였고 영동 출신의 악센트를 쓰고 있었다.

"시체가 저 정도로 타버렸는데 주변에 있는 것들은 전혀 불길에 영향을 받은 흔적이 없어. 상식적으로 생각해 보아도 이상하지 않아?"

"더 조사해 보아야 알겠지만 현재로서는 다른 장소에서 타살당한 다음에 이리로 옮겨졌다는 증거나 흔적이 발견되지 않았어요. 외관상으로 보면 시체는 연소된 상태 그대로를 유지하고 있는 것으로 보여집니다. 다른 장소에서 살해하고 저 상태로 시체를 연소시켜 부스러기 하나 손상시키지 않고 방 안까지 옮겨놓을 재간이 있을까요."

"요즘 범죄자들이 얼마나 지능적인가."

"그렇기는 하지만요."

"이 사람 동생이라는 이찬수가 개입했을 가능성도 생각해 보아야 하니까 신병부터 확보해 놓으라구."

"알겠습니다."

다부진 체격의 사복경관이 다시 내게로 고개를 돌리고 이번에는 다소 부드러운 목소리를 만들어 질문을 던지기 시작했다.

"저 여자 명품을 몇 가지 소유하고 있는 것 같던데 전부 진품이오?"

"저는 잘 모릅니다."

"낭비벽이 심한 여자 아니었소?"

예리한 관찰력을 가지고 있다는 생각이 들었다.

"닭갈비집 수입으로 저 여자 낭비벽을 감당하기는 힘들었을 것 같은데."

나는 다부진 체격의 사복경관이 어떤 저의를 가지고 있는지 충분히 간파할 수 있었다. 그는 지금 살해동기를 찾고 있음이 분명했다. 그녀의 낭비벽 때문에 다툼이 잦아지고 결국 살해하기로 작정해 버렸을 거라고 추측하는 분위기였다. 그는 끊임없이 질문을 던지고 있었지만 언제나 질문 뒤에는 네가 죽였지, 라는 우격다짐이 생략되어 있었다. 말 한 마디라도 잘못 뱉으면 꼼짝 없이 살인자로 누명을 쓸 것 같은 느낌이었다.

그렇다고 섣불리 거짓말을 할 수는 없었다. 거짓말은 언제나 그것을 합리화시키기 위해 또다른 거짓말을 연쇄적으로 만들어 내야 한다. 나중에 찬수녀석과 진술이 틀리면 더 큰 의심을 불러 일으킬 우려도 있다. 나는 자초지종을 사실 그대로 털어놓았다.

"당신이 날마다 음식까지 차려다 주었단 말이오?"

"그렇게 하지 않으면 아마 굶어 죽었을 겁니다."

"당신이 무슨 성자요?"

"한편으로는 지겹기도 했지만 한편으로는 불쌍해 보였습니다."

"그동안 동생과 연락을 몇 번 취했다고 했는데 전달한 내용이 무엇이었소."

"서로의 안부를 전하는 정도였습니다."

"여자 얘기도 오갔을 거 아니오."

"여전히 두문불출하고 있다, 정도였습니다."

"강제로 끌어내본 적은 없었소?"

"없었습니다."

"당신이 보기에도 분신자살은 아닐 거요. 분신자살을 했다면 주변에 있는 사물들이 저렇게 멀쩡할 리가 있겠소. 당신이 생각 하기에는 누구 소행인 것 같소."

"모르겠습니다."

검시의(檢屍醫)가 도착한 것은 두 시간 정도가 지나서였다. 그 때까지 나는 사복경관의 끈질긴 유도심문에 포박당해 있었다. 가을의 황금빛 양광(陽光)이 마당 가득 도금되어 있었고 나는 지독한 외로움에 젖어들고 있었다. 어처구니없게도 이런 와중에 시를 쓰고 싶다는 충동이 치밀어 오르고 있었다.

검시의는 사십대 초반의 나이로 지적이면서도 창백한 이미지를 풍기고 있었다. 그는 주도면밀하게 시체를 살펴보고 있었다. 나는 가슴을 조이며 그의 일거수일투족을 주시하고 있었다. 그의 판단 여하에 따라 내가 용의자가 될 수도 있었고 참고인이 될 수도 있었다. 나는 철두철미한 검시를 기대하고 있었다. 그러나 의외로 검시는 간단하게 끝나버렸다.

"타살도 아니고 자살도 아닌 주검이요."

검시의가 내린 결론이었다.

"무슨 말씀이십니까."

사복경관이 어리둥절한 표정으로 묻고 있었다.

"시체는 엄청난 고열에 의해 연소된 상태입니다. 거울이나 벽면에 누렇게 착색된 진액은 사망자의 지방질이 고열에 기화되어 발생하는 현상이지요. 바로 여기가 사고현장이라는 사실을 입증해주고 있습니다."

"다른 장소에서 살해당한 게 아니라는 말씀인가요."

"물론입니다."

"그럼 사인은 어떻게 됩니까."

"잘 알려져 있지는 않지만 바로 인체자연발화현상이라는 겁니다."

사복경관들은 이게 무슨 외계인 롯데껌 씹는 소린가 하는 표정으로 검시관의 얼굴만 멍하니 쳐다보고 있었다.

51

정서가 극도로 고갈되면
육신이 타버리는 현상

인체자연발화현상(人體自然發火現象)은 문자 그대로 인체가 자연적으로 발화되어 연소되는 현상을 말한다.

그러나 살아 있는 인간의 신체가 자연적으로 발화되어 연소될 가능성은 희박하다. 발화가 일어나기 위해서는 불과 같은 발화물질, 그리고 산소가 필수적으로 구비되어 있어야 한다. 사람의 신체가 보유하고 있는 지방과 메탄가스는 자연발화를 정당화시키기에는 턱없이 부족한 요소다. 신체의 대부분이 물이라는 사실도 결정적인 문제점이다. 단적으로 말해서 살아 있는 인간의 신체는 그리 쉽게 타버릴 수 있는 물질이 아니다. 실제로 시체를 화장하는 데는 엄청난 온도와 상당한 시간을 필요로 한다. 하지만 뼈를 녹여버릴 정도로 엄청난 온도를 가진 인체자연발화는 불과 같은 발화물질이 없는 상태에서도 일어난다.

신체가 자연적으로 발화될 수 있는 가능성을 몇 가지 추정해 보면, 사망자가 죽기 전에 어마어마한 분량의 건초를 먹었을 경우다. 이 경우에는 체내에 박테리아가 자라면서 발화를 일으킬 정도의 열을 발생시킬 가능성이 있다. 그러나 그런 경우에도 내장만 타버릴 공산이 크다. 그리고 사망자가 얼마간의 신문지를 씹어 먹었거나 얼마간의 오일을 마신 다음 난방이 아주 잘된 방에서 수주일 부패한 상태로 방치되어 있었다면 내장에서 발화가 일어날 가능성이 있다.

하지만 지금까지 일어난 자연발화현상들은 거의가 과학적으로 해명하기 힘든 현상들을 나타내 보이고 있다. 어쩌면 자연발화는 정신적인 요소들이 물질적인 요소들과 연계되어 어떤 작용을 일으키는 현상은 아닐까. 일부 학자들은 인체자연발화를, 인간의 정서가 극도로 메마르면 육신이 저절로 타버리는 현상으로 추정하고 있다.

한국의 경찰관들이나 소방관들은 이런 사건이 발생하면 대개 타살이냐 자살이냐를 염두에 두고 수사를 전개한다. 그리고 증거가 불충분하거나 용의자가 없으면 미제사건으로 처리해 버린다.

(월간 미스터리 김일중 편집장)

52
인체자연발화의 희생자들

이탈리아 코르넬리아 장가리 백작부인

부인의 나이는 62세. 그녀는 남편이 죽은 후 삭막하게 여생을 보내고 있었다. 하녀의 말에 의하면 그날도 부인은 기분이 별로 좋지 않은 기색이었다. 저녁식사를 끝내고 하녀를 침실로 불러 장시간 수다를 떨었고 마침내 잠이 들었다. 하녀는 부인이 잠든 모습을 보고 방에서 물러났다.

그런데 다음 날 아침 부인이 일어날 시간이 되어도 기척이 없었다. 하녀는 이상한 생각이 들어 침실 문을 두드려보았다. 그러나 아무런 응답이 없었다. 하녀는 밖으로 나가 조심스럽게 부인의 침실 창문을 열었다. 방 안이 밝아지면 부인이 잠에서 깨리라는 생각에서였다. 그러나 하녀는 끔찍한 장면을 목격하고 말았다. 침대 위에 백작부인 대신 커다란 숯덩어리 하나가 놓여 있었다.

침대 옆에는 석유가 떨어진 오일램프가 놓여 있었다. 자다가 오일램프를 건드려서 화재가 발생했을 가능성도 있었기 때문에 단순화재사건으로 오인될 가능성이 짙었다.

그러나 특이한 부분이 있었다. 모든 가구들이 멀쩡했으며 심지어 부인이 잠들어 있던 침대조차 멀쩡했다. 오로지 부인의 몸만 연소되어 있었다.

런던의 디스코 바에서 남자친구와 춤을 추던 소녀

런던의 디스코 바에서 남자친구와 춤을 추던 소녀가 갑자기 가슴에서 불꽃을 뿜어내며 연소되기 시작했다. 마치 소녀의 체내에서 가스라도 폭발한 것 같았다. 불꽃은 소녀의 등과 가슴에서 세차게 타올라 얼굴을 뒤덮고 머리까지 태워버렸다. 순식간에 소녀는 인간 횃불이 되어 겁먹은 친구들과 주변 사람들이 손을 쓸 겨를도 없이 타죽고 말았다.

불을 끄려고 시도했던 소녀의 남자친구도 화상을 입었다. 그는 검시 현장에서 다음과 같이 증언했다.

"무도장에는 담배를 피우던 사람도 없었습니다. 테이블 위에도 촛불은 없었고 드레스에 불이 옮겨 붙을 만한 인화물질도 없었습니다. 믿지 않으시겠지만 저는 분명히 그녀의 체내에서 불길이 튀어나오는 것을 보았습니다."

다른 목격자들의 증언도 마찬가지였다. 부정할 만한 근거를 찾아내지 못한 검사단은 원인불명의 화재로 인한 미제사건으로 처리할 수밖에 없었다.

플로리다 피터즈버그 매리 리서 노파

매리 리서의 나이는 67세. 아들인 로버트 리서는 때마침 그녀가 죽기 전날 어머니를 찾아갔다. 로버트 리서가 자기 집으로 돌아가기 전에 마지막으로 본 어머니의 모습은 침실의 푹신한 안락의자에 앉아 있는 모습이었다. 그녀는 불면증 때문에 수면제 두 알을 먹었고, 사람들에게 그날따라 약이 효과가 없어서 아무래도 두 알을 더 먹어야겠다는 이야기를 했다.

다음 날 새벽. 그 집에서 식모로 일하고 있던 카펜터 부인이 어디선가 탄내가 난다는 사실을 자각하고 침대에서 벌떡 일어났다. 카펜터 부인은 아마도 차고에 있는 펌프가 과열되어 나는 냄새일 거라고 추측했다. 평소에도 그런 일이 가끔 있었기 때문에 그녀는 별로 의아하게 생각지 않았다. 졸음에 겨운 눈으로 비척비척 걸어가 펌프를 꺼버리고 다시 침대로 돌아와 잠들고 말았다.

아침이 되어 우체국에서 전보가 배달되었다. 카펜터 부인은 전보를 전달하기 위해 리서 부인의 방문을 두드렸다. 그러나 안에서는 아무런 응답이 없었다. 카펜터 부인은 방문을 열고 들어가기 위해 방문 손잡이를 잡다가 기겁을 했다. 방문 손잡이가 엄청나게 뜨거웠기 때문이다.

심상치 않은 사태가 발생했음을 직감한 그녀는 곧바로 밖으로 달려나갔고, 때마침 근처에서 페인트칠을 하고 있던 인부 두 명을 만났다. 그러나 인부들도 뜨거운 방문 손잡이를 잡을 수가 없었다. 그래서 문짝을 부수고 방으로 들어갈 수밖에 없었다. 방 안에는 엄청난 열기가 가득 차 있었다. 인부들은 재가 쌓여 있는 침실의 한쪽 코너와 리서 부인의 다리 한 짝을 발견하고 아연해지고 말았다.

안락의자가 놓여 있던 한쪽 코너만 제외하면 방 안의 다른 부분은 조금도 손상되지 않은 상태였다. 심지어 인화성이 강한 카펫조차도 그 부분을 중심으로 둥글게 그을러 있었고 다른 부분은 전혀 불길이 번진 흔적이 없었다. 그 코너에는 안락 의자 안에 들어있던 스프링이 보였다. 아직도 슬리퍼가 신겨져 있는 부인의 왼발과, 장기가 달라붙은 척추뼈, 그리고 가장 충격적인 것은 고열에 녹아서 야구공 사이즈로 줄어든 부인의 두개골이었다.

안락의자 바로 옆에 있던 전기 스탠드는 불타 있었지만 조금 떨어져서 놓여 있던 양초 두 개는 불이 붙지 않은 상태로 녹아서, 양초가 있던 부분까지는 화염이 번지지 않고 뜨거운 열기만이 전해졌다는 사실을 증명하고 있었다. 강한 열기 때문에 안락의자 주변에 있던 전기 콘센트도 녹아 있었으며 거울도 깨져 있었다. 바닥에서 1미터 정도를 경계로 하여 위쪽으로는 온통 기름기 많은 진액이 싯누렇게 도포되어 있었지만 반면에 아래쪽은 멀쩡했다.

전형적인 자연발화의 양상을 나타내 보이는 장면이었다. 사람의 육신만 타버리고 주변으로는 일절 불이 옮겨 붙지 않았다. 몸뚱아리만 타고 팔다리 일부분은 멀쩡하게 남아 있었으며, 방 안의 벽은 온통 기름기 섞인 연기진으로 도포되어 있었다.

도대체 얼마나 열이 강했으면 리서 부인의 두개골이 야구공만한 크기로 줄어들었을까. 그리고 불은 어디에서 기인했을까.

헝가리 부다페스트에서 시장을 보러 가던 주부

지독하게 추운 날씨였다. 헝가리 부다페스트에서 시장을 보러 가던 주부가 불길에 휩싸여 주위 사람들의 도움을 요청하는 사건이 발생했다. 발화를 목격한 사람들은 인근에 있던 눈을 퍼부어 불을 껐고 부인은 자신의 다리로부터 뜨거운 불길이 발산되었다고 말하면서 정신을 잃었다.

잠시 후 부인은 구급차에 실려서 병원으로 이송되고 있었다. 그때 다시금 부인의 몸이 화염에 휩싸였다. 구급차를 타고 있던 병원 관계자들은 극적으로 탈출했으나 부인은 결국 사망했고 구급차는 전소되고 말았다.

시드니 필립스 부인

시드니에서 일어난 사건이다.

노년의 필립스 부인은 알츠하이머 환자였으며 양로원에서 생활하고 있었다. 부인의 딸은 가까운 곳에 살고 있었다. 그래서 어머니를 찾아와 같이 외출할 기회가 많았다.

그날도 딸은 어머니를 태우고 운전을 했다. 그리고 필요한 물건을 사야 한다는 생각이 떠올라 차를 도로변에 정차시키고 가게로 들어갔다. 그때까지 필립스 부인은 혼곤한 모습으로 잠들어 있었고, 딸은 금방 돌아올 생각으로 어머니를 차 안에 남겨놓은 채 가게로 들어갔다.

그런데 잠깐 사이 차에서 연기가 피어오르더니 이내 화염이 혀를 널름거리기 시작했다. 사람들은 비명을 질렀고, 그 옆을 지나가던 한 용감한 시민이 차 안에 있던 필립스 부인을 끌어냈다. 부인은 비교적 침착했으며, 너무 뜨거워, 너무 뜨거워, 하는 소리만 되풀이했다.

부인은 심한 화상으로 병원에 입원가료 중이었으나 일주일 후 병원에서 사망하고 말았다. 소방서의 담당 조사관은, 어디서 불이 일어났는지 알 수가 없었다. 엔진은 꺼져 있었고, 그 어떤 촉매제도 없었으며, 차량의 배선도 아무 이상이 없었다. 부인도 딸도 담배를 피우지 않았다. 그날의 온도는 섭씨 16도 정도였다. 이 사건이 자연발화 현상이 아닐까 하는 기사가 시드니 데일리 텔레그라프에 실렸다.

미국 댈러스 스티븐스 부인

미국 댈러스의 스티븐스 부인이 조카가 운전하는 차에 타고 있다가 화염에 휩싸인 사건이다. 그녀의 나이는 75세. 조카가 음료수를 사러 잠시 가게에 들어간 사이 갑자기 부인이 화염에 휩싸였다. 사람들이 얼른 달려들어 부인을 차에서 꺼냈으나 8일 후 병원에서 사망했다. 당시 차는 멀쩡하고 오로지 부인에게만 갑자기 불이 붙었으며, 자살을 의심한 경찰과 소방관서에서 조사를 벌였으나 불의 원인을 찾아내지 못했다.

캐나다 에드먼턴 사핀 부인

이 사건은 캐나다 에드먼턴에서 일어났다. 사핀 부인의 나이는 61세. 그날 부인은 아버지와 식탁에 앉아 있다가 갑자기 푸른색 화염에 휩싸였다. 아버지는 얼른 그녀의 남편을 불러서 싱크대에 있는 물로 진화를 시도했으나 이미 그녀는 심한 화상을 입고 의식을 잃은 상태였다.

앰뷸런스에 실려간 그녀는 혼수상태로 목숨을 부지하다가 일주일 후 마침내 세상을 하직하고 말았다. 사건 당시 그녀의 다른 옷은 멀쩡했으며 입고 있던 붉은색 나일론 가디건만이 열에 녹아버렸다. 그녀는 배와 손, 얼굴에 심한 화상을 입었으며, 목격자인 가족들에 따르면 요란한 소리를 내며 불길이 일어났고 마치 용이 불을 뿜듯 입에서 불이 방사되었다고 한다.

노상방뇨를 하던 남자

부다페스트에서 북쪽으로 100킬로미터 정도쯤 떨어진 시골 마을의 길섶에서 일어난 일이다. 27세의 한 남자가 부인과 차를 몰고 가다가 잠시 소변을 보기 위해 도로변에 차를 세우고 밖으로 나가 10미터 정도를 걸어갔다. 차에 혼자 남아서 무심코 앉아 있던 부인은 갑자기 자기 남편이 푸른색 불꽃에 휩싸이는 장면을 목격했다. 기겁을 하면서 차문을 열고 달려갔지만 이미 남편은 쓰러진 후였다. 이상하게도 신발 한 짝이 멀찍이 날아가 있었다.

안절부절을 못하던 부인은 때마침 지나가던 버스를 세울 수가 있었다. 버스 안에는 공교롭게도 학회를 마치고 돌아가던 의사들이 가득 탑승해 있었다. 하지만 의사들은 남편이 이미 사망했다고 진단했다. 부검 결과 남자의 발바닥에 작은 구멍 하나가 발견되었고, 뱃속은 기이하게도 시커멓게 탄화되어 있었다. 그날의 기상은 흐렸으나 천둥 번개는 없었다.

53

천하가 학교이며 만물이 스승이다

"이헌수 씨를 만나러 왔는데요."

파장 무렵에 생면부지의 아이 하나가 가게로 들어와 찬수녀석을 붙잡고 이헌수 씨가 누구냐고 묻고 있었다. 초등학교 5학년 정도로 보이는 나이였다. 평범한 옷차림에 티 없이 해맑은 얼굴을 가지고 있었다. 가게는 한산한 편이었다. 나는 카운터에 앉아 아이의 동태를 지켜보고 있었다. 제영이의 죽음에 대한 충격이 거의 진정되어갈 무렵이었다.

"니가 이헌수 씨한테 무슨 볼일이 있어?"

찬수녀석이 아이에게 물었다.

"아저씨가 이헌수 씨세요?"

아이가 반문하고 있었다.

"아니다. 나는 이찬수 씨다."

"그러면 무슨 볼일인지 가르쳐드려도 모르실 거예요."

"건방진 놈일세."

"이찬수 씨는 아니고요, 저는 이헌수 씨를 만나야 해요."

"너 도대체 어디서 온 놈이냐."

"글쎄, 아저씨가 이헌수 씨가 아니면 무슨 말을 해드려도 모른 다니까요."

"얌마, 니가 무슨 아마존 촌구석에 살고 있는 희귀종족이라도 된단 말이냐. 말 안하면 나도 이헌수 씨가 누군지 안 가르쳐줄 거야."

"저는 모월동에서 왔어요."

"모월동?"

"거봐요. 말해 드려도 모르시잖아요."

나는 모월동이라는 말을 듣는 순간 귀가 번쩍 뜨이는 느낌이 었다. 혹시 모월동(慕月洞)이라고 표기되는 마을이 아닐까 하는 기대감 때문이었다. 세간에서는 천체 개념으로 쓰이는 달 월(月) 자가 완전히 사라져버렸다. 옥편(玉篇)에 달 월(月) 자로 음훈이 표기되는 글자가 있기는 했지만 그것은 천체 개념으로서의 달을 의미하는 글자가 아니라 날짜 개념으로서의 달을 의미하는 글자 였다. 하지만 지명에 쓰이는 월(月)이라면 천체 개념으로서의 달 일 가능성이 짙다는 생각이 들었다. 나는 아이를 카운터 앞으로 불러들였다.

"몇 학년이니."

"학교는 안 다니는데요."

"졸업을 했구나."

"아니요. 학교는 다닌 적이 없고요. 집에서 혼자 공부하고 있는데요."

"부모님이 안 계시니?"

"계시는데요."

"그런데 왜 너를 학교에 안 보내셨냐?"

"모월동에 사는 애들은 다 학교를 다니지 않아요."

"무슨 동네가 그러냐."

"천하가 다 학교이고 만물이 다 스승인데 꼭 바깥세상에 사는 애들처럼 비좁은 교실에 갇혀서 공부해야 하나요."

"천하가 다 학교이고 만물이 다 스승이라고 가르쳐주신 분이 누구니."

"그 정도는 누가 가르쳐주지 않아도 자라면서 저절로 알게 되잖아요."

나는 아이의 말에 그만 말문이 막혀버리고 말았다. 아이는 내가 살고 있는 세상을 바깥세상이라고 지칭하고 있었다. 모월동 사람들은 서로의 마음을 읽을 수가 있어서 아이들이 생각하는 것이나 어른들이 생각하는 것이 별반 다르지 않다는 설명이었다. 마을은 특수한 진법(陣法)으로 은폐되어 있기 때문에 바깥세상 사람에게는 보이지도 않을 뿐만 아니라 마음속에 선도(仙道)의 불씨를 간직하고 있지 않으면 출입도 허용되지도 않는다는 것이었다.

"대한민국에 정말로 그런 마을이 존재할 수 있을까."

"대한민국이니까요."

"글자를 알고 있니?"

"무슨 글자요."

"한글 말이다."

"한글도 알고 한문도 알아요."

"그럼 한문으로 모월동이라고 한번 써보아라."

나는 아이에게 볼펜과 메모지를 내밀었다. 아이는 능숙한 솜씨로 慕月洞이라는 세 글자를 써 보였다. 나는 아이에게 풀이를 해보라고 일렀다. 아이는 먼저 한자의 음훈부터 하나씩 손가락으로 짚어가면서 읽어주었다. 그리워할 모(慕), 달 월(月), 고을 동(洞). 낭랑한 목소리였다. 내 짐작이 틀림없었다. 갑자기 심장이 쿵쾅거리면서 모든 세포들이 술렁거리기 시작했다.

"그러니까 모월동은 달을 사모하는 사람들이 모여 사는 고을이에요."

나는 아이의 입에서 달이라는 단어가 튀어나오자 그만 자리에서 벌떡 일어서고 말았다.

"내가 이헌수라는 사람이다."

"소요 누나를 아세요?"

나는 갑자기 머릿속이 하얗게 표백되는 기분이었다. 일순 시간이 정지하면서 닭갈비를 먹는 사람들의 동작이 슬로비디오로 흐르기 시작했다. 꿈이 아닐까 하는 생각이 들었다. 그러나 분명히 생시였다. 나는 가까스로 정신을 수습하고 찬수녀석에게 가게를 부탁했다. 그리고 아이를 내 방으로 데리고 갔다.

"소요는 지금 어디 있니."

"도량산에서 입선수행을 끝내고 지금은 모월동에 내려와 있어요."

"왜 소요가 직접 오지 않고 너를 보냈지?"

"소요 누나는 내일 있을 중추절 잔치 준비 때문에 꼼짝달싹도 못해요."

459

아이의 말을 액면 그대로 받아들이면 모월동은 선계(仙界)와 속계(俗界)의 중간단계에 머물러 있는 마을이다. 마을 사람들은 대부분 무득청정(無得淸淨)하여 동물들이나 식물들과도 마음의 소통이 가능할 정도지만 아직 선계를 넘나들 경지는 아니다.

마을에서 유일하게 선계를 넘나들 수 있는 어른이 황학선인(黃鶴仙人)이다. 그 어른이 선계로 들어갈 때는 금빛 깃털을 가진 황학이 길을 안내해 준다. 그래서 마을 사람들은 그 어른을 황학선인이라고 부른다. 특히 황학선인은 달에 있는 신선들과 교분이 깊은 것으로 알려져 있다. 그래서 모월동 사람들은 중추절(仲秋節)에 가장 큰 잔치를 벌인다.

소요는 황학선인의 손녀로 속계를 돌아다니면서 사람들의 의식 속에 선도의 불씨를 파종하는 역할을 담당하고 있다. 그러나 속계를 돌아다니다 보면 자연히 마음의 빛이 흐려질 수밖에 없기 때문에 반드시 적당한 시기에 도량산(道場山)으로 들어가 입선수행(入仙修行)으로 마음의 빛을 보충해 주어야 한다.

아이의 이름은 오명일(吳明溢)이다. 소요가 도량산에서 입선수행하는 동안 차를 수발하던 다동(茶童)이었고 중추절까지 이헌수 씨를 모셔 오도록 하라는 소요의 부탁으로 여기까지 오게 되었다.

"모월동은 어디에 있니."

"화천에서 산속으로 삼십 리 정도 더 들어가면 있어요."

"버스가 다니냐."

"화천 시내까지는 버스를 타고 갈 수 있지만 버스에서 내리면 산속으로 삼십 리쯤은 걸어서 들어가야 해요."

나는 한시라도 빨리 소요를 만나보고 싶었으나 아이를 데리고 지금 출발하기는 무리일 거라는 생각이 들었다. 그러나 아이는 내 심중을 훤히 들여다보고 있는 것 같았다. 자기는 산중수련으로 단련된 몸이기 때문에 밤길이나 산길이나 별반 다름이 없지만 나는 그렇지 못하기 때문에 지금 출발할 수가 없다는 것이었다. 가는 도중에 절벽을 타야 하는 부분도 있어서 자칫 발이라도 잘못 디디면 큰 사고를 당할 위험이 있다는 것이었다.

"네가 여기까지 오는 데는 어느 정도나 시간이 걸렸냐."

"아침에 모월동에서 출발해서 점심때 시외버스 종점에 도착했어요."

"그럼 점심때부터 지금까지 나를 찾아서 춘천 시내를 이리저리 헤매 다녔겠구나."

"그렇지는 않아요. 아무려면 여기가 깊은 산중보다 복잡하겠어요. 여기는 몽땅 사람이 만들어놓은 것들뿐이잖아요. 사람이 만들어놓은 것들은 일견 복잡해 보이지만 저의만 간파하면 단순해요."

"네가 간파한 속계 사람들의 저의는 어떤 것이니."

"장래를 내다보지 않고 당장 눈앞에 있는 이득만 생각하는 거지요."

소요가 잠적한 다음 나는 대학으로 가서 학적부도 찾아보고 소요가 살았다는 퇴계동도 샅샅이 뒤져보았다. 그러나 일절 근거가 없었다. 대학에서 자퇴를 했다는 말도 퇴계동에서 자취를 했다는 말도 지어낸 이야기에 불과했을까.

"소요 누나는 사실보다 진실을 중요하게 생각했을 거예요."

"어디까지를 사실로 받아들이고 어디까지를 진실로 받아들여야 하는 거니."

"소요 누나가 속계 어디에도 소속되어 있지 않다는 것은 사실이고 아저씨에게 빛의 씨앗을 파종해 드리고 싶었던 것은 진실이었을 거예요."

"대학을 다녔다거나 퇴계동에서 살았다는 것은 사실무근이겠군."

"사실보다 진실을 중요하게 생각하세요."

"그렇다면 내게도 소요가 파종한 빛의 씨앗이 간직되어 있단 말이냐."

"아직은 달걀만 하지만요."

속계에서는 마음 안에 빛이 없는 사람들의 영향을 받아서 빛의 씨앗이 성장하기가 힘들지만 모월동에 가면 대번에 성장할 수 있다고 아이는 호언장담하고 있었다.

"밥은 먹었냐."

"일찍도 물어보시네요."

"닭갈비하고 공기밥 좀 갖다 줄까."

"생식에 익숙해서 아까 봉의산에 올라가 산열매들로 끼니를 대신했어요."

"일찍 오지 그랬냐."

"소요 누나가 일찍 찾아가면 영업방해가 될 테니까 늦게 찾아가라고 했어요. 저도 어쩌다 나와 보는 속계인데 구경 좀 해야지요."

"네 눈에는 속계가 어떻게 보였니."

"마음 안에 불씨를 간직하고 있는 사람들이 거의 보이지 않았어요."

"모월동 사람들은 마음 안에 불씨를 모두 간직하고 있겠구나."

"모두가 선법수련을 많이 하신 분인데 겨우 불씨라니요."

"그래, 내가 잘못 말한 거 같다."

"마을 사람들 모두가 마음 안에 보름달만 한 불덩어리를 간직하고 있어요."

"보름달만 한 불덩어리를 간직하고 있으면 속계 사람들하고 무엇이 다르냐."

"모월동 사람들은 이 세상 어디에 거해도 십승지를 이루지요."

나도 십승지(十勝地)라는 말을 무슨 비결서(秘訣書)나 『정감록(鄭鑑錄)』같은 책들을 통해 만나본 기억이 있었다. 편자(編者)들은 대개 환란을 당해도 피해를 입지 않는 열 군데의 장소쯤으로 풀이하고 있었다. 그래서 십승지는 어디어디라고 열 군데의 지명까지 열거한 책들도 있었다.

그러나 아이는 다르게 풀이하고 있었다. 아이의 풀이에 의하면 십승지는 마음 안에 빛이 가득한 사람이 머무는 장소였다. 마음 안에 빛이 가득한 사람이 어떤 장소에 머물면 능히 열 가지 재앙을 물리칠 수 있기 때문에 십승지라 일컫는다는 것이었다.

"네가 보기에는 소요가 나를 어떤 사람으로 생각하고 있는 것 같더냐."

나는 물어보고 나서도 약간 쑥스러움을 느꼈다.

"내일은 먼 길을 가야 하니까 그만 일찍 주무세요."

아이가 동문서답을 하고 있었다.

"언제 출발할 거냐."

"아저씨가 출발하자고 하면 그때 출발할 거예요."

"알았다."

아이는 어느새 나지막이 코를 골기 시작했다. 하지만 나는 잠이 오지 않았다. 온갖 잡념을 붙잡고 뒤척이다가 가까스로 새벽녘에야 잠이 들었다.

눈을 떴을 때는 해가 중천에 높이 떠 있었다.

어이없게도 시계가 열한 시 사십 분을 가리키고 있었다. 나는 허겁지겁 출발을 서두르기 시작했다. 그러나 아이는 태평천하였다. 오늘 일진으로 보아서는 해 떨어지기 전에 도착할 수 없다는 것이었다. 내가 한 시간 전에만 일어났어도 변수를 피해 갈 수 있었는데 이제는 변수를 피해 갈 수 없는 국면에 처하고 말았다는 것이었다. 변수가 무엇이냐고 물었더니 겪어보면 알 거라고만 대답했다. 아이는 험한 산길을 걸어야 하니까 아침을 든든히 먹어두라고 충언해 주었다. 자기는 내가 잠든 사이 봉의산에 올라가 아침식사를 해결해 두었다는 것이었다. 주객이 전도된 느낌이었다. 아이가 어른이 되어 있었고 어른이 아이가 되어 있었다.

서둘러 아침식사를 끝마치고 밖으로 나와 택시를 잡으려는데 오늘따라 택시가 잘 잡히지 않았다. 간신히 한 대를 잡아서 터미널까지 가는 동안 무려 세 차례나 군인들에게 검문을 당했다. 무슨 까닭인지 진입로마다 군인들이 깔려 있었다. 택시 운전수의 말에 의하면 전방 어딘가에서 괴한들이 순찰을 돌고 있는 초병들을 습격, 총기를 탈취해서 도주한 사건이 발생했다는 것이었다.

화천행 버스를 타고 춘천을 벗어나는 동안에도 여러 번 검문을 당해야 했다. 그러나 변수는 그뿐만이 아니었다. 춘천댐에 이르기도 전에 앞서 가던 차들이 정체현상을 보이기 시작했다. 조금 전에 춘천댐 부근에서 교통사고가 발생해서 도로가 막혀버렸다는 것이었다.

54

월인천강지곡(月印千江之曲)

"어디 있니."

산길로 접어들자 아이의 걸음은 평지보다 훨씬 빨라졌다. 산짐승이 아닐까 의구심을 불러일으킬 정도였다. 나는 수시로 어디 있니를 연발해야 했다. 잠깐 한눈이라도 팔면 금방 아이의 모습은 보이지 않았다.

"길이 없잖아."

아이는 길도 없는 잡목숲을 이리저리 잘도 빠져나가고 있었다.

"길이 없어도 짐승들은 잘만 다녀요."

"나는 사람이지 짐승이 아니다."

"그러니까 더 잘 다닐 수 있어야지요."

아이에게 불만을 토로해 보았자 본전도 못 찾기 일쑤였다. 나는 사람보다 짐승이 산길을 잘 다닌다는 생각을 가지고 있었지만 아이는 짐승보다 사람이 산길을 잘 다닌다는 생각을 가지고 있었다. 바깥세상에서는 내 생각이 옳을지 모르지만 자연 속에서는 아이의 생각이 무조건 옳았다. 아이는 몸소 그것을 증명해 보일 수가 있었다. 나는 이미 기진맥진해 있었다.

전신이 땀에 젖어 있었다. 시간이 지날수록 걷기가 불편했다. 다리를 움직일 때마다 허벅지와 종아리에 뭉쳐 있는 섬유질이 노골적으로 반감을 표출하고 있었다. 바지가 가시덤불에 걸려 찢어지고 얼굴이 나뭇가지에 긁혀 쓰라렸다. 나는 그때마다 나지막이 신음을 발했다.

"나무들과 어울리면서 움직여야지 계속 따로 움직이니까 부딪히잖아요."

아이가 딱하다는 표정으로 한마디를 던졌다. 이른바 자연과 혼연일체가 되어서 움직이라는 소리였다. 하지만 알아들었다고 실천할 수 있는 입장이 아니었다. 자연 속에 들어오자 나는 비로소 자신이 수준미달이라는 사실을 절감할 수 있었다.

"여기서 잠깐 쉬었다 가요."

계곡 하나를 앞에 두고 아이가 걸음을 멈추었다. 나는 펑퍼짐한 바위에 털썩 주저앉았다. 사방이 산들로 가로막혀 있었다. 산비탈마다 단풍들이 무더기로 불타고 있었다. 하늘을 쳐다보았다. 남빛 판유리같이 깨끗한 하늘 언저리, 새하얀 새털구름 한 자락이 걸려 있었다. 두 손으로 계곡의 물을 떠서 목을 축였다. 모세혈관까지 청명해지는 기분이었다.

"얼마나 남았니."

나는 아이에게 물어보았다.

벌써 몇 번째 물어보는 말이었다. 그때마다 아이는 조금만 가면 된다고 대답했었다. 그러나 이번에는 달랐다.

"앞에 보이는 절벽을 타고 모퉁이만 돌아가면 모월동 입구예요."

계곡 건너편에 깎아지른 절벽이 버티고 있었다. 그것을 타고 모퉁이를 돌아야 한다고 생각하니 현기증이 느껴졌다. 발 한 번 헛디디면 실족사였다. 살아서는 소요를 만나지 못하고 죽어서야 소요를 만날지도 모른다는 생각이 들었다. 해는 산머리에 한 뼘 정도 남아 있었다.

"잘 들으세요. 저 절벽을 타고 모퉁이를 돌아가는 방법은 한 가지 보법밖에 없어요. 물론 제가 발을 디디는 자리만 따라서 디디시면 별다른 문제가 없을 거예요. 절벽을 타시기 전에 우선 마음을 가라앉히세요. 그리고 아저씨가 절벽을 끌어안으면 절벽도 아저씨를 끌어안을 거라고 생각하세요. 절벽한테 목적지까지 무사히 도착할 수 있도록 도와 달라고 부탁해 보세요. 절벽도 아저씨 마음을 읽고 있어요. 겁먹지 마세요. 자연은 자기에게 말을 거는 사람을 너그럽게 대하는 법이니까요."

나는 아이가 시키는 대로 절벽에게 목적지까지 무사히 도착할 수 있도록 도와 달라고 마음속으로 빌었다. 그러자 이상하게도 절벽에 대한 두려움이 서서히 가라앉기 시작했다. 어디선가 청명한 목소리로 산새들이 울고 있었다.

아이가 보법을 구체적으로 설명하기 시작했다. 삼일이일, 삼일이일. 세 걸음 옆으로 걷고 한 걸음 위로 올라가고 두 걸음 옆으로 걷고 한 걸음 위로 올라가라는 것이었다. 겉보기에는 깎아지른 절벽 같지만 보법에 따라 움직이면 손가락을 걸 수 있는 틈바구니와 발을 디딜 수 있는 디딤판이 이어진다는 것이었다. 입구에 이를 때까지 가급적이면 아래를 내려다보지 말라는 충언도 덧붙였다. 그래도 나는 자신이 없었다.

아이가 먼저 절벽을 오르기 시작했다. 나는 아이의 보법을 따라 발을 조심스럽게 옮겨놓고 있었다. 발을 옮겨놓을 때마다 온몸의 세포들이 자지러지고 있었다. 아이는 매번 내가 정확하게 발을 옮겨놓은 상태를 확인하고 나서야 다음 동작을 구사했다. 삼일이일, 삼일이일. 나는 초긴장 상태에서 보법대로 걸음을 옮겨놓다가 일순 자신이 절벽과 혼연일체가 되어 있다는 사실을 깨달았다. 그때부터 보법대로 발을 옮겨놓는 일에 즐거움을 느끼기 시작했다.

산허리 중간쯤에서 절벽 모퉁이를 돌았다. 아이는 거기서부터 보법이 해제되었으니 자유로운 보폭으로 이동해도 무방하다고 가르쳐주었다. 절벽을 따라 비교적 발을 디디기 좋은 통로가 이어지고 있었다. 그러나 절벽을 끌어안고 발을 옮겨놓아야 하는 상황에는 변함이 없었다.

얼마를 이동했을까. 아이의 어깨 너머로 동굴이 아가리를 벌리고 있었다. 동굴 입구에서 흰옷을 입은 사내 하나가 우리를 기다리고 있는 모습이 보였다.

"외선께서 험한 길을 오시느라고 수고가 많으셨습니다. 저는 김운량이라고 하는 사람입니다. 구름 운 자에 밝을 량 자를 씁니다. 외선들의 접대를 담당하고 있지요. 우리는 바깥세상에서 빛의 씨앗을 간직하고 모월동으로 오시는 분들을 모두 외선이라고 부릅니다."

김운량(金雲亮)이라는 사내가 정중하게 허리를 숙여 보였다. 나도 얼떨결에 허리를 숙여 보였다. 외선(外仙)이라는 호칭이 지나치게 과분하다는 생각이 들었다. 사내의 몸에서 온화한 진기

(眞氣)가 발산되어 부드럽게 내 몸을 감싸기 시작했다. 너무 해맑아 보여서 나이를 짐작하기 힘든 얼굴이었다.

"저를 따라오시지요."

사내가 앞장서 동굴로 들어서고 있었다. 갑자기 서늘한 기운이 전신을 휩싸고 있었다. 동굴 속에는 줄지어 등불이 걸려 있었다. 등불은 모두 둥근 형태를 가지고 있어서 마치 보름달을 걸어놓은 느낌이었다. 한참을 걸었다. 동굴은 아마도 산의 내부를 관통하고 있는 것 같았다. 얼마를 걸었을까. 어디선가 자욱한 물소리가 들리고 있었다.

한참을 걸어 들어가자 갑자기 폭포가 나타났다. 나무로 만든 다리 하나가 폭포를 가로지르고 있었다. 다리를 건너 모퉁이를 돌았다. 그러자 평탄한 길이 나타났다. 길 주변으로 이끼식물도 보였다. 멀지 않은 거리에 출구가 가슴을 활짝 열어젖히고 있었다.

나는 출구 앞에 이르러 바깥을 내다보았다. 산 밑으로 아담한 초가마을이 저녁놀에 잠겨 있었다. 마을 주변에는 단풍으로 불타는 숲들이 다투어 몸살을 앓고 있었다. 삼십여 가구로 추정되는 마을이었다. 사람들은 보이지 않았다. 저기 어딘가에 소요가 있다고 생각하니 가슴이 격렬하게 두근거리기 시작했다.

마을 앞에는 커다란 공터가 펼쳐져 있었다. 거기 짐승들 몇 마리가 저녁놀에 몸을 적시고 한가로운 모습으로 노닐고 있었다. 멀리서 보기에도 가축들은 아닌 것 같았다.

신화 속에 들어와 있는 것 같다는 생각이 들었다. 그때였다. 갑자기 어디선가 아름다운 종소리가 울려 퍼지기 시작했다. 마을 주변의 사물들이 일제히 우리 쪽으로 고개를 돌리고 있었다. 초가집 여기저기서 흰옷을 입은 사람들이 나타나기 시작했다. 그들도 우리 쪽을 보고 있는 것 같았다.

흰옷을 입은 사람들은 약속이나 한 듯이 공터로 모여들고 있었다. 그리고 공터에 모여들어 저마다 합장을 하면서 무릎을 꿇고 있었다.

"온 마을 사람들이 지금 하늘에 경배를 올리고 있습니다. 마음 안에 빛의 씨앗을 간직한 분이 모월동을 찾아오실 때마다 마을 사람들은 경건한 마음으로 저렇게 경배를 드립니다. 삼 년 만에 처음 있는 일이라서 마을 사람들의 기쁨도 각별할 거라는 생각이 듭니다."

이윽고 종소리가 그치자 마을 사람들이 자리에서 일어섰다. 그리고 저마다 두 손을 높이 들고 이쪽을 향해 환호성을 터뜨렸다. 마을 주변의 숲들도 덩달아 환호성을 터뜨리고 있었다.

우리는 오솔길을 따라 마을로 내려가고 있었다. 길섶에 엎드려 있던 호랑이 한 마리가 슬그머니 일어나더니 천천히 우리를 따라오기 시작했다. 이상했다. 전혀 무섭지 않았다. 마을로 들어서자 어느새 날이 저물고 있었다. 나는 문득 기시감에 사로잡히고 있었다. 언젠가 똑같은 상황을 경험했던 것 같았다. 그러나 현생에서는 똑같은 경험을 했던 기억이 없었다.

마을 사람들이 내게로 몰려들어 저마다 웃음이 가득한 얼굴로 인사를 던지고 있었다. 손을 잡아주는 사람들도 있었고 어깨를 감싸 안는 사람들도 있었다. 아이들도 있었고 어른들도 있었다. 남녀노소를 막론하고 한결같이 얼굴들이 해맑아 보였다. 역시 나이를 짐작하기 힘들었다. 모두가 하늘거리는 흰옷을 걸치고 있었다.

나는 그들의 인사에 화답을 하면서도 소요를 찾기에 여념이 없었다. 그러나 소요는 보이지 않았다. 나는 곁에 있는 사내에게 물어보고 싶은 충동을 억지로 참고 있었다. 아이도 보이지 않았다. 또래들한테 붙잡혀 속계에 다녀온 이야기를 들려주고 있을지도 모른다는 생각이 들었다.

순식간에 마을에 어둠이 깔리고 있었다. 공터 주변의 나무들마다 등불이 내걸리고 있었다. 공터 여기저기에 식탁이 놓여졌다. 그리고 식탁마다 진귀한 채소와 과일들이 쌓이기 시작했다. 노인들 몇 명이 처음 보는 악기들을 들고 기이한 음악을 연주하기 시작했다. 사람들이 움직일 때마다 노루며 승냥이 같은 산짐승들이 마치 애완동물처럼 쫓아다니고 있었다.

그런데 갑자기 악기소리가 끊어지더니 사방에 정적이 흐르기 시작했다. 사람들이 일제히 같은 방향의 하늘을 쳐다보기 시작했다.

"황학선인이 선계를 다녀오시나 봅니다."

사내가 조용한 목소리로 말했다. 사람들이 쳐다보는 하늘 저쪽에서 커다란 황학 한 마리가 날개를 너울거리며 날아오고 있는 모습이 보였다. 낮은 고도를 유지하고 있었다.

황학이 날아온 방향의 숲길을 따라 흰옷을 걸친 노인 하나가 걸어오고 있었다. 노인이 공터에 이르자 마을 사람들이 모두 정중하게 허리를 숙이며 예를 표하고 있었다. 황학은 마을 사람들의 머리 위를 세 번 선회한 다음 다시 날아왔던 방향으로 사라져가고 있었다. 노인이 곧장 내게로 걸어오는 모습이 보였다.

"외선께서는 나를 알아보시겠소?"

노인은 얼굴에 미소를 가득 머금고 있었다.

나는 대답 대신 땅바닥에 엎드려 노인에게 큰절을 올렸다. 비록 차림새는 달라졌지만 알아보지 못할 리가 없었다. 어둠 속에서 마지막 대화를 나누고 백자심경선주병에 달맞이꽃을 꽂아둔 채 사라져버렸던 노인. 지금은 너무나 거룩해 보여서 똑바로 얼굴을 쳐다볼 수가 없었다.

노인은 나를 일으켜 세우고 어깨를 가볍게 몇 번 두드려주었다. 그리고 준비된 의자에 앉아 조용한 모습으로 맞은편 산머리를 바라보기 시작했다. 점차로 어둠이 짙어지고 있었다.

"황학선인이 바라보시는 저 산이 모월봉입니다. 조금 있으면 저리로 보름달이 떠오를 겁니다."

사내가 조용한 목소리로 설명해 주었다.

사람들도 일제히 노인이 바라보는 산머리를 바라보고 있었다. 조금씩 모월봉(慕月峰) 능선 언저리가 밝아오기 시작하더니 보름달이 해맑은 이마를 드러내기 시작했다. 나는 심장이 터져버릴 것 같았다. 금빛 광채가 하늘에 확산되기 시작하면서 보름달이 온전한 모습을 나타내 보이고 있었다. 악기들이 평온한 음악을 연주하기 시작했다. 사람들이 다시 합장을 하면서 경건한 모습으로 달을 우러르고 있었다. 무슨 소망인가를 빌고 있는 것 같았다.

보름달이 높이 떠오르면서 사물들이 선명한 모습을 드러내기 시작했다. 숲들의 머리 위로 달빛이 눈부시게 쏟아져 내리고 있었다. 이파리마다 달의 비늘들이 반짝거리고 있었다. 보름달은 점차 고도를 높이고 있었다. 갑자기 사람들 입에서 탄성이 터져 나오면서 음악이 고조되기 시작했다. 보름달을 향해 시조새 한 마리가 빠른 속도로 날아오고 있었다.

소요다!

내 몸 속의 세포들이 일제히 부르짖고 있었다.

시조새는 보름달 부근에 이르자 속도를 낮추더니 유연한 곡선을 그리면서 선회하기 시작했다. 나는 심장이 환하게 밝아오는 것을 의식하면서 하늘을 향해 두 손을 모았다. 그리고 경건한 마음으로 조망을 빌었다. 하늘이시여, 비록 미욱하여 남을 위해 눈물 한 방울 흘린 적이 없는 사람이라 하더라도 부디 그 가슴까지 살피시어 오늘처럼 달빛이 충만하게 하소서.

〈끝〉

1946년 경남 함양군 수동면 상백리에서 태어났다.

1958년 강원도 인제군 기린국민학교를 졸업했다.

1961년 강원도 인제군 인제중학교를 졸업했다.

1964년 강원도 인제군 인제고등학교를 졸업했다.

1965년 화가 지망생이었으나 집안 사정과 교사인 아버지의 추천으로 춘천교육대학에 입학했다.

1968년 육군에 입대했다.

1971년 육군 병장으로 만기제대했다.

1972년 춘천교육대학 입학 7년 만에 학문 연구에 대한 회의와 집안 사정이 겹쳐 결국 중퇴했다.

1972년 《강원일보》신춘문예에 단편「견습어린이들」이 당선되면서 데뷔했다.

1973년 강원도 인제남국민학교 객골분교 소사로 근무했다.

1975년 《世代》에 중편「훈장(勳章)」으로 신인문학상을 수상했고, 《강원일보》에 잠시 근무했다.

1976년 단편「꽃과 사냥꾼」을 발표했고, 11월 26일 '미스 강원' 출신의 미녀 전영자와 결혼했다.

1977년 춘천 세종학원 강사로 근무했다. 장남 이한얼이 세상에 나왔다.

1978년 원주 원일학원 강사로 근무했다. 당시 신인작가에게는 파격적인 조건으로 첫 장편『꿈꾸는 식물』을 전작으로 출간해 당대 최고의 문학평론가였던 김현 선생의 극찬을 받았다. 또한

이 작품은 30만 부 이상 판매되며 문단에 신선한 바람을 일으켰다.

1979년 단편 「고수(高手)」와 「개미귀신」을 발표했다. 이때부터 모든 직장을 포기하고 창작에만 전념하기 시작했다.

1980년 소설집 『겨울나기』를 출간했다. 단편 「박제(剝製)」「언젠가는 다시 만나리」「붙잡혀 온 남자」를 발표했다. 같은 해 차남 이진얼이 출생했다.

1981년 중편 「장수하늘소」, 단편 「틈」과 「자객열전」을 발표했다. 또 두 번째 장편인 『들개』를 출간해 70만 부 이상 판매되며 문단의 화제가 되었다.

1982년 만 1년 만에 장편 『칼』을 세상에 내놓으면서 60만 이상의 독자에게 사랑을 받았다.

1983년 직접 그리고 쓴 우화집 『사부님 싸부님』(전2권)을 출간해 '보고 읽고 깨닫는' 에세이집의 가능성을 보여주었고, 이 책은 20만 부 이상 판매되었다.

1985년 삶에 대한 개인적 소회와 감성적인 문장들을 모은 산문집 『내 잠 속에 비 내리는데』를 출간했다.

1986년 산문집 『말더듬이의 겨울수첩』을 출간했다.

1987년 그동안 발표한 중단편 소설들을 모아 두 번째 소설집 『장수하늘소』를 세상에 내놓았고, 서정시집 『풀꽃 술잔 나비』를 출간하며 각박한 삶 속에서도 감성을 잃지 않아야 함을 간접적으로 보여주었다.

1990년 나우갤러리에서 마광수, 이두식, 이목일과 4인의 에로틱 아트전을 개최했다.

1992년 삶과 문학에 대한 고민으로 수년을 방황하다 부인의 권유로 방문에 교도소 철문을 설치하는 기행까지 서슴지 않으며 드디어 독자들이 기다리던 네 번째 장편이자 이외수 문학의 2기를 여는 장편 『벽오금학도』를 세상에 내놓았다. 이외수 소설에 대한 독자들의 갈증으로 이 작품은 출간하자마자 120만 부 이상 판매되며 밀리언셀러가 되었다.

1994년 사물과 상황에 대한 작가만의 감성을 써내려간 산문집 『감성사전』을 출간했다. 같은 해 선화(仙畵) 개인전을 신세계 미술관에서 개최했다.

1997년 장편 『황금비늘』(전2권)을 출간하며, "인간이 인간다운 이유는 아름다움을 알기 때문이다"라는 화두로 스스로를 구원해야 세상을 구할 수 있다는 메시지를 전하였다. 독자들의 폭발적인 반응으로 100만 부 이상 판매되었다.

1998년 가난한 문학청년에서 베스트셀러 소설가가 되기까지 괴짜작가로서 겪어낸 사랑과 청춘의 기억을 담은 산문집 『그대에게 던지는 사랑의 그물』을 출간했다.

2000년 아름다운 감성의 언어들이 돋보이는 시화집 『그리움도 화석이 된다』를 출간했다.

2001년 『사부님 싸부님』 이후 18년 만에 우화집 『외뿔』을 출간해 글과 그림의 예술적 조화를 선보이며 "자신의 내면을 아름다움으로 가득 채울 수 있다면 진실로 거룩한 존재"임을 설파했다.

2002년 여섯 번째 장편이자 조각보 기법을 활용한 『괴물』(전2권)을 출간해 70만 이상의 독자들에게 사랑을 받았다.

2003년 일상의 단상과 사랑에 대한 예찬을 담은 에세이인 사색상자 『내가 너를 향해 흔들리는 순간』과 산문집 『뼈』를 출간하며 왕성한 집필욕을 내보였다. 7월에는 대구 MBC 사옥 내 갤러리 M의 초대로 〈이외수 봉두난발 특별전〉을 개최했다.

2004년 직접 그리고 쓴 이외수표 에세이인 소망상자 『바보바보』를 출간했다. 같은 해 실직이나 취업, 학업 등으로 실의에 빠진

청년들을 위로하는 편지글로 구성된 산문집 『날다 타조』를 세상에 내놓았다.

2005년 일곱 번째 장편으로 이외수 문학 3기로 명명되는 장편 『장외인간』(전2권)을 출간해 40만 독자들에게 사랑받았다. 또 제2회 천상병예술제에서 〈이외수 특별초대전〉을 열었다.

2006년 강원도 화천군의 유치로 다목리에 '감성마을'을 구성해 '감성마을 촌장'으로 입주하였다. 국내 최초로 생존 작가에게 제공된 집필실 겸 기념관 건립사업은 문화계 내에서뿐 아니라 사회적으로도 화제가 되었다. 같은 해 문장비법서 『글쓰기의 공중부양』을 세상에 내놓으며 문학청년들에게 실전적인 글쓰기 방법을 전수하였다. 또한 그동안 발표한 중단편 소설들을 모아 소설집 『장수하늘소』 『겨울나기』 『훈장』을 새로이 단장했다. 『훈장』에는 발표 이후 최초로 책에 담은 데뷔작 「견습어린이들」이 수록되어 30여 년 작가생활 동안 잃지 않은 초심을 고스란히 보여주었다. 이외에도 수차례의 개인전에서 선보인 선화들을 모아 선화집 『숨결』로 묶어 내놓았고, 12월에는 시집 『풀꽃 술잔 나비』와 『그리움도 화석이 된다』를 합본해 재편집한 시집 『그대 이름 내 가슴에 숨 쉴 때까지』를 출간해 시심(詩心)을 새로이 했다.

2007년 소통법 『여자도 여자를 모른다』를 정태련 화백과 함께 출간해 새로운 형태의 산문집을 세상에 선보였다. 출판사 사정으로 판권을 옮기게 된 문장비법서 『글쓰기의 공중부양』과 산문집 『뼈』를 해냄출판사에서 개정 출간하였다. 『뼈』는 재편집하여 『사랑 두 글자만 쓰다가 다 닳은 연필』로 개정하였다.

2008년 생존법 『하악하악』을 정태련 화백과 함께 출간했다. 이 책은 70만 부 이상 판매되며 침체된 도서시장에 활력을 불어넣었다고 평가된다. 또한 선화(仙畵) 개인전을 포항 포스코갤러리에서 개최하였다. 7월에는 시트콤 〈크크섬의 비밀〉에 출연해 신선한 즐거움을 선사했고, 10월부터는 1년 동안 MBC 라디오 〈이외수의 언중유쾌〉를 진행하며 '사람답게 사는 법'에 대해 청취자들과 의견을 나누기도 했다.

2009년　이전에 출간한 산문집『날다 타조』에 새 원고를 추가하고 정태련 화백의 그림을 수록해『청춘불패』로 새 단장하여 독자들에게 선보였고, 이 책은 20만 부 이상 판매되었다.

2010년　'내가 흐르지 않으면 시간도 흐르지 않는다'는 뜻의 제목을 붙인 산문집, 이외수의 비상법『아불류 시불류』를 출간해 20만 이상의 독자들에게 사랑받았다.

2011년　『흐린 세상 건너기』(1992)의 원고 일부에 새 원고를 합하고 박경진 작가의 수채화를 수록한 에세이『코끼리에게 날개 달아주기』를 출간하였다. 12월 '인생 정면 대결법'이라는 부제로『절대강자』를 정태련 화백과 함께 출간해 20만 이상의 독자에게 사랑받았다.

2012년　'세상 모든 아름다운 것들을 위하여'라는 주제로 정태련 화백과의 다섯 번째 에세이『사랑외전』을 출간했고, 이 책은 20만 부 이상 판매되었다.

2013년　하창수 작가와 함께 대담집『마음에서 마음으로』를 출간했다.

2014년　소설집『완전변태』를 출간하며 "예술가는 세상이 썩지 않게 하는 방부제 역할을 해야 한다"는 화두로 금전만능주의 사회에서 삶의 가치를 바꿀 것을 독자들에게 전파했고, 10월 정태련 화백과의 여섯 번째 에세이『쓰러질 때마다 일어서면 그만』을 출간해 자기 극복의 메시지를 전하던 중 예상치 못한 위암 발병으로 수술을 받은 후, 작가 특유의 정신력을 발휘하며 항암치료를 시작했다.

2015년　1월, 고장난 세상에 상처받은 모든 이들의 눈물과 슬픔, 고통이 이젠 뚝 떨어져나가기를 바라며 소설가 하창수와의 대담을 정리한 『뚝,』을 출간했다. 5월, 『말더듬이의 겨울수첩』에 새 원고를 더해 재편집한 개정증보판으로『나는 결코 세상에 순종할 수 없다』를 세상에 내놨다. 11월 말, 항암치료를 견뎌내는 동안 작업한 글과 그림을 에세이『자뻑은 나의 힘』으로 묶어내어 희망을 잃고 힘들어하는 독자들과 함께 호흡하고자 한다.

장외인간

초판 1쇄 2005년 8월 22일
초판 11쇄 2008년 4월 20일
제2판 1쇄 2008년 6월 30일
제2판 9쇄 2013년 2월 5일
제3판 1쇄 2015년 12월 5일
제3판 2쇄 2017년 7월 30일

지은이 | 이외수
펴낸이 | 송영석

펴낸곳 | (株)해냄출판사
등록번호 | 제10-229호
등록일자 | 1988년 5월 11일(설립일자 | 1983년 6월 24일)

04042 서울시 마포구 잔다리로 30 해냄빌딩 5·6층
대표전화 | 326-1600 팩스 | 326-1624
홈페이지 | www.hainaim.com

ISBN 978-89-6574-502-0

파본은 본사나 구입하신 서점에서 교환하여 드립니다.

이 도서의 국립중앙도서관 출판예정도서목록(CIP)은 서지정보유통지원시스템 홈페이지(http://seoji.nl.go.kr)와
국가자료공동목록시스템(http://www.nl.go.kr/kolisnet)에서 이용하실 수 있습니다.(CIP제어번호: CIP2015023534)